Malia K

Fated Mates

Band 1

Malia K

Fated Mates- Catched by a Mafia Boss

Mafia Dark Romance

Marijana Radosevic
Albstr 44/2
72800 Eningen

https://maliakautorin.de/

Lektorat: Claudia K.
Korrektorat: Katharina L. Claudia K. Jaqueline G. Pia M. &
Sonja S.
Innengestaltung Malia K.
Cover: Dana Jai.
Übersetzung: Giovanna M.
Kapitelbilder: Malia K & Gaetana C.

Verlag: BoD · Books on Demand GmbH, Überseering 33,
22297 Hamburg, bod@bod.de
Druck: Libri Plureos GmbH, Friedensallee 273,
22763 Hamburg
ISBN: 978-3-8192-1220-8

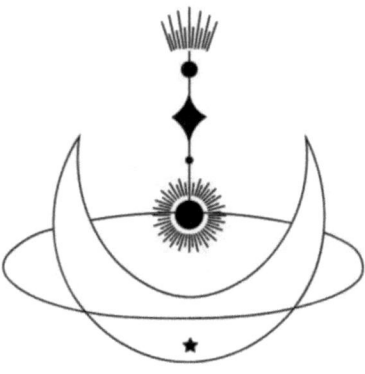

Für alle, die glauben nicht genug zu sein: Ihr seid so viel mehr als ihr euch vorstellen könnt. Eines Tages werdet ihr erkennen, wie einzigartig und wertvoll ihr wirklich seid.

Achtung:

Um deine mentale Gesundheit zu schützen, bitte ich dich, das hier zu lesen. Diese Geschichte enthält Themen und Szenen die emotional belastend sein können und möglicherweise Trigger auslösen. Ich bitte dich, dies im Hinterkopf zu behalten. Was zunächst wie eine harmlose Geschichte erscheint, enthält folgende Inhalte: Erwähnungen von Suizid, eine erzwungene Ehe, derbe Sprache, Mord, Belästigung, Gewalt, Alkohol, traumatische Kindheit und sexuelle Inhalte.

Gerade wenn du glaubst, dich in einer sanften Dark Romance zu befinden, nimmt das Schicksal eine dramatische Wendung. Es folgen explizite Darstellungen von Vergewaltigung, Gewalt gegen eine Frau im Rollstuhl und schließlich ein Ende, das alles in Frage stellt. Auch hier wird Suizid thematisiert – auf eine Weise, die dich herausfordern könnte. Ich empfehle dir Taschentücher bereitzuhalten, denn diese Geschichte wird dich zum Lachen und Weinen bringen. Sie verlangt Kraft, Mut und vielleicht auch einen Moment um durchzuatmen.

Ich wünsche dir spannende und herzzerreißende Lesestunden.

Gemelli Diversi - Anima Gemella

Danke an meine Liebe Giovanna. Das Lied macht dieses Buch perfekt. Ti Amo.

1. Gemelli Diversi - Anima Gemella
2. Papa Roach - Last Resort
3. The Weekend - Earned it
4. Michele Morrone - Watch me Burn
5. The Weekend - Wicked Games
6. Evanescence - Bring me to Life
7. Beyonce - Crazy in Love
8. Annie Lennox - I put a spell on you
9. Ex Habit - Too late to love you
10. Bon Jovi - It´s my Life
11. Ex Habit - On your Knees
12. Orgvsm - Feel me
13. Gemelli Diversi - Come Piace A Me
14. Britney Spears - Everytime

Prolog

Immer wieder schleicht sie sich in meine Träume. Das Mädchen mit den besonderen Augen. Jenes Mädchen, das seit 16 Jahren in meinem Hirn herumgeistert. Sie saß allein auf einem Grabstein. Ich konnte ihr Wimmern bereits einige Meter entfernt hören. Je näher ich ihr kam, desto mehr konnte ich ihren Schmerz spüren. Sie tat mir leid, ich kannte das Gefühl, ich wusste genau, was in ihr vor ging. Sie hatte einen geliebten Menschen verloren. Auch ich habe jemanden verloren. Jemanden, der mir wichtiger war als jeder andere... und zwar mich selbst. In einer Welt wie der meinen zu leben ist nichts, was man einem 14-jährigen Jungen wünscht. Er sollte mit Freunden Fußball spielen und nicht am Esstisch, zusammen mit seinem Vater, Waffen auseinander bauen oder Menschen bestehlen. Er sollte Freude empfinden, Glück und Sicherheit, und nicht in ständiger Angst leben müssen, geschlagen zu werden. Wenn ich die Tränen dieses Mädchens sehe, weiß ich genau, dass sie solche Dinge nicht erleben sollte. Ein Mädchen wie sie sollte lachen, sie sollte glücklich sein und ihre Tränen gegen ein Lächeln eintauschen. Mit leisen Schritten nähere ich mich ihr.

»Hier, das ist für dich. Gib gut darauf Acht. Es soll dir in schweren Zeiten Glück bringen«, höre ich mich selbst sagen. Sie dreht sich zu mir und sieht mich mit ihren blauen Augen eindringlich an.

Ihr Blick wechselt zwischen mir und der Kette in meiner Hand, welche ich ihr entgegenstrecke.

»Wieso willst du mir so etwas schenken?«, fragt sie und wischt sich ihre Tränen aus dem Gesicht.

»Sagte ich doch bereits. Du sollst glücklich sein.«

Als sie mich weiterhin nur ansieht, stelle ich mich hinter sie. Anfangs ist sie skeptisch und weiß nicht genau, was ich vorhabe.

»Ich tue dir nichts, versprochen«, versichere ich und lege ihr behutsam die ganz besondere Kette um. Auf dieser ist ein kleiner Anhänger mit einer blauen Lilie drauf. Sie greift sich an die Kette und betrachtet sie von allen Seiten. Zufrieden drehe ich mich um und da es stark zu regnen beginnt, gehe ich los.

»Hey, warte!«

Als ich ihre Schritte auf dem nassen Asphalt plätschern höre, drehe ich mich zu ihr.

»Diese Kette ist unbeschreiblich schön, vielen Dank." Nickend möchte ich mich von ihr abwinden, als sie nach meinem Shirt greift und mich davon abhält.

»Wenn mir diese Kette wirklich Glück bringt, dann werde ich dich finden. Ich werde dir all das Glück zurückgeben«, verspricht sie und wischt sich dabei eine Träne weg, die langsam ihre Wange entlang gleitet.

»Wer sagt denn, dass ich Glück brauche?«

»Deine Augen tun es.« Mit diesen Worten wendet sie sich ab und lässt mich zurück in einem Leben, in dem Glück ein Fremdwort ist.

Immer wieder durchlebe ich diesen Moment erneut, immer wieder lässt sie mich allein auf dem Friedhof zurück und bringt mich dazu, an mir selbst zu zweifeln. Jedes Mal, wenn sie in meinen Träumen erscheint, habe ich diesen kleinen Funken Hoffnung, dass ich ebenfalls

Glück verdient habe. Doch ein Blick in den Spiegel, verrät mir das Gegenteil.

Meine Augen zeigen das pure Böse. Den Tod. Die Dunkelheit. Und das nicht, weil ich innerlich verwese, nein, sondern weil ich Santino Moreno, der Tod höchstpersönlich bin.

Und ich werde euch holen.

Einen nach dem anderen.

Kapitel 1

Alaia

Fuck! Ich hasse das alles! Ich hasse es, dass ich nicht, wie alle anderen in meinem Alter, studieren kann. Ich hasse es, dass ich nur Absagen bekomme, wenn ich mich auf einen gut bezahlten Job bewerbe. Ich hasse es, dass meine Mutter dafür verantwortlich ist. Was ich allerdings noch mehr hasse, ist, wenn ich nach einer harten Nachtschicht geweckt werde.

»ALAIA! HABE ICH DIR NICHT GESAGT, DASS ICH DIESEN STREUNER NICHT IN MEINEM HAUS HABEN WILL?!«, ertönt die nervtötende Stimme meiner Mutter.

»Der einzige Streuner im Haus bist du«, flüstere ich genervt. Ob sie immer noch so über Brian reden würde, wenn sie wüsste, dass er es war, der die letzten Jahre geholfen hat Essen auf den Tisch zu bringen? Wohl kaum. Gerade als ich mich auf die andere Seite drehen will, um weiter zu schlafen, geht meine Tür auf. Da ich ganz genau weiß, dass es niemals meine Mutter sein kann, die sich dazu bequemt, zu mir hochzukommen, bewege ich mich keinen Millimeter.

»Es tut mir leid, Al. Ich wollte dir Frühstück zaubern. Konnte ja nicht wissen, dass Ashley mal nüchtern ist«, sagt Brian und kuschelt sich hinter mich.

17 Jahre lang hat es keiner geschafft uns zu trennen. Nicht einmal Ashley, meine Mutter, oder wie ich sie nenne: die Alkoholikerin. Seitdem mein Dad vor 16

Jahren starb, hängt sie an der Flasche. Brian war immer an meiner Seite. Er hat sich für mich geprügelt, hat für mich gelogen und nun ist er wegen mir obdachlos. Als ich eines Nachts von der Arbeit kam und von seinem Vermieter beim Betreten des Hauses gesehen wurde, dachte er, ich sei eine Nutte und hat daraufhin meinem besten Freund die Wohnung gekündigt. Er findet seit sieben Monaten keine neue Bleibe und schläft deswegen bei mir. Auch wenn er in seinem Job als Security genug verdient, ist der Wohnungsmarkt in Manhattan die reinste finanzielle Katastrophe.

»Ich weiß genau, dass du nicht schläfst. Sei nicht böse auf mich, es sollte nur eine kleine Überraschung werden«, flüstert er in mein Ohr. Ich drehe mich in seiner Umarmung und stupse ihm mit meinem Finger auf die Nase.

»Ich weiß. Deswegen liebe ich dich auch. Aber ich muss schlafen, Brian. Meine Schicht beginnt zwei Stunden früher, da ich zwei neue Tänzerinnen einlernen muss.« Langsam nickt er, drückt mir einen Kuss auf die Stirn und legt sich auf den Rücken. Wie immer, wenn er das tut, ist das eine Einladung, ihn als mein Kissen zu benutzen.

»Wie wars heute?«

»Es war okay. 1500$ Trinkgeld. Somit ist die Miete für nächsten Monat sicher.«

»Wann hast du vor ihr zu sagen, dass sie das gesamte Erbe bereits vor sechs Jahren versoffen hat?«

»Ich weiß es nicht.« Ich spüre, wie er tief einatmet, sich aber seinen Kommentar verkneift. Mein Vater hat uns 150.000$ hinterlassen. Wir kamen damit gut über die Runden, da meine Mutter selbst noch gearbeitet hat. Naja, bis eben der Alkohol stärker wurde, als der Drang ihre Tochter zu ernähren.

Ich bin 23 Jahre alt und arbeite seit zwei Jahren als Stripperin. Und das nur, weil *SIE* nicht stark genug für uns beide sein konnte.

»ALAIA! WIESO HABE ICH KEINEN WHISKEY MEHR?!«, brüllt ihre unausstehliche Stimme durch den Flur.

»WEIL DU ALLES LEER GESOFFEN HAST, MOM!« Das war es dann wohl mit schlafen.

»Können wir etwas essen gehen? Lass uns Pia besuchen. Wir bekommen bestimmt wieder eine Pizza umsonst.« Ich sehe ihn mit einem Welpen Blick an, denn ich weiß, dass dieser immer zieht.

»Wie sie wünschen, My Lady. Du solltest dich aber vorher abschminken, du siehst aus wie ein Pandabär.«, scherzt er und fängt sich einen Biss in die Brust von mir ein.

»Aua! Du bissiges Monster. Beweg deinen Arsch, bevor der Laden wieder zu voll ist.«

Völlig übermüdet stehe ich auf und tapse zu meinem Kleiderschrank. Für einen kurzen Moment schaue ich mich um. Mein Zimmer. Mein gemütliches Reich. Bevor ich angefangen habe zu strippen, glich dieser Raum einem Keller. Kahle Wände, kaputter Boden und kaum Möbel. Brian wollte mir immer Möbel kaufen, ein richtiges Bett, auf dem ich mir nicht jede Nacht den Rücken breche, aber ich habe mich geweigert. Ich wollte sein Geld nicht. Ich bin der Meinung, wenn du etwas willst, dann musst du auch etwas dafür tun. Also nahm ich, nach sechs Monaten, zu meiner Arbeit als Stripperin, zusätzlich die Stelle der Tanzlehrerin an. Als ich genug Geld zusammen hatte, habe ich gemeinsam mit meinem besten Freund eine Renovierungsaktion gestartet.

Wir haben den bereits aufgequollenen Teppich durch schwarzen Parkettboden ersetzt. Die schimmelbefallene

Tapete entfernten wir ebenfalls. Nachdem wir es geschafft haben, das giftige Zeug zu bekämpfen, hat Brian die Wände in Weiß gestrichen.

Das klapprige Gestell, welches ein Bett darstellen sollte, habe ich durch ein großes Kingsize Bett ersetzt. Es ist komplett schwarz und das Kopfteil ist mit Strasssteinen verziert. Auch wenn ich nicht das typische Mädchen bin, mag ich alles, was glitzert. Was auch an meinen Nachttischen zu erkennen ist. Den langweiligen Knauf habe ich durch einen großen Kristall ersetzt. Wenn diese Klunker nur echt wären, dann wäre mein Leben für immer abgesichert und ich müsste mich nicht mehr vor alten Männern ausziehen.

Soweit ich mich zurück erinnern kann, habe ich es geliebt zu tanzen. Aber mittlerweile fange ich an, es zu hassen. In unserem alten Haus haben mein Dad und ich jeden Abend das Wohnzimmer in ein Tanzstudio verwandelt. Wir hatten Spaß, während meine Mutter unbeteiligt auf der Couch hing und versuchte uns mit ihrer schlechten Laune anzustecken, jedoch hatte sie damit nie Erfolg.

Ich bin mir sicher, sie wollte nie Kinder, zumindest nicht, wenn ihr Mann sich lieber mit seiner Tochter beschäftigt, anstatt mit seiner Frau.

»Al? Alles okay?«, reißt mich Brian aus den Gedanken und erschreckt mich so sehr, dass ich ins Schwanken komme und mit dem Hintern auf meinem weichen Teppich lande, der sich unter meinem Bett befindet.

»Shit! Was ist denn los mit dir?« Er springt vom Bett und hilft mir hoch.

»Ich war mal wieder so in meinem eigenen Kopf gefangen, dass ich vergessen habe, dass du da bist. Sorry, ich zieh mich schnell an, schminke mich ab und dann können wir los«, sage ich und hoffe er belässt es dabei.

14

Wenn ich ihn nicht so sehr lieben würde, hätte ich ihn schon längst vor die Tür gesetzt. Unsere Freundschaft ist, naja, wie soll ich sagen- speziell?

Wir hatten einige Male Sex miteinander. Genau genommen, hat er mich sogar entjungfert. Nach einer Weile haben wir gemerkt, dass wir einfach nicht zusammenpassen. Wir wollten unsere Freundschaft nicht zerstören und deswegen haben wir nie wieder über diese Ausrutscher geredet. Nur leider ist dadurch etwas entstanden, was uns beinahe mehr zerstört hätte als unser Sex. Brian ist sehr besitzergreifend. Sein Beschützerinstinkt ist derart ausgeprägt, dass keiner meiner Kunden sich traut, mich für einen Privattanz zu buchen, wenn sie sehen, dass er für den Abend als Security für die Mädchen eingeteilt ist.

»Bist du sicher, dass du nicht lieber schlafen willst? Du siehst aus, als würdest du jeden Moment umkippen«, stellt er fest und sieht mich besorgt an.

»Mir geht's gut, wirklich. Bitte mach dir keine Sorgen.« Ich schnappe mir eine schwarze Jeans und ein schwarzes Top, schlüpfe hinein und verlasse mein Zimmer, um ins Bad zu gehen. Aus dem unteren Stockwerk kann ich meine Mutter die Küchenschränke durchwühlen hören.

»Fuck. Dieser verdammte Streuner hat bestimmt meinen letzten Tropfen gesoffen«, murmelt sie zu sich selbst, jedoch so laut, dass ich jedes Wort verstehen kann. Ehe ich meine Beine wieder unter Kontrolle bekomme, renne ich die Treppen nach unten, greife nach meiner Tasche und leere ihr den gesamten Inhalt auf den Esstisch.

»Hier! Geh und besorg dir deinen Alkohol! Lass dich wieder derart volllaufen, dass du nichts mehr um dich herum mitbekommst! Was ist nur aus dir geworden, Ashley?«, den letzten Satz flüstere ich eher zu mir selbst, als zu ihr. Gerade als ich mich abwenden will, packt sie mich am Arm und verpasst mir eine schallende Ohrfeige.

»Wie kannst du es wagen, so mit mir zu sprechen? Ich bin deine Mutter, Alaia! Ich habe dir dein Leben geschenkt und du hast nichts Besseres zu tun, als tagein, tagaus respektlos zu mir zu sein?! Mich zu verspotten und mit diesem Idioten meinen Alkohol wegzusaufen?! Du lebst in meinem Haus…«

»Das ist nicht dein Haus! Du hast das gesamte Erbe versoffen! Es ist nichts mehr übrig! Ich habe einen Deal mit der Bank und zahle jeden verfickten Monat Miete! Der Streuner, heißt immer noch Brian und er war derjenige, der uns ein ganzes Jahr die Miete bezahlt hat, uns den Kühlschrank gefüllt hat und deinen Alkohol finanziert hat! Wenn du schon mal nüchtern bist, dann benutz deinen Kopf zum Denken! Was denkst du denn woher das ganze Geld kommt? Ich…«

»ALAIA ES REICHT JETZT! BEWEG DEINEN ARSCH NACH OBEN UND DANN LASS UNS GEHEN!«, brüllt Brian und stellt sich zwischen mich und meine Mutter.

»Das Geld ist weg?«, murmelt sie und macht mich damit nur noch wütender.

»Denk nicht mal dran. Geh jetzt nach oben!« fährt mich Brian an. Und ich muss sagen, ich bin dankbar dafür, dass er mich immer wieder aus solchen Situationen rettet.

Wisst ihr, auch wenn es für Außenstehende so wirkt, als wäre er zu hart oder vielleicht auch toxisch, muss ich euch gleich sagen, dass es nicht so ist, wie es scheint. Brian hat das Talent, mich mit seiner dominanten Art wieder auf den Boden der Tatsachen zu holen. Ohne ihn hätte ich mich bestimmt schon geprügelt, sei es mit Kolleginnen oder mit meiner Mutter.

Ohne sie noch eines Blickes zu würdigen, gehe ich nach oben und sperre mich im Badezimmer ein.

Wie immer, nach einem Gespräch mit meiner Mutter, bin ich vollkommen aufgelöst. Tränen sammeln sich in meinen Augen und versuchen sich einen Weg in die Freiheit zu bahnen. Mit Mühe und Not versuche ich stark zu bleiben, den Kloß in meinem Hals herunterzuschlucken, denn eins habe ich mir geschworen: Für sie werde ich keine einzige Träne mehr vergießen. Nie wieder.

Ich war erst sieben Jahre alt, als der Krebs mir meinen Vater genommen hat. Ich war allein. Allein mit dem Schmerz, allein mit der Trauer und allein mit dem Loch, das sein Tod in meinem Leben hinterlassen hat. Meiner Mutter war es wichtiger ihre Zeit in verschiedenen Bars zu verbringen. Brian war die ganze Zeit an meiner Seite, genau wie seine Familie. Nur leider sind auch sie von uns gegangen. *Alaia, genug! Schmink dich ab, setz eine neue Maske auf und verstecke dich wieder hinter deiner Mauer.* Ermahne ich mich selbst und wasche mir die alte Schminke aus dem Gesicht.

Nachdem ich mir das Gesicht abgetrocknet habe, tusche ich mir die Wimpern, lege ein leichtes Make-up auf und dazu einen dunkelroten Lippenstift. Meine Haare binde ich zu einem Dutt nach oben und fühle mich bereits etwas besser. Ein letztes Mal checke ich mein Spiegelbild und gehe wieder nach unten. Brian hat mein Geld zusammengesammelt und es wieder in meiner Tasche verstaut.

»Nimm das, teil es dir ein und sieh zu, dass du anfängst deine Tochter zu schätzen. Wenn du wüsstest, wie hart sie für dieses Geld arbeiten muss… Du hast keine Ahnung, Ashley, wirklich. Sei einfach glücklich darüber, dass sie dich nicht im Stich lässt.«

Mit diesen Worten zieht er seinen Geldbeutel aus der Hosentasche, wirft ihr 200$ auf den Tisch und wendet sich mir zu.

»Du siehst, wie immer, viel zu gut aus, um das Haus zu verlassen.«

»Deswegen habe ich ja dich, als meinen persönlichen Sicherheitsmann.« Er schüttelt lachend den Kopf und steuert die Tür an.

»Alaia, warte!«, ruft meine Mutter mir nach. Ich bleibe stehen und schaue sie verwirrt an.

»Danke. Danke, dass du die ganze Verantwortung übernimmst. Ich habe ein Problem und ich weiß, ich sollte mich darum kümmern, aber ich bin nicht stark genug.« Sie steht auf und tut etwas, was sie seit Jahren nicht mehr getan hat. Sie nimmt mich in den Arm.

»Danke, Sweety. Ich werde versuchen mich zu bessern.«

»Schon ok, Mom, das bekommen wir schon hin.« Ich löse mich von ihr und gehe zurück zu Brian, der genauso verwundert schaut, wie ich mich fühle. Gemeinsam verlassen wir das Haus und er steuert direkt die andere Straßenseite an. Brian geht auf sein Auto zu, wirft den Schlüssel aber zu mir rüber.

»Ich weiß genau, dass du es brauchst, mal wieder richtig auf die Tube zu drücken.« Er kennt mich einfach zu gut. Jedes Mal, wenn ich von etwas genervt oder überfordert bin, bekomme ich sein Auto und darf durch die Straßen Manhattans brettern. Ich liebe seinen BMW. Ich setze mich ans Steuer, starte den Wagen und fahre mit quietschenden Reifen davon. Brian verbindet sein Handy und dreht mein Lieblingslied auf voller Lautstärke auf.

Papa Roach-Last Resort

Er wusste schon immer genau, was ich brauche, um wieder auf den Boden zurückzukommen, wenn ich gerade wieder dabei bin, an die Decke zu gehen. Wir brüllen lauthals den Song mit, bis wir bei der Pizzeria ankommen, in der unsere Freundin Pia arbeitet. Ich parke wie ein Profi ein, fühle wie die Spannung von meinen Schultern fällt und grinse meinen besten Freund an.

»Du bist der beste Mensch der Welt. Ich liebe dich, Branski«, ärgere ich ihn und bekomme einen Klaps auf den Kopf.

»Ich liebe dich auch, hasse aber diesen Namen und das weißt du, du kleine Hexe.« Wir steigen gemeinsam aus und gehen direkt auf den kleinen Laden zu, in dem es die beste Pizza Amerikas gibt.

»Wenn das nicht meine Lieblingsmenschen sind«, begrüßt uns die freundliche Stimme von Pia. Sie ist, neben Brian, der einzige Mensch, dem ich vertraue. Sie ist vor sechs Jahren mit ihrer Familie von Atlanta nach Manhattan gezogen und wir haben uns vom ersten Moment an verstanden. Sie passt zu uns, wie Arsch auf Eimer. Auch wenn sie mit ihrer zierlichen Statur unschuldig und süß wirkt, mutiert diese Frau immer wieder zu einer blonden Furie.

»Hallo ihr zwei. Wie immer?«, fragt Luigi. Er ist mit Abstand der beste Chef, den man sich vorstellen kann.

Er wollte mich ebenfalls einstellen, nur waren die Arbeitszeiten nicht mit meinen jetzigen kompatibel. Da es nicht möglich ist, so viel Geld bei ihm zu verdienen, wie im Dark Angels, musste ich sein Angebot leider ablehnen.

»Ja. Danke, Luigi«, erwidere ich, und nehme meine beste Freundin in den Arm.

»Was wollt ihr trinken? Babe, für dich ein Red Bull, oder? Brian, Kaffee?«, fragt sie und auf unser Nicken hin macht sie sich daran uns die Getränke zu servieren.

»Alles in Ordnung? Du siehst aus, als hättest du sieben Wochen nicht geschlafen und das, obwohl wir uns erst gestern gesehen haben.« Pia hat das Talent, unter hundert Schichten Make-Up zu blicken und genau zu sehen, was sich hinter der aufgesetzten Maske verbirgt.

»Kleiner Streit mit Mom, anstrengende Schicht und dazu kommt, dass ich heute wieder zwei Neue einlernen muss. Ich habe drei Stunden geschlafen und bin einfach nur am Ende meiner Kräfte«, gestehe ich.

»Ach Babe. Ich habe dir doch gesagt, dass ich dir das Geld geben werde, welches du für deine Miete brauchst. Du bist noch so jung, mach dich doch nicht selbst kaputt.«

Ich weiß ihre Worte zu schätzen, dennoch würde ich ein solches Angebot niemals annehmen. Brian hat mir auch angeboten, weiterhin für die Miete aufzukommen, aber fuck… niemals würde ich mich so abhängig von meinen Freunden machen. Geld zerstört alles, auch die besten Freundschaften.

»Pia, bitte, nicht wieder dieses Thema. Ich liebe dich wirklich, aber du kannst echt nerven.«

»Du auch, und deswegen liebe ich dich. Brian, hast du ihr gesagt, dass wir heute Abend auch da sein werden?«, fragt sie unseren besten Freund, dem ich gerade am liebsten die Augen auskratzen würde. Er weiß genau, dass heute der Tag ist, an dem einer meiner besten Kunden kommt. Wenn er Brian sieht, war es das mit meinem Trinkgeld.

»Bevor du mir eine reinhaust... Ich bin als Gast da. Pia will endlich eine deiner Shows sehen und deswegen kommen wir. Ich mache nichts, versprochen.« Da er seine Versprechen immer hält, glaube ich ihm.

»Essen!«, ruft Luigi und kommt mit unseren Salamipizzen aus der Küche. Kaum hat er die dampfenden Teller vor uns abgestellt, merke ich, wie hungrig ich wirklich bin. Sobald ich das erste Stück verschlungen habe, schaufle ich den Rest in mich. Ich muss aussehen wie eine Wilde, die seit Wochen kein Essen mehr bekommen hat.

Nachdem ich meinen Teller geleert habe, fasse ich nachdenklich an meine Kette, an der eine wundervolle Lilie hängt und komme zu dem Entschluss, dass meine beste Freundin Recht hat. Ich mache mich selbst kaputt. Ich komme kaum zum Essen. Wenn Brian sich nicht darum kümmern würde, würde mein Leben nur aus tanzen und schlafen bestehen. Das alles hat ein Ausmaß angenommen, welches nicht gesund für mich ist und bevor ich zusammenbreche, sollte ich wenigstens einmal auf meine Freunde hören.

»Ihr habt Recht. Heute Abend rede ich mit Rocco und nehme mir zwei Wochen Urlaub. Lust auf einen Kurztrip?«, werfe ich in die Runde. Schade, dass ihr die Blicke der beiden nicht sehen könnt. Pia bleibt der Mund offenstehen. Brian lässt sogar sein Pizzastück fallen und auch ihm droht das Gesicht so stehen zu bleiben.

»Hast du das gerade auch gehört, oder hat mir Luigi besondere Pilze auf die Pizza geschmuggelt?«

»Dann muss ich auch welche davon gegessen haben, denn ich kann nicht glauben, dass unsere Alaia gerade wirklich von einer Pause gesprochen hat.« Wieso sind diese Idioten noch gleich meine besten Freunde?

»Wie wäre es mit den Hamptons? Meine Familie hat dort ein Haus«, schlägt Pia vor. Brian und ich nicken gleichzeitig. Es ist also beschlossen – Hamptons, wir kommen!

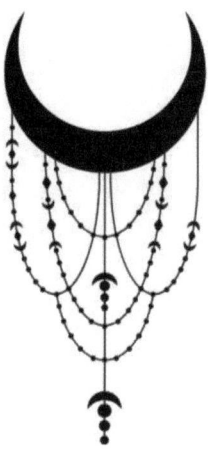

Im Tanz verliere ich mich selbst, finde eine Freiheit, die keine Worte kennt – ein Moment, in dem die Welt verblasst und nur noch die Leidenschaft bleibt.

Kapitel 2

Alaia

Ein nervtötender Ton reißt mich aus einem viel zu kurzen Schlaf. Ich muss eingenickt sein. Nachdem wir mit essen, und dem Planen unseres Kurztrips, fertig waren, sind Brian und ich wieder nach Hause gefahren.

»Ich habe dich ins Bett gebracht. Du bist auf dem Rückweg sehr schnell eingeschlafen und ich dachte, die Mütze Schlaf kannst du gut gebrauchen«, ertönt Brians Stimme neben mir. Immer wieder erwische ich mich dabei, wie ich mir vorstelle, wie es wohl anders wäre. Das wir als Paar funktionieren würden. Er ist so liebevoll, fürsorglich und verdammt heiß noch dazu. All das, was eine Frau braucht, um glücklich zu sein. Ich drehe mich auf die andere Seite und da liegt er. Nur in Boxershorts gekleidet. Seine Tattoos betonen seinen muskulösen Körper gleich noch mehr. Ich fahre unbewusst mit meinem Finger über die vielen Bilder und merke, wie etwas mein Knie berührt. Fuck…

»Hör auf damit. Wir haben doch ausgemacht, dass so eine Beziehung zwischen uns nicht gut geht…«, flüstert er. Und auch wenn ich weiß, dass er recht hat, klettere ich auf ihn und bewundere meine Aussicht. Seine braunen Locken, seine grünen Augen, sein markantes Gesicht. Er sieht einfach zu gut aus, um es nicht noch einmal zu versuchen. Auch wenn es das letzte Mal ist.

»Al… fuck, du weißt genau, was du für eine Wirkung auf mich hast. Ich will nicht, dass unsere Freundschaft darunter leidet. Du bist der wichtigste Mensch in meinem Leben«, sagt er. Und auch wenn ich die Ehrlichkeit in seinen Augen sehe, weiß ich, dass es ihn viel Kraft kostet, sich zu kontrollieren.

»Lass es uns ein letztes Mal versuchen, vielleicht funktioniert es ja«, bitte ich, doch er schüttelt den Kopf.

»Ich will dich nicht verlieren, verdammt! Was, wenn es nicht funktioniert? Was, wenn unsere Wege sich trennen? Ich will nicht ohne dich leben, Alaia!« Fuck, so habe ich das noch gar nicht gesehen. Nur weil wir uns als Freunde verstehen, bedeutet das nicht, dass es als Paar genauso sein wird.

»Du hast Recht, es tut mir leid.« Ich drücke ihm einen Kuss auf die Nase, klettere von ihm herunter und wende mich von ihm ab. Das Ganze ist mir total unangenehm.

»Hey, nicht. Wende dich jetzt nicht von mir ab. Ich bin es, okay? Dir braucht das nicht unangenehm zu sein. Wenn es nach mir ginge, und du nicht du wärst, dann hätte ich dich gefickt, bis du nichts als Sterne gesehen hättest.« Er nimmt mich in den Arm und küsst mich auf den Kopf. Egal wie sehr ich mich auch zu ihm hingezogen fühle, ist mir nichts wichtiger, als seine Freundschaft. Was soll ich nur tun, wenn er irgendwann aus meinem Leben verschwindet?

»Ich liebe dich, Brian.«

»Ich liebe dich auch. Und jetzt zieh dich an. Ich fahr dich zur Arbeit.« Ich schnappe mir meine Tasche, stopfe meine Dessous rein und ziehe mir sportliche Kleidung an. Hoffentlich sind die Neuen nicht solche Nieten wie die, die ich das letzte Mal einlernen musste.

Man hätte ihnen die Choreografie aufzeichnen, 50-mal abspielen lassen können, und trotzdem hätten sie es nicht geschafft etwas Vernünftiges auf die Tanzfläche zu bringen. Zu ihrer Verteidigung: Rocco hat sie eingestellt, ohne ihnen zu sagen, wie schwer es eigentlich ist, sich an einer Stripstange zu bewegen. Selbst für mich war es anfangs schwer. Und das, obwohl ich eine begabte Tänzerin bin. Man braucht Kraft, muss versuchen eine Verbindung mit seiner Stange aufzubauen, damit man sich an ihr balancieren kann. Das oberste Gesetz des Poledance ist, dass Außenstehende nicht sehen dürfen, wie viel Kraft es dich kostet, dich, für sie, um diese Stange zu rekeln. Es soll den Kunden anmachen, nicht abschrecken. Nachdem ich mich etliche Male beim Training verletzt habe, wusste ich genau, dass, egal wie schön und ästhetisch es auch aussehen mag, es der anstrengendste Sport ist, den es gibt.

»Halloooo?! Denkst du eigentlich, dass es mir Spaß macht, mit mir selbst zu reden, Madame?«, reißt mich Brian aus den Gedanken. Wieso passiert mir das eigentlich immer? Ich denke über eine Sache nach und habe dann noch tausend andere Gedanken.

»Sorry, lass uns gehen.«

»Bist du sicher, dass du so gehen willst?«, fragt er mich plötzlich, mit einem schelmischen Grinsen im Gesicht.

»Ja? Ich habe eine Leggings an, ein Höschen, einen BH und ein Top. Fehlen nur noch Schuhe.«

»Du hast nur eine Socke an, du verträumtes Ding!« Oh Mist, der Tag kann doch nur in einer Katastrophe enden. Schnell ziehe ich mir die andere Socke an, schlüpfe in meine Nikes und verlasse kommentarlos mein Zimmer. Ich kann Brian immer noch lachen hören, versuche ihn aber zu ignorieren.

Genau wie meine Mutter, die mal wieder mit ihrer Whiskeyflasche in der Hand eingeschlafen ist. Früher habe ich sie ihr immer aus der Hand genommen, habe sie zugedeckt, da im Wohnzimmer die Heizung kaputt ist, aber das habe ich mittlerweile aufgegeben. Ohne weiter über sie nachzudenken, verlasse ich das Haus und steuere Brians Auto an.

»Willst du fahren?«, fragt er, doch ich schüttle den Kopf. Ich möchte diese Nacht hinter mich bringen und dann, wenn möglich, 24 Stunden schlafen. Kaum habe ich mich angeschnallt, startet mein bester Freund den Motor und rast los. Der Club, in dem ich arbeite, ist etwa 15 Minuten entfernt. Dank meines persönlichen Chauffeurs reicht es also kurz vor knapp loszufahren. Dank meiner Mom musste ich mein Auto verkaufen und kann deswegen nicht selbst fahren. Immer wieder, wenn Brian in anderen Clubs an der Tür arbeiten muss, lässt er sich abholen, damit ich seinen Wagen nehmen kann. Niemals würde er auch nur auf die Idee kommen, mich allein durch die Nacht spazieren zu lassen, vor allem nicht bei meinem Job. Es gab bereits einige Kunden, die nach Feierabend auf mich gewartet haben, da sie wirklich dachten, sie könnten mich kaufen. Wichser. Ich schlafe nicht mit meinen Kunden, egal wie viel Geld sie mir bieten. Ich glaube diese notgeilen Säcke verstehen den Unterschied zwischen Tänzerinnen und Nutten nicht.

Als wir am *Dark Angels* ankommen, steht bereits Rocco vor dem Laden und läuft mit seinem Handy am Ohr hin und her. Oh Mann, das sieht nicht gut aus.

»ICH BRAUCHE ABER EINE VERDAMMTE STRIPPERIN!«, brüllt er so laut, dass ich es selbst durch die geschlossene Scheibe hören kann.

»Soll ich dich begleiten?«, will Brian wissen, doch ich schüttle den Kopf.

»Wir sehen uns später, danke fürs Fahren.«, sage ich, drücke ihm einen Kuss auf die Wange und steige aus.

»Bis später.« Er fährt los und lässt mich mit meinem nervösen Chef zurück.

»Fuck!«, faucht dieser und beendet seinen Anruf.

»Hey Boss. Alles okay?«, frage ich und nehme ihn in den Arm. Rocco und ich kennen uns noch aus der Schulzeit. Er war einige Klassen über mir und der Schwarm aller Mädchen. Blöd für sie, denn er hatte nur Augen für mich. Nur leider hat Brian dies nicht zugelassen. Er hat immer gesagt, dass er mir nur unter mein Höschen wollte, naja- eigentlich war es anders, denn der, der an mein Höschen wollte, war Brian und er hat es geschafft.

»Hallo, Schönheit. Nein, es ist nichts okay. Vivi hat gekündigt, Scarlett ist krank und die Neuen, naja ich weiß nicht, was ich mir dabei gedacht habe. Selbst du wirst es wahrscheinlich nicht schaffen, aus ihnen Tänzerinnen zu machen.« Na großartig, das wird spaßig.

»Warte Mal. Wenn die beiden nicht da sind, dann bin ich heute allein! Rocco, wie soll ich bitte von Mitternacht bis sechs Uhr morgens durchtanzen? Ich bin ein Mensch, keine Maschine.«

»Fuck, ich weiß doch. Was soll ich tun? Ich habe keinen Ersatz auftreiben können und wenn ich nicht liefere, sind wir am Arsch. Du weißt genau, wer heute alles da sein wird.« Sein verzweifelter Gesichtsausdruck bringt mich dazu etwas zu sagen, von dem ich weiß, dass ich es bereuen werde.

»Ich mache es, aber nur weil ich dich lieb habe. Und ich heute das Trinkgeld von drei Tänzerinnen in meinen Slip stecke.« Er gibt mir einen Kuss auf die Wange und öffnet die Tür.

»Ach und nur damit das klar ist, ich nehme mir ab morgen zwei Wochen Urlaub. Ich verhandle nicht, Rocco, also versuch es erst gar nicht. Ich werde die beiden heute so auseinandernehmen, dass sie fast so gut sein werden, wie ich es bin.« Da er weiß, dass ich nicht diskutieren werde, nickt er nur und verschwindet in seinem Büro. Ich hingegen gehe den schmalen Flur entlang, der am Tag, genau wie der Rest des Clubs, todlangweilig aussieht. Immer wieder fällt mir auf, was das hier eigentlich für eine Bruchbude ist. Der Boden ist an mehreren Stellen gerissen, die Wände gelb vom Rauch und die Tapete blättert sogar an einigen Stellen ab. Sobald aber die Nacht anbricht, und das bunte Lichterspiel zum Einsatz kommt, könnte man meinen, es sei ein anderes Gebäude. Alles scheint gehoben, luxuriös und sauber, doch ich weiß es besser. Würden Rocco und ich nach meinen Schichten nicht den gesamten Laden putzen, wären innerhalb von einer Woche Ratten die neuen Bewohner des *Dark Angels*. Ich komme an den Umkleidekabinen an und höre bereits meine vielleicht neuen Kolleginnen reden.

»Hey!«, begrüße ich die beiden, als ich um die Ecke komme. Sie sitzen bereits in ihren Trainingsanzügen da und wow… sie sind wunderschön. Die eine ist blond, hat blaue Augen und große Brüste. Die andere ist braunhaarig, scheint mir etwas zu jung zu sein, aber ich mische mich nicht in die Sachen ein, die Rocco da treibt.

»Hey, ich bin Amber«, stellt sich die Blonde vor und schüttelt mir die Hand.

»Ich bin Raven«, sagt die Braunhaarige und lächelt mich freundlich an.

»Sind das eure echten Namen?«, will ich wissen. Beide nicken und ich schlage mir mit der Hand gegen die Stirn.

»Lektion Nummer eins. Ihr stellt euch bei niemandem, außer Rocco und mir, mit euren echten Namen vor. Es gibt Kunden, die dadurch eure Adressen herausfinden können.« Gott, wie ich es liebe den Boss raushängen zu lassen.

»Mein Name ist für euch, während der Arbeit, Stella. Privat bin ich Alaia. Also nochmal, wie sind eure Namen?«, frage ich in einem strengen Ton.

»Candy«, antwortet Amber.

»Lola«, antwortet Raven. Sehr gut, die beiden lernen schnell, das kann ich über ihre Vorgängerinnen nicht sagen. Eine halbe Stunde hat es gedauert, bis sie mir ihre Künstlernamen genannt haben.

»Sehr gut, also Candy und Lola. Habt ihr jemals an einer Stange getanzt?« Beide nicken und mir fällt ein Stein vom Herzen. Ich drehe mich um, winke sie zu mir und verlasse die Umkleidekabinen, um in den Trainingsraum zu gehen. Das ist mein absoluter Lieblingsort. Immer wenn mir zuhause die Decke auf den Kopf fällt, und Brian nicht da ist, komme ich hierher. Eine lange Wand aus Spiegeln erstreckt sich im Raum und lässt ihn dadurch größer erscheinen. In der Mitte des Raumes sind Polestangen im Boden verankert. Um sie herum sind weiche Matten verteilt, damit der Fall nicht ganz so schmerzhaft wird. Auf der anderen Seite des Raumes steht eine kleine Bar, die voller Erfrischungsgetränke, Snacks und Verbandszeug ist. Ich gehe zur Soundanlage, verbinde sie mit meinem Handy und lasse leise Musik laufen.

»Ihr müsst versuchen, die Musik in euch zu fühlen, sie muss durch eure Adern fließen.« Ich lasse meine Hüften im Takt der Musik kreisen und verliere mich wieder in der Welt des Tanzes.

Ich blende alles um mich herum aus, ziehe mich an der Stange hoch und lasse mich kopfüber herunterhängen.

Das Ganze wiederhole ich so oft, bis ich feststelle, dass ich gerade eine neue Choreografie kreiert habe. Ich schwinge mich von einer Stange zur nächsten, halte mich oben an ihr fest und lasse mich langsam runter gleiten.

»Wow…«, staunt Amber und sieht mich mit weit aufgerissenen Augen an.

»Du bist ja vollkommen abgedriftet, wie hast du das gemacht? Ich meine, du hattest deine Augen geschlossen.« Das Staunen der beiden macht mich unheimlich stolz. Ich weiß, dass ich gut bin, aber es ist jedes Mal wieder schön zu sehen, wie andere Menschen, die nicht gerade notgeile Männer sind, dich für dein Können bewundern.

»Ich lasse mich von der Musik leiten. Versucht es. Schließt die Augen, geht in euch und dann hört auf die Melodie.« Sie stellen sich neben die Stangen, schließen die Augen und ich lasse das Lied von vorne laufen. Sie stehen einige Sekunden steif da und dann, aus dem Nichts, beginnen sie sich im Takt zu bewegen. Ihre Hände wandern an die Stangen und sie drehen sich in geschmeidigen Bewegungen um diese herum.

»Zieht euch hoch. Nehmt die Kraft aus euren Oberarmen und versucht den Schmerz zu ignorieren«, weise ich sie an und siehe da, es funktioniert! Ich frag mich wirklich, was Rocco für Probleme hat, denn ich glaube, dass diese Mädchen wirklich gut zu uns passen.

»Amber, ich bin direkt hinter dir, okay? Schling deine Beine um die Stange, versuch sie zwischen deine Schenkel zu pressen. Lass deinen Oberkörper fallen, ich fange dich auf und kümmere mich um deine Balance.« Ich kann das Zögern, welches von ihr ausgeht, deutlich spüren, doch dann tut sie es. Sie vertraut mir. Das ist gut.

»Scheiße, das tut weh!«, meckert sie, doch ich ignoriere sie. Sie muss lernen, mit dem Schmerz umzugehen, sonst kommt sie in dieser Branche nicht weit. Ich lasse sie los, stelle mich hinter Raven um das Gleiche zu versuchen. Bei ihr klappt es ebenfalls auf Anhieb.

»Alaia? Passt das so?«, fragt Amber und scheint nicht bemerkt zu haben, dass ich gar nicht mehr hinter ihr stehe.

»Das sieht doch mal vielversprechend aus. Stella, mein hellster Stern, du hast dir deinen Urlaub mehr als nur verdient«, ertönt Roccos Stimme und sorgt dafür, dass meine Mädels ihr Gleichgewicht verlieren und auf die Matten plumpsen.

»Das war gemein, du Arsch. Die beiden sind wirklich gut. Ich bin stolz auf dich, diesmal war es kein Griff ins Klo.« Er lacht nur und lehnt sich gegen die Wand.

»Ich würde gerne sehen, wie sie unsere leichteste Choreo meistern, diese können sie aufführen, während du weg bist.« Ich nicke ihm zu, gehe zu meinem Handy, um das passende Lied auszuwählen und stelle mich an die mittlere Stange.

»Versucht erstmal mir alles nachzumachen. Damit ihr es wenigstens einmal gesehen habt und dann gehen wir alles Schritt für Schritt durch.« Die beiden sind Feuer und Flamme. Die Freude in ihren Gesichtern ist kaum zu übersehen.

The Weekend-Earned it

»Würdest du bitte?«, frage ich an Rocco gewandt, dieser nickt und startet das Lied.

Sobald die Melodie beginnt, tauche ich wieder in meine eigene Welt ein und beginne mit der Choreografie. Im Spiegel beobachte ich die beiden, wie sie meinen Bewegungen folgen und ich muss sagen, sie sind wirklich gut. Ich ziehe mich an der Stange hoch, werde eins mit ihr und schlängle mich um sie, bis ich mich daran festklammere und mit gespreizten Beinen auf dem Boden lande. Da dies der schwierigste Part des Tanzes ist, wiederhole ich das Ganze, bis das Lied von vorn beginnt. Rocco scheint genauso begeistert zu sein wie ich, denn das Grinsen, welches sich auf sein sonst so grimmiges Gesicht geschlichen hat, spricht seine eigene Sprache.

Urlaub- Ich komme!

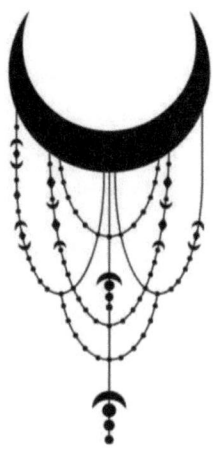

In der Dunkelheit seines kalten Herzens war keine Liebe, nur Besessenheit – ein gnadenloser Drang zu besitzen, zu kontrollieren, zu zerstören. Er war die Nacht selbst, schön und tödlich, ohne Gnade, ohne Reue.

Kapitel 3

Santino

Blut, Gewalt, Drogen und Waffen. Das ist der Haupt-
bestandteil meines Lebens. Ich will nicht wissen, wie viel
Blut an meinen Händen klebt, wie vielen ich das Leben
bereits genommen habe oder sie mit meinen Taten dazu
gebracht habe, es selbst zu beenden. Ich bin 30 Jahre alt,
bin der Sohn des mächtigsten Mafioso in der Geschichte
und jetzt kommt das Beste. Wir bekriegen uns. Er versucht sich meine Kunden zu kaufen, meine Männer zu
töten und meine Angestellten zu verkaufen. Ihr wollt sicher wissen, wie das sein kann, da es nicht normal ist,
dass Vater und Sohn sich um ein Imperium streiten, obwohl sie fast ein halber Kontinent trennt. Ich werde es
euch erklären. Meine Mutter ist mein Heiligtum. Keiner,
nicht einmal mein Vater, hat das Recht ihr auch nur ein
Haar zu krümmen. Doch er hat es getan. Er hat sie derart
zusammengeschlagen, dass sie den Halt verlor und die
Treppen herunterfiel. Sie hat sich die Wirbelsäule gebrochen und sitzt nun seit 16 Jahren im Rollstuhl. Er wollte
sie umbringen. Es sollte wie ein Unfall aussehen, damit
er mit seiner jüngeren Freundin ein neues Leben beginnen kann. Naja, sie liegt drei Meter unter der Erde. Ich
habe ihr, vor seinen Augen, das Genick gebrochen. Denn,
wie gesagt, keiner verletzt meine Mutter, egal in welcher
Art und Weise. Seit diesem Vorfall bekriegen wir uns.
Meine Mutter und ich haben beschlossen zu gehen,

unsere Heimat zu verlassen und ein neues Leben zu beginnen.

Mein Vater regiert zusammen mit meinem Bruder weiterhin in Sizilien und ich habe das Zepter in Amerika übernommen. Dumm für ihn, denn ich muss zugeben, die Geschäfte laufen hier um einiges besser. Nur schade, dass die Menschen hier in den Staaten doch etwas dümmer sind, denn sie denken wirklich, sie können sich mit mir anlegen. Einige der Kleinkriminellen, die sich mit mir messen wollen, denken, sie können mein Kokain als ihres weiterverkaufen. Amerika wird es noch lernen, dass man einen Santino Moreno nicht für dumm verkaufen kann. Sie sind es nicht gewohnt, einen italienischen Mafioso an der Spitze zu sehen. Naja, spätestens heute Nacht weiß das ganze Land, wer ich bin und wozu ich fähig bin. Denn was ich heute tun werde wird Amerika in Angst und Schrecken versetzen. Ich stehe in meinem Büro, schaue auf die Stadt hinunter und habe, wie üblich, einen Whiskey in der Hand. Die braune Flüssigkeit beruhigt mich immer, wenn ich davor bin, etwas zu tun, was fatale Folgen haben könnte.

»Hallo, mein Sohn. Bist du dir wirklich sicher, dass du das heute Abend durchziehen willst?«, ertönt die besorgte Stimme meiner Mutter. Sie hasst es, wenn ich so brutal bin. Ich drehe mich um, gehe auf sie zu, beuge mich zu ihr runter und drücke ihr einen Kuss auf den Kopf.

»Ja, Mamma, ich bin mir sicher. Nur so bekommen wir den Respekt, den wir verdienen. Es kann nicht sein, dass jeder Bulle des Landes uns in Frieden unsere Arbeit erledigen lässt, aber der Richter sich weigert, nur weil ich ihm keine Nutten schenke! Mamma, ich bitte dich.« Sie weiß genau, dass ich Recht habe, deswegen sagt sie auch nichts. Sie rollt ans Fenster und sieht, genau wie ich zuvor, hinaus. Normalerweise sollte das ihr Büro sein. Sie sollte das Ganze leiten, denn eigentlich besitzen wir all unser Zeug nur wegen ihrer Familie.

Mein Vater war ein Bauer, der sich die reichste Frau Siziliens geangelt und geheiratet hat.

»Ich will, dass du auf dich aufpasst, Santino. Ich will nicht noch einen Sohn verlieren. Du bist alles, was ich habe.« Die Sorge in ihrer Stimme bricht mir das Herz. Wenn es etwas gibt, was ich nicht ertrage, dann sind es ihre Tränen. Ich gehe vor ihr auf die Knie und nehme ihre Hände in meine.

»Ich werde niemals etwas tun, was dazu führen könnte, dass du mich verlierst. Mamma, du bist meine Welt und diese werde ich nicht verlassen, komme was wolle.« Auch wenn sich ihr Gesichtsausdruck etwas beruhigt hat, kann ich sehen, dass sie immer noch etwas plagt.

»Was ist los?«

»Das Gremium ist bereit abzustimmen. Sie wollen nicht, dass dein Vater und du euch gegenseitig umbringt, jedoch stehen unsere Karten nicht besonders gut.« Oh nein, nicht das schon wieder! Dieses verfickte Gremium. Sie können sich nicht vorstellen, dass jemand, der wie ich, weder Frau noch Kinder hat, eine Dynastie leiten kann. Wenn die nur wüssten… Die meisten der ach so tollen Mafiosi sind elendig krepiert, weil sie ihre Frau und Kinder schützen wollten. Was also lernen wir daraus? Gefühle für andere Menschen machen uns schwach, angreifbar und lassen uns unsere Ziele aus den Augen verlieren. Deswegen habe ich mir geschworen mein Herz niemals für jemand anderen zu öffnen.

»Ich werde ihnen schon zeigen, dass ich die bessere Wahl bin und das, ohne Frau und einen Stall voller Kinder.« Sie weiß genau, dass sie bei diesem Thema auf

Granit beißt. Wenn ich mir etwas in den Kopf gesetzt habe, dann kann nicht einmal Gott mir das austreiben.

»Wenn du meinst. Ich vertraue auf deinen Instinkt, mein Sohn. Pietro wird mich nach Hause bringen. Bitte melde dich, wenn alles geklappt hat.« Ich nehme das Gesicht meiner Mutter in die Hände und sehe ihr tief in ihre blauen Augen.

»Ich schaffe das, Mamma. Es wird der Tag kommen, an dem ich deine Verletzungen, deine Tränen und dein Herz rächen werde. Wir werden nach Hause zurückkehren und du bekommst endlich was dir zusteht.« Sie lächelt gezwungen und verlässt mein Büro. Es ist schön sie hier zu haben. Jahrelang hat sie sich Zuhause eingesperrt, weil ihr der Rollstuhl peinlich war, also habe ich mir einfach eine Stelle für sie ausgedacht, die perfekt zu ihr passt. Neben meinem Leben als Mafia-Boss leite ich eines der erfolgreichsten IT-Unternehmen des Landes. Tagsüber der vornehme Geschäftsmann und nachts der skrupellose Killer.

Wie praktisch, dass kein Mensch weiß, welches Gesicht sich hinter meiner Firma verbirgt. Ich habe es immer für besser befunden im Hintergrund zu agieren. Denn so kannst du in nichts hineingezogen werden. Nur eine Handvoll Mitarbeiter, in diesem Gebäude, wissen auch für wen sie arbeiten. Der Rest kennt nur meine Mutter, und die ist ihnen als die Sekretärin des Chefs bekannt. Gerade als ich mich meinem letzten legalen Auftrag für heute widmen will, klopft es an der Tür.

»Herein« rufe ich und lehne mich lässig in meinem Stuhl zurück.

»Ciao Fra«, ertönt die Stimme meines besten Freundes, der zugleich auch meine rechte Hand ist.

»Ciao Ciro, komm rein. Ich bin gleich so weit, dann können wir los.« Er setzt sich wortlos auf das Sofa in meinem Büro und versinkt in seinem Handy.

Ciro hat sich vor einigen Wochen auf Tinder angemeldet und ist seitdem kaum noch von seinem Smartphone zu trennen. Wenn er so weitermacht, verschmilzt er damit und wird zu einem Pixel. Ein Blick auf die Uhr zeigt mir, dass ich bereits spät dran bin, also beende ich schnell den Auftrag und fahre den Laptop runter.

»Andiamo«, sage ich und laufe bereits zur Tür, die aus meinem Büro in den Flur eines leeren Stockwerks führt. Nur die Angestellten, die wissen wer ich bin, besitzen den Code, der sie mit dem Fahrstuhl direkt hier hochfährt.

»Hast du dir das wirklich gut überlegt? Weißt du eigentlich, was passiert, wenn sie ihn finden?«

»Du meinst wohl, das, was von ihm übrig sein wird. Und ja, ich habe es mir überlegt. Wir werden seinen Kopf auf einem Spieß vor dem obersten Gerichtshof präsentieren und hinterlassen unsere gewohnte Nachricht.« Er nickt nur und wir verbringen die restliche Fahrt in die Tiefgarage in angenehmem Schweigen. Unten angekommen, steigt er in seinen schwarzen SUV und ich setze mich, wie gewohnt, auf die Rückbank. Die hinteren Scheiben sind schwarz getönt und erlauben daher keinen Blick ins Wageninnere.

»Hast du schon gegessen?«, fragt er mich und verwirrt mich damit, was ihm nicht zu entgehen scheint.

»Richter William trifft sich heute mit Officer Smith in einer Pizzeria. Und diese gehört zufällig deinem besten Freund, also mir. Für den Besitzer gibt es keine geschlossene Gesellschafft.« Ach Ciro... dieser Mann denkt auch an alles. Ich kann von Glück reden, dass er mich und meine Mutter hierher begleitet hat. Eigentlich wollte er aus der Mafia aussteigen und hat im ganzen Land Pizzerien eröffnet.

Das Ganze hat ihn genau zwei Wochen glücklich gemacht, dann war er wieder an Bord.

»Ach und noch was. Der Richter fickt den Bullen.«

»Non é vero!«

»Doch, es ist wahr. France hat ihn beschattet und naja, sagen wir mal, er hat danach zwei Tage nichts mehr gegessen. Die beiden Turteltauben treffen sich heute zu einem vermeintlichen Geschäftsessen zwischen Richter und Bulle, doch ich weiß es besser. Sie haben ein Date. Wie France rausfinden konnte, gehen sie danach in das neue Hotel, direkt am Central Park.« Wenn das nicht perfekt ist, dann weiß ich auch nicht.

»Haben wir Beweise dafür, dass sie sich gegenseitig in den Arsch ficken?«, frage ich meinen besten Freund. Er braucht nicht zu antworten, denn sein schallendes Gelächter ist bestimmt bis nach Sizilien zu hören.

»Was denkst du denn, wieso France nichts mehr runterbekommen hat? Ich habe ihn beauftragt, bis zum bitteren Ende zu bleiben. Und naja, das Ende war für Smith anscheinend sehr bitter, nach seinem Gesichtsausdruck zu urteilen.«

»Minchia, che schifo«, murmle ich und bringe Ciro dadurch noch mehr zum Lachen.

»Ich bin mir sicher, dass er es auch eklig fand. Ich meine, Bro…«

»Basta! Ich hatte wirklich vor, etwas zu essen, bevor ich dem Richter den Kopf von seinen Schultern trenne.« Lachend fährt er weiter, bis er vor seiner Pizzeria hält und wir auf direktem Weg den Hintereingang ansteuern, als mich plötzlich jemand anrempelt.

»Scheiße! Es tut mir leid, ich habe dich nicht gesehen, beziehungsweise doch habe ich, aber ich war zu schnell«, plappert die schönste Frau, die ich jemals zu Gesicht bekommen habe. Völlig von ihrer Schönheit geblendet, vergesse ich für einen Moment meinen Plan

»Wie heißt du?«, platzt es aus mir heraus und ich weiß beim besten Willen nicht, wieso mich das überhaupt interessiert. Es kommt mir vor, als würde mein Hirn nicht mehr richtig funktionieren.

»Ähm… Stella. Mein Name ist Stella. Sorry, ich muss los!« Sie rennt los und lässt mich mit offenem Mund stehen.

»Madonna mia, che Bella«, staunt Ciro und fängt sich einen Schlag auf den Hinterkopf ein.

»Konzentriere dich. Du weißt genau, dass wir keine Frauen in unserem Leben brauchen können.« Ich hoffe, ich kann mich selbst an diesen Vorsatz halten, nach dem, was gerade passiert ist.

»Du hast sie doch nach ihrem Namen gefragt!«

»Ja, aber auch nur, damit ich ihrem Chef sagen kann, dass seine Mitarbeiterin lieber die Augen aufmachen sollte, wenn sie durch die Gegend läuft«, lüge ich, mehr mich selbst, als ihn, an. Denn würde ich ein anderes Leben führen, würde ich dafür sorgen, dass sie, außer für mich, die Augen vor der Welt verschließt.

Ciro schüttelt den Kopf und lässt mich stehen. Ich frage mich, wo sie hinwill, denn wenn ich es richtig gesehen habe, kam sie aus dem Dark Angel und für mich sah sie nicht aus wie eine Stripperin. Ich sollte gleich Luigi fragen, vielleicht war sie bei ihm essen. Was auch immer es mit dieser Frau auf sich hat, ich werde es herausfinden müssen. Gerade als ich die Pizzeria betreten will, greift jemand nach meinem Arm.

»Ich wollte mich nochmal entschuldigen… ich habe meinen Hausschlüssel Zuhause vergessen. Brian, also mein bester Freund, hat ihn mir gerade gebracht und…ach was rede ich da?! Es tut mir auf jeden Fall leid. Bye!« Ich bleibe wie angewurzelt stehen. Fuck, wieso habe ich das Gefühl, ihre Augen zu kennen? Innerhalb von ein paar Sekunden, hat sie es geschafft mich in ihren Bann zu ziehen. So sehr, dass ich nicht einmal gesehen habe, wohin sie gegangen ist.

Mentre cercavo una stella, ho trovato una galassia nei tuoi Occhi- und genau das ist gerade passiert. Ich habe in ihren Augen eine Galaxie entdeckt, von der ich nicht wusste, dass ich sie brauche.

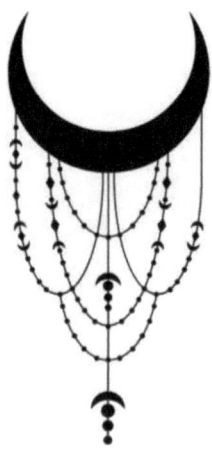

Ein Blick in deine Augen reicht, um die Welt um mich herum verblassen zu lassen. Meine Prinzipien zerbrechen leise, wie Glas unter Druck, und an ihrer Stelle erwachen neue Ziele – dunkler, gefährlicher, ganz von Dir erfüllt.

Kapitel 4

Alaia

Scheiße! Wer war das denn und wieso, zum Teufel, kamen mir seine Augen so bekannt vor? Ich würde mich daran erinnern, wenn ich einen Mann seines Kalibers jemals gesehen hätte. Ich kann mich kaum noch konzentrieren. Seine tiefe Stimme, seine muskulöse Statur und seine Augen... Gott, ich habe mich so sehr in ihnen verloren, dass ich angefangen habe zu plappern. Ich, Alaia Jai, plappere nicht! Vor allem nicht, wenn es um einen Mann geht. Er hat mich so verwirrt, dass ich Brian fast vors Auto gelaufen wäre, als er mir meinen Schlüssel gebracht hat. Er war gerade auf dem Weg um Pia zu holen, als mir eingefallen ist, dass ich meinen Schlüsselbund Zuhause vergessen habe und zu allem Übel befindet sich daran auch der Schlüssel zu meinem Spind. Rocco hatte Recht, ich sollte ihn hierlassen, weil ich so vergesslich bin. Wäre mein Kopf nicht angewachsen, dann wäre dieser bestimmt auch schon oft im Bett geblieben.

»Stella, mein Schatz. Auch wenn du meine beste Tänzerin bist, solltest du deinen Arsch bewegen und auf die Bühne gehen. Die Männer da draußen können kaum ihre Brieftaschen geschlossen halten. Wenn sie länger damit herumwedeln, können wir ihr Geld einfach vom Boden einsammeln.« Rocco steht plötzlich in meiner Kabine und fängt fast an zu sabbern.

Da ich weiß, welche Männer heute hier sein werden, habe ich mich für mein Lieblingsset entschieden. Ein schwarzer Spitzen-BH, an dem in der Mitte zwei Seidenbänder hängen, die mit meinem Höschen verbunden sind. Dieses ist, genau wie mein BH, aus schwarzer Spitze, die in Blumenmustern über meinen Hintern geht.

Ich dachte immer, dass die Männer, die in einen Stripclub kommen, eher rote Unterwäsche sehen wollen, oder lieber gar keine, doch ich wurde eines Besseren belehrt. Auch wenn sie dieses Etablissement besuchen, wollen sie Eleganz und keine billigen Fummel.

»Rocco, wenn du so weiter starrst, könnte es sein, dass dir die Augen ausfallen und das wäre nicht gut. Wer soll denn sonst an meinem Zahltag überweisen?«, scherze ich, als ich ihn durch den Spiegel beobachte.

»Halt die Klappe. Wenn du sehen würdest, was ich sehe, würdest du es verstehen. Du bist einfach umwerfend, Alaia. Das warst du schon immer. Fuck...wäre nur dieser verdammte Brian nicht gewesen, dann...«

»Was wäre dann gewesen, Rocco?«, unterbricht mein bester Freund die Träumerei meines Chefs. Bevor die beiden sich die Köpfe einschlagen, gehe ich lieber dazwischen.

»Ist gut jetzt. Ich kann euer Testosteron nicht gebrauchen, davon werde ich heute Abend genug haben. Lasst uns gehen, bevor wieder irgendwelche Besoffenen auf mein Podest gehen und versuchen mir die Show zu stehlen.« Ohne die beiden weiter zu beachten, schnappe ich mir meinen Seidenmantel und mache mich auf den Weg in den Club. Bereits hier unten erreichen mich die lauten und lallenden Stimmen der Gäste.

Eigentlich dachte ich, nachdem Rocco so begeistert von meinen beiden Kolleginnen war, könnten sie wenigstens kleine Auftritte bekommen. Doch bei unseren Kunden heute, wäre jeder Fehler eine Vollkatastrophe. Je näher ich meinem Podest komme, desto nervöser werde ich. Klar, ich habe keinen Grund dazu, aber die Angst etwas zu vermasseln ist immer da, egal wie gut eine Tänzerin auch sein mag. Ich werfe einen kurzen Blick über die Schulter und sehe wie Rocco sich auf die Theke seiner Bar stellt und via Fernbedienung das Licht dimmt.

»Herzlich willkommen im Dark Angel! Ich hoffe Sie hatten bis jetzt einen angenehmen Aufenthalt und sind bereit für unseren Star des Abends, unseren Liebling. Ich präsentiere Ihnen meinen persönlichen Stern. Stella, komm zu mir und reiß die Hütte ab!« Die Scheinwerfer zeigen auf mich und die Menge fängt an zu jubeln. Die Nervosität, die mich einst unter Kontrolle hatte, verfliegt und wird durch pures Selbstbewusstsein ersetzt. Für einen kurzen Moment wird das Licht ausgeschaltet und ich gehe zu meiner Stange.

Kaum berühre ich das kalte Metall, verschmelze ich damit. Die Musik beginnt und für einige Sekunden erstarre ich. Das Lied war für heute Abend nicht vorgesehen und ich weiß genau, wieso Rocco es ausgesucht hat. Letzte Woche platze er in meine Probe und kam wie ein wildes Tier auf mich zu, drückte mich an die kalte Spiegelwand und küsste mich. Der Schock saß so tief, dass ich nicht fähig war mich zu bewegen, bis zu dem Moment, als Brian dazwischen ging und meinem Chef einen Haken verpasste. Irgendwie habe ich das Gefühl, dass er mich verwirren will. Dabei macht das keinen Sinn, denn auch er würde darunter leiden, wenn ich versage. Ein gedämpftes, rotes Licht geht an und meine Show beginnt.

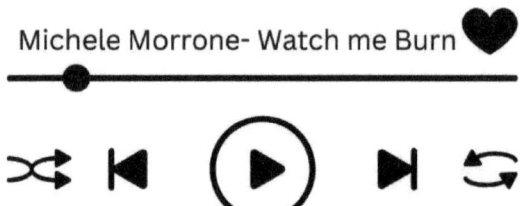

Michele Morrone- Watch me Burn

Mit langsamen Bewegungen öffne ich den Gürtel meines Seidenmantels und lasse ihn von meinen Schultern auf den Boden fallen. Die Männer in der ersten Reihe, versuchen nach mir zu greifen. Ganz unabsichtlich trete ich einem auf die Finger, zwinkere ihm zu und greife hinter mich, um mich mit Schwung um meine Stange zu schwingen. Sofort ertönt ein lauter Applaus. Ich lasse mich kopfüber hängen, als ich ihn sehe. Axel. Der Mann, der für eine Nacht mit mir sein halbes Vermögen liegen lassen würde. Ich lasse mich heruntergleiten und beschließe mich jetzt nur noch auf ihn zu konzentrieren. Ich werde ihm eine Show liefern, bei der er keine Nacht mehr brauchen wird. Er kommt immer näher, verschafft sich einen Platz in der ersten Reihe und fixiert mich mit seinem Blick. Ich stelle mich neben die Stange, gleite mit meinen Fingern über das kalte Metall und gehe in die Hocke. Ich fixiere Axel genauso, wie er mich, lasse ihn keine Sekunde aus den Augen, signalisiere ihm, dass diese Show nur für ihn ist. Der Raum um uns herum scheint zu verschwimmen, es gibt nur noch seine lüsternen Blicke und mich. Ich stelle mich mit dem Rücken zur Stange, streiche mir eine Haarsträhne aus dem Gesicht und positioniere meine Hände über dem Kopf. Wieder lasse ich meinen Körper an der Stange auf und ab gleiten, schlinge mich um sie, bis ich meine Runde beendet habe.

Ich halte mich an dem kalten Metall fest und beuge mich in einer eleganten Bewegung nach vorne, drücke meinen Hintern gegen die Stange. Meine Haare bedecken dabei mein Gesicht, durch sie hindurch, erkenne ich jedoch seine gierigen Blicke auf mir. Ich weiß genau, wenn es nach ihm gehen würde, würde ich mich an ihm räkeln, statt an meiner Stange. Um ihm noch mehr den Verstand zu rauben, ihm noch mehr Geld zu entlocken, gleitet meine Hand über das Körbchen meines BHs und fuck. In meinem Kopf erscheinen plötzlich diese Augen... Für einen kurzen Moment wünsche ich mir, es wäre die Hand des Fremden, die mich streichelt.

Die Spannung hat ihren Höhepunkt noch nicht erreicht. Ich sehe, wie Axel seine Hose berührt und gehe auf die Knie. Meine Hände platziere ich auf dem Boden und biege mich durch. Ich lasse meinen Kopf kreisen, ebenso meine Hüften. Auf allen Vieren krabble ich auf ihn zu und drehe mich direkt vor ihm auf den Rücken. Die Pfiffe der Männer werden wieder lauter, doch ich fixiere weiterhin nur Axel. Er genießt meinen Anblick, so wie ich den Jubel der anderen Männer. Ich lasse meine Hand federleicht über meine Haut gleiten und sehe im Augenwinkel wie er aufsteht, auf mich zu kommt und vor mir auf die Knie geht.

»Dank dieser Vorstellung gehörst du heute Nacht mir. Keine Ausrede der Welt kann dich heute retten, kleine Stella«, flüstert er. Er will mich berühren, doch ich lasse es nicht zu. Das hier ist mein Spiel und es gelten meine Regeln.

Warnend tippe ich ihm mit meinem Fuß gegen seine Brust und schiebe ihn ein Stück zurück.

»Hände weg, Tiger«, sage ich deutlich und er akzeptiert. Ich kann den Zorn, über meine Ablehnung, in seinen Augen sehen, doch er hält sich an meine Anweisung.

Das ist genau das, was ich an meinem Job liebe. Ich liebe es, die Kontrolle zu haben. Die Macht über diese Männer, macht mich zu einer wahren Königin. Eine, die über ihr Volk herrscht, die es hypnotisiert und nach ihrem Rhythmus tanzen lässt. Das Lied neigt sich dem Ende zu, und damit auch mein Tanz. Ich kann sehen, dass sie nicht genug haben. Sie wollen mehr. Sie wollen immer mehr. Besonders Axel.

»So, meine Herren, ich würde sagen, wir gönnen unserem Star eine Pause. Sie wird gleich wieder für euch da sein.« Rocco schaltet plötzlich den Scheinwerfer aus und zieht mich von dem Podest.

»Was sollte das? Ist das dein fucking Ernst? Axel hat dich mit Blicken gefickt und du heizt ihn so an, dass er fast in seine Hose kommt?! Alaia…«

»Was? Ich brauche das Geld, Rocco!« Er packt mich am Arm und drückt mich gegen die Wand.

»Ich gebe dir das Geld! Dafür musst du nichts tun, außer deine Arbeit. Du musst dich nicht so billig unter deinem Wert verkaufen! Fuck!« So sauer habe ich ihn noch nie erlebt.

»Was ist los mit dir? Lass mich bitte los, du tust mir weh«, murmle ich. Rocco lässt mich so abrupt los, als hätte er sich an mir verbrannt.

»Du weißt genau, dass ich seit Jahren verrückt nach dir bin. Ich habe dich bei mir eingestellt, nicht nur weil du eine begabte Tänzerin bist, sondern auch, damit du nicht woanders arbeitest, wo weiß Gott was passieren kann. Ich beschütze dich und Axel ist einer von denen, vor denen du Schutz brauchst! Es tut mir leid…«

Ach Mann! Ich dachte wirklich, der Kuss war nur ein Ausrutscher, doch es scheint, als wäre er genau so verrückt nach mir wie früher, wenn nicht sogar noch mehr.

»Rocco, mein Bester, lass sie los, gib mir den Schlüssel für den VIP- Bereich und entferne dich von uns«, ertönt Axels Stimme hinter uns. Ich drehe mich zu ihm und sehe ihn sofort mit anderen Augen. Er strahlt eine Gefahr aus, die mir davor nicht aufgefallen ist. Er ist groß, breit gebaut und hat eine Glatze. Er ist ein Krimineller, durch und durch. Fuck, was habe ich getan?!

»Sie hat Feierabend. Es werden gleich neue Mädels für euch da sein«, spricht Rocco gelassen.

Ich sehe ihn mit gerunzelter Stirn an, doch er beachtet mich nicht.

»Was meinst du damit? Du hast angegeben, dass heute Stellas Abend ist. Was soll das?«, fragt Axel sichtlich verwirrt.

»Komm, du bekommst nun deinen heiß ersehnten Lapdance und dann gehe ich nach Hause«, sage ich vollkommen unüberlegt und da erscheint es. Dieses diabolische Grinsen, das Funkeln in seinen Augen.

»Siehst du, geht doch. Komm, kleine Stella. Zeig mir wie hell du strahlen kannst.« Seine Worte bringen all meine Alarmglocken zum Schrillen, die ich gekonnt ignoriere. Augen zu und durch.

»Das wird ein Nachspiel haben. Du weißt genau, dass ich nichts tun kann, sobald die Türen zu diesem Raum ins Schloss fallen.«

»Ruf die Mädels an, ich mach das schon. Es gibt immer noch den roten Knopf«, versuche ich, eher mich selbst, anstatt ihn, zu beruhigen. Er nickt und läuft kopfschüttelnd auf Axel zu.

»Wenn ich hören sollte, dass du dich nicht wie ein Gentleman verhalten hast, werde ich dich dem Erdboden gleichmachen«, droht Rocco, doch Axel lacht nur über ihn und nimmt ihm den Schlüssel aus der Hand.

»Komm, kleine Stella.« Axel nimmt mich an der Hand, führt mich den schwach beleuchteten Gang entlang und hält vor der roten Tür. Eine Gänsehaut überzieht meinen Körper. War das ein Fehler? Er öffnet die Tür und betritt den Raum, der sich dahinter befindet. Das gedimmte Licht erhellt den Raum in einem rot, welches die Stimmung direkt in eine andere verwandelt. Die Männer fühlen sich in diesem Raum wie Götter und wir Tänzerinnen eher wie kleine Fliegen, die drohen zerquetscht zu werden. Zuvor habe ich diesen Raum nur für meine Stammkunden betreten, denn bei ihnen weiß ich, ihr Ruf ist ihnen wichtiger, als ihr Vergnügen. Sie würden mich niemals verletzen, niemals etwas tun, was ich nicht möchte. Aber bei Axel ist es anders. Er erscheint mir irgendwie skrupellos. Fuck, wieso musste Rocco nur solche Dinge sagen? Eigentlich kam mir Axel immer freundlich, wenn auch sehr dominant, vor. Doch jetzt ist etwas anders. Die Gefahr, die von ihm ausgeht, scheint greifbar zu sein. Wir betreten den Raum. Der Geruch nach abgestandenem Rauch empfängt mich und bereitet mir ein noch seltsameres Gefühl. Ich gehe direkt auf die Mini-Bar zu, hole eine Flasche Whiskey heraus und fülle meinem Kunden die braune Flüssigkeit in ein Glas.

»Setz dich, genehmige dir einen Schluck und ich suche mir ein passendes Lied für deine Show aus.« Ich gehe in langsamen Schritten zur Soundanlage, schalte das Tablet ein und suche nach einem Lied, dass mich so tanzen lässt, dass er nicht denkt, er könne danach noch mehr haben.

»Lass mich nicht zu lange warten. Ich sehne mich schon viel zu lange, nach ein wenig Zeit mit dir allein«, seine Worte kommen viel brutaler über seine Lippen, als sie dürften.

Er macht mir Angst, so etwas hatte ich noch nie. Egal wie dominant meine Kunden bisher waren, solche Magenschmerzen hatte ich bei keinem.

The Weekend-Wicked Games

Die ersten Klänge des Liedes ertönen und trotz meiner Angst, verfalle ich wieder in den Rausch des Tanzes. Ich bewege mich auf ihn zu, tippe seine Schulter mit dem Finger an und signalisiere ihm sich zurückzulehnen. Ich stütze mich an den Armlehnen des Stuhls ab und blicke ihm tief in die Augen.

Die Lust, die sich in ihnen spiegelt, ist einnehmend. Schnell drehe ich mich um, lasse mich vor ihm auf den Boden gleiten. Langsam und in verführerischen Bewegungen krabble ich ein wenig von ihm weg, drehe mich wieder zu ihm und spreize meine Beine, nur um mich dann wieder auf alle Viere zu begeben und zu ihm zurück zu krabbeln.

Ich ziehe mich an seinen Knien hoch, bewege meine Hüften in kreisenden Bewegungen, bis ich mich umdrehe und mich auf seinen Schoß sinken lasse. Seine Erektion ist deutlich unter mir zu spüren und versetzt mich wieder in einen Zustand der Angst. Er scheint ein Mann zu sein, der nur mit seinem Schwanz denkt. Einer, bei dem das Gehirn aussetzt, wenn sich das Blut zwischen seinen Beinen sammelt.

Der Raum um uns herum scheint immer enger zu werden, immer kleiner und erdrückender. Ich wünsche mir sehnlichst das Ende des Liedes und somit meinen Feierabend. Mit Müh und Not schaffe ich es, meinen Lapdance zu beenden und lasse mich, am Ende des Songs, auf seinem Schoß nieder, mit meinem Kopf an seine Schulter gelehnt.

Gerade als ich aufstehen will, lässt er sein Glas fallen. Mehrere Scherben verteilen sich auf dem Boden. Axel beginnt mit seinen Händen meinen Körper zu erkunden.

»Nimm deine Hände von mir, Axel. Du weißt genau, dass es gegen die Regeln des Dark Angel verstößt.«

Er ignoriert meine Worte und umschließt grob meine Brüste, schon fast schmerzhaft.

»Axel, lass mich sofort los!« Ich versuche mich aus seinem Griff zu befreien, was ihn nur noch fester zudrücken lässt. Das wird sicher Spuren hinterlassen, da bin ich mir sicher.

»Darauf habe ich bereits gewartet, seit ich dich zum ersten Mal gesehen habe, kleine Stella.« Seine Worte sind kaum ein Flüstern, doch die Drohung in seiner Stimme ist nicht zu überhören.

»Das… das ist verboten. Ich… Lass mich los, verdammt!« Meine Stimme zittert vor Angst, genau wie mein Körper. Er schlingt seinen Arm um mich und steht auf. Ich werde auf den Sitz gepresst, mit seiner Hand um den Hals fixiert, während er sich vor mich kniet.

»Weißt du, kleine Stella, es ist eine Schande. Ja, wirklich eine Schande, dass du vor all diesen Männern tanzt. Keiner von ihnen hat es verdient, deinen Körper zu sehen. Ich will, dass du in Zukunft nur noch für mich tanzt«, flüstert er direkt an meinen Lippen und drückt seine Hand an meiner Kehle noch ein Stück fester zu.

»Komm mit mir, sei meine ganz persönliche Hure. Mein Stern, meine wunderschöne, kleine Stella. Ich will nichts sagen, aber Rocco hatte Recht. Man hätte dich vor mir schützen sollen. Nur blöd, dass du ganz allein zu mir gekommen bist.« Fuck! Verdammte Scheiße!

So gut ich kann, versuche ich gegen die Angst in mir anzukämpfen, versuche, wieder die Kontrolle über meinen Körper zu bekommen. Für einen kurzen Moment schließe ich die Augen, atme tief ein und trete ihm mit letzter Kraft in die Eier. Sein Schrei hallt durch den dunklen Raum, als er wie ein nasser Sack zu Boden geht.

»Das war ein Fehler, ein ganz fataler Fehler!« Ich renne zur Soundanlage und drücke den roten Knopf an der Wand, doch es passiert nichts. Das Scheißteil klemmt! Ich bin sowas von erledigt. Um an die Tür zu kommen, muss ich an Axel vorbei, doch dieser wird mich nicht einfach so gehen lassen. Ich brauche einen Plan. Ich schaue mich um, während Axel versucht auf die Beine zu kommen. Mein Tritt scheint stärker gewesen zu sein, als ich dachte. Mein Blick fällt auf die Scherben. Ich weiß genau, was ich tun muss, damit ich hier rauskomme.

»Du solltest dich entschuldigen, kleine Stella. Dann werde ich dich auch weiterhin gut behandeln. Meine guten Manieren sind durch deine Schönheit einfach verschwunden«, sagt er, als er immer weiter auf mich zu kommt. Ich laufe ihm entgegen, bleibe jedoch stehen, als er plötzlich seinen Gürtel öffnet.

»Entschuldige dich und wir werden diesen Tritt vergessen. Du hast mir wehgetan, jetzt musst du dafür sorgen, dass der Schmerz vergeht.« Er lässt seine Hose runter, befreit sich aus seiner Boxershorts und sieht mich eindringlich an. Er hat meinen Plan gerade perfektioniert.

»Du hast Recht, es tut mir leid.« Ich nähere mich ihm noch einige Schritte und gehe vor ihm auf die Knie. Er sieht mir triumphierend ins Gesicht, legt seine Hand auf meinen Kopf und führt ihn zu seinem halbsteifen Schwanz.

»Zeig mir, wie leid es dir tut«, haucht er und hat somit sein Schicksal besiegelt. Er behandelt mich so, als wäre ich bereits sein Eigentum. Was er aber nicht weiß, ist, dass ich niemandem außer mir selbst gehöre. Und das werde ich ihm beweisen. Kurz bevor sein Schwanz meine Lippen berührt, tue ich so, als würde ich den Halt verlieren, rutsche aus und schneide mir die Handfläche auf. Das gehörte zwar nicht zum Plan, aber was solls.

»Au… Mann, ich bin so tollpatschig. Ich sollte dich nicht berühren, wenn ich so voller Blut bin«, übertreibe ich und greife nach einer der Scherben, die ich in meiner Hand verstecke und zudrücke.

»Das stört mich nicht, ganz im Gegenteil. Mach schon, kleine Stella«, knurrt er beinahe. Showtime. Ich gehe in dieselbe Position wie zuvor, öffne meine Lippen einen Spalt breit, nehme seinen Schwanz in meine unverletzte Hand und mit der anderen steche ich ihm die Scherbe in seine bereits harte Erektion. Axel brüllt aus vollem Halse und ich schaffe es aufzustehen, bevor er blutend zu Boden geht.

Wenn mich das meinen Job kostet, bringe ich ihn um, so viel steht fest. Ich reiße die Tür auf, renne so schnell mich meine Beine tragen und komme an den Umkleidekabinen an. Schnell gehe ich rein, schnappe mir meine Sachen und drücke dort den roten Knopf. Bevor Rocco mich findet, entscheide ich mich, durch den Hintereingang zu verschwinden und ihn von zu Hause aus anzurufen. Aber jetzt muss ich erst mal hier weg. Ich brauche dringend frische Luft, denn hier drohe ich zu ersticken.

Ich weiß, dass meine Tat nicht ungestraft bleibt, aber was hätte ich tun sollen? Ihn weiter machen lassen? Mich selbst weniger respektieren als er es getan hat? Ganz bestimmt nicht! Ich bin ein Profi auf meinem Gebiet und ich weiß genau, was ich mir gefallen lasse und was nicht. Axel scheint einer der Männer zu sein, die in seinem Leben keine Frau bekommt, weil sie es genauso will wie er. Er nimmt sich was er begehrt, ohne Rücksicht auf Verluste.

Kapitel 5

Alaia

Völlig aus der Puste, komme ich am Central Park an. Ich habe bereits mehrmals versucht Brian anzurufen, jedoch ohne Erfolg. Er ist sicher noch im Dark Angel, denn dort ist der Empfang wirklich schlecht. Meine Hand habe ich provisorisch mit einem meiner Ersatztops verbunden und hoffe, dass der Schnitt nicht allzu tief ist. So kann ich mich unmöglich an einer Stange festhalten. Das hätte einer der besten Abende für mich werden sollen, einer an dem ich einen Haufen Geld verdienen kann und dann passiert sowas. Ich habe dem besten und reichsten Kunden wahrscheinlich den Schwanz abgeschnitten, nur weil ich dachte, Rocco sei eifersüchtig. Gerade heute, wo ich allein durch diesen Park laufen muss, beginnt es zu regnen. Eine dichte Nebelwand erstreckt sich vor mir. Das kann ja nur noch schlimmer werden. Es wird immer schwerer den Weg zu erkennen, bis ich unter einer Laterne ankomme, die heller zu sein scheint, als die anderen.

»Das kann und werde ich nicht tun, Mr. Moreno. Sie sind ein Krimineller. Ein Mörder, der meint, in einem fremden Land alle Behörden für ihr Schweigen bezahlen zu können, doch die Rechnung haben Sie ohne mich gemacht. Ich bin nicht käuflich.« Höre ich einen Mann sagen. Ich bleibe stehen und stelle mich hinter einen Baum. Irgendwie habe ich das Gefühl, dass es zu gefährlich wird, wenn ich weiter gehe.

»Ach wirklich, Sie sind also nicht käuflich, Richter William?«, ertönt eine weitere Stimme, eine die sich in meinen Gehörgang brennt. Sie ist so tief und dunkel wie das Nichts.

»Was denken Sie, wird Ihre Frau sagen, wenn sie erfährt, dass Sie auf dem Weg zu einem Date sind? Mit einem Mann?«, ertönt eine weitere Stimme, die eher belustigt, als bedrohlich, klingt.

»Was... Woher? Ihr habt keine Beweise! Ich werde mich von Ihnen nicht erpressen lassen, Santino Moreno! Und von Ihnen erst recht nicht, Ciro Di Pasquale!«

Stille. Nichts als Stille ist zu hören und als ich denke, die Luft ist rein, geht die Scheiße weiter. Muss denn heute alles schief gehen?

»Tja, damit haben Sie wohl nicht gerechnet, oder? Ich bin nicht dumm, meine Herren. Ich informiere mich über jeden, der in dieser Stadt meint, er könnte gegen das Gesetz ankommen.« Die Angst, die zuvor in der Stimme des Mannes zu hören war, hat sich in Luft aufgelöst.

»Damit habe ich bereits gerechnet. Denn ich, lieber Herr Richter, bin ebenfalls nicht dumm. Denken Sie wirklich, ich bin hier, um Ihnen einen Deal vorzuschlagen? Ich bin hier, um Ihnen zu sagen, dass weder Sie, noch ihr Lover, mich aufhalten können. Er sitzt weitaus tiefer in der Tinte, wenn die Öffentlichkeit erfährt, dass er den Richter vögelt. Ich meine, er und seine Frau erwarten ihr erstes gemeinsames Kind, haben sich gerade ein Haus gekauft und sind erst seit einem Jahr verheiratet.«

Ich schiele aus meinem Versteck, versuche eine bessere Sicht auf das ganze Szenario zu bekommen und erstarre, als ich sehe, dass einer von den Männern eine Machete hinter seinem Rücken hält.

»Denken sie nicht auch, dass er alles verlieren würde? Ich meine... Seine Frau ist die Tochter des amtierenden Präsidenten der vereinigten Staaten«, sagt der Mann mit der belustigten Stimme.

»Woher... Wie können Sie das wissen? Keiner weiß, wer sie ist...«

»Ich habe Ihnen doch bereits gesagt, dass ich nicht dumm bin. Naja, aber gelangweilt. Ciro, mein Freund, bitte schicke Officer Smith seine Warnung.« Der Mann mit der tiefen Stimme dreht sich von dem kleineren weg und schlägt dem, mit der Machete, auf die Schulter.

»Viel Spaß, ich mache den Wagen bereit«, sagt er und läuft in meine Richtung. Schnell ziehe ich mich zurück und da passiert es. Der Mann, dessen Name Ciro ist, zieht seine Machete und schlägt dem Richter den Kopf ab.

»AHHHH!«, entfährt es mir und beide Männer erstarren. Ich kann durch die Dunkelheit ihre Gesichter nicht erkennen, jedoch scheinen sie beide in meine Richtung zu starren. Nein! Das wird jetzt nicht passieren. Ich werde nicht in dem Park, in dem ich meine Kindheit verbracht habe, sterben. Ohne groß zu überlegen, renne ich durch die Büsche, bis ich mich wieder an der Hauptstraße befinde. Ich laufe panisch immer weiter, bis ich plötzlich mit jemandem zusammenstoße.

»NICHT BITTE! ICH HABE NICHTS GESEHEN, WIRKLICH! BITTE TU MIR NICHTS!«, brülle ich und versuche mich aus dem Griff des Mannes, der mich festhält, zu befreien.

»Fuck, Al, ich bin es, okay?« Brian! Gott sei Dank! Ich werfe mich in seine Arme und vergrabe meinen Kopf an seiner Brust.

»Dove é andata?«, höre ich einen der Männer aus dem Park.

»Non loso! Sie war so schnell, ich habe sie verloren. Fuck, denkst du sie hat unsere Gesichter gesehen?«

»No, non credo. Der Nebel hat uns den Arsch gerettet. Sie wird nur alles gehört haben, da bin ich mir sicher.«, sagt der, der den Auftrag gegeben hat, den Richter zu enthaupten.

»Lass mich nicht los, sie dürfen mich nicht finden«, flüstere ich leise.

»Was zum Teufel ist passiert? Komm, wir gehen.« Ich wehre mich, kralle mich an ihm fest und schüttle den Kopf.

»Warte, bis die beiden Männer weg sind.« Er tut, worum ich ihn bitte und wir bleiben einige Minuten so stehen.

»Sie sind weg, lass uns gehen. Und dann will ich, dass du mir sagst, was zum Teufel hier eigentlich los ist.«

Ich nicke und lasse mich von ihm zu seinem Wagen führen. Er öffnet mir die Tür, woraufhin ich mich hineinsetze.

»Was ist passiert? Rocco ist am Durchdrehen. Axel liegt im Krankenhaus, da du ihm fast den Schwanz abgeschnitten hast. Und jetzt finde ich dich vollkommen aufgelöst, verschwitzt und aus der Puste, mitten in Manhattan. Du versteckst dich vor zwei zwielichtigen Männern und bist blass wie eine Leiche. Fuck, ich hätte dich nicht allein lassen sollen!« Wie immer, wenn es um mich geht, gibt er sich selbst die Schuld. Wobei er hierfür ja nun wirklich gar nichts kann.

»Ich… Bitte, ich muss duschen und dann… dann können wir reden«, stottere ich. Brian nickt und fährt schweigend durch die Nacht. Ich lehne meine Stirn an die kalte Scheibe und versuche einen klaren Kopf zu bewahren.

Wie konnte dieser Tag nur solch eine Wendung nehmen?

Wieso musste heute wirklich alles so derart eskalieren? Ich schließe die Augen und versuche nicht an das ganze Blut zu denken, welches heute vergossen wurde.

Der Wagen kommt zum Stehen und ich öffne die Augen. Ich schaffe es nicht, mich auch nur einen Millimeter zu bewegen. Das Geschehene sitzt mir so dermaßen in den Knochen, dass ich am liebsten für immer im kalten Polster des Wagens sitzenbleiben würde.

»Shit, Al. Was ist nur mit dir passiert?«, fragt er. Als ich ihm nicht antworte, steigt er aus, umrundet den Wagen und hebt mich heraus. Ich schlinge meine Arme um seinen Nacken und lasse mich von ihm zum Haus tragen.

»Halt dich fest, ich brauche eine Hand, um die Tür zu öffnen«, spricht er leise zu mir. Ich nicke und greife fester um seinen Nacken. Er öffnet schnell die Tür, schiebt sie leise mit seinem Fuß zu und geht geradewegs die Treppe nach oben in mein Badezimmer. Brian setzt mich auf dem kleinen Hocker ab, der, aus mir nicht erklärlichen Gründen, hier steht und befüllt die Badewanne mit Wasser.

»Dusche reicht«, sage ich, doch er schüttelt den Kopf.

»Du musst dich ein wenig entspannen und… Fuck, was ist mit deiner Hand passiert?«

Er kommt besorgt auf mich zu, kniet sich vor mir auf den Boden und entfernt meinen provisorischen Verband.

»Was hast du getan? Fuck, das ist tief…« Er geht zum Spiegelschrank, nimmt einen Verbandskasten heraus und breitet den Inhalt auf dem Boden aus.

»Rede mit mir, bitte. Ich kenne dich nicht so stumm und das macht mir Angst.«

Ich atme tief durch und während er meine Wunde versorgt, erzähle ich ihm alles.

Kapitel 6

Santino

Wie zum Teufel, konnte das passieren? Noch nie ist mir ein so fataler Fehler unterlaufen. Im Normalfall, habe ich immer alles im Blick, aber fuck... Woher soll ich wissen, dass um vier Uhr in der Nacht jemand in diesem verfickten Park herumlungert?!

Wir haben die halbe Gegend nach der Frau abgesucht, die gesehen hat, wie Ciro den Richter enthauptet hat. Aber nichts. Keine Spur. Naja, fast. Sie hat ihr Handy verloren. Nur blöd, dass ich jedes technologische Gerät der Welt hacken kann.

Ciro hat mich Zuhause rausgelassen und ist weitergefahren, um den Kopf des Richters dort zu platzieren, wo ich ihn haben will. Nach einer ausgiebigen Dusche genehmige ich mir, wie immer, ein Glas Whiskey und schaue dabei zu, wie die Sonne über Manhattan aufgeht. Meine Mutter hat mich bestimmt 40-mal angerufen, bis ich ihr eine knappe Nachricht geschickt habe, in der ich ihr ein Lebenszeichen von mir gegeben habe.

Das war einer der miesesten Tage seit Jahren. Erst die Sache mit dem Gremium, dann die mysteriöse Frau, die, laut Luigis Aussage, wirklich eine Stripperin ist und daraufhin auch noch die Sache im Park. Wie soll man da schlafen? Ich muss wenigstens eine Sache wissen. Wer war das im Park? Wird sie eine Gefahr sein? Muss ich wirklich so tief sinken und eine Frau umbringen? Ich begebe mich in mein Büro, schließe das Handy an meinen

25.000$ Computer und warte, bis alle Daten übertragen sind.

Ihr fragt euch sicher, wieso ich so viel Geld für ein wenig Technik bezahle. Ganz einfach: Ein Amateurhacker braucht im Durchschnitt 30-40 Minuten, um ein Handy zu durchleuchten.

Durch die Software, die ich entwickelt und auf meinem Computer installiert habe, brauche ich 3 Minuten. Und das ganz ohne Tastenkombinationen. Ich muss das Handy einfach nur anstecken. Ich lehne mich zurück, nehme einen Schluck aus meinem Glas und genieße das brennende Gefühl, das der Whiskey in meiner Kehle hinterlässt. Auf die Sekunde genau, ploppt der gesamte Inhalt des Handys der Unbekannten auf meinem Bildschirm auf.

Fuck. Das ist doch… Das darf doch nicht wahr sein! Ich klicke mich durch ihre Bilder, nur um ganz sicher zu gehen. Doch es besteht kein Zweifel. Es ist die Frau, die sich mir als Stella vorgestellt hat.

Ihr gesamtes Leben offenbart sich vor mir und auch wenn es mich eigentlich nichts angeht, gehe ich jede verfickte Datei durch. Wie ich aus ihren Nachrichten lese, scheint sie nicht viele Freunde zu haben. Die einzigen Anrufe und Chats sind zwischen ihr, einer Pia, einem Rocco und einem Brian. Ihre Galerie ist voller Bilder von sich selbst und den anderen drei. Doch was meine Aufmerksamkeit am meisten auf sich zieht, sind ihre Selfies. Ihre Augen sind ein wahrgewordener Traum. Sie erzählen eine Geschichte, eine, voller Trauer, Schmerz, Leid und dennoch einem kleinen Funken Liebe. Ich stöbere weiter, bis ich auf etwas stoße, das äußerst interessant ist.

Es ist der Chat zwischen ihr und diesem Rocco.

Er hat sie in den letzten Stunden mehrmals versucht zu kontaktieren. Sie scheint einen genauso katastrophalen Abend gehabt zu haben wie ich.

Rocco:

> Fuck! Wo zum Teufel bist du?

Rocco:

> Du hast meinem besten Kunden fast den Schwanz abgeschnitten, hast den roten Knopf gedrückt und verpisst dich einfach?! Sieh zu, dass du deinen Arsch herbewegst!

Sie hat was? Was zum Teufel ist los mit ihr? Was muss dieser Mann getan haben, dass sie derart ausgerastet ist? Diese Frau scheint Feuer im Arsch zu haben!

Rocco:

> Ich hab dich vor ihm gewarnt! Wieso musst du immer so stur sein? Komm zurück, Alaia. Ich mache mir Sorgen.

Ist der Typ eigentlich schizophren? Erst benimmt er sich ihr gegenüber wie ein Vollarsch und plötzlich macht er sich Sorgen?! Ich habe ein unglaublich schlechtes Gefühl bei diesem Mann.

Rocco:

> Alaia, bitte ich mach mir Sorgen! Es tut mir leid, okay? Lass uns reden, bitte. Ich muss dich sehen! Ich muss dir in die Augen sehen, ich muss sicher sein, dass es dir gut geht.

Rocco:

> Gut, wenn du diese Schiene fahren willst, dann komme ich eben zu dir nach Hause! Glaub ja nicht, dass Brian mich daran hindern kann, nach dir zu sehen!

Es sieht doch ein Blinder, dass er total auf sie steht, oder? Ich lasse diesen Typen, anhand seines Kontaktbildes, durch meine Datenbank laufen und werde innerhalb von drei Minuten fündig. Ich schnappe mir einen Block und schreibe mir das Wichtigste heraus. Etwas an ihm passt mir nicht.

- Rocco Salibra.
- Geboren in Neapel.
- Seit seinem fünften Lebensjahr in Amerika.
- 26 Jahre alt
- Keinen Schulabschluss
- Seit vier Jahren Besitzer des *Dark Angel*

Die Informationen scheinen für euch nicht von Belang zu sein, aber ich sehe das anders. Etwas in seinem Gesicht lässt mich annehmen, dass er Dreck am Stecken hat und das nicht wenig. Ich habe keine Ahnung wieso ich das jetzt tue, aber ich rufe Ciro an.

»Pronto?!«, meldet er sich müde.

»Ich schick dir eine Adresse. Ich will, dass du den Mann, dessen Bild ich dir zukommen lasse, wegschickst. Gib dich als Bulle aus und sag, dass sie unter deinem Schutz steht.«

»Was redest du? Ich lieg im Bett, wollte mir gerade einen runterholen und dann ins Land der Träume reisen.«

»Du reist jetzt zu der Adresse, die ich dir nenne und dann kannst du mit deinem Schwanz tun, was auch immer du willst, verstanden?« Er atmet genervt aus, doch ich kann deutlich hören, wie er aufsteht.

»Ich geh ja schon. Du bist mir was schuldig, du Wichser.« Ich lache und beende den Anruf.

Okay, genug von ihm. Ich möchte weiter in die Welt der wunderschönen Alaia eintauchen.

Ich durchforste ihre Social Media Accounts, doch außer billigen Anmachen ist nichts Interessantes zu finden. Ist es seltsam, dass ich den Drang verspüre, mehr über sie zu erfahren? Oder besser gesagt alles. Ich will wissen, was sie am liebsten isst, welchen Film sie am besten findet. Sachen, die nicht jeder über sie weiß, wie ihr Alter und ihren Nachnamen. Ich will ihre Geschichte kennen. Fuck, wo kommen diese Gedanken nur her?

Ohne es zu merken, finde ich mich in ihrer Galerie wieder. Sie ist so unglaublich schön, so perfekt. Es ist nicht ihr Körper, der sie perfekt macht. Nein, es sind ihre verdammten Augen! Ich werde das Gefühl nicht los, dass ich sie bereits irgendwo gesehen habe. Vielleicht in einem früheren Leben? In einem Traum? Wieso fühle ich mich ihr so verbunden, obwohl ich sie nicht kenne?

Hat unsere Begegnung einen Grund gehabt? Will mir das Universum etwas sagen?

So viele Fragen schießen mir durch den Kopf, doch auf keine einzige habe ich eine Antwort. Ich weiß wirklich nicht, was ich jetzt tun soll, doch eine Sache weiß ich ganz sicher.

Ich muss mehr über sie erfahren, muss wissen, wer sie ist, und wieso ich mich immer seltsamer fühle, je länger ich sie anschaue.

Fuck, ich kann meinen Blick nicht von ihr nehmen. Sie hat mich vollkommen unter Kontrolle und weiß es nicht einmal. Was ist es, was mich so süchtig nach ihrem Anblick werden lässt?

Sie ist schöner als jede Frau, die ich in meinem Leben gesehen habe. Naja, von denen, die ich überhaupt wahrgenommen habe. Frauen waren bisher nicht mehr als Fickobjekte für mich.

Weder habe ich eine von ihnen währenddessen geküsst, noch ihnen auch nur in die Augen gesehen. Sie waren für mich nur Mittel zum Zweck. Druck ablassen und weg. Keine von ihnen habe ich ein zweites Mal gesehen und wenn doch, dann hat sich Ciro darum gekümmert. Nein, er hat sie nicht umgebracht, falls ihr das denkt. Er hat ihnen lediglich gezeigt, dass ich ein Mann bin, der keine Frau jemals wieder sehen will.

Naja, bis heute zumindest. Fuck, was zum Teufel hat sie mit mir gemacht? Was haben ihre Augen nur für eine Wirkung auf mich?

Ich muss mich dahinterklemmen. Ich muss es einfach wissen. Vielleicht hat der Dämon, der sich in Form ihrer Augen in meinen Kopf geschlichen hat, morgen wieder einen Weg aus meinen Gedanken gefunden.

Und wenn nicht, dann werde ich mich an ihre Fersen heften. Ich werde mir alle Informationen über sie holen. Alle die, die sie mir freiwillig gibt, aber auch ihre tiefsten Geheimnisse.

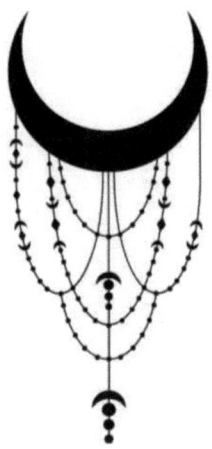

Ich habe dich nur ein einziges Mal gesehen, und doch nagt die Eifersucht an mir, wenn ich daran denke, dass jemand anderes dich berührt, dich ansieht, dich haben könnte. Du gehörst mir, auch wenn du es noch nicht weißt. Es spielt keine Rolle, wie wenig ich von dir weiß – ich werde alles über dich erfahren und dafür sorgen, dass niemand außer mir dich jemals besitzen wird.

74

Kapitel 7

Santino

Den ganzen beschissenen Tag konnte ich mich nicht eine Sekunde konzentrieren. Ich hatte einen Haufen Arbeit, jedoch war mein Kopf gefangen, in ihren braun-grünen Augen. Dazu kommt auch noch, dass ich mir den Nacken verrenkt habe.

Als mir Ciro gesagt hat, dass er Rocco abgeschüttelt hat, nachdem er ihm fast die Fresse poliert hat, bin ich mit dem Kopf auf dem Tisch eingeschlafen. So etwas ist mir wirklich noch nie passiert. Ich bin ein disziplinierter Mann. Ich lebe nach meinen eigenen Regeln, nach meinen Prinzipien. Doch sie bringt alles durcheinander. Und ich kann es verdammt nochmal nicht gebrauchen, wenn etwas nicht strukturiert ist. Nachdem ich drei meiner Termine vermasselt habe, habe ich meiner Mutter den Rest überlassen. Bin nach Hause und habe eiskalt geduscht, in der Hoffnung endlich einen klaren Kopf zu bekommen, aber nichts. Fehlanzeige.

Jedes Mal, wenn ich versuche einen klaren Gedanken zu fassen, erscheint sie vor meinem inneren Auge. Das muss aufhören! Ich kann es mir nicht erlauben, mich von einer Frau ablenken zu lassen. Schon gar nicht von einer, die sich für andere entblößt. Eine, die mir völlig unbekannt ist. Das ist alles Bullshit! Es gibt nur einen Ausweg, nur ein Heilmittel, sie aus meinem Kopf zu verbannen und dieser ist Konfrontation.

Als Kind hatte ich Angst vor dem Staubsauger. Sobald jemand im Haus dieses Gerät anschmiss, war ich über alle Berge. Als meine Mutter mich aber eines Tages nicht wiedergefunden hat, nachdem sie all meine Verstecke durchsucht hat, geriet sie in Panik. Mein Vater fand mich nach einigen Stunden im Keller und anstatt mich zu trösten, verprügelte er mich. Da meine Mutter solche Situationen in Zukunft vermeiden wollte, brachte sie mich in mein Zimmer und staubsaugte so lange, bis ich selbst irgendwann damit anfing. Ich ging auf sie zu, nahm ihr den Sauger aus der Hand und meine Angst war wie weggeblasen.

Genau das sollte ich jetzt tun. Ich sollte mich diesem Dämon in Form einer Frau stellen. Ich muss sie sehen, damit ich weiß, dass sie nur ein Störfaktor ist, dass sie niemand von Bedeutung ist. Einfach nur eine Fantasie, die ich bildschön finde. Mehr nicht.

Ohne weiter darüber nachzudenken, verlasse ich mein Penthouse, steuere meinen Wagen an und steige ein. Tue ich gerade wirklich das Richtige? Oder ist es vielleicht eher kontraproduktiv, sie zu sehen? Sollte ich das Ganze sein lassen? Ja, ich sollte einfach nach oben gehen, mir eine Nutte bestellen und sie so lange, so hart ficken, bis ich diese kleine Stripperin vergesse.

Plötzlich ertönt ein Ton, der nicht zu meinem Handy gehört. Ich ziehe Alaias Handy aus meiner Hosentasche und werde von einer Wut gepackt, die ich nicht in Worte fassen kann. Was bildet sich dieser dumme Wichser eigentlich ein? Auf ihrem Handy habe ich nichts, absolut gar nichts gefunden, was darauf schließt, dass die beiden etwas miteinander haben!

Rocco:

> Du weist mich ab, verstehe ich das richtig? Du lässt mich von den Bullen verschicken, obwohl ich nur nach dir sehen wollte?! Du weißt genau, was du mir bedeutest, und du? Du scheißt auf mich!

Rocco:

> Das bist nicht du, dass ist dein toller Freund. Ich habe in deinen Augen gesehen, dass du mich genauso willst, wie ich dich. Also stell dich nicht so an, komm zu mir und lass uns reden. Du weißt, dass du zu mir gehörst!

Ach, scheiß drauf! Ohne großartig darüber nachzudenken, lasse ich den Motor aufheulen und rase mit quietschenden Reifen aus der Tiefgarage.

Innerhalb von 15 Minuten komme ich bei ihr an. Ich schaue mich um, jedoch ist von Rocco nichts zu sehen. Wieso haben mich seine Nachrichten so dermaßen aufgeregt? Wieso kann es mir nicht egal sein, was sie tut? Auch wenn ich es nicht für möglich gehalten hätte, habe ich das Gefühl, dass diese Frau mich tief in die Dunkelheit ziehen wird. Tiefer als ich bisher schon darin feststecke.

Na toll, nun stehe ich hier. Wie ein fucking Stalker, sitze ich in meinem Wagen und schaue auf die Mauer, hinter der sich Alaia befindet. Ich kann sie spüren. Ihre Aura, ihre Präsenz. Sie zieht sich in jede Faser meines Körpers, wie ein verfickter Virus! Fuck! Gerade als ich beschließe wegzufahren und einen Exorzisten aufzusuchen, der mir diesen Dämon austreibt, geht das Licht in einem der Räume an. Ich lehne mich zurück, und beobachte das Ganze.

Eine Weile passiert nichts, bis… fuck, bis sie erscheint. Sie trägt ein T-Shirt, welches ihr nur knapp über den Hintern reicht. Ihre Haare hat sie zu etwas zusammengebunden, das einem Vogelnest gleicht. Ihr Gesicht sieht verheult aus, müde und trotzdem gleicht sie einer Puppe. Makellos und wunderschön. Ihr Anblick löst in mir etwas aus, von dem ich nicht wusste, dass ich es habe.

Sehnsucht.

»Ma chi sei, mia piccola Stella?«, flüstere ich zu mir selbst. Ihr Künstlername passt perfekt zu ihr, denn sie strahlt in meinen Augen heller als ein Stern. Je länger ich sie betrachte, desto stärker muss ich gegen den Drang ankämpfen, zu ihr zu gehen. Ich muss ihr in ihre Augen schauen, muss ihre Stimme hören. Shit, ich muss sie berühren. Ich halte dieses Verlangen kaum aus! Doch es verwandelt sich, schneller als ich dachte, in etwas anderes. Wut, giftige, brennende Wut! Hinter ihr steht ein Mann, der, wie ich von meiner Position aus erkennen kann, dieser Brian ist. Er umarmt sie von hinten, drückt ihr einen Kuss auf die Schulter, dreht sie zu sich und nimmt ihr Gesicht in seine Hände. Ich wende meinen Blick von ihnen ab. Ich halte das nicht aus. Wo kommen diese Besitzansprüche in mir her? Wieso stelle ich mir gerade vor, dass ich ihm die Hände, mit denen er sie berührt, breche? Sie ihm abhacke? Wieso will ich ihn mit gebrochenem Genick vor mir liegen sehen?

Einatmen, ausatmen.

Nachdem ich mich gesammelt und etwas beruhigt habe, drehe ich mich wieder zu ihnen. Alaia schüttelt den Kopf, versucht sich aus seinem Griff zu befreien, doch er lässt nicht locker. Wo nimmt er sich das Recht her, sie gegen ihren Willen anzufassen? Er wirft kapitulierend die Hände in die Luft, geht zum Fenster und öffnet es. Bingo! Ich bin nahe genug an ihrem Haus dran, sollte also jedes

Wort hören können. Nur einen kleinen Spalt breit öffne ich das Fenster und warte.

»Al, bitte. Du musst zu den Bullen. Wer weiß, was, und vor allem wen, du gesehen hast! Denk doch mal nach…«

»Nein! Ich mische mich nicht in Angelegenheiten ein, die mich nichts angehen! Ich habe genug Scheiße an der Backe. Was mache ich denn, wenn Axel mich anzeigt? Ich habe ihm fast den Schwanz abgeschnitten!« Ihre zittrige Stimme trifft mich bis ins Mark. Sie hat Angst. Sei es vor mir oder diesem Axel. Wer ist dieser Wichser überhaupt?

»Dann kannst du ihn ebenfalls anzeigen! Er hat dich gegen deinen Willen berührt, er hat dich gezwungen, seinen Schwanz zu lutschen! Und wer weiß, vielleicht hätte er dich auch vergewaltigt! Weißt du was? Es reicht. Wir fahren jetzt zu Rocco!« Was labert er denn da?

»Was redest du denn da? Was soll ich dort? Der wird mir den Arsch aufreißen, weil ich mich nicht bei ihm gemeldet habe!« *Das soll er nur versuchen. Diesen kleinen Arsch wird keiner, außer mir, aufreißen!* Shit, wo kam das denn jetzt her?

»Du müsstest sowieso arbeiten. Lass uns gehen, bevor er dich kündigt.« Das soll ein guter Freund sein? Sieht er denn nicht, dass sie nicht will? Dass es ihr nicht gut geht?

»Du hast recht, lass uns gehen. Danke für alles, ich liebe dich.« Das hat sie nicht gesagt, oder?

»Ich liebe dich auch, Al. Du brauchst dich nicht bedanken, ich bin dein bester Freund. Es ist meine Aufgabe für dich da zu sein.« Er schließt das Fenster, und die beiden verschwinden aus meinem Blickfeld.

Das war zu viel. Ich kann diese ganzen Gefühle, die sich in mir angestaut haben, nicht zuordnen und muss ganz schnell hier weg. Wie immer, wenn ich sauer bin, drücke ich das Gaspedal durch und brettere wie ein

Wilder durch die Nacht Manhattans. Ich drehe das Radio auf volle Lautstärke. Und fuck, das ist nicht mein Handy, das die Musik abspielt. Es ist ihres. Und das Lied, welches ertönt, macht mich nur noch wilder.

Evanescence-Bring Me To Life

Frozen inside, without your touch- without your love, darling. Only you are the life among the dead…

Diese Passage des Liedes lässt mich nicht mehr los. Sie verfolgt mich durch die ganze Stadt, durch die ich ohne Ziel fahre. *Nur du bist das Leben, unter den Toten…* Kann ein Mensch so etwas für einen anderen empfinden? So tiefgründig und beinahe verzweifelt. Ist das etwa Liebe? Besessenheit? Abhängigkeit? Wieso will man sich so fühlen? Ich meine, dieses Lied, so wie all die anderen in ihrer Playlist, lassen einen erfrieren. Sie handeln alle von Tod, Schmerz und Leid. Ihr Innerstes scheint beinahe so erfroren zu sein, wie meins. Eis und Eis zusammen ergibt nichts Gutes. Es ist gefährlich, genauso gefährlich wie das, was ich gerade vorhabe. Denn ich befinde mich vor dem Dark Angels. Ich weiß genau, dass ich heute einen Fehler nach dem anderen begehe, doch es ist mir egal. Das Verlangen ihr nahe zu sein, ist größer, als meine Vernunft. Größer als meine Prinzipien und, verdammt nochmal, größer als alles andere.

Es ist Alaia und ich habe soeben beschlossen sie so schnell nicht mehr aus den Augen zu lassen. Denn ich passe auf das auf, was mir gehört. Und das wird sie, schon bald.

Kapitel 8

Alaia

Kaum betrete ich meinen Arbeitsplatz, werde ich von Rocco am Arm gepackt und in sein Büro geschleift. Er schlägt die Tür hinter uns zu und dreht den Schlüssel im Schloss herum. Ich nehme auf der Couch Platz, die sich über die gesamte Wand erstreckt. Er stellt sich, Haare raufend, an seinen Schreibtisch, als würde er versuchen so viel Abstand wie möglich zwischen uns zu bringen.

»Was zum Teufel fällt dir ein, Alaia? Ich bin gestorben vor Sorge! Tausendmal habe ich dich angerufen, dir geschrieben und habe nicht ein Lebenszeichen von dir bekommen! Du hast fast jemanden umgebracht. In meinem Laden. Wo ich für deine Sicherheit zuständig bin. Und redest nicht einmal mit mir und lässt mich von einem Bullen wegschicken?!« Seine Wut nimmt mich vollkommen ein. Ich kann ihn ja verstehen, aber wieso fragt er mich nicht, nach dem, was passiert ist? Denkt er wirklich, dass ich so etwas getan habe, weil ich Langeweile hatte?

»REDE MIT MIR, VERDAMMT NOCHMAL!«, brüllt er und bringt mich derart aus der Fassung, dass mir die Tränen aus den Augen kullern.

»Was willst du hören? Dass es mir leidtut? Dann kannst du lange warten, Rocco! Dieser Mann hat mich fast vergewaltigt! Er hat mich auf die Knie gezwungen, wollte, dass ich ihm einen blase! Fuck, er hat mich überall berührt! Ich musste es tun, um mich selbst zu schützen.«

Er kommt auf mich zu, kniet sich vor mir auf den Boden und nimmt meine Hände in seine.

»Was? Fuck… Wieso hast du nicht gewartet? Wieso bist du gegangen? Als der Alarm ertönte, bin ich sofort los, aber du warst weg! Ich dachte einer seiner Männer hätte dich entführt. Und nachdem ich Axel gesehen hatte, war ich mir dessen sogar sicher. Alaia, du bist nicht einfach nur eine Tänzerin für mich. Du bist so viel mehr, das warst du schon immer!« Ich kann diese Leier nicht mehr ertragen, nicht jetzt.

»Rocco, nicht. Ich kann das nicht. Ich bin hier, weil ich mein Handy verloren habe. Ich wollte dir zeigen, dass ich noch lebe, dass es mir gut geht. Naja, bis auf die Verletzung an meiner Hand. Kündigst du mich?«, frage ich zögerlich, doch er schüttelt den Kopf.

»Niemals. Ich habe den Dienstplan gestern geändert und habe angegeben, dass du nach deiner Vorstellung gegangen bist. Denkst du, ich würde das Gesetz belügen, wenn ich dich kündigen würde?« Er setzt sich neben mich und zieht mich an sich.

»Alaia, ich tue alles für dich. Das habe ich und werde ich immer, nur bitte, bitte, jage mir nie wieder einen solchen Schreck ein.« Ich nicke und lasse mich von ihm halten. Es tut gut, zu wissen, dass er für mich da ist. Dass er mich nicht rauswirft und ich weiterhin die Miete bezahlen kann.

»Danke. Hab dich lieb«, sage ich leise.

»Ich dich auch. Bist du fit genug, um zu tanzen? Es sind einige da, die dich sehen wollen. Du musst keine akrobatische Vorstellung ablegen. Es reicht, wenn du die Stange mit einer Hand berührst. Dann kannst du gehen und erst in zwei Wochen wiederkommen.«

Stimmt, meinen Urlaub habe ich fast vergessen!

»Ich habe noch etwas für dich«, sagt Rocco und geht an seinen Safe, der hinter seinem Schreibtisch an der Wand hängt. Er öffnet ihn, nimmt einen Umschlag heraus und kommt zurück.

»Er hat für alles bezahlt. Ich habe ihm damit gedroht, keinen Krankenwagen zu holen. Das ist das Geld für seine Getränke, die Show, Trinkgeld, und ein kleiner Bonus von mir. Ich will, dass du die Zeit in deinem Urlaub in vollen Zügen genießt, Baby. Lass es dir gut gehen und komm voller Power wieder zurück. Ich werde nach deiner Mutter sehen und dir Bericht erstatten.« Ich falle ihm in die Arme und kralle mich an ihm fest.

»Danke, danke vielmals. Du bist der Beste!«

»Erzähl mir etwas, was ich noch nicht weiß. Reichen dir 15 Minuten zum Umziehen und Schminken?«

Ich löse mich von ihm, nicke und verlasse sein Büro durch die Hintertür, in einen Gang, in dem niemand, außer dem Personal, Zutritt hat. Die Umkleidekabinen in der oberen Etage sind mein Ziel. Hier oben fühle ich mich sicher. Ich glaube, nach meinem Urlaub werde ich Roccos Angebot annehmen und hier oben meine Kabine einräumen. Falls Axel jemals wieder einen Fuß in diesen Laden setzen wird, kann er mich hier niemals allein abfangen. In den Räumen angekommen, setze ich mich vor den Spiegel und versuche mich wenigstens einigermaßen zu schminken. Man sieht deutlich, dass ich nicht geschlafen und nur geweint habe. Ich trage die dickste Schicht Concealer auf, die ich jemals benutzt habe. Meine Haare locke ich, mit einem Lockenstab, etwas nach und schnappe mir welche von den einfachen, aber dennoch sexy, Dessous, welche nur aus schwarzer Spitze bestehen. Meine Hand ist verbunden und durch die ganzen Medikamente, die ich geschluckt habe, hat der Schmerz endlich nachgelassen. Ich ersetze den Verband durch ein

Pflaster und ziehe mir High-Heels an. Da ich sowieso nicht großartig tanze, werde ich mir wohl nicht die Beine brechen. Nach etwa 10 Minuten klopft es an der Tür und Rocco tritt ein, gefolgt von Brian.

»Wenn ihr hier seid, um euch vor meinen Augen umzubringen, dann könnt ihr gleich wieder gehen.« Beide schütteln den Kopf und lassen sich auf der Couch nieder.

»Wir haben geredet und sind zu dem Entschluss gekommen, dass du, solange du arbeitest, nicht allein sein wirst. Brian wird bei dir sein, während du dich fertig machst, auf die Bühne gehst und wieder runter. Ich will nicht, dass du allein durch diese Gänge spazierst. Bevor du etwas sagst, ich akzeptiere kein nein! Wir werden in Zukunft beide in unmittelbarer Nähe zu dir sein. Keiner dieser Männer wird auch nur auf einen Meter Entfernung an dich rankommen.«

Ich bin überrascht von ihrem Zusammenhalt, habe aber nichts dagegen einzuwenden, deswegen nicke ich nur und werfe einen letzten Blick in den Spiegel. Ich richte meine Haare ein letztes Mal und stehe auf. Wie angekündigt, weicht Brian nicht von meiner Seite. Er redet kein Wort. Ganz professionell. Ganz der Bodyguard, in seinem Element.

»Danke, dass du das tust.« Er dreht sich kurz um, grinst mich an und geht direkt weiter. Wir gehen die Treppe nach unten. Der Club ist bereits voll. Die Bässe dröhnen und der Rauch der Zigarren raubt mir fast den Atem. Ich lasse meinen Blick durch die Menge schweifen, suche nach ihm, nach dem Blick, der mich töten würde. Axel scheint es schlimmer erwischt zu haben, als ich dachte. Nur mein schlechtes Gewissen hat es nicht zugelassen, danach zu fragen.

»Bist du bereit, Al? Wenn es dir zu viel wird oder du findest es ist zu früh, dann sag es mir und ich bringe dich in deinen heiß ersehnten Urlaub.« Diesmal bin ich es, die nichts sagt und nur grinst. Rocco steht bereits mit dem Mikrofon in der Hand auf seiner Theke und wartet darauf mich ankündigen zu können. Ich nicke ihm zu, stelle mich etwas abseits und warte auf meinen Auftritt.

»Meine Herren, heute habe ich eine kleine Überraschung für Sie. Nachdem es gestern zu einer spontanen Planänderung kam, habe ich gedacht, ich werde Ihnen heute fünf Minuten im Himmel schenken. Und was wäre der Himmel, ohne einen Stern?« Die Lichter gehen wie gewohnt für einen Moment aus. Dies bereitet die Männer darauf vor, dass sie gleich etwas sehen werden, was ihnen gefällt. Die Musik beginnt, das Licht schimmert in einem verführerischen Rot und die Menge beginnt zu jubeln. Das ist mein Zeichen.

Ich stelle mich auf das Podest, lege eine Hand um die Stange und beginne mich langsam zu bewegen. Da ist es, dieses befreiende Gefühl, welches von mir Besitz ergreift. Die Musik, das Licht, die Blicke und der Tanz, all das sorgt dafür, dass ich den gestrigen Abend für einige Minuten vergesse. Ich widme mich vollkommen meiner Leidenschaft, dem Gefühl der Macht. Mein Körper bewegt sich automatisch, schwingt sich um die Stange, bahnt sich einen Weg in die Köpfe der Männer, die nach mehr lechzen. Ihre Blicke sind starr auf mich gerichtet, sie lassen mich nicht aus den Augen, während ich sie mit meinen Bewegungen hypnotisiere. Ich werde eins mit dem Licht, eins mit der Stange, eins mit der Musik und lasse mich treiben. Immer weiter und weiter, bis sich das Lied dem Ende neigt und ich mich auf den Knien wiederfinde. Applaus ertönt. Es wird gepfiffen, gejubelt und gerufen.

»ZUGABE! ZUGABE!«, brüllen sie. Ich drehe mich zu Rocco, dieser zuckt mit den Schultern und überlässt die Entscheidung mir. Scheine fliegen auf die Bühne, obwohl ich mich nur zur Musik bewegt habe. Ich schaue mir ihre Gesichter an, sehe die Gier im Blick von jedem einzelnen Mann, bis meine Augen seine treffen.

Die des Unbekannten, den ich gestern beinahe über den Haufen gerannt habe. In meinem Körper breitet sich eine Hitze aus, von der ich nicht weiß, wo sie herkommt. Sein Blick droht mich zu durchbohren, er versucht in die tiefen meiner Seele zu blicken. Seine Augen strahlen pure Dominanz aus. Wenn ich mich nicht täusche, scheint er mich so anzusehen, als würde ich nur ihm gehören. Als würde er am liebsten jedem Mann, der mich ansieht, die Augen ausstechen.

Seine Blicke sagen mehr als tausend Worte und ich muss zugeben, ich genieße es. Die Art und Weise wie er mich ansieht, lässt mich denken, ich wäre die Welt für ihn. Als würde er alles tun, damit ich von dieser Bühne verschwinde und ihm in seine Dunkelheit folge.

Er ist es, der mich dazu bringt, mich zu meinem Chef zu drehen und ihm zuzunicken. Ich weiß nicht welcher Teufel mich gerade führt, aber ich werde ihnen, und ganz besonders ihm, eine Show bieten, die den Raum in Flammen aufgehen lassen wird.

So schön es auch ist, so angesehen zu werden, muss auch er wissen, ich gehöre nur mir selbst. Und daran wird kein Mann der Welt etwas ändern können.

Kapitel 9

Santino

Das Lied beginnt, genau wie das Schwingen ihrer Hüften. Sie hat mich bemerkt. Sie hat gesehen, dass ich es nicht gut finde, was sie tut. Sie hat genau gesehen, dass ich sie am liebsten von dieser Bühne zerren und weit weg bringen würde. Wie lange werde ich es wohl aushalten? Wie weit wird meine Geduld reichen, bis ich vollkommen durchdrehe und allen, die sie anschauen, die über sie fantasieren, eine Kugel in den Kopf jage? Alaia provoziert mich. Sie spielt mit meiner Geduld. Wie sie sich an der Stange räkelt, während sie in die Hocke geht, ihre Beine spreizt und mit der Stange zwischen ihren Arschbacken wieder nach oben gleitet. Diese Frau ist pures Gift, welches sich langsam und qualvoll in einem ausbreitet. Und trotzdem bin ich nicht in der Lage zu gehen. Ich schaffe es nicht, auch nur eine Sekunde, wegzuschauen.

»Du bist sowas von geliefert, Bro«, ertönt die Stimme meines besten Freundes. Ich habe ihn angerufen. Er muss hier sein, um zu verhindern, dass ich jeden umbringe, der auch nur versucht in ihre Nähe zu kommen. Allein schon dafür, wie sie sie anschauen, sollte ich jedem von ihnen die Augen mit einem Löffel aus ihren Köpfen holen.

»Was hat diese Frau mit dir gemacht? Erst musste ich ihr diesen Typen vom Hals halten und jetzt stehen wir hier und schauen ihr dabei zu, wie sie sich um diese Stange wickelt. Was soll das hier?«

Ich würde ihm diese Frage so gern beantworten, doch ich weiß, beim besten Willen, nicht wie. Denn genau das ist eine der Fragen, die mich plagen, seit ich hier stehe und sie anstarre.

»Das Lied passt genau zu dem, was sie mit mir gemacht hat«, spreche ich meine Gedanken laut aus und bekomme im Gegenzug einen verwirrten Blick von Ciro.

»Fuck. Du solltest einen Priester aufsuchen. Du bist zu 100% besessen. Santino, ich sage es dir als dein Bruder: Bitte, lass uns gehen. Ich sehe es kommen, dass du hier ein Blutbad anrichten wirst. Denk daran, dass du selbst der warst, der die Regel aufgestellt hat, keine Frau in sein Leben zu lassen. Doch diese… Diese Frau hat sich wie ein Parasit in dein Hirn gefressen. Ich will nicht, dass du etwas tust, was du bereuen könntest.« Ich verstehe jedes seiner Worte. Wirklich. Doch sie sind mir egal. Ich will mich nicht von ihr abwenden, ich kann nicht. Sie hat mich mit einem Fluch belegt, von dem ich nicht weiß, ob es ein Gegenmittel gibt.

»Tino!« Er spricht mich mit dem Namen an, den er nur in unserer Jugend verwendet hat.

»Was? Hast du sie dir angesehen? Hast du gesehen, was sie für Augen hat? Diese Frau ist die verbotenste Frucht, die jemals existiert hat und ich habe einen Bissen von ihr genommen, als ich mich im Bann ihrer Augen verloren habe.« Ich erkenne meine eigenen Worte nicht mehr, noch weniger als meine Gedanken. Was ist denn nur los mit mir? Alaia und ich lassen uns gegenseitig nicht aus den Augen. Es scheint, als würde sie diese Show nur für mich abziehen. »Siehst du, wie sie mich anschaut? Wie sie mich mit ihren Augen verflucht? Diese Frau ist gefährlich, selbst für mich.«

Dieses Geständnis scheint ihn zu schockieren, denn er tut etwas, was er sonst nie tun würde. Er packt mich am Arm, dreht mich zu sich und starrt mir gefährlich in die Augen.

»Du wirst jetzt sofort mit mir kommen, Santino! Es steht zu viel auf dem Spiel! Du musst das Gremium überzeugen, dich als rechtmäßigen Boss zu ernennen obwohl du nichts, und ich wiederhole nichts, hast, was sie dazu bringen könnte ihre Meinung zu ändern.«

»Du bist wirklich aufmerksam, Fratello. Das muss ich dir lassen. Du hast mich gerade auf eine wundervolle Idee gebracht, mein Freund. Das Gremium will, dass ich heirate, will eine Frau an meiner Seite? Das können sie haben. Ruf den Anwalt und den komischen Typ da an, der dich damals fast verheiratet hat. Ach und geh meine Mutter holen. In 40 Minuten, treffen wir uns bei mir Zuhause. Zieh dir was Schickes an. Es wird geheiratet.« Der Blick, mit dem er mich ansieht, bringt mich zum Lachen. Er denkt ich mache Spaß, doch das tue ich ganz und gar nicht. Ich habe mich gerade dazu entschlossen, Alaia mitzunehmen. Ob sie will oder nicht. Sie meint mich verzaubern zu müssen? Mich regelrecht zu verfluchen? Na bitte, dann soll sie aber auch damit klarkommen, dass sie damit unser beider Schicksal besiegelt hat. Sie hat dem Lied alle Ehre gemacht, nur werden wir sehen, wer wen mehr verfluchen wird.

Kapitel 10

Alaia

Es scheint, als hätte ich dieses Spiel gewonnen. Er hat bis zum Ende des Liedes seinen Blick nicht von mir genommen, hat versucht mich mit den Augen in seinen Bann zu ziehen und ich muss zugeben, er hat es fast geschafft. Für einen Moment dachte ich wirklich, er hätte es geschafft mich zu verzaubern, naja, wohl eher mich zu verfluchen. Seine Ausstrahlung, seine Aura, sprachen ihre eigene Sprache und schienen sich perfekt mit der meinen zu verstehen. Wir haben uns bekämpft, wollten dem anderen die Macht entreißen, die Kontrolle über den anderen haben. Beinahe wäre ich eingeknickt und hätte mich von ihm beherrschen lassen. Kaum hat sich das Lied dem Ende geneigt, verschwinde ich von dem Podest und eile in Richtung der oberen Kabine. Brian ist mir dicht auf den Fersen, doch ich gehe in die Kabine und schließe hinter mir ab. Ich brauche Ruhe, muss versuchen einen klaren Kopf zu bekommen. Was hat dieser Mann nur an sich, das mich so schwach werden lässt? Mich dazu bringt, mich ihm nahe zu fühlen, obwohl ich ihn nicht kenne. Er ist mir vollkommen fremd und dann wieder nicht. Ein Klopfen reißt mich aus meiner Starre.

»Al, ist alles okay?«, fragt Brian.

»Ja… ähm… kannst du mir etwas zu trinken bringen? Ich möchte nicht wieder zurück nach unten. Diese Männer, ihre Blicke… die haben mich wahnsinnig gemacht.«, lüge ich und hoffe, dass er mir glaubt. Für einige Sekunden ist nichts als Stille zu hören.

»Alles klar, ich gehe nach unten. Verlass den Raum nicht. Ich werde den Code aktivieren und bekomme sofort mit, wenn du die Tür öffnest.« Mann, ehrlich?! Darf ich denn jetzt nicht mal aufs Klo? Da ich keine Lust habe, mich mit ihm zu streiten, sage ich nichts und ziehe mich um. Ich ziehe eine meiner Leggings aus der Tasche, ein schwarzes Top und schlüpfe in meine Sneakers. Gerade als ich mich herunterbücke, um meine Sachen zusammenzupacken, geht die Tür auf. Ich drehe mich um und erstarre. Es ist nicht Brian, der mit Getränken wieder zurückgekommen ist. Nein. Er ist es. Mein Fluch.

»Was… Wie bist du hier reingekommen?«, frage ich stotternd. Fuck, seine Nähe ist einnehmender, als ich dachte. Er scheint gefährlich zu sein. Der Tod auf zwei Beinen. Seine Präsenz erdrückt mich, sein Blick frisst mich auf.

»Ich komme überall rein, Alaia. Keine Tür, kein Sicherheitssystem der Welt, wird mich davon abbringen dich zu finden.« Seine Worte sind Gesetz. Seine Dominanz ist greifbar, so, dass ich deutlich spüre, dass ich keine Chance habe. Jeder Funke meiner Überlegenheit ist wie vom Erdboden verschluckt. Genau in diesen Erdboden wird er mich ziehen. Er wird mich vernichten.

»Ich… Geh, bitte. Ich…« Was ist denn los mit mir? Wieso schaffe ich es nicht, ihm die Stirn zu bieten?

»Was willst du von mir? Ist es, weil ich dich angerempelt habe? Es tut mir leid, das war nicht meine Absicht.« Er kommt auf mich zu.

In langsamen und geschmeidigen Schritten, als wäre er nicht gerade dabei, etwas gegen meinen Willen zu tun. Seine Dunkelheit droht mich zu verschlingen. Je näher er kommt, desto weiter breitet sich ein dunkler Schleier über mir aus.

»Dass du mich angerempelt hast, muss Schicksal gewesen sein, Alaia. Wir haben uns nie gesucht, aber dennoch gefunden. Etwas an dir ist besonders. Und du kannst nicht leugnen, dass die Luft zwischen uns irgendwie geladen ist.« Er hat es auch bemerkt? Ich habe mir das alles also nicht eingebildet, doch das bedeutet noch lange nicht, dass ich mir das gefallen lassen muss.

»Hör mal, Mister ich bin sexy, muskulös und wahrscheinlich sehr reich. Nur weil die Luft zwischen uns deutlich geknistert hat, heißt das ganz bestimmt nicht, dass ich mit dir nach Vegas fliege, deinen Namen annehme und dir Kinder gebäre. Es passiert immer wieder. Man trifft jemanden, man findet ihn attraktiv und sieht sich danach nie wieder.«

»Doch, Stellina, genau das bedeutet es. Wir fliegen zwar nicht nach Vegas, aber weil ich eben sexy, muskulös und wahnsinnig reich bin, habe ich Mittel. Wir heiraten. Jetzt.« Scheiße! Wieso muss jeder Typ, der nicht nur eine 10/10, sondern eher eine 100000/10 ist, so derartig einen an der Waffel haben? Und wo bleibt eigentlich Brian?

»Du wirst gleich übel aufs Maul bekommen, Arschloch. Mein bester Freund wird jeden Moment hier sein und...«

»Du meinst Brian?«, er lacht und fährt sich durch die Haare. »No, Amore. Er ist leider verhindert.« Mr. sexy, muskulös und reich kommt immer weiter auf mich zu. Fuck, wieso muss er auch so gut aussehen?

Seine Augen, die wie blaue Saphire schimmern, fixieren meine. Er ist ohne jeden Zweifel 1,95 groß. Ich mit meinen 1,65 Metern komme mir neben ihm vor, wie ein Gartenzwerg. Mit seinen Oberarmen könnte er es einfach in Nullkomma nichts schaffen eine Melone zu zerquetschen. Fuck, dem würde ich nicht in einer dunklen Gasse begegnen wollen.

»Wenn du weiter so starrst, besteht die Gefahr, dass du sabberst. Also ich würde vorschlagen wir gehen, jetzt. Dai Andiamo!«

»Sehe ich so aus, als würde ich irgendwo mit dir hingehen?«, frage ich, auch wenn ich weiß, dass diese Frage überflüssig ist.

»Ich möchte dir die Wahl lassen. Entweder du kommst mit mir mit…« Er kommt näher, doch egal wie sehr ich versuche, die Distanz zwischen uns zu wahren, ich schaffe es nicht. Ich rücke immer weiter zurück, bis ich gegen die Wand pralle. Es gibt keinen Ausweg, keine Möglichkeit ihm zu entkommen.

»… oder ich werfe dich über meine Schulter und trage dich wie eine Königin, auf Händen, hier raus… oder natürlich ich betäube dich und stecke dich in meinen Kofferraum. Die Entscheidung liegt bei dir.« Ich versuche den Witz hinter seinen Worten zu erkennen. Irgendwas, das darauf hindeutet, dass er das nicht ernst meint, doch da ist nichts. Kein zuckender Mundwinkel, keine leuchtenden Augen, die versuchen mir einen Streich zu spielen.

»Ich… Du spinnst! Ich werde nirgends hingehen! Ich habe eine Mutter, die mich braucht!«

»Die dich oder dein Geld braucht?«, fragt er und trifft damit direkt ins Schwarze. Moment mal…

»Woher weißt du das?«, frage ich und entlocke ihm ein lautes Lachen.

»Ich weiß alles über dich, Stellina. Du kannst versuchen, dich zu wehren, dich zu verstecken, aber ich werde dir immer einen Schritt voraus sein. Ich werde nicht ruhen, bis ich selbst jeden deiner Gedanken kenne, deine Gesichtsausdrücke deuten kann.« Seine Worte hüllen mich ein, nehmen von mir Besitz und ich habe keine Kraft, mich gegen ihn zu wehren. Er ist mir so nah, dass ich seinen holzigen Duft direkt einatme und das Gefühl bekomme, mehr davon zu wollen. *Wo kommen diese Gedanken her, verdammt?* Er sieht zu mir herunter, analysiert mich, sieht mit seinem Blick in meine Seele. Ich fühle mich vollkommen nackt und schutzlos, dennoch habe ich keine Angst. Im Gegenteil. Aus irgendeinem, mir nicht erklärlichen, Grund, fühle ich mich sogar sicher. Als könnte mir kein Mensch der Welt etwas antun.

»Ich will dir nicht wehtun, Amore. Also komm jetzt bitte einfach mit.« Sein Flüstern lässt mein Herz fast aussetzen.

»Nein«, antworte ich und versuche so sicher wie möglich zu klingen. Er entfernt sich von mir. Ich kann deutlich erkennen, wie sich ein Grinsen auf sein Gesicht schleicht, welches er versucht, so gut er kann, zu unterdrücken.

»Du wolltest es nicht anders. Hätte nicht gedacht, dass ich dich schon auf Händen tragen muss, bevor du für den Rest deines Lebens an meiner Seite bist.« Mit diesen Worten hebt er mich hoch und wirft mich über seine Schulter. Für einen kurzen Moment bin ich über sein dreistes Verhalten derart schockiert, dass ich in einer Art Trance bin. Erst als mich die kalte Nachtluft erreicht, verstehe ich was gerade passiert und fange an, wie wild, um mich zu schlagen.

»Lass mich runter! Hilfe, ich werde entführt!«, rufe ich und hoffe ich kann damit etwas erreichen, doch er lacht nur und kommt an einem Porsche an.

»Dein Taxi ist bereit, dich in ein neues Leben zu bringen, Amore.« Er lässt mich runter, zwinkert mir zu und öffnet mir die Tür. Nö, auf keinen Fall steige ich ein. Der Typ hat doch echt einen an der Waffel.

»Alaia, ich bitte dich jetzt nur ein Mal. Steig ein oder ich werfe dich in den Kofferraum!« Immer noch bewege ich mich keinen Millimeter und da passiert es schon. Er packt mich wieder über seine Schulter, öffnet den Kofferraum und wirft mich hinein.

»Sag mal, spinnst du? Du kannst doch nicht…« Noch bevor ich meinen Satz ganz aussprechen kann, schlägt er auch schon den Kofferraum zu. Ich hämmere gegen die Klappe, versuche mich irgendwie zu befreien, doch es geht nicht. Ich bin nicht stark genug. Er steigt lachend ein, startet den Motor und fährt los.

»LASS MICH SOFORT RAUS! DU KANNST MICH DOCH NICHT EINFACH ENTFÜHREN!«

»Kann ich wohl. Siehst du doch. Und außerdem, ich habe dich weder verletzt, noch habe ich dir eine Knarre an den Kopf gehalten. Also ist es streng genommen keine Entführung«, erklärt er und lässt es so klingen, als wären wir gerade auf dem Weg zu unserem ersten Date.

»Was ist es denn dann? Ich sitze wie ein Tier in deinem Kofferraum, obwohl ich nicht hier sein will. Wie also nennst du das Ganze?«, will ich wissen. Ich schaue mich um und finde einen Knopf. Bingo! Vielleicht öffnet der von innen den Kofferraum und ich kann mich einfach rausrollen lassen.

»Sieh es so, Alaia. Du bist hier, weil du hier sein musst.« Ach, der wird sich gleich umgucken.

Ich drücke den Knopf, doch das Einzige, das passiert, ist, dass die Rückbank umklappt. Auch gut. Dann springe ich eben aus der Tür. Vorsichtig, ohne seine Aufmerksamkeit zu erregen, klettere ich nach vorne und verstecke mich auf der Rückbank. Er ist so in den Verkehr vertieft, dass er es sicher gar nicht bemerken wird. Ich versuche die Tür zu öffnen, als vorne ein Alarm ertönt und er fast die Kontrolle über den Wagen verliert.

»Madonna mia! Bist du vollkommen verrückt geworden?«, ruft er und funkelt mich sauer durch den Rückspiegel an. Er fährt mit quietschenden Reifen in die Einfahrt einer Tiergarage und parkt. Er greift nach hinten, vergräbt eine Hand in meinen Haaren und zieht mich dicht vor sich.

»Tu das nie wieder! Wenn du gestorben wärst, hätte ich mir das niemals verziehen«, flüstert er direkt an meine Lippen. Was ist das bitte für ein Entführer? Er sollte sich keine Sorgen um mein Wohlergehen machen! Irgendwas läuft hier total falsch! Er lässt mich los, steigt aus und hilft mir dann aus dem Wagen. Ohne mich auch nur eines Blickes zu würdigen, zieht er mich hinter sich her und drückt den Knopf des Fahrstuhls.

»Bitte, lass mich gehen, ich werde niemandem was sagen, ich schwöre es. Ich will nach Hause. Zu meinen Freunden, zu meiner Mom. Wenn du doch alles über mich weißt, dann sicher auch, dass sie ohne mich nicht weit kommt.«

»Ich kaufe ihr morgen das Haus und werde ihr jeden Monat Geld schicken. Aber nur, wenn sie einwilligt einen Entzug zu machen.«

Er sagt diese Worte, als wären sie nichts von Bedeutung.

Als wäre es nicht das, was ich mir immer gewünscht habe. Fuck. Ein Entführer, der mich nicht verletzt, mich nicht vergewaltigt, und dann auch noch meiner Mutter helfen will? Ich wette, ich komme gleich in seiner Wohnung an und werde von Rocco, Pia und Brian empfangen.

Das alles muss ein Witz sein. Denn wenn nicht, stecke ich mächtig in der Scheiße. Die Fahrstuhltüren öffnen sich. Alles in mir schreit nach Flucht, doch etwas blockiert mich, eine höhere Macht, die ich nicht verstehe. Ich werde ins Innere der engen Kabine gezogen. Mein Entführer lehnt sich an die Spiegelwand und schiebt lässig die Hände in die Hosentaschen. Er sieht mich an, sagt aber keinen Ton und schüchtert mich damit nur noch mehr ein. *Bitte, lieber Gott, lass das alles nur ein Traum sein.* Als sich die Türen öffnen, erstarre ich, denn es scheint wirklich ernst zu sein. Vor uns stehen der Mann, den ich gestern bereits gesehen habe, zwei Männer in Anzügen, mit Aktentaschen und eine Frau im Rollstuhl.

»Dio Mio, was hast du getan Santino?«, fragt sie. Und… Moment mal. Santino? Nein! Fuck, das darf nicht wahr sein! Ich drehe mich um und renne auf den Fahrstuhl zu, werde jedoch von hinten sofort wieder fest umschlungen.

»Wo willst du hin? Geheiratet wird hier«, sagt der Mann, der gestern Nacht den Richter töten ließ. Fuck, fuck, verdammter fuck!!

»LASS MICH LOS DU… DU…«

»Du was?«, fragt er belustigt und trägt mich einen dunklen Gang entlang.

»DU MÖRDER! DU BIST EIN VERDAMMTER MÖRDER UND EIN ARSCHLOCH DAZU!«

»Du hast vollkommen Recht, Alaia. Und weißt du, was ich noch bin?«, fragt er und stellt mich in einer Art Büro ab.

»Ich bin, in wenigen Minuten, ein verheiratetes, mordendes Arschloch.« Er zwinkert mir zu, als auch die anderen erscheinen. Es ist offiziell. Ich bin geliefert und diesmal so richtig.

Kapitel 11

Santino

Die Angst in ihrem Blick ist atemberaubend. Ich konnte genau sehen, dass sie dachte, dass alles sei nur ein Witz, ein Streich ihrer Freunde, doch als sie meinen Namen hörte, da wusste sie es. Sie ist gefangen. Gefangen bei dem Mann, der eine Nacht zuvor, vor ihren Augen, den Richter hat enthaupten lassen. Die Erkenntnis darüber muss sie zerfressen. Sie muss denken, dass es eine Strafe dafür ist, weil sie das mit ansehen musste. Aber wenn sie wüsste, dass es überhaupt nichts damit zu tun hat, würde sie noch dümmer aus der Wäsche gucken, als sie es ohnehin bereits tut.

»Santino! Ich will sofort eine Erklärung dafür!«, ertönt die saure Stimme meiner Mutter, als sie zu uns in den Raum gerollt kommt.

»Das Gremium wird nichts mehr dagegen einzuwenden haben, dass wir das bekommen, was dir gehört, Mamma«, sage ich und gehe vor meiner Mutter auf die Knie. Ihr zorniger Blick lässt mich frieren.

»Santino, mein Junge. Das alles ist mir nicht wichtig, wenn du dafür eine Frau entführen musst. Du bist nicht so ein Mensch, ich kenne dich besser als du dich selbst. Ich weiß genau, dass du niemals einer Frau auch nur ein Haar krümmen würdest, wieso also tust du es dann doch?« Tränen sammeln sich in ihren Augen und ich kann die Vorwürfe, die sich in ihnen spiegeln, kaum ertragen.

»Mamma, ti prego, non piangere. Ich habe ihr kein Haar gekrümmt. Telo Giuro.« Sie versucht die Lüge in meinen Augen zu erkennen, als sie diese aber nicht findet, lächelt sie.

»Ich finde das nicht gut, mein Sohn. Wirklich nicht. Aber wenn du denkst, dass es das Richtige ist, wenn du dir im Klaren darüber bist, dass du dein Leben lang an diese Frau gebunden bist, dann bitte. Aber vergiss nicht: Betrug in einer Ehe wird bestraft. Deinem Vater ist das nur nicht passiert, weil wir in dem Moment eine Pause hatten. Du aber, mein Sohn, kannst dir keine Pause erlauben. Keiner wird dir glauben, dass du plötzlich aus Liebe geheiratet hast«, sagt sie. Und sie hat Recht. Wie soll ich dieser Frau nur beibringen, so zu tun, als würde sie mich lieben? Oder... Moment... Wieso sollte sie nur so tun? Was ist, wenn sie mich wirklich lieben wird? Wäre das möglich? Mich zu lieben? Bin ich in der Lage einen anderen Menschen zu lieben? Sind wir beide in der Lage, die Verbindung, die wir beide gespürt haben, zu erkunden? Zu vertiefen? Ich habe nicht die leiseste Ahnung, aber was ich weiß, ist, dass dieser Weg schwieriger werden wird, als den Mount Everest zu besteigen.

»Mamma, das ist Alaia. Amore, das ist Franka, meine Mutter«, stelle ich die wichtigste Frau in meinem Leben einer Frau vor, von der ich keine Ahnung habe, was sie mir alles antun wird. Zu meiner Verwunderung, geht sie auf meine Mutter zu, geht vor ihr auf die Knie und legt ihre Hand auf ihr Knie.

»Hallo Franka. Es freut mich, dich kennenzulernen.«

»Sieh an, du kannst wirklich lieb sein«, sage ich und bekomme direkt zwei böse Blicke in meine Richtung. Ach du heilige Scheiße... das ist nicht gut.

»Das, mein Lieber, nennt sich Respekt. Hätten wir uns unter normalen Umständen kennengelernt, dann wäre das anders, aber nach dem Abend? Nachdem ich gestern du weißt schon was gesehen habe, verdienst du keinen Respekt. Deine Mutter schon.« Ihre Worte treffen mich mehr, als ich gedacht habe.

»Danke, Gioia. Das ist wirklich sehr nett von dir. Aber lass mich dir eine Sache sagen. Mein Sohn ist kein schlechter Mensch. Wirklich. Ich werde dafür sorgen, dass es dir, an seiner Seite, an nichts fehlen wird. Darauf gebe ich dir mein Wort.« Meine Mutter so reden zu hören, löst ein seltsames Gefühl in mir aus. Es kommt mir so vor, als würde sie glauben, ich würde Alaia etwas antun.

»Mamma, ich will eine Sache klarstellen: Egal was sie tut, selbst wenn sie mit geladener Waffe vor mir stehen würde, könnte ich sie niemals verletzen. Niemals! Eher schneide ich mir selbst die Hand ab«, sage ich und meine jedes Wort ernst. Der Blick meiner zukünftigen Frau trifft mich und ich sehe direkt eine Kampfansage in ihm. Diese Frau wird mein Untergang.

»Bereit zu heiraten, Fra?«, fragt Ciro und kommt gemeinsam mit meinem Anwalt und einem Standesbeamten in mein Büro. Ich bin froh, dass er uns kurz Zeit gelassen hat. Ich will nicht wissen, was Alaia für eine Szene gemacht hätte, wenn sie sofort den Ehevertrag hätte unterschreiben müssen.

»Ich glaube dafür ist man nie bereit«, sage ich leise.

»Mr. Moreno, schön sie zu sehen. Das muss also ihre Verlobte sein«, sagt Carl, mein Anwalt, und schüttelt mir die Hand, bevor er sich an Alaia wendet.

»Ich bin Carl. Der Anwalt ihres Verlobten und somit auch ihrer. Freut mich, sie kennenzulernen.« Sie erstarrt, bis meine Mutter nach ihrer Hand greift. Alaia schaut sie an, fast schon flehend, doch meine Mutter nickt nur und zeigt ihr, dass sie nicht allein ist.

»Ich bin Alaia. Die entführte Verlobte. Führen sie auch Scheidungen durch?« Trotz ihres ernsten Tonfalls, fängt meine Mutter lauthals an zu lachen.

»Ach, mein geliebter Sohn, ich hoffe du hast Nerven aus Stahl.« Oh Mann, das hoffe ich auch.

»Bevor sie die Heiratsurkunde unterschreiben, müssen sie erst den Ehevertrag unterzeichnen«, sagt er und breitet die Papiere auf meinem Schreibtisch aus.

»Ehevertrag?«, fragt Alaia schockiert und sieht mich mit einem Blick an, der heiße Lava zu einem Eisberg werden lassen könnte.

»Das ist normal, wenn man ein hochrangiges Mitglied der Mafia heiratet«, erklärt Carl. Jetzt ist es raus.

»Du bist ein… Du… Fuck, wieso lebe ich noch?«, flüstert sie. Ich gehe auf sie zu, doch sie weicht direkt einen Schritt zurück.

»Nicht. Komm mir nicht zu Nahe.«

»Alaia, bitte. Hab bitte keine Angst, ich werde dir nichts tun.« Auch wenn ich jedes meiner Worte ernst meine, scheint sie mir nicht zu glauben. Nein, sie scheint eher kurz vor einer Panikattacke zu stehen.

»Ich… Bitte… Franka, bitte lass mich gehen…«, schluchzt sie und fuck... Ihre Tränen brechen mein Herz. Ich gehe auf sie zu, packe sie am Arm und bringe sie aus dem Raum, direkt in unser Schlafzimmer.

»Hör mir zu, bitte. Ich verspreche dir, nein, ich schwöre dir, ich werde dir niemals weh tun. Auch wenn es für dich nicht so aussehen mag, bin ich ein Mann von Ehre, einer, der sein Wort hält. Shit. Ich weiß, das muss alles anders aussehen, aber…«

»Warum? Warum ich, Santino? Wieso konntest du nicht eine andere auswählen?« Die Verzweiflung in ihrer Stimme macht mich sauer.

»Denkst du, ich will das? Heiraten? Nein, verdammt! Ich habe mich dagegen gewehrt, bereits seit drei Jahren, Alaia. Aber… aber…« Was ist nur los mit mir?

»Ich habe dich gesehen und… und da war diese Verbindung. Ich musste es tun. Bis vor einer Stunde wusste ich selbst nicht, dass du jetzt hier stehen würdest!« Ich beginne auf und ab zu laufen, versuche ein Ventil für meine Wut zu finden, doch es ist zwecklos. Was habe ich mir nur dabei gedacht? Wieso habe ich mich derart von ihr verfluchen lassen? Die Tür wird geöffnet und Ciro betritt den Raum.

»Geh raus und lass mich das machen. Ich will ins Bett! Ich werde wegen ihr nicht noch eine Nacht ohne Schlaf verbringen!« Bevor ich etwas sagen kann, packt er mich am Arm, schiebt mich durch die Tür und schließt diese hinter mir.

»Hör mal zu, du kleine Hexe. Du wirst jetzt sofort da rausgehen, wirst diese verfickten Verträge unterschreiben und dafür sorgen, dass Franka das bekommt, was ihr zusteht! Nimm es mir nicht übel, du bist wahrscheinlich voll die coole Socke und so, aber gerade kann ich dich nicht leiden. Ich bin müde, hungrig und hab dicke Eier. Und weißt du auch wieso?«, sagt er und ich bin kurz davor ihm den Kopf von den Schultern zu reißen.

»Wegen dir. Weil du, kleine Hexe, meinen besten Freund mit einem Fluch belegt hast. Er hat dich gesehen und sein Hirn wurde zu Matsch. Ich musste vor deinem Fenster aufpassen, dass sich dir keiner nähert. Musste einen Ring besorgen und einen Termin bei der Bank ausmachen! Ich bin kein beschissener Sekretär oder Bodyguard. Ich bin ein fucking Killer und würde damit gerne weitermachen. Jetzt geh da raus und heirate meinen besten Freund! Subito!« Ich entferne mich von der Tür und stelle mich desinteressiert auf die andere Seite des Flurs.

Die beiden kommen raus und ich schwöre hiermit eine Sache. Wenn ich diesen ängstlichen Ausdruck noch einmal auf ihrem Gesicht sehe, schlage ich ihm die Fresse ein.

»Los, ich wollte schon immer mal Trauzeuge werden.« Ohne mich auch nur noch eines Blickes zu würdigen, geht Alaia ihm hinterher. Carl steht gähnend da, genau wie der andere Typ, dessen Name ich nicht kenne. Meine Mutter sieht ebenfalls aus, als würde sie jeden Moment einschlafen. Na dann, los geht's.

»Da die Liebenden jetzt alles geklärt haben, erkläre ich ihnen die wichtigsten Punke des Vertrages. Kommen Sie bitte beide her.« Alaia und ich stellen uns neben ihn und aus irgendwelchen Gründen wünsche ich mir, näher bei ihr zu sein. Ihre Wärme spüren…

»Also die wichtigste Regel ist Treue. Wie in jeder normalen Ehe auch. Jedoch wird der Betrug hier mit dem Tod bestraft. Sei es auch nur ein kleiner Kuss oder ein Händchen halten. So, nächster Punkt. Respekt hat die oberste Priorität. Handgreiflichkeit, jeglicher Form, sei es auch nur eine Backpfeife oder ein Klaps auf die Finger, wird ebenfalls mit dem Tod bestraft und das, mein lieber Santino, gilt für dich. Eine Frau muss respektiert werden, sie muss geehrt und geschätzt werden, auch wenn ich weiß, dass ich dir das nicht sagen muss, ist es eben mein Job. Das Vermögen welches Mr. Moreno gehört, genau wie seine Firma, wird ihnen beiden gehören. Sie können voll und ganz über sein Geld verfügen. Natürlich werden auffällige Summen überprüft, jedoch glaube ich nicht, dass Sie es schaffen, an einem Tag 100.000 Dollar auszugeben, oder?«

Alaia fallen beinahe die Augen aus. Sie hat wohl nicht damit gerechnet, dass sie nach heute Nacht mehrfache Millionärin ist.

»Und jetzt kommen wir zum, meiner Meinung nach, wichtigsten Punkt. Dies darf keine Ehe des Zwanges sein. Ihr müsst euch lieben lernen. Wenn dies nicht der Fall ist, dann verlieren Sie alles. Ihr Vermögen, Ihre Firma und Ihren Namen. Sie werden vom Gremium auseinandergenommen. Sie beide.« Mein Kopf schießt in die Richtung meiner Mutter, die scheinbar auch zum ersten Mal davon hört.

»Diese Regel ist nur für dich aufgestellt worden. Dein Vater und auch das Gremium wissen, dass du alles tun würdest, um deiner Mutter ihr Hab und Gut wieder zu holen. Dazu gehört auch die Hochzeit.«

»Porca miseria. Du hast verloren, Tino. Lass es und bring die Kleine nach Hause. Sie soll schauen, wie sie ihre Mutter weiterhin durchfüttert und du versuchst weiterhin diese Wichser zu überzeugen.«

»Verschwinde Ciro!«, fahre ich ihn an. Er zuckt zusammen, schüttelt den Kopf und stellt sich neben mich.

»Scusa. Ich bin an deiner Seite. Für immer. Und jetzt unterschreib die Scheiße.« Ich nehme Carl den Stift aus der Hand und setze meine Unterschrift unter jedes Dokument.

»Santino, bitte, ich … ich will das nicht«, flüstert Alaia dicht neben mir. Meinen Namen aus ihrem Mund zu hören, macht mich wahnsinnig. Jetzt werde ich sie sicher nicht mehr gehen lassen. Niemals. Diese Frau wird mich lieben und dafür gebe ich euch mein Wort.

»Unterschreib.« Sie sieht mich fassungslos an, schüttelt, mit Tränen in den Augen, den Kopf, doch ich lasse mich davon nicht aus dem Konzept bringen.

Ich greife nach ihrer Hand, gebe ihr den Stift und führe sie zu dem ersten Dokument.

»Ich will, dass du das unterschreibst, Alaia. Jetzt«, drohe ich, obwohl ich nicht vorhabe, ihr weh zu tun. Ich weiß aber, dass sie jetzt Angst haben muss. Mein Griff wird fester und sie beginnt zu zittern. Fuck…

»Du tust mir weh…«, wimmert sie. Ich will sie loslassen, ihr den Schmerz nehmen, doch ich kann nicht. Noch nicht. Ich setze den Stift an, lasse los und sie unterschreibt.

»So, jetzt die Eheschließung. Brauchen sie den Monolog oder können wir diesen überspringen?«, fragt der Standesbeamte.

»Gib den Scheiß her«, fauche ich und setze auch hier meine Unterschrift drunter. Genau wie Alaia. Meine Frau…

»Herzlichen Glückwunsch. Sie sind nun Mann und Frau«, sagt er und zieht sein Handy aus der Tasche.

»Fürs Protokoll, da Ihnen keiner glaubt, muss ich Sie dabei filmen, wie Sie sich die Ringe anstecken und sich küssen.« Alaia und ich erstarren beide, unfähig etwas zu unternehmen, und da tritt auch schon mein bester Freund an meine Seite.

»Hier, nimm den Ring, du auch, Kleines.« Die Worte, die an sie gerichtet sind, lassen keinen Platz für Widerstand. Sie nimmt ihm den Ring ab, greift zitternd nach meiner Hand und wow… ihre Haut auf meiner zu spüren, bringt mich um. Ich brenne und erfriere gleichzeitig. Habe ich bereits erwähnt, dass diese Frau mein Untergang sein wird? Sie streift mir den Ring über, sieht mir dabei tief in die Augen und da sehe ich es wieder. Diese Verbindung.

Sie kann sich dagegen wehren, so viel sie will, doch anhand ihrer Mimik, sehe ich, dass sie dasselbe gespürt hat.

Während ich ihr ihren Ring überstreife, lasse ich sie nicht aus den Augen und bevor sie sich abwenden kann, unterschreibe ich unser Todesurteil. Ich ziehe sie an mich, vergrabe meine Hand in ihren Haaren und küsse sie. Alaia erstarrt für einige Sekunden, stellt sich dann aber auf die Zehenspitzen und erwidert meinen Kuss.

Fuck! Ihre Lippen schmecken besser, als alles, was man sich vorstellen kann. Ihr Kuss ist sanft, sinnlich und so verdammt giftig und trotzdem spüre ich, wie ich sofort süchtig nach ihr werde.

Sie ist eine Sünde, ein Verbrechen, eine Droge und der Tod. Alles in allem perfekt für mich. Sie ist es. Mein Gegenstück. Meine zweite Hälfte, meine Galaxie. Sie ist der Stern, der mein Herz durch die Dunkelheit führt. Sie ist meine Rettung und mein Untergang zugleich.

Meine Frau. Nur meine. Dafür werde ich sorgen, egal zu welchen Mitteln ich greifen muss.

Kapitel 12

Alaia

Ich bin verheiratet. Gerade eben war ich noch bei der Arbeit, habe mich auf meinen Urlaub gefreut, der mich aus den Ketten meines Lebens befreit. Und jetzt bin ich wieder eine Gefangene. Eine, die sich dazu überreden ließ, ihr restliches Leben mit einem Mörder zu verbringen. Es gibt keinen Weg raus, nie wieder. Dieser Ehevertrag ist mein Untergang. Meine Unterschrift hat es besiegelt, genau wie der Ring, der an meinem Finger funkelt. Nachdem wir uns voneinander gelöst haben, starrten uns alle Anwesenden an. Ciro hat den Mund nicht zu bekommen, doch ich muss zugeben, mir ging es genauso. Dieser Kuss war der absolute Wahnsinn. So viel Gefühl, so viel Leidenschaft. Und das, obwohl wir uns nicht kennen. Da war plötzlich wieder diese unsichtbare Kraft, dieses Band, das uns zusammenzieht und es nicht zugelassen hat, dass ich mich von ihm löse. Ganz im Gegenteil, ich habe mich gefühlt, als würden mich unsichtbare Fesseln an ihn ketten und damit meine ich abgesehen von diesem Ehering. Nachdem alle gegangen sind, hat Santino mich ins Schlafzimmer geführt, mir eines seiner Shirts gegeben und ist unter die Dusche gegangen. Nun sitze ich hier auf dem weichsten Bett, auf dem ich jemals gesessen habe und schaue auf Manhattan.

Allein wegen diesem Ausblick würde ich dieses Zimmer niemals wieder verlassen. Meine Gedanken schweifen zu den Ereignissen der letzten zwei Tage.

Ich habe meiner Mutter die Wahrheit über das Erbe gesagt, habe fast wieder mit meinem besten Freund geschlafen. Wurde beinahe vergewaltigt und war Zeugin einer Hinrichtung. Eine Hinrichtung, die der Mann veranlasst hat, an den ich jetzt, bis an mein Lebensende, gebunden bin. Der Mann, den ich lieben soll? Wie soll das gehen? Wie soll ich einen Menschen lieben, der mit einem Fingerschnippen das Leben eines anderen beendet? Verbindung hin oder her, er ist ein verdammter Mörder!

»Willst du auch duschen?«, reißt mich seine Stimme aus meiner Trance. Ich schüttle den Kopf, drehe mich aber nicht zu ihm.

»Hast du Hunger? Willst du etwas trinken?«

»Ich will nach Hause!« Er umkreist das Bett, kniet sich vor mir hin und legt seine Hände auf meinen Schenkeln ab.

»Alaia, bitte, mach es uns nicht so schwer. Wir sind verheiratet, müssen uns arrangieren. Das wird schon. Du wirst sehen, dass ich ein guter Mann bin.«

»Ein guter Mann? Du bist ein Mörder! Wie willst du da ein guter Mensch sein?!« Er steht auf und stellt sich, nur in Jogginghose bekleidet, vor das Fenster.

»Alle Taten haben ihre Gründe. Das wirst du früh genug lernen«, sagt er und nimmt sich einen Whiskey aus dem Mini-Kühlschrank. Jetzt erst sehe ich, wie schön dieses Schlafzimmer eingerichtet ist. Alles ist einheitlich in Grau, Schwarz und Weiß gehalten. In jeder Ecke ist Luxus zu sehen. Ein riesiger Kleiderschrank, der fünf Mal so groß ist, wie der, den ich Zuhause habe. Alles ist sauber, ordentlich und strukturiert, anders als man es bei einem Mafia- Boss erwartet.

Um ehrlich zu sein ist alles anders, als man es bei einem Mafia- Boss erwartet. Ich meine, ein Penthouse hoch über den Dächern von Manhattan?

»Du wirst die nächsten 3-4 Tage Zeit haben, dich hier einzuleben. Ich habe viel Arbeit zu erledigen und werde wahrscheinlich auch für einen Tag nach London fliegen müssen. Ciro wird dich nach Hause bringen, damit du deine Sachen holen kannst. Aber merk dir bitte eins, Ciro ist nicht ich. Wenn du nicht das tust, was er verlangt, wird er dich betäuben und im Kofferraum lassen, bis ich wieder nach Hause komme. Morgen werde ich der Bank das Haus deiner Mutter abkaufen und es ihr überschreiben, somit muss sie keine Angst haben, dass sie auf der Straße landet. Sie hat überall in der Stadt Alkoholverbot. Kein Laden, keine Bar und auch kein Kiosk, wird ihr auch nur einen Tropfen ausschenken. Die Klinik, in der sie ihren Entzug machen soll, ist bereits bezahlt. Sie wird also unter Beobachtung stehen und du brauchst dir keinerlei Sorgen um sie machen.« Wenn ich eins weiß, dann das, dass Ashley Jai, niemals freiwillig einem Entzug zustimmen würde. Dafür liebt sie den Rausch viel zu sehr.

»Sie wird Zwangseingewiesen, nachdem du deine Sachen hast«, spricht er meine Gedanken laut aus.

»Was ist mit Brian und Pia? Oder Rocco? Denkst du nicht auch, es wird ihnen seltsam vorkommen, wenn ich verschwinde?«, frage ich und bin gespannt auf seine Antwort.

»Rocco hat dich das letzte Mal in seinem Leben gesehen, das steht fest. Pia ist die Angestellte eines Freundes, sie wird dich besuchen kommen, wenn ich es für sicher befinde. Luigi arbeitet für Ciro und wird sie im Auge behalten. Wenn wir sicher sein können, dass sie nicht deine Flucht plant, dann ist es für mich kein Problem, wenn du sie weiterhin siehst, aber Brian…« Er weiß es. Ich kann es in seinen wütenden Augen sehen. Ich bin mir sicher, dass wenn ich meinen besten Freund auch nur ansehen würde, wäre dies sein Todesurteil.

»Wieso darf ich ihn nicht mehr sehen?«, frage ich, nur um ganz sicher zu sein.

»Weil du ihn gefickt hast, deswegen. Ich will nicht, dass er in deine Nähe kommt. Wenn es nach mir gehen würde, dann dürfte er nicht einmal einen Gedanken an dich verschwenden.«

Jetzt werde ich langsam wirklich sauer! Ich habe seit einer Ewigkeit nicht geschlafen, wurde entführt und darf mir jetzt auch noch von dem Mann, der dafür verantwortlich ist, Vorschriften machen lassen? Nicht mit mir!

»Was bildest du dir eigentlich ein, du Arschloch? Du hast mir nichts zu sagen! Nicht mal ein Prozent! Ich werde tun und lassen, was ich will. Und wenn mir danach ist, dann ficke ich Brian auf diesem Bett!« Er dreht sich zu mir, seine Stirn in Falten gelegt, seine Nasenflügel aufgebläht und seine Hände zu Fäusten geballt.

»Was ich mir einbilde? Du bist meine Frau, du trägst meinen Ring, meinen Nachnamen! Wenn ich dir also sage, dass du diesen Wichser nicht mehr sehen wirst, dann ist das ein Gesetz. Solltest du es wagen, ihn in unser Zuhause zu bringen, ihn in unserem Bett zu ficken, dann werde ich ihn vor deinen Augen kastrieren. Hast du das verstanden?!«

»Das wirst du nicht wagen...«, flüstere ich zitternd. Er kommt auf mich zu, zieht mich in den Stand und stellt mich aufs Bett, damit wir auf Augenhöhe sind.

»Ich werde alles wagen, wenn es um meine Frau geht. Und wenn ich für dich oder wegen dir töten muss, dann werde ich das auch machen!« Er drückt mir einen Kuss auf den Kopf und dreht sich wieder zum Fenster.

Er ist krank! Dem sind doch alle Sicherungen durchgebrannt, oder? Einen Scheiß werde ich mich an das halten, was er sagt. Ich lasse mich in die Kissen fallen und plane. Plane, wie ich ihm das Leben zur Hölle mache, dass er gar nicht schnell genug zu einem Scheidungsanwalt rennen kann. Ich werde dafür sorgen, dass er mich hasst, dass er mich so abstoßend findet, dass er gar nicht anders kann, als mich vor die Tür zu setzen.

»Du brauchst gar nicht versuchen, mich weg zu ekeln. Ich werde dich nicht gehen lassen, denn wenn wir mal ehrlich sind, wirst du nicht gehen wollen, Amore mio. Du wirst mich lieben, dich nach mir verzehren und mich auf all meinen Wegen unterstützen. Das wirst du schon noch sehen.« Er legt sich neben mich und dreht mir den Rücken zu. Auch wenn mich seine Nähe abstoßen sollte, tut sie das nicht. Ich fühle mich sicher, unheimlich geborgen und das bedeutet nichts Gutes.

»Buona Notte, Stellina mia.« Ich liege da und starre ins Nichts. Wie zum Teufel konnte ich in so eine Lage kommen? Wieso lasse ich mir das gefallen? Während in meinem Kopf tausende Gedanken kreisen, werden meine Augen immer schwerer. Ich werde von einer Müdigkeit übermannt, von der ich nicht wusste, dass sie existiert. Ich falle in einen tiefen, traumlosen und erholsamen Schlaf. Neben einem Mörder. Meinem Ehemann.

Kapitel 13

Alaia

Nach einer ausgiebigen Mütze Schlaf, wache ich in einem fremden Bett auf. Ich blinzle ein paar Mal und erinnere mich wieder daran, wo ich bin. Ich bin in meinem neuen Schlafzimmer. Im Bett, mit meinem Ehemann, dem Mafioso. Ich drehe mich langsam auf die Seite und schaue ins Leere. Er ist weg! Da ich mir sicher bin, dass jede einzelne Tür, die in die Freiheit führt, verschlossen ist, nehme ich mir vor eine Penthouse Tour zu machen. Ich verlasse das Schlafzimmer und brauche fast eine Sonnenbrille.

Alles ist so lichtdurchflutet, dass es beinahe weh tut. Ich brauche einige Sekunden, um mich an die Helligkeit zu gewöhnen und gehe durch den Flur. Überall, egal wo man hinsieht, sind Türen. Ich öffne jede von ihnen. Die erste, die direkt neben dem Schlafzimmer ist, scheint noch ein Büro zu sein, doch anders als das von heute Nacht, ist dieses hier ohne Fenster. Nur mit einem Schreibtisch und einem Computer ausgestattet, der einem Raumschiff gleicht. Der Inhalt dieses Raumes muss mehr wert sein, als das gesamte Haus meiner Mutter. Bevor ich etwas kaputt mache, gehe ich lieber weiter auf Erkundungstour. Ich gehe weiter und öffne die Tür zu einem gigantischen Badezimmer. Alles hier riecht nach ihm. Er scheint überall zu sein, auch wenn er nicht da ist.

Sein Duft, seine Aura, all das ist so stark, dass ich beinahe in eine Art Rausch verfalle.

Wie in Trance gehe ich weiter, finde mehrere leere Räume und einige, die wie Büros aussehen. Wozu braucht ein einzelner Mann so viele Büros? Ich finde noch einige Gästezimmer und komme dann im Wohnzimmer an. Auch hier ist es so hell, aber dennoch unglaublich gemütlich. Der dunkle Laminatboden wird von einem weißen Teppich geschmückt, der weicher aussieht als Wolken. Der Fernseher gleicht einer Kinoleinwand und der Kamin darunter verspricht schöne, kuschlige Stunden. Wäre das nicht mein neues Gefängnis, würde ich mich hier wirklich sehr wohl fühlen. Es ist so schön, gemütlich und heimisch. Ich gehe in die angrenzende Küche, öffne den Kühlschrank und erstarre. Ich habe noch nie so viel Essen gesehen! In diesem fucking Kühlschrank gibt es alles, was das Herz begehrt! Ich krame die Schubladen durch und finde auch hier alles Mögliche an Süßigkeiten, Snacks und Getränken.

»Wow…«, staune ich und fühle mich direkt noch wohler. Es ist ein Traum hier. Ich freue mich sehr darauf, Pia in dieses Paradies einzuladen. Als ich durch die Küche gehe, sehe ich noch eine Tür. Ich steuere auf sie zu und fühle mich wie im Himmel. Ein Fitnessraum. Mit der Größe einer Turnhalle. Ein ganzer Haufen verschiedener Fitnessgeräte, ein Boxsack, eine riesige Matte und jede Menge Spiegel! Der halbe Raum ist voll mit Spiegeln! Das ist der perfekte Tanzraum! Ich trete ein, schließe die Tür hinter mir und schaue mich um. Das, meine Freunde, ist das Paradies! In der Ecke steht ein Kühlschrank mit einer durchsichtigen Tür. Wow. Ich gehe auf das coole Teil zu, suche den Griff, doch irgendwie hat es keinen.

Ich tippe die Scheibe an und das Ding öffnet sich automatisch! Wie geil ist das denn?! Auf einmal springt mir eine Anlage ins Auge. Das ist mehr als nur Hightech.

Ich tippe auf dem Tablet rum, öffne eine Playlist und starte diese. Die Musik ertönt und ich bin direkt wieder im Rausch der Melodie gefangen. Mein Körper bewegt sich automatisch im Takt.

Die Melodie lässt mich blind durch den Raum tanzen. Die Emotionen überkommen mich so dermaßen, dass ich vor lauter Wut gar nicht anders kann, als während dem Tanzen wie eine Wilde auf den Boxsack einzuprügeln. Mein Zorn überrollt mich so stark, dass ich bereits aufgeplatzte Knöchel habe, doch es ist mir egal.

»Was ist denn hier los?«, ertönt die Stimme meines Ehemannes.

»Ich stelle mir dein Gesicht vor! Das ist hier los!«, rufe ich ihm entgegen, doch statt das er den Raum verlässt, kommt er auf mich zu und lacht.

»So wird das aber nichts, Amore. Dein Stand ist zu locker. Du musst mit beiden Beinen auf dem Boden sein und der Schlag muss direkt aus dem Bauch kommen. Hört sich doof an, ist aber so. Du musst tief einatmen und dann draufhauen. Versuch es.« Auch wenn es völlig idiotisch ist, tue ich was er sagt und siehe da, er hat Recht. Der Schlag sitzt wie eine eins und meine Faust tut weniger weh.

»Schön blöd, dass du mir zeigst, wie ich dir am besten den Hintern versohlen kann«, sage ich und traue mich ihn anzusehen. Er sieht wieder viel zu gut aus.

Er trägt, wie bei unserer ersten Begegnung, einen schwarzen Anzug. Seine Augen funkeln, seine Tattoos machen ihn noch gefährlicher und seine Muskeln zeichnen sich perfekt unter dem Stoff ab.

»Wenn hier jemand den Hintern versohlt, dann bin das ich, piccola Stella. Und du wirst es sein, die mich darum bitten wird fester zuzuschlagen«, flüstert er direkt an meinen Lippen. Wann ist er mir bitte so nahe gekommen? Fuck, sein Duft, ist so verdammt einnehmend, er vernebelt mir meine Sinne und lässt mich vollkommen die Kontrolle verlieren. Ich mache wie durch die Führung einer höheren Kraft einen Schritt auf ihn zu und überbrücke das letzte bisschen Distanz zwischen uns. Er scheint es zu merken und vergräbt seine Hand in meinen Haaren.

»Ich habe keine Ahnung, was du mit mir gemacht hast, aber bitte, hör nicht damit auf«, flüstert er und…

»Mann, ihr geht ja schnell zur Sache! Hebt euch das für eure Flitterwochen auf! Deine Mutter ist da, Bro. Wir müssen los. Termine, Arbeit, Geld verdienen. Weißt du noch? Du führst ein legales Unternehmen!! Dai, andiamo«, unterbricht uns Ciro, und fuck… ich bin ihm so dankbar. Fast hätte ich mich von Santino küssen lassen, obwohl ich ihn hassen sollte. Ich sollte ihn verabscheuen, ihn schlagen, treten und definitiv nicht küssen! *Verdammt, Alaia, reiß dich zusammen!* Schweren Herzens löst er sich von mir, sieht seinen Freund sauer an und wendet sich wieder mir zu.

»Meine Mutter wird bei dir bleiben, bis Ciro kommt, damit ihr deine Sachen holen könnt. Deine Mutter bringen wir in die Klinik und sorgen dafür, dass niemand da ist, wenn du kommst. Ich fliege heute schon nach London, also sehen wir uns übermorgen wieder.« Er drückt mir einen Kuss auf die Lippen und verlässt den Raum.

»Vermiss mich nicht zu sehr, Amore mio«, ruft er mir beim Rausgehen zu.

»Würde mir nicht im Traum einfallen, Arschloch!«, schreie ich ihm nach, aber mehr als Gelächter bekomme ich nicht als Antwort. Wie gern würde ich ihm eine reinhauen. Einfach nur, weil er irgendeine Macht über mich zu haben scheint, die ich nicht verstehe.

Ich warte, bis ich das Ping des Fahrstuhls höre und gehe ins Wohnzimmer. Franka sitzt in ihrem Rollstuhl und steht vor dem offenen Kühlschrank.

»Buon Giorno, Gioia. Ich hoffe du hast gut geschlafen.« Wie zum Teufel kann sie wissen, dass ich hinter ihr stehe? Ich war so leise…

»Das ist der Instinkt einer Mutter, Liebes. Komm, ich mache dir Frühstück.« Ich setze mich an die Küchenzeile und schaue ihr dabei zu, wie sie mit ihrem Rollstuhl elegant durch die Küche gleitet.

»Darf ich fragen, wie das passiert ist?«, rutscht es mir raus und ich bereue die Frage sofort.

»Sorry, ich wollte dir nicht zu nahe treten… ich…«

»Entschuldige dich doch nicht deswegen. Du darfst mich alles Fragen, schließlich sind wir jetzt eine Familie.« Sie dreht sich zu mir und sieht mich warmherzig an. Sie scheint wirklich eine tolle Frau zu sein.

»Mein Mann, naja wohl eher mein Ex-Mann, ist daran schuld. Ich war verliebt, Alaia. Ich habe Giovanni mehr geliebt als mich selbst und das hier…« Sie zeigt an ihrem Körper herab.

»…ist das Dankeschön für meine Liebe. Er hat eine jüngere Frau kennengelernt, die ihn nur des Geldes wegen wollte. Das war bei mir aber nie das Thema, denn streng genommen war er ein Bauer, bevor wir uns kennengelernt haben. Kannst du mir kurz das Mehl reichen?«, fragt sie und ich springe sofort auf.

Sie zeigt auf die Schranktür und dankt mir mit einem ehrlichen Lächeln.

»Meine Familie gehört seit Generationen der Mafia an. Ich hatte alles, während er nichts hatte. Wir lernten uns auf dem Wochenmarkt kennen. Er ist mir sofort aufgefallen, also bin ich zu ihm. Ich habe ihn angesprochen und ihn um ein Date gebeten. Lustig, oder? Mit diesem Schritt habe ich mein Schicksal besiegelt. Zwischen uns ging alles sehr schnell. Ich war 16, als ich ihn kennenlernte und zwei Jahre später, bekam ich Santino. Unser Glück war vollkommen. Meine Eltern weihten meinen Mann in alle Geschäfte ein, übergaben ihm Verantwortung, doch das war ihm nicht genug. Als dann meine Eltern verstarben, ging alles den Bach runter. Ich wurde geschlagen, missbraucht und fast umgebracht. Und das alles von dem Mann, den ich mehr liebte als das Leben. Irgendwann kam ich zu dem Entschluss unsere Ehe zu pausieren. Wir teilten das dem Gremium mit und damit konnte er sich, auch ohne die Konsequenzen zu tragen, eine Jüngere nehmen. Er wollte sie heiraten, durfte sich aber von mir nicht scheiden lassen. Also stieß er mich die Treppen hinunter. Deswegen sitze ich heute in diesem Stuhl. Als Santino den Anruf bekam, dass mein Leben am seidenen Faden hing, sind ihm die Sicherungen durchgebrannt. Er tötete die Frau, wegen der ich das erleiden musste. Es war die erste und letzte Frau, die dem Zorn meines Sohnes zum Opfer gefallen ist. Seine Schuldgefühle zerfraßen ihn und er beschloss, niemals eine Frau an sich heranzulassen. Weißt du, meine Liebe, er kommt nicht gut mit Schmerz klar. Er hat nach meinem Unfall sehr gelitten und seitdem schwor er sich selbst, sich niemals wieder so zu fühlen.«

Wow, also ich habe mit allem gerechnet, nur nicht damit.

Er hat für seine Mutter auf seine Prinzipien geschissen und jetzt tut er dasselbe bei mir. Wieso? Ich bin ein Niemand. Eine Stripperin ohne Bedeutung. Was ist an mir so besonders, dass er sich selbst hintergeht?

»Warum ich?«, frage ich. Denn ganz ehrlich? Was habe ich zu verlieren? Ich bin bereits verheiratet, also darf ich mich doch wohl auch mit meiner Schwiegermutter über meinen Mann unterhalten.

»Das, meine Liebe, ist eine Frage, die ich dir leider nicht beantworten kann. Ich habe ihn noch nie so verwirrt gesehen, wie seit der Nacht mit dem Richter. Er war unkonzentriert, starrte nur auf sein Handy und war noch in sich gekehrter als sonst.

Ich glaube, du hast es ihm angetan und auch aus diesem Grund, hat er dich ausgesucht. Er wollte nie heiraten, wollte nie Kinder, doch du, Alaia, scheinst etwas an dir zu haben, was meinem Sohn vollkommen den Kopf vernebelt hat.« Ich habe nicht die leiseste Ahnung, was ich mit diesen Informationen anfangen soll. Da ich nichts auf ihre Worte sage, widmet sie sich wieder ihrem Teig in der Schüssel und knetet ihn auf ihrem Schoß.

»Kann ich dir helfen?«

»Nein, danke, Liebes. Der Teig für die Brötchen ist gleich fertig und dann kommen sie auch schon in den Ofen.« Ich nicke ihr zu und setze mich auf das gigantische Sofa. Nach einigen Minuten der Stille rollt sie zu mir und sieht mich einfach nur an. Ich merke langsam, woher Santino das hat. Das Talent, in die Seele seines Gegenübers zu schauen.

»Wen hast du verloren, meine Liebe? Der Schmerz, der in deinen Augen aufblitzt, ist nicht zu übersehen. Besonders wenn du mich ansiehst und ich weiß genau, dass es nicht daran liegt, dass ich in einem Rollstuhl sitze.« Ich sagte ja, sie hat wirklich Talent.

»Ich habe meinen Vater verloren. Er ist vor 16 Jahren gestorben. Seitdem bin ich im Grunde genommen allein. Meine Mutter trinkt viel lieber, als sich um mich zu kümmern. Wäre mein bester Freund nicht gewesen, wäre ich wahrscheinlich nicht mehr am Leben.« Es bringt nichts ihr etwas vorzulügen und außerdem will ich das auch nicht. Franka ist eine tolle Frau und was noch wichtiger ist, sie scheint eine tolle Mutter zu sein.

»Wie lange ist das schon so? Ihre Trinkerei meine ich.«

»Seit dem Tod meines Vaters. Eigentlich bin ich mir sicher, dass sie bereits davor nicht immer nüchtern war, denn zugegeben, sie mag mich nicht. Ich konnte es bereits sehr früh in ihrem Blick erkennen. Sie sah mich mit einer Abneigung an, dass mir jedes Mal aufs Neue das Lachen verging. Dad war anders, er tat alles, was in seiner Macht lag, um mir ein Lächeln ins Gesicht zu zaubern. Durch ihn lernte ich das Tanzen und noch wichtiger, durch ihn lernte ich, was es heißt, geliebt zu werden. Er brachte eine Wärme mit sich, die einen immer umhüllte, wenn er den Raum betrat. Er war der Beste.«

Die Erinnerung an ihn lässt Tränen aus meinen Augen kullern. Franka rollt näher an mich heran und legt beruhigend eine Hand auf mein Knie.

»Sieh mal: Die Erinnerung an einen Menschen ist wertvoller als jedes Hab und Gut. Solange er in deinem Herzen weiterlebt, solange du sein Lachen in deinen Träumen hören kannst, kannst du dir sicher sein, dass er bei dir ist.

Er hat dich jeden Tag begleitet, hat seine schützende Hand über dich gehalten und deswegen bist du die, die du heute bist. Eine junge, unabhängige Frau, die für das, was sie will und das, was sie braucht, kämpft.«

»Ich bin Stripperin, Franka, das ist nicht das, was ich unter Kämpfen verstehe…«

»Ruhe! So etwas will ich nie wieder hören! Du bist noch so jung, so schön und hast bereits so viel auf den Schultern zu tragen, dass manch anderer bereits aufgegeben hätte.« Ihre Worte bringen mir neue Kraft, denn sie hat Recht. Durch die nicht vorhandene Liebe meiner Mutter, war ich oft kurz davor mein Leben zu beenden. Doch seltsamerweise hatte ich jedes Mal meine Glückskette an. Sie hat mir oft das Leben gerettet, mir gezeigt, dass das Leben doch nicht nur dunkel ist, sondern auch schön und leuchtend.

»Danke. Das habe ich gebraucht.« Gerade als sie etwas sagen will, ertönen zwei verschiedene Ping-Töne.

»Er kommt wie gerufen. Ciro, hol die Brötchen aus dem Ofen und deck uns den Tisch.« Ciro kommt um die Ecke und verdreht die Augen.

»Jawoll, Mamma«, sagt er und tut, was sie sagt. Er kommt zu uns, deckt den Tisch und nimmt auf dem Boden Platz.

»Wie hast du geschlafen?«, fragt er, pustet sein belegtes Brötchen an, ehe er es sich in den Mund schiebt.

»Überraschenderweise gut. Und selbst?«

»Gut, danke, Hexe.« Arschloch.

»Benimm dich, oder steh auf und geh aus dem Raum.« Ihn scheinen Frankas Worte genauso zu überraschen wie mich, denn sein Blick bringt mich zum Lachen.

»Na toll. Erst heiratet mein bester Freund eine Frau und diese nimmt mir innerhalb weniger Stunden auch noch meine zweite Mutter weg.« Jetzt lacht auch Franka.

»Tja, mein Junge, so schnell habe ich dich ersetzt«, scherzt sie, was ihn dazu verleitet ihr die Zunge herauszustrecken.

»Ich liebe dich trotzdem, wie mein eigenes Fleisch und Blut, Ciro.« Die Liebe in ihren Augen, habe ich in den Augen meiner Mutter niemals gesehen.

Traurig, aber wahr.

»Wenn du gegessen hast, gehen wir los.« Ciro steht auf, küsst Franka auf den Kopf und verschwindet in einem der Zimmer.

»Mein Sohn ist kein schlechter Mensch«, sagt sie plötzlich und sieht mich mit Tränen in den Augen an.

»Wirklich, er wird dir nicht wehtun und ich glaube, dass ihr beide wirklich irgendwann an dem Punkt ankommen werdet, an dem ihr euch lieben könnt.« Da sie so nett zu mir ist, und ich ihre Gefühle nicht verletzen will, schweige ich. Wie soll ich ihr sagen, dass ihr Sohn ein Mörder ist? Und egal wie lieb und nett er sein kann, ich solch ein Monster niemals lieben könnte? Ich esse mein Brötchen auf, genau wie Franka und räume dann den Tisch ab, während sie sich die Fernbedienung nimmt, um den Fernseher einzuschalten.

»CIRO!«, ruft sie plötzlich, doch dieser antwortet nicht.

»Ach dieser Idiot. Alaia, darf ich dich um einen Gefallen bitten?«, fragt sie verlegen und ich gehe sofort zu ihr zurück.

»Ja aber klar doch. Was kann ich tun?«

»Würdest du mir aufs Sofa helfen?« Wieso hat sie nur so ein Vertrauen in mich? Wäre ich ein Miststück, würde ich sie umwerfen und verschwinden.

Sieht man mir an, dass ich so etwas niemals machen würde? Ich schiebe diese Gedanken beiseite, stelle mich neben sie und schaue sie fragend an.

»Drück diesen Knopf, dann kannst du die Lehnen einklappen. Ich lehne mich am Sofa an und dann brauchst du nur meine Füße aufs Sofa ziehen.«

Ich befolge ihre Anweisung, klappe die Lehnen um und warte auf ihr Zeichen. Franka stützt ihre Hände ab, nickt mir zu und während ich ihre Beine auf die Couch ziehe, zieht sie sich mit den Armen nach hinten.

»Vielen Dank. Als Ciro mir das erste Mal geholfen hat, hat er mich fallen lassen.« Mein geschocktes Gesicht bringt sie derart zum Lachen, dass sie sich den Bauch halten muss.

»Keine Sorge, ab hier…«, sie zeigt von ihrer Hüfte abwärts. »…spüre ich keine Schmerzen.«

»Hast du mich… Wie bist du auf das Sofa gekommen?«, fragt Ciro und sieht zwischen uns hin und her.

»Oh Mann… ich sag mal nichts dazu. Komm, kleine Hexe. Lass uns gehen, ich habe Termine.« Ich stehe auf, remple ihn an und gehe den Weg in mein neues Schlafzimmer, um mir ein frisches Shirt von meinem Mann zu klauen. Kaum betrete ich das Zimmer werde ich wieder von seinem Duft umhüllt. Ich nehme mir eines seiner schwarzen Shirts aus dem Schrank und ziehe es mir über. Ich fühle mich ihm noch näher, verfalle in einen Rausch seines Dufts. Ohne zu merken, was ich gerade tue, ziehe ich mir den Kragen an die Nase und atme seinen holzigen Duft ein. Ich schließe die Augen, spüre seine Lippen auf meinen, seine Hände auf meinem Körper.

»Scheint, als würdest du ihn wirklich vermissen«, ertönt Ciros Stimme hinter mir.

Ich drehe mich um, starre ihn mit offenen Augen an und blicke direkt in die Linse einer Kamera.

»Ganz sicher nicht! Dieses Shirt riecht, als hätte er das Parfüm einer Nutte aufgetragen.« Er bricht vor Lachen fast zusammen und aus dem Handy höre ich das Lachen meines Mannes.

»Ich sagte doch, du sollst mich nicht zu sehr vermissen. Jetzt bin ich noch nicht mal zwei Stunden weg und meine Frau bekommt nicht genug von mir. Keine Sorge, Amore mio, bald wirst du mich nicht mehr los.« Ich nehme Ciro sein Handy aus der Hand, schaue auf das Display und blicke direkt in das Gesicht meines Mannes.

»Che Bella. Madonna mia, ich bin ein Glückspilz.« Keine Ahnung, was er da sagt, aber es bringt Ciro wieder zum Lachen. Ich zeige ihm den Mittelfinger und lege auf.

»Lass uns gehen, kleine Hexe. Dein Mann wird sauer, wenn Brian dich zu Gesicht bekommt. Er ist gerade bei einer Wohnungsbesichtigung«, sagt er und zwinkert mir zu. Ich schüttle den Kopf und gemeinsam verlassen wir das Zimmer. Wieso sollte es ihn denn so sehr stören, wenn Brian mich zu Gesicht bekommt?

»Ma, wir gehen. Wenn du was brauchst, dann ruf an. Ich schicke dir Anthony hoch.« Sie nickt und somit verlasse ich gemeinsam mit Ciro das Penthouse.

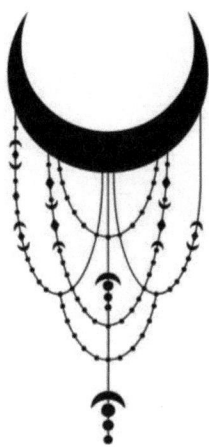

Manchmal geben dir Fremde die Liebe, nach der du dich ein Leben lang gesehnt hast. Bei Franka spüre ich etwas, das ich kaum benennen kann – eine Wärme, eine Nähe, die Liebe einer Mutter, die ich nie wirklich erfahren habe. Sie ist wie ein stiller Anker inmitten all der Stürme, die mein Leben bestimmen.

Kapitel 14

Alaia

Nach einer 15-minütigen Fahrt kommen wir in meinem bisherigen Zuhause an.

»Wir haben nicht viel Zeit, nimm nur das Nötigste mit. Den Rest bekommst du neu.« Ohne auf ihn zu hören, steige ich aus, gehe auf das Haus zu und betrete es.

»Wieso ist die Tür offen?«

»Bleib hinter mir.« Ciro kommt auf mich zu, schiebt mich hinter sich.

»Ich flipp aus, wenn ich gleich jemanden umbringen muss, das ist dir hoffentlich klar«, murmelt er und zieht mich hinter sich ins Haus. Er durchsucht, das gesamte Untergeschoss, findet aber nichts.

»Was zum… Ciro, ich glaube es war jemand oben.« Ich gehe an ihm vorbei, denn aus irgendwelchen Gründen ist das Zimmer, welches das Büro meines Vaters war, offen. Dort angekommen trifft mich der Schlag. Alle seine Ordner, seine persönlichen Unterlagen wurden herausgerissen. Alles liegt verstreut auf dem Boden.

»Was verstehst du nicht daran, wenn ich sage, du sollst hinter mir bleiben?! Wenn dir was passiert, dann rollt mein Kopf. Und der ist zu schön, um nicht mehr auf meinem Körper zu sein.« Auch hier geht er mit gehobener Waffe durch das Zimmer, wie durch alle anderen Räume. Als Letztes kommen wir in meinem Zimmer an.

Alle Schränke wurden durchwühlt, meine Unterwäsche, meine Klamotten, alles liegt auf dem Boden.

»Ciro, wo ist meine Mom?«, frage ich mit zitternder Stimme.

»Wir haben sie geholt, betäubt und in eine Klinik gebracht, dann habe ich deinen Mann weggebracht und habe Brian dabei beobachtet, wie er zu seinem Besichtigungstermin ging.« Erst dachte ich, dass es vielleicht ein Trick ist, damit ich mich bei Santino sicherer fühle, aber irgendwie ist etwas in seinem Blick, das mir verrät, dass er genauso geschockt ist wie ich.

»Pack deine Sachen, kleine Hexe, dann gehen wir wieder nach Hause.« Ich nicke, schnappe mir eine Tasche, um alles Nötige einzupacken. Er zieht sein Handy aus der Tasche und fotografiert alles Mögliche ab. Ich gehe ins Badezimmer, packe hier ebenfalls das Wichtigste ein und öffne noch meinen Badezimmerschrank. Meine Glückskette. Aus irgendwelchen Gründen will ich dieses Haus nicht ohne sie verlassen.

»Bist du soweit?«, fragt Ciro und stellt sich in den Türrahmen. Ich nicke ihm zu, als plötzlich ein Rumpeln aus dem Untergeschoss kommt.

»Du bleibst hier! Wenn du runterkommst, erschieße ich dich!«, warnt er und verschwindet. Was zum Teufel passiert hier? Ist es vielleicht jemand, von den Leuten, denen meine Mutter Geld schuldet? Plötzlich ertönt ein Schuss. Sofort eile ich aus dem Zimmer und renne die Treppe runter. Ciro sitzt auf dem Boden und hält sich den Oberarm.

»Hexe, nimm mein Handy und ruf sofort deinen Mann per Videoanruf an.« Ich tue, was er sagt, und suche in seinen Kontakten die Nummer meines Mannes. Es dauert ein Wenig, bis auf dem Bildschirm, Santinos Gesicht erscheint.

»Was ist… Amore, wieso siehst du so verängstigt aus? Wo ist Ciro?« Ich drehe die Kamera und zeige ihm seinen blutenden Freund.

»FUCK! Scheiß auf London, ich ruf mir ein Taxi und wir treffen uns Zuhause. Alaia, bist du verletzt?«, fragt er und ich drehe die Kamera wieder zu mir.

»Nein, mir geht's gut. Ich glaube aber nicht, dass er fahren kann.« Santino fährt sich mit der Hand durch die Haare und schlägt voller Wucht gegen die Wand.

»Bleibt wo ihr seid, ich bin in 15 Minuten da.« Er beendet den Anruf und ich lasse mich auf den Boden sinken.

»Kann ich etwas tun?«, frage ich, doch er schüttelt nur den Kopf.

»Fuck, ich habe keine Ahnung, wen du verärgert hast, aber diese Kugel hätte dich treffen sollen.« Der erste, der mir zu dieser Aussage einfällt, ist Axel. Er hat mich gefunden. Die Frage ist nur: Wie? Ich setze mich neben Ciro und drücke die Wunde an seinem Arm zu.

»Woher weißt du wie man das macht?«, will er wissen.

»Keine Ahnung, ich drücke halt einfach.« Er lacht kurz, verzieht dann aber voller Schmerz das Gesicht.

»Was ist denn eigentlich passiert?«, frage ich.

»Das Rumpeln war die Wohnungstür. Als der Typ mich gesehen hat, hat er geschossen, ohne richtig gezielt zu haben. Keine Ahnung wer das war, aber es ist ein Amateur.« Ich nicke nur, denn ich weiß nicht genau, was ich sagen soll. So bleiben wir stumm sitzen, bis nach einer gefühlten Ewigkeit die Tür aufgeht.

»Ciro! Alaia!«, ertönt die Stimme meines Mannes.

»Wir sind hier«, ruft Ciro. Santino kommt zu uns ins Wohnzimmer und sieht sich das ganze Chaos an.

»Was ist hier passiert?«, fragt er und zieht mich in den Stand. Er beäugt mich von oben bis unten.

»HALLO!«, brüllt Ciro plötzlich.

»Ich blute, okay? Ich wurde von einer Kugel gestreift, die für diese kleine Hexe bestimmt war und du kommst hier her, schaust nach ihr und vergisst mich. Alaia, ich fange an dich nicht zu mögen«, schmollt er. Santino kniet sich zu ihm auf den Boden, begutachtet seinen Arm und schaut dann zu mir.

»Wo warst du als das passiert ist?«

»Oben. Wir haben das Haus so vorgefunden. Nachdem Ciro alles gesichert hatte, sind wir nach oben und dann hörten wir unten etwas. Er meinte ich soll oben bleiben, doch dann ertönte der Schuss und… und ich musste wissen wieso.« Er kommt auf mich zu und zieht mich in die Arme.

»Es tut mir leid, ich hätte das alles besser planen sollen.« Er gibt sich die Schuld dafür? Wieso?

»Lass uns gehen, ich lasse Cole kommen. Er soll sich um deine Schürfwunde kümmern und dann fliege ich nach London. Ihr beide werdet das Haus nicht verlassen!« Er wendet sich an seinen besten Freund, der nur nickt. Dann dreht er sich wieder zu mir und hat wieder diesen Ausdruck in den Augen, den ich schon einmal irgendwo gesehen habe. Fuck, wieso kommen sie mir nur so bekannt vor?

»Hast du alles gepackt?«, fragt er und befreit mich aus dem Bann, in den mich seine Augen gezogen haben.

»Ja, ich… ich habe nicht viel zum Anziehen, wenn ich ehrlich bin.«

»Dann lass uns das holen, was du brauchst, fahren nach Hause und du bestellst dir, was auch immer du haben willst. Komm.« Er nimmt meine Hand und führt mich nach oben. Alles in mir schreit danach, mich zu wehren, irgendwas zu tun, was ihn so sauer macht, dass er mich gehen lässt, doch etwas in mir blockiert mich. Ich lasse mich von ihm nach oben führen, bis er stehen bleibt und mich fragend ansieht.

»Was ist?«, will ich wissen.

»Wo muss ich hin?« Gott, bin ich wirklich so doof? Woher soll er wissen, wo meine Sachen sind, wenn er zuvor niemals hier war. Ich zeige auf die Tür meines Zimmers.

»Die Tasche ist bereits gepackt. Ich hole nur die aus dem Bad«, sage ich und bringe Abstand zwischen uns. Zum Glück wird er einige Tage weg sein. Ich weiß nicht, wie lange ich dieser Anziehung widerstehen kann, wie lange ich mich gegen ihn wehren kann. Denn wenn wir mal ehrlich sind, bin ich seine Geisel und wurde gezwungen ihn zu heiraten. Daran ist nichts romantisch oder schön. Nein, es ist grausam! Hätten wir uns unter anderen Umständen kennengelernt, wären wir vielleicht ein oder zweimal gemeinsam im Bett gewesen, aber heiraten? So weit habe ich noch nie gedacht. Ich meine, ich bin Anfang zwanzig, habe noch mein ganzes Leben vor mir. Ganz zu schweigen von meinem Beruf. Ich ziehe mich vor anderen Männern bis auf die Unterwäsche aus und tanze für sie, manchmal sogar auf ihnen. Wie soll so eine Frau verheiratet sein? Das würde kein Mann mitmachen. Zumindest keiner mit klarem Verstand. Ich kontrolliere meine Tasche und gehe zu Santino in mein Zimmer rüber. Er steht vor meinem Schrank und schaut mich stirnrunzelnd an.

»Was ist los?«

»Ich habe das Gefühl, du bist die weibliche Version von mir. Du hast nichts anderes als schwarze Klamotten.« Er scheint darüber so fasziniert und verstört zugleich zu sein, dass er sich keinen Millimeter bewegt.

»Ist das jetzt gut oder passt es dir nicht, dass du eine Frau geheiratet hast, die außer Leggings nichts anderes trägt?«

»Du siehst bestimmt in allem umwerfend aus, Amore.« Schleimer. Ich schnappe mir meine Tasche und laufe zur Tür. Ein letztes Mal lasse ich meinen Blick durch das Zimmer wandern, welches, seit ich denken kann, mein Zuhause war.

Wird es mir fehlen? Wird es mir fehlen zu strippen? Wird es mir fehlen, Geld für meine Mutter zu verdienen? Ich weiß es nicht, um ehrlich zu sein. Wäre sie nicht süchtig nach ihrem Alkohol, wäre ich bestimmt längst nicht mehr bei ihr, aber einfach so gehen? Kann ich das oder wird mich das irgendwann zerstören? Wird er mich zerstören? So viele Fragen schießen mir durch den Kopf und ich bin mir nicht sicher, ob ich sie überhaupt beantwortet haben will.

»ICH VERBLUTE!«, brüllt Ciro plötzlich und sorgt dafür, dass Santino und ich beide zu lachen anfangen.

»Lass uns gehen. Ich würde ihn vermissen, wenn er wirklich sterben würde«, sagt Santino, nimmt mir die Taschen ab und verlässt mein Zimmer.

Das wars dann also. Raus aus dem Haus meiner Kindheit und ab in das Leben der Ehefrau eines Mafioso. Juhu. Für einen kurzen Moment habe ich das Gefühl, dass ich es vermissen werde hier zu leben. Aber wenn ich ehrlich zu mir selbst bin, dann ist es das Beste was mir passieren konnte. Weg von meiner Mutter. Weg von dem Alkohol und der Sorge um sie. Wie oft hatte ich Angst, dass sie an ihrem eigenen Erbrochenen erstickt ohne es zu merken. Wie oft hatte ich Angst, dass ich nach Hause komme und irgendwelche Männer auf mich warten? Denn meine liebe Mutter hat es immer wieder geschafft, die verschiedensten Kerle um den Finger zu wickeln.

Sie hat diese mit nach Hause gebracht und sich von ihnen beschenken lassen. Wie oft haben sie mit Alkohol an der Tür geklingelt, weil sie dachten sie kommen weiter als über die Türschwelle ins Wohnzimmer.

Wenigstens kann ich sagen, dass sie mit keinem von diesen Idioten geschlafen hat. Also, wie gesagt, ich sollte mich glücklich schätzen, dass Santino mich hier raus-bringt. Natürlich würde ich das niemals laut zugeben.

142

Kapitel 15

Santino

Nachdem ich die beiden Zuhause abgeliefert und Cole angerufen habe, bin ich wieder zurück zum Flughafen. Ich kann nicht beschreiben, was in mir vorgegangen ist, als ich nur daran gedacht habe, sie könnte verletzt sein. Ich bin durchgedreht.

Manch einer könnte denken, ich habe einen Schaden, wenn es um Alaia geht. Und vielleicht ist das auch die Wahrheit, aber fuck… Ich habe sie gesehen und all meine Prioritäten haben sich in Luft aufgelöst. Ich habe wirklich versucht gegen sie anzukämpfen, habe versucht gegen die Anziehung zu kämpfen, gegen die Kraft ihrer Augen. Doch ich habe es nicht geschafft. Für gewöhnlich bin ich ein Mann, der sein Wort hält. Seit ich denken kann, lebe ich nach dem Grundsatz, ein Mann, ein Wort. Nur bei A-laia ist es anders, bei ihr vergesse ich alles um mich herum. Von einem Tag auf den anderen ist sie zum Mittelpunkt meines Lebens geworden. Das gefällt mir nicht. Ganz und gar nicht. Deswegen wollte ich nie eine Frau in meinem Leben. Sie sorgen nur für Ablenkung. Und das vorhin war der Beweis. Ich habe alles stehen und liegen lassen, nur weil ich dachte, dass sie verletzt sein könnte. DAS BIN NICHT ICH! Ich bin ein Arschloch, bin herzlos und skrupellos. Ich darf diesen Fokus nicht aus den Augen verlieren. Aber wie? Wie soll ich das schaffen?

Sie hat mich unter Kontrolle, ich würde ihr aus der Hand fressen, wenn sie es wollen würde und sie weiß es nicht einmal. Ich glaube ich bin am Arsch und das gewaltig.

Ciro schickt mir stündlich Bilder von ihr, damit ich nicht durchdrehe, denn ich habe das dumme Gefühl, ich bin besessen von ihr. Ich sitze hier, in einem scheiß Hotel und zähle die Stunden, bis ich wieder in ihrer Nähe sein kann, doch sie vergehen einfach nicht.

»Mr. Moreno, wollen sie noch etwas trinken?«, fragt die Kellnerin aus der Hotelbar. Sie will mich. Wollte sie immer. Jedes Mal, wenn ich hier bin, mir hier meinen Whiskey hole, knöpft sie ihre Bluse auf. Ich bin ehrlich, wenn ich meine Frau nicht Zuhause hätte, wäre es eine Überlegung wert gewesen. Sie hat lange, blonde Haare, pralle Titten und einen runden und festen Arsch, aber sie ist nicht Alaia.

»Nein, danke. Ich werde nicht lange bleiben, denn wie es scheint, kommt mein Bruder nicht und versetzt mich.«

»Würde ich niemals. Ciao Fratello«, ertönt die Stimme meines Bruders hinter mir. Ich drehe mich zu ihm und da steht er. Arrogant und überheblich. Ein Esel durch und durch. Seitdem er denkt, dass er meinen Platz übernommen hat, ist er nicht mehr der kleine Bruder, den ich in Neapel zurückgelassen habe.

»Schön, dass du so pünktlich bist, Emilio. Du wirst immer mehr wie dein Vater.« Meine Aussage scheint sein Ego nur noch mehr in die Höhe schießen zu lassen.

»Und du bist immer noch dieselbe Pussy wie damals. Genau wie deine Mutter.« Am liebsten würde ich ihm für diese Aussage eine aufs Maul hauen, aber ich lasse es, ich bin der Klügere.

»Also, Bruder, wie kommt es zu diesem kurzfristigen Treffen?«, will er wissen. Der wird Augen machen, da bin ich mir sicher.

»Ich bitte dich darum, ein Treffen mit dem Gremium auszumachen. In vier Wochen werde ich, gemeinsam mit Mamma, Ciro und meiner Frau, nach Neapel kommen.« Ihm bleibt die Spucke weg.

»Deine was? Fra, eine Nutte zu bezahlen zählt nicht als Frau, das ist dir klar, oder?« Der Sarkasmus in seiner Stimme lässt mich die Hände unter dem Tisch zu Fäusten ballen. Bevor ich ihm die Fresse wirklich einhaue, nehme ich mein Handy aus der Hose und zeige ihm die Bilder, die mir Ciro geschickt hat.

»Wie… Ich wusste nicht, dass du eine Freundin hast«, sagt er und ich kann die Verwunderung in seiner Stimme hören, egal wie er versucht, sie zu unterdrücken.

»Ich bin niemandem Rechenschaft schuldig, auch dir nicht, Emilio. Mach einen Termin aus, lass ihn mir zukommen und wir werden sehen, wer das Zepter dann in den Händen hält.« Ohne mein Glas leer zu trinken, stehe ich auf und verlasse die Bar. Es wartet noch ein anderer Termin auf mich und auf diesen freue ich mich ganz besonders.

Nach ungefähr 20 Minuten komme ich an dem besprochenen Treffpunkt an. Ein kleiner Park, in der Nähe des London- Eye. Hier draußen ist um diese Uhrzeit keine Menschenseele unterwegs. Gut für mich, denn ich habe nicht die leiseste Ahnung, ob das, was ich gleich erfahren werde, auch für andere Ohren bestimmt sein wird. Ich parke meinen Mietwagen, gehe über die Straße und setze mich auf die Bank. Es dauert keine 5 Minuten, bis Lorenzo sich zu mir gesellt. Er ist einer der Männer aus Neapel, die immer noch für mich arbeiten.

Wenn mein Vater wüsste, wie viele Maulwürfe er in seinen engsten Reihen hat, würde er sich wünschen, er hätte mich niemals zum Krieg herausgefordert.

»Ciao. Ich hoffe deine Reise war genauso scheiße wie meine«, begrüßt mich der älteste Freund meines Vaters. Als die Wahrheit über den Unfall meiner Mutter ans Licht kam, ich mich gegen meinen Vater gestellt habe und dieser mir den Krieg erklärt hat, hat auch Lorenzo sich von ihm abgewendet. Genau wie 30 weitere Mitarbeiter. Sie stehen alle hinter mir, versorgen mich mit Informationen und lassen die neuen Lieferanten meines Vaters durchsickern. Lorenzo ist der, dem ich am meisten vertraue.

»Glaub mir, das war sie. Was hast du herausgefunden?«

»Die Frage ist eher, was habe ich nicht herausgefunden?! Du hattest Recht. Der Typ hat mehr Dreck am Stecken, als ein Stecken, den man tatsächlich durch den Dreck ziehst«, sagt er vollkommen ernst und ich fange wie ein Irrer an zu lachen.

»Als ein Stecken, den man durch den Dreck zieht? Wirklich?«

»Was? Ist doch wahr. Also pass auf. Rocco Salibra ist ein Zuhälter. Er hat Frauen der reichsten Familien Italiens verführt. Hat ihnen die große Liebe vorgespielt und sie dann verkauft.«

»Wie soll das gehen? Er ist mit fünf Jahren in die Staaten gezogen«, frage ich verwirrt, doch Lorenzo zieht einen Umschlag aus seiner Jacke.

»Das stimmt nicht so ganz. Er ist alle drei Monate für zwei Wochen in Italien. Er scheint vorher alles zu planen und dann greift er zu. Er hat bereits die Frau, nach der du gefragt hast, zum Kauf angeboten, jedoch wurde diese Anzeige wieder gelöscht.

Damit hat er einige Männer sehr verärgert und darf nun das Land nicht mehr verlassen. Sie wollen keine anderen Frauen. Sie wollen diese Alaia.« Ich kann nicht glauben, was ich da höre. Lorenzo überreicht mir den Umschlag und ich nehme die Unterlagen heraus. Tatsache. Vor zwei Jahren wurde eine Anzeige geschaltet in einem Forum für perverse Wichser, jedoch hat er es nach einer Stunde wieder runtergenommen. Ich muss mich in sein Handy hacken. Ich muss wissen, wieso er sie doch nicht verkaufen wollte. Irgendwas an der Sache passt mir nicht. Ganz und gar nicht.

»Danke, mein Freund. Wir sehen uns in vier Wochen. Zuhause.« Er nickt mir zu, klopft mir auf die Schulter und geht. Alles daran ist so falsch. Die Sorge um Alaia wird von Stunde zu Stunde größer und ich weiß nicht wieso. Etwas wird passieren, nur was? Und kann ich es aufhalten? Ich habe sogar meine Mutter auf sie angesetzt, sie sollte ihr gut zureden. Ich will nicht, dass wir uns bekriegen. Alaia soll sich als meine Frau wohl fühlen, sie soll mich irgendwann wirklich lieben. Denn ganz ehrlich? Ich glaube, es dauert nicht lange und ich werde ihr mit Haut und Haaren verfallen sein. Ich werde mein Leben für sie geben, wenn es sein muss.

Eine Stunde vergeht und ich sitze immer noch auf der Bank und schaue mir die Bilder, die ich von ihrem Handy auf meines geschickt habe, immer wieder an und da fasse ich einen Entschluss. Eine Frau muss nicht immer eine Schwäche sein oder eine Ablenkung. Sie kann eine Motivation sein. Sie kann zu Stärke verhelfen. Ihre Liebe kann zu Stärke verhelfen, zu Macht. Sie kann das Zuhause sein, auf welches man sich, nach einer Mission oder einem langen Tag im Büro, freut. Und genau das werden wir füreinander sein.

Ein Zuhause, ein sicherer Hafen, eine Zuflucht. Wir werden besessen voneinander sein. Entweder es wird uns zerstören oder wir werden die sein, die zerstören. Und das allein durch die Kraft unserer Liebe.

Wir werden füreinander kämpfen, miteinander und am Ende siegen. Das, meine Freunde, ist meine neue Mission. Ich werde sie dazu bringen, mich zu lieben und dann kann uns nichts mehr aufhalten. Doch bis dahin ist es noch ein weiter Weg und ich bin mir sicher, der wird nicht leicht. Nein, er wird verdammt hart und ich werde zu Mitteln greifen müssen, die zu 100% verwerflich sein werden, aber das ist mir egal. Ich werde versuchen keine Grenzen zu überschreiten, das bedeutet aber nicht, dass ich sie nicht ausreizen werde.

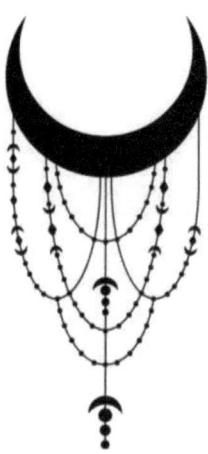

Oh Alaia, du wirst dich nach mir verzehren. Du wirst mich anbetteln, dich zu küssen, dich zu ficken. Du wirst die sein, die auf mich zukommen wird, mich anbetteln wird, mehr zu bekommen, mehr von mir, mehr von meiner Liebe. Doch bis dahin, muss ich dich zu deinem Glück zwingen. Du gehörst jetzt schon mir, doch es wird mir eine Freude sein, mir auch dein Herz zu nehmen, genau wie deine Seele. Oh Amore mio, du wirst mich mehr lieben als dich selbst. Das ist mein Versprechen an dich.

Kapitel 16

Alaia

Seit Santino uns an seinem Penthouse abgesetzt und den Arzt gerufen hat, sind jetzt mittlerweile vier Tage vergangen. Er ließ mir ausrichten, dass er noch etwas länger brauchen würde, da er einiges zu tun hat. Ganz ehrlich? Ist mir vollkommen Recht so. Da ich jetzt stinkreich bin, habe ich mir alles Mögliche an Kleidung, Schminke, Unterwäsche, Schuhen und anderen Scheiß gekauft, den ich eigentlich nicht brauche. Auch ein Handy hatte ich im Warenkorb, doch Ciro hat mich dabei erwischt, woraufhin ich nur noch unter seiner Aufsicht einkaufen durfte. Da ich die Tatsache, dass Santino länger wegbleibt, ausnutzen wollte, wartete ich gestern bis Anthony Franka nach Hause gebracht hat und habe einen Fluchtversuch gestartet. Nur dumm, dass Ciro nicht ins Bein geschossen wurde. Er war schneller bei mir, als ich blinzeln konnte.

Wisst ihr, was ich seltsam finde? Keiner sucht nach mir. Ciro hat sich bei Pia als ein Cousin von mir ausgegeben, den sie noch nicht kennengelernt hat und Brian denkt, dass ich mit meiner Mutter in der Klinik bin, um sie zu unterstützen.

Die beiden sollen meine besten Freunde sein? Pia sollte wissen, dass meine Verwandten am Arsch der Welt leben und ich mit keinem von ihnen Kontakt habe.

Und Brian? Ernsthaft? Ich war noch nie so enttäuscht von jemandem, wie von ihm. Er weiß genau, wie ich zu meiner Mutter stehe und glaubt einfach so, dass ich sie begleiten würde? Nach all dem, was er gesehen und miterlebt hat? War unsere Freundschaft nichts weiter als eine Show? Anders kann ich mir nicht erklären, dass er diesen Mist glaubt. Vor allem, weil er weiß, was mit Axel und im Park passiert ist. Ich konnte das alles nicht glauben, bis Ciro mir Beweise geliefert hat, die alles bestätigen. Er hat eine Mail über meinen Account verfasst, da mein Handy anscheinend bei meinem Mann ist. Naja, so kann man sich in Menschen täuschen. Ciro und ich verstehen uns gut, auch noch nach meinem Fluchtversuch. Er hat mir viel über seine und Santinos Vergangenheit erzählt. Die beiden sind zusammen aufgewachsen, jedoch wurde das von der Gesellschaft nicht gerne gesehen. Santino war der Sohn einer der reichsten Frauen des Landes, Ciro aber nur der Sohn eines Angestellten. Ihre Freundschaft musste viele Katastrophen durchstehen, doch irgendwann hat auch Ciro sich vor dem Gremium bewiesen. Da ich schon oft von diesem Gremium gehört habe, habe ich einfach mal nachgefragt. Ich muss ja wissen, mit wem und was ich es zu tun habe. Ciro meinte, sie haben die Fäden in der Hand. Egal wie stark, reich oder skrupellos ein Mafia-Boss ist, wenn das Gremium nein sagt, dann ist er schneller weg, als er gucken kann. Man nennt sie auch die Illuminaten Italiens. Jeder will ein Mitglied sein, jeder will diese unantastbare Macht, nur bekommt die keiner so leicht. Santino war einer der Männer, den sie aufnehmen wollten, er jedoch hat sich gegen sie und für den Krieg mit seinem Vater entschieden. Ihm war die Macht egal, er wollte nur eins. Dass seine Mutter das bekommt, was ihr zusteht.

Ciro hat mir auch erklärt, was es mit diesem Ehevertrag und dem ganzen drum herum auf sich hat. Santinos Vater will diesen Platz, also tut er alles dafür, um seinen Sohn beim Gremium schlecht zu machen. Er lügt, fälscht Beweise, doch keiner glaubt ihm auch nur eine Silbe von dem, was er sagt. Wenn mein Mann also seinen Soll nicht erfüllt, wird er des Landes, in welchem er geboren wurde, verwiesen und kann sich die Rache an seinem Vater und die Gerechtigkeit für seine Mutter in die Haare schmieren.

Für Ciro war das auch alles nicht einfach. Er war plötzlich in einem fremden Land, mit fremden Menschen, einer anderen Kultur. Für ihn war klar, dass er, fernab von seinem gewohnten Umfeld, neu anfangen will. Einen legalen Lebensstil führen und der Mafia den Rücken kehren, jedoch scheint das nicht geklappt zu haben. Sowohl er als auch Santino verdienen legales Geld, sind jedoch vollwertige Mitglieder der Mafia. Auch diesbezüglich wurde ich aufgeklärt. Er hat mich über ihre Geschäfte und Vorgehensweisen informiert. Irgendwie habe ich das Gefühl, sowohl er, als auch Franka versuchen mir irgendwas einzutrichtern. Ich meine, wieso sollten sie sonst alles, was mein Mann tut, gut reden? Es rechtfertigen? Genau wie die Sache mit dem Richter. Ciro und ich haben uns wegen dieser Tat so dermaßen in die Haare bekommen, dass Franka dazwischen gehen musste. Naja, also im Großen und Ganzen waren meine letzten Tage also ziemlich harmonisch.

Heute habe ich den ganzen Vormittag damit verbracht, das ganze Penthouse zu putzen. Ciro hat viele Termine und Franka ist krank, also war das die perfekte Gelegenheit, allein, mit lauter Musik einfach einen freien Kopf zu bekommen. Das war zugegeben nicht einfach.

Wie denn auch? Ich bin vollkommen durch. Ich sollte kämpfen, sollte versuchen der ganzen Scheiße zu entkommen, doch ich tue es nicht. Und wisst ihr wieso? Ich bin es leid zu kämpfen. Denn seit mein Vater nicht mehr unter uns weilt, tue ich nichts anderes. Nicht nur für mich, nein auch für meine Mutter. Ich habe mein halbes Leben nichts für mich getan. Ich habe so hart gearbeitet, um am Ende nichts von diesem Geld für mich und meine Bedürfnisse auszugeben. Nur ein neues Zimmer habe ich mir gekauft. Sonst nichts. Andere in meinem Alter gehen feiern, dagegen bin ich auf den meisten Feiern der Hauptakt. Anstatt mir Taschen, Schuhe oder ein neues Parfüm zu kaufen, ging mein Geld für Miete, Essen und Strom drauf. Ach, und nicht zu vergessen für den Alkohol, der die Sinne meiner Mutter betäubt hat. Wieso sollte ich also um meine Freiheit kämpfen, wenn ich wieder genau dort lande, wo ich eigentlich gar nicht sein möchte? Das alles ist so verwirrend, so verstrickt, dass ich seit Stunden nichts anderes tue, als auf der Dachterrasse zu sitzen, die ich durch Zufall entdeckt habe. Hier oben habe ich das Gefühl, ich kann atmen. Frei, vollkommen ohne Beobachtung, ohne jemanden, der gleich um die Ecke kommt und mich anstarrt, für den ich arbeiten oder lügen muss. Hier oben bin ich frei. Doch es ist nicht nur dieses Gefühl, welches mich hier hält. Es ist die Aussicht, die sich mir bietet. Ich habe einen Blick über halb Manhattan, kann am Leben der Menschen um mich herum teilnehmen, ohne wirklich dabei zu sein. Ich kann sie von hier oben alle sehen. Wie sie hinter ihren vier Wänden ihre Probleme ertränken wollen, wie sie lachen, wenn sie sich einen Film ansehen oder wie sie weinen, wenn sie sich streiten. Egal wie blöd es sich auch anhören mag, es ist toll, dass es auch andere Menschen mit Problemen gibt.

Klar wurde wahrscheinlich keiner von ihnen entführt und zwangsverheiratet, jedoch haben sie andere Probleme und das lässt mich etwas aufatmen. Ich bin nicht allein.

Der Winter bricht allmählich an und, das erste Mal seit Jahren, fängt es gerade an zu schneien. Ich liebe die kalte Jahreszeit, das habe ich schon immer. Es ist atemberaubend von hier oben dabei zuzusehen, wie sich eine weiße Decke über die Stadt legt, sie umhüllt und droht sie zu verschlingen. Ich stehe von meinem Stuhl auf, lehne mich an das Geländer, lege den Kopf in den Nacken und genieße das kalte Kitzeln der Schneeflocken, die auf mich herabrieseln.

»Ich hoffe für dich, du hast nicht vor dich umzubringen, sonst muss ich diesen Bereich auch noch absichern«, ertönt Ciros Stimme hinter mir und lässt mich vor Schreck den Halt verlieren. Noch bevor ich abrutsche, ist er bei mir und zieht mich zurück.

»Bist du wahnsinnig? Du hast mich zu Tode erschreckt«, fahre ich ihn an und schlage ihm gegen die Schulter.

»Aua, du Kuh. Ich wurde angeschossen, schon vergessen?«, fragt er und grinst frech. Idiot.

»Was willst du?«, will ich wissen und drehe mich wieder zurück zum Geländer.

»Ganz ehrlich, kleine Hexe? Ich will Frieden. Es sollte reichen, wenn du und Santino euch bekriegt. Und das werdet ihr, das habe ich die letzten Tage selbst zu spüren bekommen. Ich mag dich. Du bist intelligent, frech, irgendwie ein klein wenig witzig und ja, was soll ich sagen – meine Schwägerin. Auch wenn dir dieser Gedanke nicht gefällt...«, er macht eine Pause, dreht mich zu sich und sieht mir tief in die Augen.

»…Alaia, du bist so ein verdammt starker Mensch. Ich kenne niemanden in deinem Alter, der so viele Opfer auf sich nimmt. Der auf seine Jugend scheißt, um arbeiten zu gehen. Der sich selbst versorgt, weil kein anderer es für Nötig empfindet. Das ist jetzt vorbei. Du bist frei, naja fast. Ach du weißt, was ich meine. Gehen wir uns besaufen und lass uns Freunde sein.« Er streckt mir seine Hand entgegen und ohne auch nur eine Sekunde darüber nachzudenken, ergreife ich sie. Er zieht mich in die Arme.

»My New BFF. Fehlen nur noch die Freundschaftsarmbänder«, murmelt er und lacht über sich selbst.

»Idiot.«

»Hexe. Komm, dein Mann hat nur den besten Whiskey im Haus und ich habe Lust, voll einen drauf zu machen.« Wieder hält er mir seine Hand hin und genau wie zuvor, ergreife ich sie. Wir gehen gemeinsam nach unten und als wir im Wohnzimmer ankommen, muss ich schmunzeln.

»Du hast also fest damit gerechnet, dass wir BFF'S werden, wie ich sehe.« Auf dem Tisch hat er bereits zwei Flaschen Whiskey stehen, sowie Chips und Eimer? Er scheint meinen Blick erkannt zu haben und lacht laut los.

»Woher soll ich wissen, wie viel du verträgst? Kann sein, dass du kotzen musst und ich glaube nicht, dass wir diesen Teppich so schnell erneuern können.« Ich lasse mich auf die Couch fallen, schnappe mir die Flasche und schenke uns beiden ein.

»Auf eine neue Freundschaft.« Ich reiche ihm sein Glas und hebe ihm meines entgegen.

»Auf eine neue Freundschaft und die Hoffnung, dass wir diese Freundschaft überleben. Denn ich habe das Gefühl, sie könnte jemanden stören.« Ich stoße an, auch wenn ich genau weiß, was er meint.

Ob es Santino gefallen würde, wenn ich mit seinem besten Freund einen auf dicke Bros mache? Ich weiß nicht...

»Erzähl mir mehr von dir. Wie bist du an diesen Brian gekommen?«

»Ich dachte ihr wisst alles über mich«, antworte ich schnippischer, als ich eigentlich wollte.

»Dein Mann glaubt alles zu wissen, aber es gibt mehr als die Bilder auf deinem Handy oder Akten der Stadt. Also, ich bin ganz Ohr.« Er hat Recht, da gibt es noch so viel mehr, aber das werde ich ihm nicht direkt alles auf die Nase binden.

»Wir kennen uns fast mein ganzes Leben lang. Wir waren immer gute Freunde. Brian war eine Stütze für mich, egal in welcher Lebenslage. Vor allem aber, nach dem Tod meines Vaters und in den Jahren danach. Wir wurden älter, aber meine Situation blieb die gleiche. Eine trinkende Mutter, die das ganze Erbe versäuft. Ein Dach über dem Kopf, welches mit der Zeit der Bank gehört hat und naja, Brian und seine Familie, die mich eigentlich mitfinanziert haben. Bis ich alt genug war und Rocco mir erlaubt hat, in seinem Club zu tanzen.«

»Woher kennst du ihn eigentlich? Ich meine, es ist ja nicht üblich, den Besitzer eines Stripclubs zu kennen.« Er ist wirklich gar nicht neugierig. Ich trinke mein Glas in einem Zug leer, genau wie Ciro und diesmal befüllt er unsere Gläser. Das wird ein lustiger Abend, so viel steht fest.

»Rocco ging mit uns auf die gleiche Schule. Er war einige Klassen über mir und total verknallt in mich. Das hat keinem so Recht gepasst, weil unser Altersunterschied eben doch nicht so gering ist. Naja, lange Rede kurzer Sinn. Er und Brian haben sich geprügelt und das war das Ende seiner Schwärmerei.«

»Du scheinst also allen Männern den Kopf zu verdrehen?« Naja, nicht bewusst, denn ich selbst verstehe es nicht. Wirklich nicht. Was ist an mir so besonders?

»Weißt du, ich verstehe es nicht. Ich meine, ich bin nur eine Stripperin aus einem abgefuckten Familienverhältnis. An mir ist nichts besonders.«

»Oh meine kleine Hexe, du bist besonders. Nach nur einem Treffen, hast du es geschafft meinem besten Freund, der immer nach seinen eigenen Regeln gelebt hat, den Kopf zu verdrehen. Er hat dich gesehen und wusste direkt, dass du etwas an dir hast, wovon er nicht mehr loskommt. Wenn ich es ehrlich sagen soll, denke ich, dass er vollkommen besessen von dir ist.« Was redet er denn da? Besessen? Von mir? Das kann ich mir nicht vorstellen.

»Ach komm. Er macht das alles nur, weil er jemanden braucht, um das zu bekommen, was er sich wünscht. Ich denke nicht, dass es wirklich was mit mir zu tun hat.«

»Du hast keine Ahnung. In der Nacht, als du uns erwischt hast, da ist er mit dem Gesicht vor dem Bildschirm eingeschlafen. Vor deinen Bildern. Schau…« Er zieht sein Handy aus der Hose. Jetzt bin ich gespannt.

»Ich soll ihm stündlich Bilder von dir schicken, muss ihm sagen, was du tust, wie es dir geht und ob du versucht hast mich umzubringen und zu verschwinden. Ich habe ihm selbstverständlich, nicht erzählt, dass du den Aufzug mit der Badezimmertür verwechselt hast«, sagt er und zwinkert mir zu. Auch wenn es süß ist, scheint es mir dennoch übertrieben.

»Das ist eine Verletzung meiner Privatsphäre!«, sage ich aufgebracht und ersetze mein Glas mit der Flasche.

»Ich bin nicht schuld, okay?!«, verteidigt sich Ciro und nimmt sich die noch volle Flasche vom Tisch. HA! Das wird der Wahnsinn!

»Er ist mein bester Freund, mein Boss und mein Bruder in einem. Er und Franka sind alles, was ich habe. Wenn er will, dass ich auf dich aufpasse, dass ich, wenn es sein muss, eine Kugel für dich einfange, dann werde ich das tun. Du gehörst zu ihm, ob gezwungen oder freiwillig spielt hier keine Rolle…« Ciro öffnet die Flasche, setzt an und leert beinahe die halbe Flasche. Was für ein Freak, das schmeckt doch wie flüssige Scheiße!

»…und auch wenn du nicht seine Frau wärst, sondern nur eine Freundin oder die nette Nachbarin. Ich mag dich, Alaia, ich würde mir auch so eine Kugel für dich einfangen. Glaube ich.« Ich trinke ebenfalls einen großzügigen Schluck aus der Flasche und ui ui ui… der Whiskey beginnt zu wirken.

»Hast du L-lust auf Musik?«, lalle ich Ciro entgegen. Er nickt, steht auf und macht sich am Fernseher zu schaffen.

»Wie wäre es, wenn du dieses Ding nimmst?«, sage ich und zeige auf die Fernbedienung. Auch bei ihm scheint der Alkohol zu wirken. Wie könnte er auch nicht?! Er hat fast die Hälfte der Flasche auf einen Zug geleert!

»Guck, ich sag doch du bist intelligent. Gib her«, sagt er. Ich greife nach der Fernbedienung und werfe sie ihm zu.

»HA! Gefangen.« Er schaltet den Fernseher an, öffnet YouTube und tippt einen Song ein, den ich seit Jahren nicht mehr gehört habe. Der Song startet und da ist sie wieder. Die Verbindung zur Musik. Ich stehe auf und beginne wie von selbst zu tanzen. Auch Ciro bleibt nicht an einem Fleck stehen. Er beginnt ebenfalls zu tanzen. Naja, eher zu hoppeln oder so.

Kapitel 17

Santino

Seit drei Stunden habe ich weder einen Anruf, noch eine Nachricht von Ciro bekommen. Auch wenn ich weiß, dass es fast unmöglich ist, dass meine Frau ihn umgebracht hat, kommt mir das alles seltsam vor. Als ich gelandet bin, bin ich direkt ins Büro gefahren, habe für morgen alles vorbereitet und habe nach meiner Mutter gesehen. Laut ihrer Aussage sind die beiden Idioten mehrmals aneinandergeraten, sodass sie eingreifen musste. Gott, ich habe keine Ahnung, was mich gleich erwartet, wenn die Türen des Fahrstuhls sich öffnen.

Laute Musik, klirrende Gläser und Gelächter empfangen mich, als ich den Flur betrete. Es stinkt nach Rauch und Alkohol. Oh nein, …

»Du machst das falsch! Das geht soooo«, höre ich die lallende Stimme meiner Frau. Als ich um die Ecke komme, weiß ich nicht, ob ich lachen oder weinen soll. Überall liegen Chips auf dem Boden verteilt, ausgeschütteter Whiskey und kaputte Gläser. Ciro steht auf dem Tisch, spielt Luftgitarre, während Alaia die Fernbedienung als Mikrofon benutzt. Ich lehne mich an die Wand und beobachte das Szenario. Die beiden so gut befreundet zu sehen, bereitet mir Magenschmerzen. Nicht weil ich Ciro nicht vertraue, nein, daran liegt es nicht. Es geht hier viel mehr um Alaia. Sie hat die Macht einen Mann alles um sich herum vergessen zu lassen und ich habe

Angst, dass sie das bei Ciro schafft und er ihr zur Flucht verhilft.

»Das Lied ist der Wahnsinn. Mach lauter!«, jodelt sie beinahe und Ciro tut, was sie sagt.

»Irgendwie passt es. Der Typ singt darüber, dass ihm sein eigenes Leben gehört, vielleicht solltest du versuchen, es für Santino zu singen. Wenn er deine Stimme hört… der dreht ab!« Das Einzige, was gleich gedreht wird ist sein Hals!

Die beiden fangen an, wie wild dieses Lied mitzusingen, tanzen und lachen. Und ich muss sagen: Die Wut, die ich gerade noch verspürt habe, ist wie weggeblasen. Alaia so glücklich und ausgeglichen zu sehen, lässt mein totes Herz schneller schlagen. Ciro springt vom Tisch, landet auf den Knien und führt sein Luftgitarrenspiel fort, bis er mich stehen sieht. Er erstarrt, steht auf und tippt Alaia an, diese dreht sich in meine Richtung und erstarrt ebenfalls.

»Oh oh«, nuschelt sie und versteckt sich hinter Ciro. Wann zum Teufel ist das passiert? Ich war nur ein paar Tage weg, komme zurück und mein bester Freund hat sich mit meiner Frau verbündet?

»Bro, das ist alles meine Schuld…«

»Nein, meine. Ich bin schuld, ich…«

»Was ist los mit euch? Denkt ihr, dass ich euch erschieße, nur weil ihr meinen Teppich versaut, meinen

Alkohol getrunken und mein Wohnzimmer in eine Art Bühne verwandelt habt?«, will ich wissen und versuche mir das Lachen zu verkneifen. Die Gesichter der beiden sind Gold wert.

»Ja, genau das denken wir, Fra.«

»Ja, genau. Er hat Recht, wir… Ciro … mir … Eimer«, lallt sie. Doch bevor mein ebenfalls betrunkener Freund es schafft, ihr den Eimer zu reichen, bin ich es, der ihn ihr vor die Nase hält.

»Schau, dass du ins Bett kommst, Fra. Ich kümmere mich um meine Frau«, sage ich und versuche wenigstens böse auszusehen.

»Vabe. Buona Notte. Alaia BFF, ich hab dich lieb, bis morgen und Danke, für den Abend.« Er verschwindet ins Gästezimmer, während sich Alaia, seine neue BFF, die Seele aus dem Leib kotzt.

»Tut mir leid, wegen dem Teppich…«, nuschelt sie und erbricht wieder. Das Ganze geht eine halbe Stunde und ich beschließe kurzen Prozess zu machen. Ich werfe sie mir über die Schulter, trage sie ins Badezimmer und stelle sie samt Kleidung unter die eiskalte Dusche.

»Fuck! Du Arschloch! Du aaaaahhhh! Arschloch!« Jap, das ist die Frau, die ich geheiratet habe. Sie zappelt wie ein Fisch am Haken.

»ICH HABE KLAMOTTEN AN DU IDIOT!«, brüllt sie, außer sich vor Wut.

»Wenn das dein einziges Problem ist, kann ich dieses gerne für dich lösen.« Mit einem Handgriff zerreiße ich ihren Pullover und fuck… sie trägt nichts darunter.

»Du Sadist! Ich… Ahhhh dreh dich um!« Ich kann nicht, ich kann meinen Blick nicht von ihr abwenden. Egal wie sehr ich es versuche, ihre Schönheit hat mich erneut in ihren Bann gezogen.

»SANTINO! DREH DICH UM!«

Einen Scheiß werde ich. Sie gehört mir, hat sie das denn immer noch nicht verstanden? Hat meine Abwesenheit dafür gesorgt, dass sie das hier alles als Urlaub sieht? Ich stelle mich zu ihr unter die Dusche, greife in ihre Haare und drücke sie an die Wand.

»Ich werde mich nicht umdrehen. Ich werde nicht aufhören, dich anzusehen. Denn auch wenn du es vielleicht vergessen hast, Alaia. Du gehörst mir! Du bist meine Frau und wenn ich dich anschauen will, wenn ich dich berühren will, dann werde ich das tun!«

»Du bist ein Monster, ein Mörder und Vergewaltiger! Lass mich los oder ich schreie!«

»Wer soll dir helfen, Amore? Ciro? Den schicke ich mit einem Schlag schlafen. Keiner wird dich mir entreißen! Bekomm das in deinen wunderschönen Kopf, sonst muss ich dich dazu zwingen!«, brumme ich dämonisch. Ich erkenne meine Stimme selbst kaum. Was hat sie mit mir gemacht?

»Geh weg… bitte, lass mich los«, flüstert sie, doch ich erkenne, dass sie das nicht will. Sie will nicht, dass ich sie loslasse, auch wenn sie das nicht zugeben wird. Ich packe sie am Hals, drücke leicht zu und lasse meine Lippen federleicht über ihre gleiten.

»Ich werde nie wieder gehen, Amore. Bis dass der Tod uns scheidet, schon vergessen?« Ich drücke meine Lippen auf ihre, lasse meine Hände über ihre Haut gleiten. Erkunde ihren Körper, genieße das Gefühl ihrer Haut auf meiner. Sie zittert, windet sich unter mir, doch das dauert nicht mehr lange an. Sie krallt sich an meinem Hemd fest, drückt sich gegen mich, will mehr und auch wenn ich ihr das liebend gerne geben würde, entferne ich mich von ihr und lasse sie allein unter der Dusche stehen.

»Du solltest schlafen. Ich will nicht, dass meine eigene Frau mich morgen einen Vergewaltiger nennt.«

Atemlos und völlig aus der Bahn geworfen lasse ich sie zurück, gehe in mein Büro und schließe die Tür hinter mir. Fuck, um ein Haar hätte ich sie unter der Dusche gefickt. Diese Frau wird mein sicherer Tod sein. Anders kann es nicht sein. Fuck… ich spüre ihre Haut immer noch unter meinen Fingern, habe ihren Duft in der Nase und ihr Anblick… sofort wird es wieder eng in meiner Hose. Diese Frau ist der Wahnsinn. Erotik, Schmerz, Kraft und eine unsichtbare Verbindung geht von ihr aus und zehrt immer mehr an mir. Bringt mich immer mehr um den Verstand. Mit der einen Hand an die Tür gelehnt, stehe ich da und tue etwas, was ich seit Jahren nicht mehr getan habe.

Ich öffne meine Hose, befreie meinen harten Schwanz und umschließe ihn mit meiner Faust. Vor meinen geschlossenen Lidern erscheint sie. Meine Frau. Wie sie an der Stange tanzt, nackt und nur für mich. Fernab von allen hungrigen Blicken, die sie sonst immer verschlungen haben. Sie bewegt sich im Takt der Musik, schwingt ihren Körper federleicht um die Stange herum, windet sich, geht auf die Knie und kommt vor mir zum Stehen. Sie sieht mich an. Durch ihre schwarzen Wimpern kann ich die Lust, ja schon beinahe die Liebe für mich, erkennen. Sie nähert sich mir, wie eine Schlange, die sich langsam ihrer Beute nähert. Sie öffnet den Mund, ist bereit für mich und noch bevor mein Kopfkino weiterlaufen kann, spritze ich in meiner eigenen Hand ab. Fuck. So heftig bin ich schon lange nicht mehr gekommen.

»Was hast du nur mit mir gemacht, Alaia? Wie bekomme ich dich dazu, dich mir zu öffnen? Mich zu lieben?«, flüstere ich zu mir selbst. Wann bin ich nur so eine Pussy geworden? Völlig benommen, von meinem Höhepunkt, gehe ich zu meinem Schreibtisch, nehme mir ein Taschentuch aus der Schublade und mache mich sauber.

Ob sie sich auch so fühlt wie ich mich? Kämpft sie auch so mit sich, wie ich mit mir? Oder geht das alles nur so an ihr vorbei? Ich glaube, ich muss Ciro fragen, es scheint mir, als wären die beiden schon eng miteinander verbunden. Es klopft an meiner Tür. Schnell schließe ich meinen Gürtel, lehne mich lässig zurück und atme tief durch.

»Ja?«, rufe ich und meine Frau betritt das Büro. Angezogen und müde steht sie da und sieht mich nur an.

»Was kann ich für dich tun, Alaia?«

»Ich wollte dir nur nochmal sagen, dass du ein dreckiges Arschloch bist und dass die Flecken auf dem Teppich wirklich meine Schuld sind.«

»Was hast du nur mit diesem Teppich?«, will ich wissen und sie beginnt nervös auf ihrer Lippe herumzukauen. Gott, das darf sie nicht, weiß sie denn nicht, wie verdammt erotisch das aussieht?

»Ciro hat gesagt, wenn der Flecken abbekommt, dann bringst du uns um…«, ich unterbreche ihren Satz mit einem lauten Lachen.

»Einen Teppich kann man ersetzen. Dich nicht. Ich hätte ihn umgebracht, wenn ich zurückgekommen wäre und du nicht mehr da gewesen wärst.«

»Mich kann man auch ersetzen…«, flüstert sie und verschwindet. Was sollte das denn bedeuten? Ich gehe ihr nach, folge ihr ins Schlafzimmer und finde sie weinend auf dem Bett wieder.

»Amore, was ist los?«

»Das fragst du noch? Du hast mich entführt, hast mich gezwungen dich zu heiraten. Meine Mutter sitzt in einer Klinik. Mein bester Freund scheint mich gar nicht so zu kennen, wie ich es dachte. Und weißt du, was das Schlimmste daran ist? Es stört mich nicht so sehr, wie es eigentlich sollte.«

Wow, also damit habe ich jetzt nicht gerechnet. Bevor ich etwas darauf antworten kann, redet sie weiter.

»Ich bin es leid, zu kämpfen, Santino. Ich kann nicht mehr. Ich will leben, endlich frei sein. Ohne daran denken zu müssen, dass ich morgen nichts mehr zum Essen haben könnte. Was denkst du denn, wieso ich noch da bin? Es hätte mich keine Kraft gekostet, Ciro zu töten und zu verschwinden. Du hättest mich nie wieder gefunden.«

»Alaia, egal, wo du dich auf der Welt befinden würdest, ich würde dich finden. Du bist meine Frau und unabhängig davon, spüre ich bei dir etwas, was ich zuvor nie gekannt habe. Zwischen uns ist ein unsichtbares Band, welches uns zusammenhält. Spürst du das denn nicht auch?« Meine Stimme klingt so verzweifelt, so hilflos.

»Doch! Natürlich! Und genau deswegen habe ich dich auch noch nicht umgebracht.« Ihre Worte bringen mich zum Schmunzeln. Als ob diese kleine Frau mir jemals etwas anhaben könnte, außer dass sie mir das Herz bricht.

»Du musst das alles nicht mehr tun, Alaia. Du bist in Sicherheit, du musst keine Miete zahlen, musst nicht arbeiten, nur um Rechnungen zu begleichen. Du bist hier bei mir, hast mehr Geld als du ausgeben kannst…«

»Ich will frei sein! Das ganze Geld ist mir egal! Ich hätte es gehabt, schon all die Jahre, ich hätte sie verkaufen müssen.«

»Wen verkaufen? Deine Mutter?«, frage ich und merke selbst wie dumm meine Frage gerade war.

»Nein, du Idiot! Meine Kette!« Sie will aufstehen, schafft es aber nicht. Der Alkohol lässt sie schwanken. Sie fällt zurück aufs Bett und lässt sich in die Kissen sinken.

»Was für eine Kette, Amore?«, frage ich, doch sie antwortet nicht. Ich streiche ihr die Haare aus dem Gesicht, und sehe, dass sie eingeschlafen ist.

Diese Frau wird immer mehr zu einem Mysterium für mich. Doch ich habe mir in den Kopf gesetzt, es für mich zu lösen und das werde ich auch. Wie gesagt, ich werde jede Grenze überschreiten, um sie lesen zu können wie ein offenes Buch. Und mir ist jedes Mittel dazu Recht.

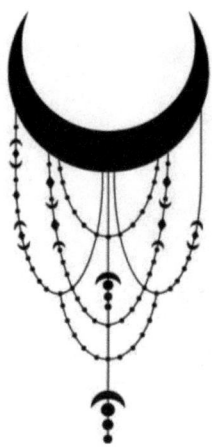

Egal, wie viele Blicke auf mir ruhen, seine erkenne ich immer. Sie durchbohren mich, drohen, mich zu verschlingen, und jagen mir Angst ein – genau wie beim ersten Mal. Doch diesmal ist etwas anders: An meinem Finger trage ich den Ring eines Mannes, der mich mit seinem Leben beschützt.

Kapitel 18

Alaia

Mit hämmerndem Schädel wache ich aus einem unruhigen Schlaf auf. Der Platz neben mir ist leer. Gott sei Dank. Ich kann mich zwar nicht mehr an alles erinnern, aber das, was ich weiß, ist unglaublich peinlich. Ich habe vor Santino gekotzt, er hat den verdammten Eimer gehalten! Gott... ich glaube ich habe noch nie so viel getrunken, wie gestern Abend. Und wenn ich nur an die Gespräche mit Ciro zurückdenke, spüre ich wie mir immer mehr die Röte in die Wangen schießt. Das hat er bestimmt mit Absicht gemacht, der kann was erleben! Ich krieche aus dem Bett, öffne das Fenster und atme die frische Luft ein.

Fazit an mich selbst- Trinke nie wieder Alkohol mit Ciro.

Es klopft an der Tür, doch bevor ich etwas sagen kann, tritt auch schon mein Saufkumpel ein und lässt sich aufs Bett fallen. Ob ich wissen will, wieso er eine Sonnenbrille trägt?

»Bist du auch so am Arsch wie ich? Bro, du hast mich unter den Tisch gesoffen, dabei hatte ich vor mehr über dich zu erfahren.« Er weiß es nicht mehr? OH GOTT SEI DANK! Ich lasse mich neben ihn fallen und ziehe mir dir Decke über den Kopf.

»Ich glaube, ich sterbe. Noch nie habe ich so viel getrunken wie gestern. Ich weiß nicht einmal, wieso ich überhaupt lebe.«

»So geht's mir auch. Du hast mich komplett fertig gemacht.« Ein Rumpeln ertönt und ehe Ciro es schafft, aufzustehen, kommt Santino rein und sieht uns sauer an.

»Soll ich wieder gehen und euch allein lassen?«

»Dagegen hätte ich nichts einzuwenden«, sage ich.

»Bro, hör auf«, antwortet Ciro und steht auf.

»Hast du meine Frau gerade Bro genannt?«, will Santino wissen und schaut uns verwirrt an.

»Ja, habe ich. Zwischen Mann und Frau existiert keine Freundschaft, also ist sie mein Bro.«

»Ich werde euch nie wieder allein lassen. Sollte meine Firma brennen, mein Bruder an einem Galgen hängen, oder meine Oma aus dem Grabe steigen. Ich werde euch nicht mehr allein lassen.« Er dreht sich um und verlässt das Schlafzimmer.

»Na, ganz toll, keine Party mehr für uns«, beschwert sich Ciro und schmollt wie ein kleines Kind.

»Komm, lass uns was essen gehen, ich habe uns ein Katerfrühstück gemacht.« Ich stehe langsam auf und falle direkt wieder in die weichen Kissen.

»Fuck, ich glaube ich kann nie wieder aufstehen«, jammere ich und kassiere ein triumphierendes Lachen.

»Das war mein Ziel.« Ich werfe ein Kissen nach ihm und treffe.

»Hilf mir lieber hoch, du Penner. Du bist an diesem Zustand schuld.« Er kommt auf mich zu, nimmt mich an der Hand und führt mich ins Wohnzimmer.

»Wo ist mein Göttergatte?«, frage ich und lasse mich auf die Couch fallen.

»Keine Ahnung. Wahrscheinlich sitzt er in seinem Bunker und macht Millionen mit nur einem Knopfdruck.« Ciro schenkt mir ein Glas Orangensaft ein, reicht es mir und hält mir noch Tabletten hin.

»Auf uns, Bro«, sagt er und hält mir sein Glas hin.

»Auf uns, Sis«, antworte ich und er prustet seinen Orangensaft wieder aus.

»Dein Ernst?« Er krümmt sich vor Lachen, bis Santino erscheint. Dann verstummt er. Mein Mann nimmt sich eines der Croissants, setzt sich zu uns und isst stumm.

»Kannst du mir mal die Fernbedienung geben?«, fragt Ciro und bekommt diese an den Kopf geworfen.

»Vaffanculo«, knurrt dieser, doch Santino ignoriert ihn. Ciro schaltet den Fernseher an und direkt kommt die Dauerwerbesendung einer Wahrsagerin.

»Was für ein Scheiß. Ich frage mich, wieso wir ackern wie Bauern, wenn wir genauso gut aus Pokerkarten lesen können und damit den Idioten das Geld aus der Tasche ziehen könnten.«

»Ich würde mir gerne mal die Karten legen lassen. Das solltest du auch tun, Ciro. Wer weiß, vielleicht weiß die Kartenlegerin ja, wieso du so ein Esel bist«, sage ich.

»Ich dachte wir sind Bros? Du enttäuschst mich, kleine Hexe.« Ich zucke nur mit den Schultern und schaue mir diese Sendung weiter an.

»Ciro, iss und geh nach Hause. Ich will, dass du heute Nachmittag den Konferenzraum herrichtest. Heute Abend kommen einige wichtige Leute, mitunter einige des Gremiums. Sie wollen über den Vorfall mit dem Richter reden.« Santinos Stimme jagt mir, wie sonst auch, einen Schauer über den Rücken. Die Tiefe und Dominanz sind sowohl furchterregend, wie verführerisch.

»Wird gemacht. Ich wollte sowieso noch ein wenig schlafen. Wann soll ich da sein?«

»Wenn dir eine Stunde reicht, dann will ich, dass du um sechs da bist.«

»Vabe. Ci vediamo dopo«, sagt er und steht auf.

»Bis heute Abend, Hexe. Dein erster Auftritt als Mrs. Moreno, das wird der Wahnsinn.«

Ich verdrehe die Augen und ignoriere seine dumme Aussage. Eine leichte Nervosität keimt in mir auf, wenn ich daran denke, dass solche Menschen in mein neues Zuhause kommen werden.

»Wie hast du geschlafen?«, fragt Santino und reißt mich damit aus den Gedanken.

»Unruhig. Und du?« Smalltalk kann ich.

»Es wäre besser gewesen, wenn ich nicht das Wohnzimmer hätte putzen müssen. Danke, der Nachfrage.« Wir verfallen in Schweigen. Es ist nicht wie mit Ciro, nein, es ist verdammt erdrückend.

»Wird es gefährlich?«, frage ich geradeheraus.

»Was meinst du?«

»Ich meine, ob es gefährlich wird, wenn die Mitglieder des Gremiums kommen? Werden sie nicht merken, dass alles zwischen uns nur Show ist? Dass da nichts ist, außer einer Scheinehe?« Meine Worte scheinen ihm irgendwie nicht zu passen, denn er steht auf, kommt auf mich zu, geht vor mir auf die Knie und nimmt mein Gesicht in seine Hände.

»Ist das denn die Wahrheit, Alaia? Ist da nichts anderes, als eine Scheinehe, zwischen uns?« Seine Worte lassen mich hart schlucken. Es ist doch nichts weiter, als diese seltsame Anziehung, zwischen uns. Oder doch?

»Das dachte ich mir. Komm, ich will dir etwas zeigen«, sagt er, steht auf und hält mir seine Hand hin. Ich will sie ergreifen, will mich ins kalte Wasser fallen lassen, doch ich kann nicht. Es geht nicht. Santino macht kurzen Prozess, beugt sich vor und wirft mich über seine Schulter.

»LASS MICH RUNTER DU ARSCHLOCH!«

»Wie wäre es, wenn du für den Anfang aufhörst, mich Arschloch zu nennen? Ich bin dein Mann, nicht Ciro.«

»ICH WERDE ERST AUFHÖREN DICH SO ZU NENNEN, WENN DU AUFHÖRST SO EIN ARSCHLOCH

ZU SEIN, ARSCHLOCH!« Ein brennender Schmerz zieht sich über meinen Körper. Das hat er jetzt nicht wirklich getan?

»HAST DU MIR GERADE WIRKLICH DEN ARSCH VERSOHLT?!«

»Wenn du mich schon so nennst, benehme ich mich wirklich wie eines. Und ich wollte schon immer einer Frau, beziehungsweise meiner Frau, den Arsch versohlen.« Sein Lachen erfüllt den Raum und gleichzeitig mein Herz, obwohl es das nicht sollte. Santino lässt mich in einem seiner Gästezimmer runter und holt eine Schachtel aus einem der Schränke. Diese Zimmer scheinen nicht besonders oft benutzt zu werden. Kein Foto, keine Pflanze. Nichts, was diesem Raum etwas Heimisches verleiht. Nur ein Bett, ein Schreibtisch, mehrere Schränke und eine Kommode befinden sich hier drin.

»Was ist das für ein Zimmer?«

»Gute Frage. Ich habe es einfach zu einer Art Gästezimmer gemacht, auch wenn es anders als die anderen aussieht.« Ich lasse dieses Thema so stehen und schaue ihm dabei zu, wie er die Schachtel aufs Bett legt.

»Das ist für heute Abend. Es würde mich freuen, wenn du es anziehen würdest.« Ich öffne die Schachtel und wow… darin befindet sich ein wunderschönes schwarzes Seidenkleid. Ich nehme es heraus, hebe es an mich und stelle mich vor den Spiegel. Ich würde darin aussehen wie eine Göttin. Santino stellt sich hinter mich, streift meine Haare beiseite und schnuppert an meinem Hals.

»Du würdest damit wie eine Göttin aussehen. Wie meine Göttin. Von jedem angebetet, doch nur von einem werden die Gebete erhört. La tua bellezza dovrebbe essere Proibita, stellina mia«, flüstert er, dicht an meinem Ohr und fängt an, federleichte Küsse auf meinem Hals zu verteilen. Ich bin wie eingefroren.

Unfähig mich zu bewegen, etwas zu sagen, mich zu wehren. Das unsichtbare Band, welches zwischen uns existiert, schnürt sich zu, kettet uns aneinander. Ich lehne meinen Kopf an seine Schulter, genieße die Wärme, die von ihm ausgeht, die Leidenschaft. Fuck, ich will mehr davon, mehr von ihm. Mehr von uns. Gerade als ich dabei bin, mich fallen zu lassen, entfernt er sich von mir. Santino grinst mir frech ins Gesicht, rückt seinen Schritt zu Recht und sieht mir tief in die Augen.

»So sieht eine Scheinehe für dich aus, Amore? So voller Gefühl, Leidenschaft und Hingabe? Wenn du mich belügst, ist es das eine, aber hör auf dich selbst zu belügen.« Mit diesen Worten verlässt er den Raum und lässt mich einfach so stehen. Na warte, Santino. Das bedeutet Krieg!

Nachdem ich mich einige Stunden in diesem Zimmer verkrochen habe, sinnlos an die Wand gestarrt und ein wenig geschlafen habe, reißt mich Ciros Stimme aus dem Schlaf.

»Jetzt mal im Ernst, Tino. Bist du behindert? Falls es dir entfallen ist, ist Alaia ein Mensch, der keine Gefühle zeigen kann! Wenn du dich ein wenig mehr mit ihr, statt mit ihrem Handy beschäftigt hättest, wüsstest du das.«

»Was soll das, Ciro?«

»Ich versuche dir die Augen zu öffnen, Fra!«

»Was soll ich denn machen? Ich erkenne mich selbst nicht wieder! Diese Frau bringt mich ins Grab! Fuck, ich weiß doch selbst nicht was mit mir los ist. Ich wollte nie eine Freundin, geschweige denn eine Frau und jetzt bin ich verheiratet. Und das nicht einfach so, nein.

Ich habe mir eine Frau ausgesucht, die mich wahrscheinlich ihr Leben lang hassen wird, weil sie das, was zwischen uns ist, nicht zugibt. Also sag mir, was soll ich tun, Ciro, was?«

Santino klingt so verzweifelt, beinahe verletzt. Ich muss mich zu erkennen geben, bevor ich noch mehr höre und meinen Plan für heute über Bord werfe. Denn meine Rache gehört noch mir. Der wird sich umgucken, das ist eins was sicher ist.

Ich schnappe mir mein Kleid, öffne die Tür und trete in den Flur hinaus. Beide Männer drehen sich zu mir. Ciro lächelt, Santino jedoch scheint durch mich hindurchzusehen.

»Hey Bro, ausgeschlafen?«, fragt Ciro. Ich nicke ihm zu und gehe an den beiden vorbei.

»Toll, danke, Fra. Jetzt ist sie auch sauer auf mich. Cazzo!«, höre ich meinen neuen Kumpel meckern und verziehe mich ins Badezimmer. Eine heiße Dusche wird mich bei meinem Vorhaben unterstützen. Ich werde Santino zeigen, was es bedeutet, derart mit mir zu spielen. Ich bin vielleicht nur eine Stripperin aus Manhattan, aber ich bin auch ein Mensch. Ich habe Gefühle, eine Seele und fuck, ich spüre doch ebenfalls diese Verbindung! Wieso muss er so ein Arsch sein? Wieso kann er nicht alles auf uns zukommen lassen? Wieso muss er alles erzwingen? So bringt das weder ihn noch mich dahin, wo wir scheinbar beide hinwollen. Oder hin sollen?

Dank des Reichtums meines Mannes besitze ich jetzt Kosmetik, von der ich nicht mal weiß, wie man sie benutzt. Dennoch habe ich sie gekauft, einfach nur weil das Geld aus seiner Tasche kam.

Kann ich das wirklich durchziehen? Ich bin mir schon fast sicher, dass Santino mich töten wird. Langsam und qualvoll. Ich wollte Ciro einweihen, doch ich wusste, dass er mich davon abhalten würde.

»Alles okay?«, ertönt seine Stimme auf der anderen Seite der Tür.

»Ja, ich mache mich nur schnell fertig. Wo ist das Arschloch?«

»Immer in deiner Nähe, Amore.« Idioten! Sie stehen beide vor der Badezimmertür, anstatt sich mal um etwas anderes als um mich zu kümmern. Scheiß auf die beiden. Ich habe einen Plan und den ziehe ich durch. Ich schlüpfe bis zur Hüfte in das Kleid, welches mir Santino gekauft hat, peppe es aber auf, indem ich einen Spitzenkragen an meinem Hals und meinem BH befestige. Mein Blick fällt auf meine Kosmetiktasche.

»Ich hoffe, du bringst mir heute genau so viel Glück wie sonst«, murmle ich zu mir selbst, greife nach der Kosmetiktasche und nehme die schwarze Schachtel, in der sich meine Kette befindet, heraus. Es ist schon so lange her, dass ich sie getragen habe. Irgendwann werde ich den, der sie mir geschenkt hat, finden. Ich habe ihm versprochen, dass ich ihm all das Glück, das sie mir gebracht hat, wieder gebe. Doch mit Glück hat das nichts mehr zu tun, denn ich schulde ihm mein Leben. Immer und immer wieder, wenn ich drauf und dran war alles zu beenden, habe ich die Blüten der Lilie berührt, habe an den Schmerz gedacht, die Leere, die ich damals in den Augen des Jungen gesehen habe und wusste eines sicher.

Ich darf nicht gehen, ohne mein Versprechen einzuhalten. Gut, das hat sich jetzt ohnehin erledigt. Ich glaube nicht, dass mein Mann so begeistert davon wäre, wenn ich ihm sage, ich will einen anderen Mann finden. Ich lege mir mein Schmuckstück um, verstecke es unter dem Kragen und ziehe mir das Kleid nach oben, als die Tür sich hinter mir öffnet.

»Wie weit bist du, Amore?«

»Gleich fertig. Kannst du mir das Kleid zu machen?« Santino kommt einen Schritt näher, stellt sich direkt hinter mich und zieht den Reißverschluss nach oben.

»Du siehst umwerfend aus, Alaia. An Schönheit nicht zu übertreffen«, flüstert er dicht an meinem Ohr. Ich muss versuchen meine Fassung zu bewahren. Ich darf ihm nicht verfallen, nicht nochmal.

»Ich schminke mich noch, dann komme ich.« Meine Stimme klingt fest. Er sieht mich verwundert an, nickt und geht wieder zur Tür.

»Ich muss noch einmal nach unten. Wenn du fertig bist, geh raus. Ciro wird dich mit denen bekannt machen, die bereits da sind. Die anderen kommen in einer Stunde dazu.« Er geht durch die Tür, lässt mich allein und ich kann wieder normal atmen. Seine Anwesenheit erdrückt mich, engt mich ein, nimmt von mir Besitz und sorgt dafür, dass ich vergesse, wie Atmen funktioniert.

Nach ein wenig Make-Up, einem knallroten Lippenstift und Wimperntusche, checke ich ein letztes Mal mein Spiegelbild und mache mich auf den Weg ins Wohnzimmer, als mir einfällt, dass Santino etwas von einem Konferenzraum gesagt hat.

»Ciro?«, rufe ich und dieser kommt sofort aus einem der Räume, die ich bisher noch nicht erkundet habe.

»Wollte grade nach dir sehen. Komm, kleine Hexe, das Fußvolk des Gremiums ist bereits angekommen.«

Showtime. Nur muss ich mir noch überlegen, wie ich Ciro dazu bringe, den Raum zu verlassen. Als wir eintreten, sitzen bereits einige Männer um den großen Tisch versammelt.

»Meine Herren, das ist…«

»Bro, mir geht's nicht gut, kannst du mir ein Glas Wasser holen?«, unterbreche ich seinen Satz. Er nickt, verlässt den Raum und ich schließe die Tür hinter ihm.

»Hallo meine Herren, ich hoffe Sie haben sich nicht zu warm angezogen, denn jetzt wird es heiß«, sage ich in meiner typischen Stripperinnen Stimme. Die Geier, die sich bereits um den Tisch versammelt haben, beginnen beinahe zu sabbern. Ich gehe an Santinos Laptop, der zum Glück offensteht und eingeschaltet ist, sodass ich kein Passwort eingeben muss. Einen kurzen Moment brauche ich, bis mir ein passendes Lied zu meinem Vorhaben einfällt.

Ich klettere auf den Tisch, bewege mich zu dem Lied und schiebe mir langsam die Träger von den Schultern. Ich fühle mich vollkommen wohl, voll in meinem Element. Die Musik fließt mir durch die Adern, bringt mich dazu, vor ihnen auf die Knie zu gehen, auf allen vieren über den Tisch zu krabbeln und dem ekligsten von ihnen strecke ich meinen Hintern ins Gesicht. Die Tür wird aufgerissen und ich blicke direkt in das Gesicht meines wütenden Mannes. 1:1 würde ich sagen.

»ALAIA!«, brüllt er und zieht mich an den Haaren vom Tisch.

»Danke, für eure Aufmerksamkeit, meine Herren. Es war mir eine Freude Ihnen eine Show zu liefern, die Sie niemals vergessen werden.«

»HALT DEIN VERDAMMTES MAUL!«, brüllt er, greift fester zu und zerrt mich durch den Flur.

»Santino, du tust mir weh, lass mich los!«, wimmere ich, doch er macht keine Anstalten mich loszulassen. Im Schlafzimmer angekommen, wirft er mich aufs Bett und beugt sich über mich.

»Du bist meine Frau, MEINE! Was fällt dir ein, Alaia? Du tanzt vor meinen Männern, lässt sie an ihren Schwänzen spielen? Willst du das ich diese Wichser erschieße? Willst du wirklich, dass ich durchdrehe? WILLST DU DAS?!« Er ist wütender als ich gedacht habe. Sein Blick ist voller Schmerz, voller Wut. Fuck, das war nicht meine Absicht!

»Santino, es tut…«

»HALT DEIN VERDAMMTES MAUL!!«, brüllt er wieder und steht auf. Er wirkt wie der Teufel höchstpersönlich. Die Angst, die in mir aufkeimt, ist enorm. Er geht zu seiner Seite des Bettes, öffnet die Schublade seines Nachttisches und holt eine Waffe heraus.

»Tu das nicht. Ich wollte mich nur an dir rächen, für heute Morgen.«

»Dann werde jetzt Zeugin darüber, was deine Taten, die Blicke der anderen und das Runterholen auf meine Frau, mit mir machen. Du dachtest, ich sei ein skrupelloser Wichser? Ich zeige dir das Monster.« Er stürmt aus dem Zimmer, geht in Richtung des Konferenzraumes und zieht seine Waffe.

»Santino, nicht!« Ich renne los, eile ihm hinterher. Doch da passiert es. Der Mann, der meinen Hintern im Gesicht hatte, liegt mit einer Kugel zwischen den Augen auf dem Tisch.

»Wenn noch einer von euch meint, er müsse wegen meiner Frau eine Latte bekommen und sich an meinem Tisch einen runterholen, verreckt er. Verstanden?« Die Männer nicken und senken ihre Köpfe.

Was habe ich nur getan?

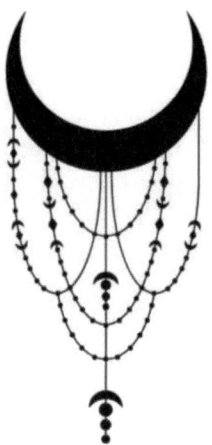

Eifersucht kennt für mich keine Grenzen. Nichts zählt außer dir, und was andere als falsch ansehen, bedeutet mir nichts – denn du bist alles, was für mich existiert.

Kapitel 19

Santino

Die Wut, die durch meine Adern fließt, kennt keine Grenzen. Sie auf diesem Tisch zu sehen, ist das eine, aber die Blicke der Männer… Zu sehen, wie ein anderer Mann an seinem Schwanz spielt, hat mich wahnsinnig gemacht. Sie gehört mir. Und wenn ich ihr das auf die Stirn tätowieren muss, dann werde ich es tun! Ihr geschocktes Gesicht, ihre weit aufgerissenen Augen, das alles bringt mich dazu, sie erneut in unser Schlafzimmer zu zerren. Ich will ihr nicht weh tun, wirklich nicht, aber das war zu viel. Und das werde ich ihr jetzt klarmachen.

»Santino! DU HAST IHN ERSCHOSSEN! FUCK, DU HAST IHN UMGEBRACHT!«, brüllt sie unter Tränen. Ich schupse sie aufs Bett und baue mich vor ihr auf.

»Das warst du! Deine Tat hat mich dazu gebracht, einen meiner Partner, ein Mitglied des verfickten Gremiums zu töten! In meinem verdammten Zuhause! Weißt du, was das heißt, Alaia? Das war Hochverrat! Ich kann von Glück reden, dass es kein Mitglied der Ältesten war!« Ihre Tränen fließen ihr stumm aus den Augen, ihr Atem kommt immer hektischer über ihre Lippen.

»Ich… Er ist tot… wegen mir?« Die Erkenntnis scheint sie wie eine Bombe zu treffen. Sie verliert komplett ihre Farbe, sieht mich an wie ein kleines Rehkitz und senkt den Kopf. Sie so aufgelöst zu sehen, lässt mein Herz ein klein wenig brechen. Ich wollte das nicht. Ich wollte vor ihren Augen keinen anderen Menschen töten, aber sie musste es endlich verstehen. SIE GEHÖRT MIR!

»Ich... Santino... bitte lass mich gehen. Ich kann das nicht. Ein Mensch, der im Stande ist, solche Taten zu begehen, kann es nicht schaffen einen anderen zu lieben. Genauso wenig wie ich es schaffen werde dich zu lieben, nicht aufrichtig. Ich werde dich bis ans Ende unserer Tage belügen, aus Angst, dass du mich ebenfalls erschießt.« Ihre Worte fühlen sich an, als würde man mir das Herz aus der Brust reißen, es zerschneiden und es mir in tausend kleinen Stücken wieder einsetzen.

»Alaia...«

»NEIN! Santino, du hast einen Mann vor meinen Augen enthaupten lassen und hast jetzt einen vor meinen Augen erschossen! Wie soll das gehen? Wie soll in einer Welt voller Brutalität, Platz für Liebe sein? Lass mich gehen. Befreie uns aus dieser Verbindung. Lass uns dieses sinnlose Band durchbrechen. Ein für alle Mal.« Ganz sicher nicht. Ich ziehe sie in den Stand, drücke sie an die Wand und küsse sie, so wie ich noch nie zuvor eine Frau geküsst habe. Voller Liebe, voller Gefühl, Verzweiflung und Schmerz. Alaia krallt sich in meinen Haaren fest, zieht mich näher an sich und macht keine Anstalten mich von sich zu stoßen. Da ist es wieder, dieses seltsame Band, das sich um uns wickelt.

»Nicht... mach es nicht schwerer, bitte, Santino«, flüstert sie an meinen Lippen, doch ich höre ihre Lüge, höre wie sie versucht, sich an etwas festzuhalten, was wir beide bereits verloren haben. Ein Leben ohne den anderen. Ich hebe sie hoch, drücke sie fester an die Wand und befreie ohne weiteres mit einer Hand meinen harten Schwanz. Ich werde sie nicht gehen lassen, niemals! Und das wird sie in spätestens 20 Minuten auch nicht mehr wollen.

»Ich werde dich niemals gehen lassen, Alaia. Du gehörst mir. Du bist mein verficktes Kryptonit, meine Stärke und meine Schwäche zugleich. Fuck, du hast mich verflucht, du hast mich an dich gebunden und wusstest es nicht einmal. Wir gehören zusammen.« Ich zerreiße ihren Slip, platziere mich an ihrem feuchten Eingang, doch sie weigert sich. Windet sich in meinem Griff, versucht sich zu befreien, doch bevor sie das wirklich schafft, dringe ich bis zum Anschlag in sie ein. Fuck... ich will nie wieder eine andere Frau in meinem Leben. Fucking nie wieder!

»Oh mein Gott, Santino, hör auf, bitte. Ich will das nicht«, stöhnt sie, heiser vor Verlangen.

»Du willst es, genauso wie ich. Hör auf dagegen anzukämpfen und sei endlich meine Frau.« Ich hämmere mich wie wild in sie. Verschmelze mit ihr, ficke sie immer härter, immer tiefer, merke wie ihre Lust uns beide nass macht. Ich entziehe mich ihr, lasse mich aufs Bett fallen und ziehe sie auf mich. Ihre Augen wandern lüstern über meinen Körper. Sie setzt sich auf mich, jedoch so, dass ich nicht in sie gleiten kann. Alaia beginnt mit zittrigen Fingern mein Hemd aufzuknöpfen, ich setze mich auf, damit sie es mir runterstreifen kann.

»Wow...«, staunt sie und leckt sich über die Lippen. Sie fährt die Linien auf meiner Brust nach, sowie die auf meinem Bauch.

»Du bist ein wandelndes Kunstwerk...«, flüstert sie, als sich unsere Blicke treffen.

»Das alles könnte dir gehören, genauso wie du mir, Amore. Hör auf gegen uns zu kämpfen, es ist zwecklos und das weißt du.«

»Du hast getötet, Santino. Wahrscheinlich mehr als du zählen kannst. Was ist, wenn du dasselbe mit mir machst? Was ist, wenn du die Kontrolle verlierst? Ich kann mit so viel Gewalt nicht umgehen.« Ich setze mich auf, nehme ihr Gesicht in meine Hände und sehe ihr tief in die Augen.

»Ich würde mir lieber selbst ein Messer ins Herz rammen, als dir wehzutun. Ich habe getötet, ja das ist mein Leben, Alaia. Ich bin, ein Mafioso, aber ich bin auch dein Mann und ich will, dass du dich wohl fühlst. Wenn du dich nicht wieder vor anderen ausziehst und sich deswegen einer den Schwanz massiert, wirst du nie wieder Zeugin davon werden.« Sie denkt nach, sie will es, ich weiß es, doch sie ist nicht bereit, sie…

»Ich sollte dich hassen, sollte versuchen dich zu töten, doch ich kann nicht. Ich schaffe es nicht länger gegen unsere Verbindung anzukommen. Du hast gewonnen, Santino. Ich bin mit Herz und Seele deine Frau.« Ihre Worte besiegelt sie mit einem Kuss und setzt sich auf meinen immer noch steinharten Schwanz.

»Tu sei mia, il tuo cuore, la tua Anima e tutta la tua Vita«, sage ich an ihren Lippen und meine jedes Wort ernst. Sie gehört mir, ihr Leben, ihre Seele, alles gehört, verfickt nochmal, mir und ich werde alles dafür tun, sie zu beschützen.

»Ich habe keine Ahnung, was du gesagt hast, aber es klang perfekt…« Sie vereint unsere Lippen und beginnt sich wie eine Göttin auf mir zu bewegen. Ihre Hüften kreisen auf mir, ihre Nägel krallen sich in meinen Rücken.

»Du bist… Du bist so groß«, stöhnt sie und legt den Kopf in den Nacken. Sie nimmt mich voll in sich auf, reitet mich, als wäre sie dafür geboren.

Alaia massiert sich die Brüste, stöhnt lustvoll und fuck… das ist das Schönste, was ich jemals gesehen habe. Ich sauge diesen Anblick auf, präge ihn mir ein, will nie wieder etwas anderes sehen. Alaia wird immer schneller, stöhnt immer lauter, kommt immer näher an den Höhepunkt, doch das lasse ich nicht zu. Ich will nicht, dass dieser Moment endet. Ich packe ihre Hüften, hebe sie von mir und ziehe sie vom Bett. Ich will, dass sie es sieht. Ich will, dass sie sieht, wie perfekt wir zusammen sind. Ich beuge sie über die Lehne der Couch, die an der anderen Seite des Raumes steht und direkt auf einen Spiegel zeigt.

»Ich will, dass du mir in die Augen siehst, während ich dich ficke, dir zeige, wem du gehörst. Ich will, dass du siehst, wer dich den Rest deines Lebens zum Schreien bringen wird. Ich will, dass du siehst, Alaia, wen du lieben wirst.« Ich gehe hinter ihr auf die Knie, hebe ihr Bein ein wenig an, kann ihre Lust riechen und kann es kaum erwarten sie zu schmecken. Mit einer sanften Bewegung fahre ich mit meiner Zunge über ihre bereits tropfend nasse Pussy.

»Du schmeckst wie das verdammte Paradies«, knurre ich wie ein hungriges Tier und versinke mit meiner Zunge in ihr. Ihr lustvolles Stöhnen erfüllt den Raum und wird zu der schönsten Melodie, die ich jemals gehört habe.

»Oh mein Gott… Santino, das ist so gut, so verdammt gut, bitte hör nicht auf. Gib mir mehr… gib mir alles«, stöhnt sie. Ihr Wunsch ist mir Befehl. Ich nehme meine Finger dazu, umkreise ihren gereizten Kitzler, während ich meine Zunge immer und immer wieder in sie gleiten lasse. Sie zuckt, stöhnt, schreit beinahe. Fuck, wenn ich sie nicht gleich spüre, drehe ich durch. Ich erhebe mich, stelle mich hinter sie und schaue ihr durch den Spiegel in die Augen.

»Bis dass der Tod uns scheidet, Amore mio.«

»Bis dass der Tod uns scheidet, Arsch… ähm Baby.« Sie zwinkert mir zu und zeigt mir, dass in ihr immer noch das kleine Biest lebt und das, obwohl ich wegen ihr einen Mann erschossen habe. Es ist sicher, es wird nicht lange dauern und dann wird sie mich lieben, genauso wie ich sie lieben werde. Krankhaft, besessen und gnadenlos. Mit diesen Gedanken schiebe ich mich quälend langsam in sie, nur um direkt wieder hinaus und wieder rein zu gleiten. Ich spiele mit ihr, foltere sie auf die süßeste Art und kann dabei in ihren Augen lesen, dass sie nicht mehr lange Stand halten kann. Sie will, dass ich ihr zeige, was es bedeutet mir zu gehören, was es heißt, von mir begehrt zu werden und das werde ich ihr zeigen. Mit jeder Faser meines Körpers. Ich ramme mich mit einem Ruck in sie.

»Ohhhhh… Santinoooo!«, stöhnt sie abgehackt. Meinen Namen aus ihrem Mund zu hören, erregt mich immer mehr. Ich ficke sie. Hart, dreckig, dominant und besitzergreifend.

»Fuck, du bist so eng, so verdammt perfekt für mich.«

»Perfekt für uns…«, stöhnt sie leise, und denkt ich höre es nicht. Ich vergrabe meine Hand in ihren Haaren, ziehe sie zu mir, beiße ihr in den Hals und verteile eine Spur aus Küssen.

»Sieh in den Spiegel. Sieh mich an, wenn du für mich kommst, Amore.« Sie leckt sich über die Finger, beißt sich leicht in die Unterlippe und drückt mir ihren Körper entgegen. Das ist eine Herausforderung, sie will mich immer mehr und mehr, sie beginnt süchtig nach mir zu werden und das ist genau das, was ich erreichen wollte.

Auch wenn ich nicht so schnell damit gerechnet habe.

»Santino… bitte«, fleht mich meine wunderschöne Frau an. Sie bettelt um mehr, um meinen Schwanz und sie bekommt alles. Egal was es ist, sie bekommt die verdammte Welt, wenn sie sie will! Ich ziehe mich aus ihr raus, vergrabe meine eine Hand fester in ihren Haaren und mit der anderen halte ich mich an ihrer Hüfte fest. Ich ramme mich so tief in sie, dass sie aus vollem Halse schreit. Immer und immer schneller, immer und immer härter, bis unsere Körper verschwitzt und zitternd immer näher an den Abgrund kommen. Ihre Augen fixieren meine, lassen mich keine Sekunde los. Mit meiner Hand gleite ich an ihren Kitzler, lasse meinen Finger über ihn kreisen, übe mehr Druck aus, während ich sie weiterhin auf meinen Schwanz spieße. Sie ist fast so weit, doch ich habe noch nicht genug. Ich will nicht aufhören, ich kann nicht…

»Santino, ich kann nicht mehr, du zerreißt mich«, stöhnt sie, während sie mir immer noch tief in die Augen sieht. Diese Worte reichen mir fast aus, um sie zu erlösen.

»Sag, dass du mir gehörst…«, flüstere ich direkt an ihrem Ohr. Sie schweigt, was mich dazu bringt, ihr in die Schulter zu beißen. Sie schreit auf.

»Sag es!« Mein Atem kommt immer abgehackter, genau wie ihrer. Sie kann nicht mehr. Wenn sie nicht bald nachgibt, bricht sie zusammen.

»Es sind nur drei Worte, Amore. Drei Worte, die dir Erlösung bringen und dich in den Himmel katapultieren.«

»Oh Gott… es sind… vier«, keucht sie. Ich sehe sie verwirrt an, was sie dazu bringt, mich teuflisch anzugrinsen.

»Ich gehöre…n-nur dir«, stöhnt sie und fuck… Ihre Worte sorgen dafür, dass ich erneut in sie stoße und wir gemeinsam einen intensiven Höhepunkt erreichen. Unsere Schreie hallen durch den Raum, ebenso wie das

Geräusch unserer aufeinander klatschenden Haut. Ich sinke auf sie herab, verteile Küsse auf ihren Rücken, lasse sie zur Ruhe kommen, entziehe mich aus ihr und drehe sie zu mir.

»Unser Kampf endet hier, Alaia. Ich werde dir alles geben, alles. Mein Herz, meine Seele, mein Leben. Doch dasselbe verlange ich von dir. Ich will dein blindes Vertrauen und irgendwann deine Liebe.«

»Ich versuche es. Aber nur, wenn du aufhörst vor meinen Augen zu töten.« Ich versuche in ihrer Stimme eine Lüge zu finden, einen Scherz, doch da ist nichts. Sie sieht mir entschlossen in die Augen. Als wäre nie etwas schlimmes zwischen uns passiert.

»Du akzeptierst? Unsere Verbindung? Unsere Ehe? Einfach so? Wer bist du und was hast du mit meiner Frau gemacht?«, will ich wissen und bringe sie damit zum Lachen. Als sie sieht, dass ich das vollkommen ernst meine, erlischt ihr Lachen und sie sieht mich ebenfalls ernst an.

»Was denn? Du hast es selbst gesagt, zwischen uns besteht eine Verbindung, die wir beide nicht verstehen. Seit dem ersten Mal, als wir uns trafen, verfolgen mich deine Augen, genau wie ich dich verfolge. Bei jedem Versuch, dich von mir zu stoßen, mich gegen dich zu wehren, wirst du wie von einem Magneten wieder zu mir gezogen. Es macht keinen Sinn, Santino, ich kann und will mich nicht mehr dagegen wehren.« Ihre Worte bedeuten mir mehr als die Welt. Ich ziehe sie an mich, vergrabe meinen Kopf in ihrem Haar und inhaliere ihren Duft.

»Tu sei la Vita mia«, murmle ich.

»Wenn du weiter mit mir auf Italienisch reden willst, solltest du anfangen, es mir beizubringen, sonst kannst du auch Selbstgespräche führen.« Wir lachen beide über ihre Aussage, werden aber durch das Klopfen an der Tür unterbrochen. Ich schiebe sie hinter mich, als gleich danach die Tür auf geht.

»Madonna. Ihr habt einfach gevögelt! Gott sei Dank ist dieser Raum schalldicht. Fra, pack die Nudel ein und komm. Die anderen sind da. Falls ich gestört habe, Scusa, aber ich wollte nach einer halben Stunde eurer Abwesenheit sichergehen, dass du meine neue Bro-Freundin nicht getötet hast.«

»Eine halbe Stunde? Es kam mir vor wie eine Ewigkeit«, ertönt die Stimme meiner Frau hinter mir.

»So muss es sich anfühlen, wenn man auf einem Einhorn über den Regenbogen ins Paradies reitet. Santino, du hast wirklich einen magischen Penis!« Die Augen meines besten Freundes wandern zu meinem Schwanz und entlocken ihm ein Grinsen.

»Gefällt dir, was du siehst? Willst du ebenfalls auf meinem Horn ins Paradies reiten?«, frage ich und kann sehen, wie er rot anläuft. Ich glaube, ich habe noch nie so laut gelacht wie in diesem Moment.

»Wenn ich nur dir gehören soll, dann gilt dieses Gesetz ebenfalls für dich, Mr. Moreno«, murmelt Alaia und schlingt von hinten ihre Arme um mich. Ciro scheinen die Augen aus dem Kopf zu fallen.

»Was zum? Alter, seid ihr verliebt oder so?«

»Wir sind verheiratet!«, sagen Alaia und ich gemeinsam.

»Ich dachte wirklich, dass ich hier reinkomme und einer von euch beiden das Zeitliche gesegnet hat und jetzt das? Ich glaube, ich habe die Tür in ein anderes Leben genommen, denn das kann nicht wahr sein.« Kopfschüttelnd verlässt er den Raum und ich drehe mich zu Alaia.

»Ich gehöre ebenfalls nur dir, Mrs. Moreno.« Meine Worte entlocken ihr ein Grinsen.

»Zieh dich an, wir sollten reingehen. Und jetzt, Amore, will ich, dass du deine Kleidung anlässt. Das alles…«, ich fahre mit meinen Händen ihren Körper entlang. »…gehört mir. Es ist nur für meine Augen bestimmt, nur für meinen Schwanz.« Sie nickt und schaut sich um.

»Wo ist mein Kleid?«

»Das hast du wahrscheinlich im Konferenzraum gelassen. Zieh an, was immer du willst.« Sie drückt mir einen Kuss auf die Lippen, der uns beide überrascht, den wir aber unkommentiert lassen. Sie nimmt sich einen schwarzen Slip und den dazu passenden BH aus ihrer Schublade, sowie eine Leggings und ein Top.

»Ist das okay?«, will sie wissen. Ihre Wangen verfärben sich leicht rot und das lässt sie beinahe unschuldig aussehen.

»Du kannst tragen, was du willst, Amore.«

»Aber ich soll doch die Frau an deiner Seite präsentieren. Da kann ich wohl schlecht so auftreten!«

»Alaia, bitte. Du bist immer noch du selbst, nur mit einem anderen Nachnamen. Für mich bist du perfekt.« Sie nickt verlegen und zieht sich an.

»Ach Fuck!«, zischt sie, als ich gerade dabei bin, mir ein neues Hemd aus dem Schrank zu nehmen.

»Was ist los?«

»Ich bekomme den Kragen nicht auf… fuck, nein…« Sie hat den Stofffetzen, den sie sich angezogen hat, zerrissen. Aus mir unerklärlichen Gründen, füllen sich ihre Augen mit Tränen.

»Hey, wieso weinst du denn? Ich kann dir 1000 von diesen Teilen kaufen.«

»Meine Kette…«, wimmert sie und schaut benommen auf den Boden. Ich bücke mich, schiebe den Kragen beiseite und hebe die Kette auf.

Tränen kullern aus den Augen meiner Frau, was mich dazu bringt meine Faust zu öffnen und mir die besondere Kette anzusehen.

»Was… Alaia, sag mir sofort, wo du diese Kette herhast!« Auch wenn ich es nicht will, klingt meine Stimme hart, schon beinahe sauer.

»Ich…von Brian?« Wieso klingt diese Aussage eher nach einer Frage? Wieso lügt sie?

»Alaia! Wo zum fick hast du diese Kette her?!«

»Warum ist das wichtig?! Ich habe sie kaputt gemacht… ich… Ach verdammt.« Sie lehnt sich mit dem Rücken an die Wand und lässt sich auf den Boden sinken. Ich gehe vor ihr auf die Knie, die Kette fest in meiner Faust umschlossen. Alaia lehnt ihren Kopf auf ihre Knie und schluchzt herzzerreißend.

»Amore, bitte sag mir, wo du diese Kette herhast. War sie ein Geschenk? Hast du sie dir selbst gekauft?« Ich hoffe so sehr, dass sie mir diese Frage beantwortet.

»Sie war ein Geschenk«, wimmert sie. Nein, das kann nicht sein…

»Von wem?«

»Ich weiß es nicht.«

»Wann war das?«

»Wieso fragst du mich sowas, Santino? Es ist doch fucking egal! Sie ist kaputt! Sie war mein Glücksbringer. Diese Kette hat mich einige Male davon abgehalten, mir das Leben zu nehmen, verdammt!« Ihr Glücksbringer…

»Wann!«

»Vor 16 Jahren.« Das kann nicht sein. Das kann verdammt noch mal nicht wahr sein! Ist sie es wirklich? Fuck, bitte lass es sie sein! Sie darf diese Kette nicht von jemand anderem bekommen haben! Sie muss einfach dieses Mädchen sein!

Fuck! Meine verfickten Augen füllen sich mit Tränen, während Alaia den Kopf hebt und mir mit einem derartigen Schmerz in die Augen sieht, den ich in meinem eigenen Herzen spüre.

»Alaia, sieh mir in die Augen und sag mir, was du in ihnen Lesen kannst«, sage ich und bete zu Gott, dass sie genau das sagt, was ich denke.

»Was soll der Scheiß?!« Sie muss mich für einen Verrückten halten. Aber das ist mir egal, denn wenn sich das alles bewahrheitet…

»Beantworte mir meine Frage. Wenn du mir in die Augen siehst, was sagen sie dir? Was fehlt mir?«

»Glück…«, nuschelt sie und sieht mich immer noch verwirrt an. Fuck, ich glaube sie ist es. Einen Versuch habe ich noch.

»Bist du deswegen hier? Bist du hier, um dein Versprechen einzuhalten und mir all das Glück zurückzubringen?« Sie antwortet nicht. Fuck… sie ist es nicht. Ich stehe auf, wende mich von ihr ab und fange an mein Leben noch mehr zu hassen als sonst. Die Wut in mir scheint mich zu beherrschen. Ich hole aus, doch bevor ich gegen die Wand schlagen kann, werde ich von hinten umschlungen.

»Du bist es… Deswegen diese Verbindung. Du warst es, der mir die Kette auf der Beerdigung meines Vaters gegeben hat. Santino, sieh mich an…«, schluchzt sie und dreht mich zu sich.

»Ich habe dich gefunden…«

»Du hast nach mir gesucht?«

»Ich hatte so oft versucht meinem Leben ein Ende zu setzen, jedoch hatte ich jedes Mal diese Kette an. Sie hat mich davor bewahrt. Ich schwor mir denjenigen zu finden, der mir diese Kette geschenkt hat, bevor ich wirklich gehe… ich wollte mein Versprechen halten…«

»Du hast es gehalten. Du lebst. Du bist mein Glück, Alaia, deswegen hat die Kette dich vor diesem Schritt bewahrt.« Ich ziehe sie in meine Arme und kann mein Glück kaum fassen.

»Deswegen sind wir so verbunden. Du hattest immer deine schützende Hand über mir und wusstest es nicht einmal. Santino, du hast mir das Leben gerettet, so viele Male.«

»Fuck… wenn du wüsstest, wie oft ich von dir geträumt habe. Scheiße, du bist es einfach. Du bist mein Schicksal«, flüstere ich. Meine Worte bringen sie derart zum Weinen, dass selbst mir eine Träne aus dem Auge kullert.

»Wir gehören zusammen, Santino. Der Kreis ist geschlossen und wird durch unsere Verbindung zusammengehalten. Wir wurden wie Magnete zueinander geführt und jetzt wirst du mich wirklich nicht mehr los.« Sie hebt ihren Kopf und sieht mir mit strahlenden Augen entgegen.

»Das hoffe ich doch, Amore.« Gerade als ich sie küssen will, geht die Tür auf.

»Alter, du kannst das Gremium nicht so lange warten lassen. Bewegt euch jetzt, verdammt!«

»Bis dass der Tod uns scheidet, Amore.«

»Bis dass der Tod uns scheidet, mein Herz«, flüstert sie ebenfalls. Ich trockne ihre Tränen, glätte mein Hemd und nehme ihre Hand.

»Wir können.« Ciro nickt und geht voran. Ich kann nicht glauben, dass sie es wirklich ist. Das Mädchen, welchem ich vor 16 Jahren die Kette meiner Urgroßmutter geschenkt habe, da ihre Tränen mir das Herz gebrochen haben. Seit diesem Tag scheinen unsere Seelen miteinander verbunden zu sein.

Wir haben uns wiedergefunden. Das Schicksal hat sie wortwörtlich in meine Arme getrieben und das genau dann, als wir beide es am meisten gebraucht haben.

Danke, danke, liebes Schicksal, dass du mir endlich mein Glück geschickt hast…

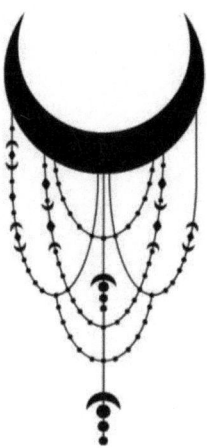

Ich brauche keine Ketten, um sie bei mir zu halten. Mein Schatten reicht aus, um sie nie wieder loszulassen.

Kapitel 20

Alaia

Ich kann es einfach nicht glauben! Das letzte Teil des Puzzles, das sich mein Leben nennt, konnte eingesetzt werden. Ich habe immer eine besondere Verbindung zu dieser Kette gehabt. Sie war das einzig Schöne, was ich an diesem traurigen und regnerischen Tag hatte. Meine Welt drohte zu zerbrechen, bis ein Junge mir etwas gab, das mich hoffen ließ. Einen Glücksbringer. Und dieser Junge war niemand anderes als der Mann, der mich entführt und geheiratet hat. Der Mann, der eine Wirkung auf mich hatte, die ich mir selbst nicht erklären konnte. Der Mann, bei dem ich mich wohl gefühlt hab, obwohl ich das nicht hätte dürfen. Santino. Mein Mann. Mein Glück. Mein Fels in der Brandung. Mein Leben scheint vorherbestimmt gewesen zu sein. Ich musste diese ganzen Qualen erleiden, um hier landen zu können. Bei ihm. Santino führt mich an der Hand zurück in den Konferenzraum, in dem er vorhin, wegen mir, einen Mann kaltblütig erschossen hat.

»Schaffst du das?«, fragt Ciro und sieht mich besorgt an.

»Ist er noch da?«

»Ach was, spinnst du?! Es sieht aus, als wäre nie etwas in diesem Raum passiert.«

»Dann sollte doch alles passen«, sage ich und hoffe, die beiden können meine Anspannung nicht sehen.

»Amore, entspann dich. Wenn es dir zu viel wird, dann steht es dir frei zu gehen. Also in einen anderen Raum, nur damit wir das gleich mal klarstellen.« Seine Worte bringen mich zum Lachen und noch mehr der Blick, den er mir zuwirft. Wir kommen vor dem Konferenzraum an und ich stelle mich auf die Zehenspitzen und drücke ihm einen Kuss auf die Backe.

»Bis dass der Tod uns scheidet, Arschloch. Schon vergessen?«

»Dir gehört so dermaßen der Arsch versohlt...«

»Es reicht jetzt!«, geht Ciro dazwischen. Er öffnet die Tür, geht vor uns rein und setzt sich auf den Platz neben dem Kopfende. Santino und ich betreten ebenfalls den Raum, als ich erstarre und wie festgefroren stehen bleibe. Eine Panik breitet sich in mir aus, ergreift Besitz von meinem Körper und lässt mich beinahe vergessen zu atmen. Ich kralle mich an Santino fest, nehme mir den Halt, den ich brauche, doch er reicht nicht aus. Die Panik ist zu präsent, um so zu tun, als würde nicht gerade ein böser Geist mich heimsuchen. Als wäre meine kleine Blase, die gerade erst entstanden ist, nicht beinahe am Platzen.

»Hey, was ist los? Du reißt mir gleich das Hemd auf«, sagt Santino und sieht besorgt zu mir herunter. Mein Blick sucht den von Ciro. Ich habe ihm alles über diese eine Nacht erzählt. Er muss mich hier wegbringen, schnell.

»Bro-Freundin? Was ist los?« Ich hoffe er versteht, als ich meine Augen durch die Menge gleiten lasse und an dem Mann hängen bleibe, der diese Panik in mir auslöst. Ciro folgt meinem Blick und erstarrt.

»Fuck...« Er steht auf, nimmt mich an der Hand und versucht mich Santino zu entreißen, dieser jedoch gibt mich nicht frei.

»Ihr beide sagt mir sofort was hier vor sich geht, oder ich flippe aus.«

»Du hast mir versprochen es nicht zu tun…«, sage ich mit zittriger Stimme. Gerade als er mir antworten will, passiert genau das, was ich verhindern wollte, indem ich den Raum wieder verlasse und das Weite suche.

»Wenn das nicht meine wunderschöne Stella ist. Das ist sie, meine Herren. Die Frau, von der ich euch erzählt habe. Bald werdet ihr sie öfter sehen, denn wie ich gerade feststelle, ist sie gekommen, um mit mir zu gehen.«

»Was zum Teufel redet er?«, knurrt Santino in meine Richtung, doch ich schaffe es nicht zu antworten.

»Sie muss weg. Schnell«, sagt Ciro und schafft es, mich aus dem Griff meines Mannes zu befreien, jedoch schaffen wir es nicht weit.

»Was denkst du, was du da tust, Di Pasquale? Stella wird sich jetzt hier auf meinen Schoß setzen und sich um das kümmern, was sie verletzt hat.« Ich blicke zu Santino, der bereits seine Hand am Holster hat.

»Nicht, bitte. Du hast es versprochen, mein Herz«, flüstere ich und lege meine Hand über seine.

»Worauf wartest du, Stella?!«

»Sag mir, wovon er redet, Alaia.« Santinos Stimme gleicht der des Teufels. Er kocht vor Wut, ich muss versuchen etwas zu unternehmen.

»Ich erzähle dir alles später, ich verspreche es dir.« Er schüttelt meine Hand ab, öffnet den Verschluss des Holsters und ich tue das, was mir als erstes in den Sinn kommt. Ich stelle mich vor ihn, nehme sein Gesicht in meine Hände und küsse ihn. Alle, die sich in diesem Raum befinden, können sehen, dass ich nur zu ihm gehöre.

»Was soll das? Moreno, nimm deine Finger sofort von meiner Tänzerin!«

»Halt dein verdammtes Maul, Axel! Ich küsse meine Frau wann und wo ich will!«

»Deine was?«, fragt Axel ungläubig und starrt uns an.

»Das, meine Herren, ist Alaia Moreno. Meine Ehefrau.« Die Menge beginnt zu tuscheln, zu streiten und dann droht plötzlich alles zu eskalieren.

»EINE STRIPPERIN KANN NICHT DIE FRAU EINES MAFIOSO SEIN! DAS IST BETRUG! DIESE HUREN WÜRDEN ALLES FÜR GELD MACHEN! WIESO SICH DANN NICHT KAUFEN LASSEN?!«, brüllt einer von ihnen. Das Geschrei wird immer lauter, immer verworrener, bis Santino seine Waffe nimmt und in die Luft schießt.

»Sie hat, bis vor kurzem, als Tänzerin gearbeitet. Wir haben uns nach 16 Jahren wiedergefunden. Das Schicksal hat unsere Wege erneut zusammengeführt. Die Verbindung zwischen uns ist stark. Stärker als jede Macht auf dieser Welt. Ich wollte sie euch heute vorstellen, weil ihr die Ältesten der Staaten seid. Da ihr aber meiner Frau keinen Respekt zeigt, sie beleidigt und verspottet, muss ich jeden einzelnen von euch töten. Ciro, bitte bring Alaia weg. Ich werde kein einziges Versprechen, meiner Frau gegenüber, brechen.« Ciro packt mich am Arm als wieder ein Schuss ertönt.

»Du willst uns also weiß machen, dass ihr euch seit 16 Jahren nicht gesehen habt und plötzlich, aus heiterem Himmel findet ihr zusammen und heiratet?!«

»Genau, Axel, das will ich sagen und ich kann es auch beweisen.« Was redet er denn da? Wieso macht er die Situation noch schlimmer? Santino drückt einen Knopf auf der Fernbedienung, die auf dem Tisch liegt und fährt damit eine Leinwand herunter, die hinter ihm an der Wand befestigt ist. Er verbindet sein Handy mit dem Beamer, der auf der anderen Seite des Raumes steht und öffnet einen Ordner. Plötzlich tauchen mehrere Bilder auf. Bilder von dem Tag, an dem ich meinen Vater beerdigt habe. Sie zeigen ihn dabei, wie er mir die Kette schenkt. Er zoomt heran, zeigt ihnen die blaue Lilie und öffnet dann sein Hemd. Santino dreht sich zur Menge und erst da sehe ich es auch. Sein Rücken ist voller Tattoos. Waffen, Schlangen und Rosen zieren seinen Rücken.

»Oh mein Gott…«, entfährt es mir, als ich sehe, was er ihnen zeigen will. An seinem Steißbein steht das Wort Happiness und daneben ist eine kleine blaue Lilie abgebildet.

»Warte, was?! Sie ist das Mädchen, dass dich seit Jahren im Schlaf heimsucht?! Wieso habt ihr Wichser mir das nicht gesagt?!«

»Wir haben es vor 10 Minuten rausgefunden. Alaia ist die Kette kaputt gegangen und so fügte sich das Puzzle.« Die Menge starrt uns an, nur Axel scheint nicht an unsere Geschichte zu glauben.

»Du willst mir also sagen, dass eine glückliche Fügung euch zusammengeführt hat, gerade jetzt? Gerade dann, wenn sie einen der obersten Mitglieder des Gremiums fast umbringt? Ihre Mutter verschwindet und ihr bester Freund hat plötzlich eine neue Bleibe? Das ist doch vollkommener Bullshit! Ihr habt sie beauftragt! Ihr wolltet, dass sie mich umbringt, damit mein Platz frei wird und du ihn einnehmen kannst! Das war ein verdammter Angriff auf meine Person!«, spinnt sich Axel eine Geschichte zusammen und läuft, vor Wut, rot an.

»Das ist nicht wahr! Du hast…«

»Ich habe was? Du wolltest mich, ich habe dir ein Leben angeboten. Eines, in dem du nur die Hure eines Mannes wärst und du? Du undankbares Stück Dreck verpasst mir eine Beschneidung!«

Ciro fängt wie wild an zu lachen, genau wie ein paar andere Männer, die um den Tisch herumsitzen.

»Sieh es als Vorteil, du kannst keine Vorhautverengung mehr bekommen«, scherzt Ciro, doch er ist der Einzige, der lacht.

»Du wagst es in meinem Haus, mit den Füßen unter meinem Tisch, schlecht über meine Frau zu sprechen? Falsche Anschuldigungen gegen mich zu erheben? Lass mich dir eines sagen, Axel. Renn! Und zwar sofort. Denn wenn ich dich in die Finger bekomme, erschieße ich dich.« Axel verlässt den Raum und dreht sich zwischen Tür und Angel noch einmal um.

»Das wird ein Nachspiel haben. Vor allem für dich, Stella.« Er setzt ein diabolisches Grinsen auf, eines welches mir zeigen soll, dass wir uns nicht zum letzten Mal gesehen haben. Und das nächste Wiedersehen wird ganz sicher schlimm. Santino, neben mir, reagiert sofort. Er zieht seine Waffe, entsichert sie und schießt. Axel dreht sich schockiert um, starrt Santino an und ich könnte schwören, seine Augen schießen Speere auf meinen Mann.

»Das wirst du bereuen.« Mit diesen Worten rennt Axel zum Fahrstuhl und verschwindet hinter den Eisentüren.

»Hat einer von euch noch etwas zu sagen?«, fragt Santino voller Wut in die Runde. Würde ich ebenfalls an diesem Tisch sitzen, würde ich mir vor Angst in die Hose machen. Sein Blick ist starr auf die Männer um den Tisch gerichtet. Keiner von ihnen traut sich auch nur einen Laut von sich zu geben.

»Gut, dann will ich euch offiziell meine Frau vorstellen. Wenn meine Mutter irgendwann nicht mehr ist, wird sie das Oberhaupt der Moreno-Mafia. Ich verlange von euch, ihr Respekt entgegen zu bringen. Wenn auch nur einer sie falsch anschauen oder sie beleidigen sollte, bezahlt er mit seinem Leben.«

»Mitglieder des Gremiums zu töten, würde für deine Hinrichtung sorgen«, bemerkt einer der Männer am Tisch.

»Das ist mir durchaus bewusst. Aber wenn es um die Ehre meiner Frau geht, laufe ich liebend gerne in einen Kugelhagel.«

Seine Worte lösen etwas in mir aus, von dem ich nicht wusste, dass es da ist. Ich glaube das müssen die Schmetterlinge sein, von denen immer alle reden.

»Du würdest dein Leben für das einer Stripperin geben?«, fragt ein anderer ungläubig

»Ich würde für sie die Welt geben, samt dem ganzen Universum. Also ja, das würde ich. Ach, und bevor ich es vergesse, nenn sie noch einmal Stripperin und schau sie dabei so abwertend an, dann bist du der nächste auf der roten Liste.«

Santino stellt sich direkt neben mich und legt den Arm um meine Schulter. Sofort breitet sich eine angenehme Wärme in meinem Inneren aus. Ein Gefühl von Sicherheit, welches ich seit dem Tod meines Vaters nicht mehr gespürt habe.

»Wir fliegen in vier Wochen nach Sizilien, um dort, im Beisein der Ältesten, kirchlich zu heiraten. Alaia wird damit offiziell in meine Familie aufgenommen, sie wird das Leben der Morenos kennenlernen und ihr neues Zuhause sehen. Sie wird an meiner Seite regieren, sobald ich meinen Vater in den Ruhestand geschickt habe. Irgendwelche Einwände?«

Wieder traut sich keiner ein Wort zu sagen. Alle Beteiligten schütteln den Kopf.

»Gut, dann ist diese Sitzung hiermit beendet. Schönen Abend, ihr findet sicher allein raus.

Amore, kommst du?«

Irgendwie habe ich das dumpfe Gefühl, dass, wenn sich unsere Tür gleich schließt, es zu einer Explosion kommt. Ich ergreife seine Hand, sehe hilfesuchend zu Ciro, doch dieser schüttelt nur den Kopf. Verräter.

In unserem Schlafzimmer angekommen, knallt Santino die Tür zu und sieht mich wütend an.

»Was meinte er damit, dass du ihn verführen wolltest?« Ich lasse mich aufs Bett sinken, nehme all meinen Mut zusammen und nehme mir vor, ihm alles zu erzählen. Ich meine... warum sollte ich nicht? Er ist mein Mann, wir kennen uns seit 16 Jahren, auch wenn wir in dieser Zeit unterschiedliche Leben geführt haben.

»Es war der Tag, an dem wir uns wiedergesehen haben. Rocco hat mich für diesen Abend als Special Act auftreten lassen, da meine eine Kollegin krank wurde und die andere gekündigt hat. Wie auch immer.

Ich habe getanzt, habe mich aber speziell auf Axel konzentriert, denn ich wollte ihm so viel Trinkgeld wie möglich aus der Tasche ziehen. Er sah es als Einladung. Ich habe bisher all seine Buchungen für einen VIP- Tanz abgelehnt. Rocco hat mir eine Szene gemacht, mich vor ihm gewarnt und dann habe ich, vollkommen unüberlegt, eingewilligt.

Wir sind gemeinsam in den VIP-Raum gegangen. Ich habe ihm seine Vorstellung gegeben und bin, auf ihm sitzend, zum Ende gekommen. Gerade als ich aufstehen wollte, fing er an mich anzufassen. Ich habe es geschafft mich zu befreien, hab ihm mit voller Kraft in die Eier getreten. Axel wollte, dass ich ihm als Wiedergutmachung einen blase. Ich ging also vor ihm auf die Knie, ja… Ich… Das Glas, welches ihm vorher aus der Hand gefallen war,

war zersprungen, also habe ich eine der Scherben genommen und ihm damit in den Schwanz geschnitten.« Den Blick, mit dem er mich ansieht, kann ich nicht deuten.

»Was meinte er damit, dass er dir ein anderes Leben angeboten hat?«

»Er wollte, dass ich mit zu ihm gehe, also für immer. Ich sollte seine persönliche Tänzerin werden«, gebe ich zu. Die Augen meines Mannes verengen sich zu Schlitzen. Seine Nasenflügel blähen sich auf, die Ader an seiner Stirn tritt hervor und droht zu platzen.

»Hätte ich dir vorhin nicht versprochen, dass ich vor deinen Augen niemanden mehr töte, dann wäre er gerade dabei, abzukühlen.«

»Santino, bitte. Ich will nicht, dass du ihm etwas tust! Du bringst dich damit selbst in Gefahr. Du kennst die Regeln des Gremiums am besten. Sollten andere erfahren, dass du für seinen Tod verantwortlich bist, bist du der nächste, der in einem Leichensack endet.«

»Wer redet hier von einem Leichensack, Amore? Ich setze ihn auf die Rückbank und fahre mit seiner Leiche über die nächste Grenze. Dort werfe ich ihn in ein Feld und von mir aus sollen die Geier ihn holen.« Ich schüttle lachend den Kopf und lasse mich in die Kissen sinken.

»Du spinnst. Du kannst dich doch selbst nicht derart in Gefahr bringen. Du kennst mich doch eigentlich gar nicht.«

»Das ist mir egal, Alaia. Du bist meine Frau, du gehörst mir und ich schütze was mir gehört. Und wenn es mich das Leben kostet, dann soll es so sein.« Gerade als er sich zu mir legen will, öffnet sich die Tür und Ciro tritt ein.

»Hast du eigentlich kein Zuhause?«, fragt Santino genervt, setzt sich auf die Kante des Bettes und fährt sich durch die Haare.

Er sieht verdammt müde aus. Erschöpft von all dem, was sich heute ereignet hat. Das schlechte Gewissen meldet sich zu Wort. Das ist alles meine Schuld. Wäre ich nicht so sehr auf Rache aus gewesen, hätte ich mich nicht auf dem Tisch entblößt, dann wäre das alles nicht passiert.

»Es tut mir leid«, entfährt es mir und beide Männer sehen mich verwirrt an.

»Was meinst du, Bro-Freundin?«, will Ciro wissen und setzt sich auf den Boden.

»Das, was ich heute getan habe. Wäre ich nicht so dumm gewesen, dann hätte ich euch einen Haufen Ärger erspart. Es tut mir schrecklich leid, ich…«

»Hör auf damit. Ich habe dich doch erst dazu getrieben. Ich bin es, der sich entschuldigen muss.« Santino greift nach meiner Hand und zieht mich zu sich, damit ich auf seinen Schoß klettern kann.

»So, ihr Turteltauben, jetzt mal im Ernst. War das vorher die Wahrheit oder habt ihr diese Affen an der Nase herumgeführt?«, will Ciro wissen und sieht seinem besten Freund intensiv in die Augen. Er versucht ihn zu analysieren und versucht dasselbe auch bei mir. Santino greift hinter sich aufs Bett und reicht ihm die Kette.

»Ist das Beweis genug?«

»Fuck… wie ist das möglich? Ich meine… wow… Da besuchst du einmal ein fremdes Land und triffst die Frau, die du 16 Jahre später heiratest. Jetzt habt ihr also auch die Erklärung für eure seltsame Verbringung.

Eure Seelen wurden damals zu einer und somit wurdet ihr zusammen geführt…«

Ciro scheint vollkommen verwirrt zu sein. Ich weiß genau, wie er sich fühlt, ich kann es ja selbst kaum glauben.

»Krass. Kein Wunder, dass ihr jetzt so seid. Vor einigen Stunden wolltet ihr euch gegenseitig umbringen und jetzt gebt ihr das verliebte Paar. Also ich kaufe euch diese Nummer ab, ihr könnt also damit aufhören.« Ich bewege mich keinen Millimeter und auch Santino macht keine Anstalten mich loszulassen. Ganz im Gegenteil, er zieht mich fester an sich.

»Wow… Shit… ich glaube ihr beide seid vollkommen bekloppt. Verbringt erst noch ein wenig Zeit miteinander und schaut, ob es wirklich passt.«

»Wir sind bereits bis an unser Lebensende aneinander gebunden. Es ist egal, ob es passt oder nicht«, stelle ich klar, denn ich weiß, egal wie viel Zeit ich mit Santino verbringen werde, ich will ihn. Und daran wird sich nichts mehr ändern.

»Freaks. Wie auch immer, ich gehe jetzt. Tino, ich hol dich morgen ab, du hast Termine in der Firma. Gute Nacht.«

»Gute Nacht.« Ciro verlässt das Zimmer und schließt die Tür hinter sich. Ich stehe auf, gehe zum Schrank und suche mir meinen Pyjama raus.

»Glaubst du er hat Recht?«, frage ich schüchtern und hoffe, dass er nicht gleich in die Luft geht.

»Mit was genau?«, fragt Santino und stellt sich neben mich. Sein Blick ist warm, so voller Gefühl, dass ich gar nicht anders kann, als mich an ihn zu schmiegen.

»Damit, dass wir alles überstürzen, denn wenn wir mal ehrlich sind, habe ich mehr Zeit mit Ciro verbracht, als mit dir.«

»Zeit spielt keine Rolle, Amore. Wir fühlen uns zueinander hingezogen und wissen jetzt auch wieso. Es sollte uns egal sein, was die Menschen um uns herum denken, wichtig ist, was wir fühlen.«

Seine Worte sind Balsam für meine Seele. Ich würde es seltsam finden, von heut auf morgen, wieder in mein altes Leben zurückzukehren und dort weiterzumachen, wo ich aufgehört habe. Ich fühle mich wohl hier, geborgen. Und am wichtigsten, ich fühle mich willkommen. Etwas, was ich von meinem bisherigen Leben nicht behaupten kann. Naja, von den letzten 16 Jahren zumindest.

»Wir werden versuchen das Beste daraus zu machen. Offiziell sind wir in der Ehepartner-Kennenlernphase, einverstanden?«, fragt er und sieht mich voller Hoffnung an. Es ist nicht zu übersehen, dass ihm das wirklich wichtig ist. Er will, dass es echt ist, rein und ehrlich. Genauso wie eine Ehe sein sollte. Und wenn ich ehrlich sein soll, geht es mir genauso. Wenn uns das Universum nach so langer Zeit wieder zusammengeführt hat, dann muss das einen Grund haben. Das muss etwas bedeuten. Es kann nicht umsonst gewesen ein. Dafür ist das Band zwischen uns zu stark, viel zu intensiv. Ich sehe zu ihm auf und lege meine freie Hand an seine Wange. Santino schmiegt sein Gesicht in meine Hand und schließt die Augen.

»Bedeutet das, du bist einverstanden?«, murmelt er.

»Ja, bin ich«, antworte ich. Ein Lächeln breitet sich auf seinem Gesicht aus, welches mich direkt ansteckt. Das ist ein völlig anderer Santino, als der aus dem Park, oder der aus unserer Hochzeitsnacht. Dieser ist lieb, warmherzig und zuvorkommend. Ganz anders, als der kaltblütige Mörder. Ich glaube, das ist die richtige Entscheidung. Es muss so sein.

»Hast du Lust mich…« Er kratzt sich verlegen am Hinterkopf und sieht an die Decke.

»Hast du Lust mich morgen auf die Arbeit zu begleiten?«, fragt er mit einer derartigen Unsicherheit, dass ich es schon fast süß finde.

»Ja, sehr gerne sogar. Ich habe schon lange nichts mehr von der Außenwelt gesehen.« Er entfernt sich ein Stück von mir, streift sich das Hemd ab, genau wie seine Hose. Mir bleibt der Mund offen stehen. Dass er so gut aussieht, ist mir bisher gar nicht so aufgefallen. Seine muskulöse Statur sticht durch die ganzen Tattoos noch mehr vor. Sein markantes Gesicht wirkt durch seinen gepflegten Bart gar nicht mehr so hart.

Seine Augen strahlen in einem blau, welches ich noch nie zuvor gesehen habe. Er ist perfekt. Durch und durch. Was ihn aber noch attraktiver macht, ist der Ring an seinem Finger, der symbolisiert, dass er mir gehört. Mir allein.

»Gefällt dir, was du siehst?«, fragt er und stellt sich dicht vor mich.

»Ja, sehr sogar«, gestehe ich und entlocke ihm ein Lächeln.

»Mir auch«, flüstert er und sieht an mir herab. Von seinem Blick eingenommen, ziehe ich mir das Shirt über den Kopf, öffne meinen BH und lasse beides auf den Boden fallen. Das gleiche mache ich mit meiner Hose und stehe nun nur in meinem Slip vor ihm. Santino leckt sich über die Lippen, hält mich weiterhin mit seinem Blick gefangen, während ich statt nach meinem Pyjama, nach einem seiner Shirts greife und es mir überziehe.

»Das steht dir besser als alles andere.« Seine Stimme ist vor Verlangen noch tiefer als sonst.

»Lass uns schlafen, Baby«, schlage ich vor, denn ich muss zugeben, ich weiß nicht, ob mein Körper noch eine Runde schafft. Vor lauter Adrenalin habe ich gar nicht gemerkt, wie sehr er mich doch verausgabt hat.

Brian war schon gut bestückt, aber Santino toppt ihn über alle Maßen. Er zieht mich mit sich aufs Bett und wie von selbst kuschle ich mich an ihn. Santino legt seinen Arm um mich, drückt mich an sich und vergräbt seinen Kopf in meinen Haaren. Daran könnte ich mich gewöhnen. Alles an diesem Moment scheint perfekt. Die Müdigkeit überkommt mich und ich falle, in nur wenigen Sekunden, in einen ruhigen schlaf.

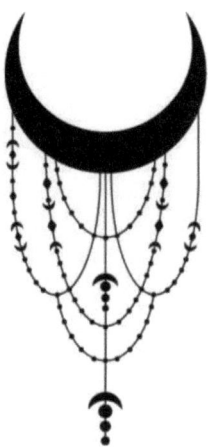

Jede Narbe auf meiner Haut war ein leises Flüstern, das
sagte: »Du bist nicht genug.«
Aber er hörte die Stimmen und antwortete: »Doch, für
mich schon.«

Kapitel 21

Santino

Müde taste ich nach meinem Handy, das auf dem Nachttisch den nervigsten Ton überhaupt von sich gibt: den Weckton. Wenn es nach mir gehen würde, würde ich die nächsten Jahre genauso verbringen. Im Bett, mit der schönsten Frau des Universums. Sie liegt seelenruhig auf meiner Brust, ihren Arm fest um mich geschlungen, ein Bein über meinem. Man könnte fast meinen, sie klammert sich fest an mich, weil sie Angst hat, ich könnte nicht mehr da sein, wenn sie wach wird. Als könnte ich sie jemals verlassen.

Nach der Erkenntnis, dass sie das Mädchen ist, welches ich damals auf dem Friedhof gesehen habe, habe ich beschlossen meine Pläne zu ändern. Ich muss sie nicht dazu bringen mich zu lieben, das wird ganz von allein geschehen und ich bin mir ziemlich sicher, dass wir auf dem besten Weg sind. Nur muss ich davor etwas erledigen. Oder besser gesagt jemanden. Ich mag es nicht, wenn jemand Drohungen gegen mich ausspricht und noch weniger kann ich es leiden, dass diese Drohungen ebenfalls Alaia betreffen. Ich will sie in Sicherheit wissen. Ich will, dass ich sie allein Zuhause lassen kann, ohne in ständiger Angst um ihr Leben sein zu müssen. Axel denkt wirklich, nur weil er eines der ranghöheren Mitglieder des Gremiums ist, und gerade dabei ist, sich seinen Platz im engeren Kreis zu sichern, ist er sicher vor mir?

Falsch gedacht. Ich werde dafür sorgen, dass eine fehlende Vorhaut zu seinem kleinsten Problem gehört.

Dass er sie bedroht hat, war das eine, aber dass er sie gezwungen hat, seinen dreckigen Schwanz zu lutschen, obwohl sie das nicht wollte, geht zu weit. Er wird nicht mehr lange leben, das schwöre ich mir selbst. Ein Blick auf die Uhr zeigt mir, dass ich langsam aufstehen und duschen gehen sollte.

»Amore?«, murmle ich und streiche ihr die Haare aus dem Gesicht. Sie nuschelt etwas für mich Unverständliches und drückt sich noch näher an mich.

»Aufwachen, kleines Äffchen. Die Arbeit ruft.«

»Mhmm, ja ich bin gleich da.« Ihre verwirrte Antwort entlockt mir ein Lachen. Wie kann man denn nur so süß sein? Sie hebt ihren Kopf und stützt ihr Kinn auf meiner Brust ab. Fuck… verschlafen ist sie fast noch schöner.

»Guten Morgen, mein Herz«, flüstert sie müde.

»Guten Morgen, Amore. Hast du gut geschlafen?«

»Sehr gut sogar. Und du?« Ihr Grinsen lässt mein Herz höherschlagen.

»So gut wie schon lange nicht mehr«, gebe ich zu und ihr Grinsen wird noch breiter. Sie will gerade etwas sagen, wird aber durch das Klingeln meines Handys unterbrochen. Ich nehme, ohne zu wissen wer dran ist, den Anruf entgegen.

»Pronto?«

»Buon Giorno, kommst du heute zur Arbeit?«, ertönt die Stimme meiner Mutter, auf der anderen Seite der Leitung.

»Si Mamma, wir machen uns fertig und dann auf den Weg. Ciro wird uns holen, sollen wir dich einsammeln oder hat Anthony dich gefahren?«

»Ciro wird euch holen? Du nimmst sie mit?« Ich kann ihr verwirrtes Gesicht vor mir sehen.

Ihre Stirn in Falten gelegt, ihren Kopf leicht angewinkelt. Typisch meine Mutter.

»Si. Also, sollen wir dich mitnehmen?«

»No, ich bin schon da. Bis bald, mein Sohn.« Sie beendet den Anruf. Alaia steht auf und kuschelt sich in ihren Bademantel.

»Soll ich etwas Bestimmtes anziehen?«

»Nein. Uns wird keiner sehen. Nur eine Handvoll Mitarbeiter weiß, wie ich aussehe.« Sie dreht sich um und sieht mich ungläubig an.

»Warum?«

»Ich mag es, anonym zu bleiben«, antworte ich wahrheitsgemäß. Sie nickt und zieht sich -wer hätte es gedacht- eine schwarze Leggings und ein schwarzes Top aus dem Schrank und geht zur Tür.

»Ähm, was soll das werden, wenn es fertig ist?«

»Ich gehe auf die Toilette?«

»Ah, na dann.« Ihr Blick scheint erst verwirrt, doch dann scheint sie zu verstehen, kommt auf mich zu und drückt mir einen Kuss auf die Lippen.

»Spinner«, murmelt sie und verlässt das Schlafzimmer. Es ist seltsam, wie normal es sich anfühlt, mit ihr verheiratet zu sein. Als wäre das unsere Bestimmung. Für mich war die Ehe immer ein Fluch, doch wer weiß, vielleicht kann ich dieses Kapitel mit Alaia neu schreiben.

Ich stehe ebenfalls auf, schnappe mir ein schwarzes Hemd, die dazu passende Hose und gehe ins Bad.

Nach einer ausgiebigen Dusche gehe ich in die Küche und werde von einem leckeren Duft empfangen. Alaia steht bereits vollkommen angezogen und geschminkt am Herd. Sie summt ein mir unbekanntes Lied und schwingt dazu ihren Körper im Takt.

Diese Frau ist die reinste Perfektion.

Wunderschön, schlau und lustig. Genau das, was man sich von einer Frau wünscht. Ich nähere mich ihr leise, schlinge meine Arme um sie und atme ihren Duft ein.

»Daran könnte ich mich gewöhnen«, nuschle ich und schaue ihr über die Schulter.

»Ich dachte, du willst etwas essen, bevor du arbeiten musst. Da ich nie wirklich gelernt habe, wie man kocht, habe ich mir vor einigen Jahren verschiedene Rezepte ausgedacht und naja, es ist nichts Besonderes, es…« Ich drehe sie zu mir, nehme ihr Gesicht in meine Hände und kann mein Grinsen nicht unterdrücken.

»Danke. Kann ich dir irgendwie helfen?«

»Deck den Tisch und setz dich. Ich bin gleich so weit.« Der Stolz in ihren Augen ist mehr wert, als alles Geld der Welt. Ich gehe der Anweisung meiner Frau nach, decke den Tisch und warte gespannt auf das, was sie zubereitet hat. Alaia kommt mit einem Teller zu mir, stellt ihn ab und setzt sich mir gegenüber.

»Das sind Pancakes. Ich habe Himbeeren in den Teig gemischt, den Zucker weggelassen und… ach fuck, fast hätte ich es vergessen.« Sie steht auf, eilt in die Küche und kommt mit einer großen und zwei kleineren Schüsseln zurück.

»Aus den restlichen Himbeeren, habe ich Eis gemacht. Ich hoffe es schmeckt dir.« Sie hat Angst, das kann ich deutlich in ihren Augen sehen. Ich nehme mir einen ihrer Pancakes, sowie eine Portion Eis und probiere von beidem. Also wenn das wirklich stimmt und ihr keiner beigebracht hat, wie man kocht, dann ist sie ein Naturtalent.

»Wow! Gott sei Dank habe ich dich geheiratet, sonst würdest du wohl als Köchin für mich tätig sein. Das schmeckt unglaublich!« Ihre Augen strahlen vor Freude und sie beginnt selbst zu essen.

Während wir gemeinsam frühstücken, zählt sie mir einige Gerichte auf, fragt mich welche mich ansprechen würden und ob ich Allergien habe.

Ich beantworte ihr alle Fragen, während sie sich Notizen macht.

»Wieso gehen wir nicht einfach einkaufen? Du packst ein, was du brauchst und bringst mir bei, wie man dieses unglaubliche Eis macht.«

»Ich kann alles mitnehmen?« Sie versteht es immer noch nicht, oder?

»Du hast ein neues Leben begonnen. Du darfst kaufen, was immer du willst, selbst wenn es ein Auto ist, ein Haus, ja, verdammt, sogar ein fucking Flugzeug! Amore, ich bin ein Mafioso und zugleich einer der erfolgreichsten CEO'S des Landes. Wir können all das Geld, was wir haben, in drei Leben nicht ausgeben.«

Ihr fallen fast die Augen aus dem Kopf und da wird mir wieder etwas bewusst. Sie kennt das alles nicht. Sie weiß nicht, wie es ist, einfach alles zu kaufen, was man sich wünscht. Sie musste hart arbeiten und hatte trotzdem nicht genug, um etwas für sich zu tun.

»In welches Land wolltest du schon immer reisen?«, frage ich sie völlig aus dem Kontext gerissen.

»Ähm. Ich wollte schon immer Paris sehen. Als Kind hat mir mein Vater versprochen, wenn wir jemals Urlaub machen sollten, dann wird er mich dort hinbringen. Wieso fragst du?«

»Ich habe nachher noch zwei Termine, sobald die erledigt sind, werden wir uns zusammensetzen, suchen uns ein Haus raus und dann werden wir, direkt von Italien aus, Urlaub in Paris machen. Sieh es als unsere Flitterwochen. Was sagst du?« Ihre Augen füllen sich mit Tränen und ich habe das dumme Gefühl etwas falsch gemacht zu haben.

»Habe ich etwas falsches…« Sie steht auf und lässt sich auf meinen Schoß fallen.

»Du hast das gestern ernst gemeint? Das mit Italien?«

»Ähm, ja? Wir werden heiraten, so wie es sich gehört, mit allem, was dazugehört. Willst du in einer Kutsche durch die Gegend fahren, dann tun wir das. Das ist unser Tag. Scheiß auf die Ältesten des Gremiums, die dabei sein werden. Hier geht es nur um dich und mich.«

»Und Paris?«

»Da werden wir auch hingehen. Alles, was ich sage, meine ich so, Alaia. Du kannst dich auf mein Wort verlassen.«

Sie drückt ihre Lippen auf die meinen, ihre Zunge bittet um Einlass, den ich ihr gewähre. Fuck… sie schmeckt so gut. Ohne unseren Kuss zu unterbrechen, dreht sie sich und sitzt nun rittlings auf meinem Schoß und schlingt ihre Arme um meinen Nacken, während ich ihre Hüften packe, um sie näher an mich zu ziehen. Dieser Kuss lässt meine Hose, binnen Sekunden, zu eng werden. Nur vage bekomme ich mit, dass die Fahrstuhltüren sich öffnen und Schritte hinter uns immer lauter werden. Selbst wenn uns jetzt jemand töten will, soll er es tun. Dieser Kuss ist zu schön, um ihn zu unterbrechen.

»ALTER! ES REICHT JETZT!!!«, brüllt Ciro und hebt Alaia von meinem Schoß. Sie sieht mich verlegen und mit geröteten Wangen an. Ihr Blick fällt auf meine ausgebeulte Hose und sofort beißt sie sich auf die Unterlippe. Gott, wie gerne würde ich sie auf diesem Tisch ficken, bis sie nicht mehr anders kann, als meinen Namen zu schreien. Doch das muss warten. Wenigstens, bis ich meine zwei Termine hinter mich gebracht habe.

»Dir auch einen guten Morgen, Ciro«, sagt sie, als er sie runterlässt.

»Ich weiß nicht, ob ich euer Geturtel länger aushalte. Erst dachte ich, dass ihr das mit Absicht macht. Ein Schauspiel aufführt. Doch das? Ihr seid beinahe verschmolzen. Rafft euch mal, ihr gebt ein wenig zu viel Gas.«

Leider weiß ich, dass er Recht hat, doch ich schiebe den Gedanken beiseite. Wenn Alaia nichts gegen unser Tempo hat, machen wir genau so weiter.

»Lasst uns gehen, wir sind spät dran.« Ciro geht direkt wieder Richtung Fahrstuhl. Ich kann in seinen Kopf sehen, ich weiß, dass er über all das mit mir reden will, jedoch will ich das nicht vor ihr machen. Ich nehme ihre Hand und folge meinem besten Freund in den Fahrstuhl.

»Ci, bitte. Zieh nicht so ein Gesicht. Du bist mein Bruder, meine Familie, ich will nicht, dass etwas zwischen uns steht«, entfährt es mir plötzlich. Gut, vielleicht reden wir doch jetzt.

»Es steht nichts zwischen uns, das wird niemals der Fall sein. Ich habe nur Angst. Ich will nicht, dass ihr euch verrennt. Ich weiß, ihr seid bereits aneinander gebunden. Jedoch habt ihr ein Leben lang Zeit, um euch kennenzulernen. Vergesst das nicht und alles ist gut. Es freut mich wirklich, dass du sie gefunden hast, Fra, und noch mehr freut es mich, dass sie genau die Frau ist, von vor 16 Jahren, aber dennoch: piano.« Alaia kuschelt sich an meinen besten Freund und schlingt ihre Arme um ihn.

»Ich hab dich lieb.«

»Ja ja, ich hab dich auch lieb. Ich will nur, dass ihr auf eure Herzen aufpasst, bitte.« Die Verzweiflung und Sorge in seiner Stimme berühren mich sehr. Wir kennen uns fast unser ganzes Leben, doch noch nie habe ich ihn so gesehen.

Ciro ist mein Bruder, wir teilen zwar nicht dasselbe Blut, doch in diesem Fall ist Blut eben nicht dicker als Wasser. Wir kommen in der Tiefgarage an und meiner Frau fallen fast die Augen aus dem Kopf.

»Wow, wohnen hier nur Mafiosi oder wieso stehen hier nur so Protzkarren?«

»Naja, die meisten davon gehören uns. Viele der anderen Bewohner haben Chauffeure«, erzählt Ciro und Alaias Augen werden immer größer.

»Gehört dieser auch dir?«, will sie wissen und zeigt auf meinen Lieblingswagen. Einen schwarzen Porsche Mecan Turbo.

»Ja, der gehört auch uns.«

»Darf ich fahren?«, fragt sie und überrascht mich damit sehr. Die meisten Frauen trauen sich nicht einmal als Beifahrer in so einem Wagen mitzufahren und meine Frau will damit durch die Straßen Manhattans brettern. Ich sag ja, sie ist wie für mich gemacht. Ich überlege nicht lange, werfe ihr den Schlüssel zu und kassiere einen Schlag auf den Arm, von meinem besten Freund.

»Dein Ernst, du Arschloch? Ich bettle seit zwei Jahren, dieses Auto fahren zu dürfen, und Alaia fragt nur einmal nach und zack, bekommt sie den Schlüssel? Ich hasse euch beide, aus tiefstem Herzen.«

Alaia schließt den Wagen per Knopfdruck auf und setzt sich hinters Steuer, während ich neben ihr Platz nehme und Ciro es sich auf der Rückbank bequem macht. Sie lässt mit funkelnden Augen den Motor aufheulen und rast mit quietschenden Reifen aus der Tiefgarage.

»Jetzt muss ich auch noch anfangen zu beten. Lieber Gott... Was hast du uns hier nur angetan, Santino?« Ich ignoriere das Jammern meines besten Freundes und versuche mich auf die Straße zu konzentrieren, auch wenn ich keinerlei Kontrolle über diese Situation habe.

»Wo muss ich eigentlich hin?«, fragt sie, nachdem sie schon an der Kreuzung zu meiner Firma vorbei geheizt ist. Ich öffne das Navi auf meinem Handy und verbinde es mit meinem Auto.

»Das ist deine Firma?«, fragt sie staunend. Ich nicke und schaue aus dem Fenster.

Alaia lenkt den Porsche durch die Straßen, als hätte sie nie etwas anderes getan. Sie fährt zwar schnell, jedoch scheint sie alles unter Kontrolle zu haben. Ich öffne über das Handy das Garagentor, obwohl wir noch etwas weiter entfernt sind, denn bei der Geschwindigkeit, habe ich Angst, dass wir gleich das Zeitliche segnen. Sie biegt ab und parkt wie ein Profi ein.

»Ich kotze gleich«, sagt Ciro und stürzt aus dem Wagen.

»Also ich bin begeistert. Du fährst wie ein Profi.«

»Dieses Auto ist der Hammer, darf ich das öfter fahren?«, fragt sie verlegen.

»Es gehört dir, aber ich will nicht, dass du allein fährst. Nicht, solange Axel noch atmend durch die Gegend läuft.« Ich greife nach ihrer Hand, um meiner Aussage die Strenge zu nehmen und grinse sie an.

»Du... du kannst mir doch kein Auto schenken!«

»Habe ich gerade. Und außerdem: Alles, was mir gehört, gehört automatisch auch dir. Komm, lass uns gehen. Meine Mutter wird sich sicher freuen dich zu sehen.«

Gemeinsam steigen wir aus und gehen auf den Fahrstuhl zu, der direkt zu meinem Stockwerk führt. Ciro steht kreidebleich in der Ecke des Aufzuges und würdigt uns keines Blickes.

Jedes Mal, wenn jemand nur ein wenig zu sehr aufs Gas drückt, sieht er aus, als würde er gerade 1000 Tode sterben. Ein Wunder, wenn man bedenkt, was für Fahrzeuge wir besitzen. Ein lautes Ping ertönt und die Türen gehen auf.

»Komm, ich bringe dich zu…«

»Nicht nötig, ich bin schon da«, sagt meine Mutter und sieht uns grinsend an. Ihr Blick bleibt auf unseren Händen hängen, und so schnell wie sich das Grinsen auf ihr Gesicht geschlichen hat, so schnell ist es auch schon wieder weg.

»Santino, können wir kurz reden? Ciro, bring Alaia in mein Büro und mach mir bitte einen Kaffee.« Die beiden gehen in Richtung des Büros meiner Mutter, während ich meines betrete.

»Was geht hier vor sich? Ihr kommt Hand in Hand hier an, als wärt ihr euch vor einigen Tagen nicht erst an die Gurgel gegangen.« Ich setze mich auf meinen Schreibtisch und fahre mir durch die Haare. Auf dieses Verhör habe ich jetzt absolut keine Lust.

»Mamma… Sie ist es! Das Mädchen vom Friedhof.« Meiner Mutter fallen fast die Augen aus dem Kopf.

»Was?« Ihre Stimme ist kaum noch ein Flüstern.

»Wir haben es durch Zufall erfahren. Wir haben uns, naja, ich sage mal gestritten, uns vertragen und dann… Als sie sich umgezogen hat, hat sie sich versehentlich die Kette vom Hals gerissen. Ich stand unter Schock, habe versucht herauszufinden, ob sie es wirklich ist. Ich habe sie getestet und sie hat bestanden. Mamma, das Schicksal hat sie zu mir geführt, es muss so sein.«

Sie rollt auf mich zu und nimmt meine Hände in ihre. Ihre Augen füllen sich mit Tränen, die sich einen Weg in die Freiheit bahnen.

»Das... Ach du meine Güte, das...Santino!« Ich gehe auf die Knie und nehme das verweinte Gesicht meiner Mutter in meine Hände.

»Mamma, sie hat ihr Versprechen gehalten. Sie ist zu mir zurückgekommen, genau wie sie es damals gesagt hat. Ich glaube, ich kann endlich in Frieden leben. Mein Glück ist mir wortwörtlich in die Arme gerannt, und ich schwöre dir, ich gebe es nicht mehr her.«

Sie schaut mir mit einem triumphierenden Lächeln entgegen. In ihren Augen blitzt etwas auf, was ich zuvor noch nie gesehen habe. Hoffnung und Stolz.

Ich werde dich nicht enttäuschen, Mamma. Versprochen.

Kapitel 22

Alaia

Santino und seine Mutter verschwinden hinter einer großen Tür.

»Oh, da bekommt wohl jemand Ärger von Mamma. Komm, Bro-Freundin, hier lang.« Er zeigt auf den schmalen Flur und geht voran. Hier oben scheint eher eine Baustelle zu sein, im Gegensatz zum Rest des Gebäudes. Der Boden ist aus weißem Marmor, jedoch sind die Wände noch nicht tapeziert, und auch die Decke hängt noch an einigen Stellen herunter. Ciro öffnet eine Tür. Dahinter kommt ein wunderschön weiß eingerichtetes Büro zum Vorschein. An den Wänden hängen Bilder von Franka, zusammen mit Santino als Kind. Auf einigen Bildern ist auch ein anderer Junge zu sehen, der Franka noch ähnlicher sieht.

»Das ist Emilio, Santinos jüngerer Bruder. Er ist mit Giovanni in Italien geblieben. Er liebt die Macht, den Tod und das Leben der Mafia mehr, als seine eigene Mutter«, erklärt er und stellt sich ebenfalls vor die Bilder.

»Sie ist immer noch so stark, wie an diesem einen Tag vor ihrem Unfall. Du kannst dir nicht vorstellen, was für eine Kraft sie hat…« Er scheint verträumt zu sein, in Gedanken ganz wo anders. Ich drehe mich einmal um meine eigene Achse und erstarre, als plötzlich Franka im Türrahmen sitzt und uns grinsend ansieht. Ich stupse Ciro an. Dieser dreht sich um und geht auf meine Schwiegermutter zu.

»Mado, Mamma, come sei Bella«, sagt er und drückt ihr einen Kuss auf den Kopf.

»Du bist ein Schleimer, aber ich liebe dich. Geh, lass uns allein. Santino wartet auf dich.« Er nickt und verlässt den Raum, ohne sich noch einmal umzudrehen. Franka kommt auf mich zu und nimmt meine Hand.

»Du bist also das Mädchen vom Friedhof. Es freut mich dich endlich vor mir stehen zu sehen. Ich meine, klar wir kennen uns schon, aber mein Sohn hat seit diesem Tag immer wieder von dem Mädchen mit den schönen Augen geredet. Jetzt, da ich weiß, dass du es bist, sehe ich dich auf diesem Freidhof. Einsam, in deiner eigenen Trauer gefangen und verlassen von dem, der dir Halt gegeben hat. Ich habe dich von der ersten Sekunde an gemocht, doch jetzt, ist es anders. Jetzt kann ich verstehen, wieso mein Sohn so verrückt nach dir ist. Du bist sein Schicksal. Unser Schicksal. Deine Anwesenheit wird uns Stärke verleihen.« Ihre Worte berühren mich, mitten in meinem Herzen. Die Art und Weise wie sie mich ansieht, ist die, die ich bei meiner Mutter vermisst habe. Warm und voller Liebe. Ohne darüber nachzudenken, gehe ich in die Hocke und nehme sie in den Arm. Sie hat ja keine Ahnung, was mir das bedeutet.

»Danke, für deine Worte, Franka.« Sie streichelt mir den Rücken und schluchzt ebenfalls.

»Ich danke dir, für das Glück, das du in unser Haus gebracht hast.« Ich löse mich von ihr, gehe zur Kaffeemaschine und kümmere mich um den Kaffee, den Ciro vergessen hat.

»Wie trinkst du ihn?«

»Schwarz, mein Kind. Danke.« Sie rollt an ihren Schreibtisch und schaltet den Laptop an.

»Was ist das eigentlich für ein Unternehmen? Ich weiß zwar, dass ich einen der reichsten Männer Amerikas geheiratet habe, weiß aber nicht genau, womit er sein Geld verdient. Naja, außer den Teil mit der Mafia halt.« Sie lacht und zeigt auf den Stuhl in der anderen Ecke des Raumes.

»Setz dich. Ich erkläre es dir.« Ich stelle ihr den Kaffee auf den Tisch und ziehe mir den Stuhl heran.

»Also, Santino ist einer der besten Hacker der Geschichte. Er hat eine Software entwickelt, mit der man, ohne diese extrem langen Höllenkombinationen, bei denen man sich die Finger wund tippt, in kürzester Zeit, jedes System hacken kann. Und auch so, kommt er in jedes x-beliebige System. Er knackt alles, was du dir nur vorstellen kannst, in nur drei Minuten. Er verkauft diese Software legal an verschiedene Geheimdienste, an das FBI und die örtliche Polizei. Wenn sie denn genug Geld dafür haben.« Sie klickt durch ihren Laptop und zeigt mir verschiedene Programme, von denen ich nur Bahnhof verstehe. Es ist beeindruckend, was er in seinem Alter bereits erreicht hat.

»Er kann alles hacken? Also auch die Area 51, wenn es sein muss?« Meine Frage bringt sie zum Lachen, dennoch nickt sie.

»Ja, das kann er, tatsächlich. Er ist hochbegabt, wenn du es genau wissen willst. Solange er seine Termine hat, sitze ich hier, bekomme Notizen von Ciro und schreibe diese runter, damit er sie danach abheften kann. Er ist sehr ordentlich, was seine Arbeit angeht. Es muss alles strukturiert, geordnet und nach irgendeinem System sortiert sein, was kein Mensch versteht, außer ihm.«

Das kommt mir bekannt vor.

Immer wenn ich als Kind oder Jugendliche meine Gedanken aufgeschrieben habe, dann habe ich diese ebenfalls nach einem von mir ausgedachten System sortiert.

Als Brian meinen Ordner gefunden hat, hat er mich angeschaut, als wäre ich von einem anderen Stern. Ich habe diese Aufzeichnungen nach meiner Laune, nach der Farbe des Kugelschreibers und der Sorte des Papiers getrennt. Während Franka arbeitet, drehe ich mich mit dem Stuhl um und blicke aus dem Fenster. Ich liebe es, dass Santino sich so in Gebäuden einrichtet, dass man einen perfekten Blick über die Stadt hat. Von hier oben scheinen die größten Menschen ganz klein, genau wie die Sorgen und Probleme, die auf ihren Schultern lasten. Weit oben fühle ich mich sicher. Sicher vor dem, was mich da draußen verletzten könnte, sowohl körperlich als auch emotional. Da fällt mir etwas ein.

»Franka, weißt du etwas über den Zustand meiner Mutter?« Die Frage ist mir unangenehm, dennoch muss ich es wissen.

»Sie hat sich mit Händen und Füßen geweigert. Sie wollte gehen, hat einige der Pfleger angegriffen und wurde dann fixiert. Als sie den ersten Prozess der Entgiftung überstanden hatte, konnte sie wieder losgebunden werden und nun beteiligt sie sich an den Aktivitäten der Klinik. Ihr geht es besser, jedoch ist sie noch lange nicht über den Berg.«

Das ist so typisch! Da bekommt sie schon Hilfe und was macht sie? Sie wehrt sich. Kämpft gegen das, was ihr helfen würde, nur um wieder dem Rausch des Alkohols zu verfallen.

»Ist alles okay, Liebes?«, will sie wissen, doch als ich gerade antworten will, öffnet sich die Tür und es fühlt sich sofort an, als wäre eine Last dabei von meinen Schultern zu fallen.

»Amore? Mamma?«, ertönt die Stimme von Santino. Er kommt, gefolgt von Ciro, rein und lässt sich auf der Couch, die neben der Tür steht, nieder.

»Was gibt's, Boss?«, fragt Franka und entlockt Santino mit diesem Satz ein lautes Lachen.

»Ich bin fertig. Ging schneller als gedacht, und wir sind drei Millionen Dollar reicher. Mamma, ich würde gerne meine Frau entführen, ist das okay?«

»Wäre ja nicht das erste Mal. Wir sehen uns zum Abendessen.«

»Mamma, du brauchst nicht zu kochen. Das übernehmen meine Frau und ich. Sei um acht da. Du ebenfalls, Ciro.« Wir verlassen den Raum, ohne die Antwort der anderen abzuwarten und laufen den Gang entlang, den ich vorhin mit Ciro genommen habe.

»Ach fuck, ich habe mein Handy vergessen«, murmelt er und zieht mich mit sich in sein Büro, das völlig anders als das seiner Mutter aussieht. Es ist dunkel und genauso rustikal eingerichtet, wie auch einige der Räume im Penthouse. Die Fensterfront ist gigantisch und zieht mich magisch an. Von hier aus hat man einen noch besseren Blick über die Stadt. Wie schön würde die Aussicht wohl sein, wenn die Nacht sich über uns erstrecken würde. Starke Arme umschließen mich von hinten und lassen mich zusammenzucken.

»Wo bist du mit deinen Gedanken?«, fragt er leise und bettet seinen Kopf auf meinen.

»Ich habe mich gefragt, wie das hier aussieht, wenn die Nacht hereinbricht.

Die Lichter, die durch die Nacht tanzen, die Menschen, die in ihre Häuser verschwinden, um sich vom Tag zu erholen. Von hier oben hat man die schönste Sicht auf die Stadt. Es scheint alles so friedlich zu sein, so sorgenfrei.« Ich bin vollkommen in Gedanken versunken.

»Wir können uns gerne die Aussicht bei Nacht anschauen, wenn du willst, jedoch denke ich, dass wir von unserer Dachterrasse eine schönere Aussicht haben werden. Obwohl ich nicht weiß, ob ich jemals eine schönere Aussicht haben könnte als die, die sich mir gerade bietet.« Ich drehe mich zu ihm, völlig verwirrt von seiner Aussage.

»Du bist das Schönste, das ich jemals gesehen habe, Alaia«, gesteht er leise. Seine Augen werden dunkel, während er sich über die Lippen leckt und mich anschaut, als wäre ich seine Beute. Ich gehe auf die Zehenspitzen, schlinge meine Arme um ihn und drücke ihm einen Kuss auf die Lippen.

Er hebt mich hoch, trägt mich durch den Raum und setzt mich auf seinem Schreibtisch ab. In mir breitet sich eine Hitze aus, die ich zuvor noch nie gespürt habe. Santino vergräbt seine Hand in meinen Haaren, zieht mich näher an seine Lippen und beginnt mit seiner Zunge meinen Mund zu erkunden. Unsere Zungen tanzen einen wilden Tanz, der sich zu einem Kampf über die Kontrolle entwickelt. In langsamen Bewegungen öffne ich sein Hemd, streife es ihm von den Schultern und löse mich von seinen Lippen, um eine Spur aus Küssen auf seinem Hals und seiner Brust zu hinterlassen. Ich kann mir beim besten Willen nicht erklären, woher dieses Verlangen kommt, das sich beinahe wie eine Sucht anfühlt. Ich bekomme nicht genug von ihm, von seinem Duft, von der Wärme, mit der er mich umhüllt.

Ein Keuchen verlässt seine Lippen, während ich ihm über den Hals lecke und ihn leicht beiße. Seine Laute heizen mich nur noch mehr an. Ich lasse meine Finger über seinen Körper gleiten, genau wie meine Zunge, die von seinem Hals immer weiter abwärts wandert, bis ich vom Tisch runterrutsche und auf die Knie gehe.

Ich blicke nach oben, schaue ihm tief in die Augen, mache mich daran seine Hose zu öffnen, als er mich aufhält.

»Ich will dich sehen, Alaia, jeden Zentimeter deines Körpers.« Er zieht mich in den Stand, sodass ich meine Leggings und meinen Slip ausziehen kann. Er zieht mir mein Shirt über den Kopf, streift meinen BH-Träger mit seinen Zähnen von meiner Schulter, befreit meine Brüste und beißt leicht in meine bereits harten Nippel. Eine Gänsehaut zieht sich über meinen Körper. Ich will nicht, dass er wieder die Kontrolle über diese Situation hat, also stoße ich ihn leicht von mir.

»Du wolltest mich sehen, das tust du jetzt.« Meine Stimme ist leise und dennoch ist die Lust in ihr nicht zu überhören. Ich sinke erneut auf die Knie, öffne seinen Gürtel und lasse ihn währenddessen keine Sekunde aus den Augen. Ich ziehe ihm die Hose, samt seiner Boxershorts, nach unten und werde direkt von seiner großen Erektion begrüßt, auf der sich bereits Lusttropfen gebildet haben. Ohne darüber nachzudenken, fahre ich mir meiner Zunge über seine Eichel. Der Laut, der seiner Kehle entweicht und sein Geschmack auf meiner Zunge, versetzen mich in eine andere Dimension. Ich umkreise ihn immer wieder, bis ich den Druck selbst nicht mehr aushalte und ihn quälend langsam in den Mund nehme. Mein Würgereflex setzt direkt ein, doch ich ignoriere ihn und lasse seinen Schwanz immer tiefer in meinen Rachen gleiten.

Die Laute, die aus meiner Kehle weichen, scheinen ihm zu gefallen. Ehe ich mich versehe hat er seine Hände auf meinem Kopf und rammt seine vollständige Länge, mit einem Ruck, in mich. Speichel, gemischt mit seiner Lust, tropft mir aus den Mundwinkeln.

»Fuck, dieser Anblick ist heißer als die Hölle«, stöhnt er und ich beginne meinen Kopf auf und ab zu bewegen. Sauge immer fester an ihm und entlocke ihm immer und immer wieder ein Knurren. Er versucht mit aller Kraft seine Lust unter Kontrolle zu halten, hat aber sichtlich damit zu kämpfen. Genau wie ich.

Ich will ihn spüren. Will, dass er mich fickt, hart und tief, sodass die Erde bebt. Ich sauge immer fester, bis er mich an den Haaren von seinem Schwanz zieht, mit dem Arm die Unterlagen vom Tisch fegt und mich darüber beugt. Das kalte Holz verursacht eine Gänsehaut auf meinem Körper und sorgt dafür, dass ich leicht zu zittern beginne, jedoch lässt er sich davon nicht abhalten und dringt, ohne Vorwarnung, bis zum Anschlag in mich.

»Gott, du bist so verdammt eng, so verdammt nass, vollkommen bereit für deinen Mann.« Er drückt meinen Körper fester auf die Platte, beugt sich leicht über mich, während er in harten Stößen immer und immer wieder in mir versinkt. Seine Hand erscheint neben mir auf der Tischplatte und mein Blick fällt auf seinen Ring. Ich hätte niemals geglaubt, dass dieser Anblick mein Herz derart zum Schlagen bringt. Ich greife nach seiner Hand, führe sie zu meinen Lippen und küsse seinen Ring. Diese Geste scheint etwas in ihm auszulösen. Er zieht sich aus mir, dreht mich um, setzt mich auf den Tisch und spreizt meine Beine, um sich dazwischen zu stellen. Santino lehnt seine Stirn an meine, vergräbt seine Hand in meinen Haaren.

»Fuck, ich habe mich noch nie so gefühlt. Alaia, du hast dich in mein Herz geschlichen, ohne dass du es überhaupt gemerkt hast. Ich will dich nicht mehr verlieren, Amore. Nie wieder. Du gehörst nur mir, verdammt nochmal, nur mir.« Mit diesen Worten drückt er seine Lippen auf meine und dringt gleichzeitig in mich ein.

Mein Stöhnen ist so laut, dass es jeder in diesem Gebäude hören kann. Santino führt seine Finger zu meiner Pussy, schiebt zwei Finger zu seinem Schwanz dazu und entlockt mir dadurch ein noch lauteres Schreien.

»Oh Gott, was… was tust du mit mir…«, stöhne ich an seinen Lippen. Er geht ein Stück zurück, sieht mir tief in die Augen und schaut an unseren Körpern herunter. Ich tue es ihm gleich und merke, wie dieser Anblick mich nur noch feuchter werden lässt. Ich schaue ihm dabei zu, wie er immer und immer wieder seinen Schwanz, sowie seine Finger, tiefer in mich einführt. Seine Erektion glänzt durch meine Nässe, genau wie seine Finger, als er sie aus mir herauszieht und sie sich in den Mund schiebt. Er schließt die Augen und scheint meinen Geschmack zu genießen. Dieser Anblick, der Ton, den er dabei von sich gibt, gibt mir den Rest. Meine Muskeln beginnen zu zucken und ich komme so intensiv, dass ich Angst habe, das Bewusstsein zu verlieren.

»Ich zeige dir… wie es ist, mir zu gehören«, beantwortet er mir die Frage, die ich ihm gestellt habe und küsst mich. Meinen Geschmack auf seiner Zunge zu schmecken, verschafft mir direkt wieder neue Lust. Ich kann nicht genug davon bekommen. Von ihm. Ich ramme ihm meine Nägel in den Rücken, reiße ihm die Haut auf, doch es kümmert ihn nicht. In diesem Moment gibt es nur uns beide. Verbundene Seelen, die endlich wieder zu einer wurden.

»Hör nie damit auf mir das zu zeigen«, stöhne ich an seinen Lippen. Meine Worte sorgen dafür, dass seine Bewegungen immer schneller werden. Wir beide kommen dem Abgrund immer näher, jedoch ist keiner von uns bereit zu springen.

»Ich will nicht, dass es aufhört…«

»Ich auch nicht, Amore, aber vergiss nicht, wir haben noch ein ganzes Leben vor uns.« Und mit diesen Worten stößt er uns von der Klippe. Wir fallen so tief, jedoch lassen wir einander nicht los. Santino ergießt sich in mir, küsst mich durch den Orgasmus, um meinen Schrei zu ersticken. Er zieht sich aus mir heraus und verteilt den Rest seines Saftes auf meiner Pussy.

»Ich liebe es, mein Sperma auf deinem Körper zu sehen. Ich kann es kaum erwarten, zu sehen, wie es dir an deinem Mundwinkel herunterläuft«, murmelt er völlig außer Atem.

»Dazu wird es nicht kommen, denn ich werde jeden Tropfen davon schlucken«, antworte ich und habe keine Ahnung, woher diese obszönen Worte kommen.

»Madonna mia, diese Entführung war die beste Entscheidung meines Lebens.« Seine Erkenntnis bringt uns beide zum Lachen. Santino löst sich von mir, sammelt meine Kleidung auf und zieht sich dann selbst an.

»Lass uns einkaufen gehen, Amore.« Ich nicke ihm zu, ziehe mich ebenfalls an und verlasse gemeinsam mit Santino sein Büro.

»Wie kommt Ciro nach Hause? Wie ist er überhaupt zu uns gekommen?«, frage ich, während wir auf den Fahrstuhl warten.

»Ach der Typ hat mehr Autos als ich. Er ist einfach irgendwann da, wie und mit welchem Fahrzeug ist und bleibt mir ein Rätsel.«

Das Ping ertönt und wir treten ein.

»Wie kann es sein, dass dich keiner sieht, wenn du diesen Fahrstuhl benutzt?«

»Es gibt zwei. Einer der direkt zu mir führt und eben der andere, für alle anderen.« Ich nicke ihm zu und lehne mich gegen die kalte Spiegelwand.

Irgendwie ist mein neues Leben zu schön, um wahr zu sein. Ich meine, ganz ehrlich, wer akzeptiert einfach so, dass er entführt und verheiratet wurde? Jemand anderes, an meiner Stelle, hätte mit Händen und Füßen gekämpft, hätte sich zurück in die Freiheit geboxt und ich? Ich lasse mich von dem Teufel, der mich einfach so aus meinem Leben gerissen hat, in den Himmel vögeln. Ist das etwa das Stockholm Syndrom? Liegt es an Santino? Oder habe ich einen Hirntumor, der mein logisches Denken befallen hat? War mein Leben wirklich so schlimm? Meine Gedanken schweifen zu meinem letzten Suizidversuch, den ich gedanklich immer und immer wieder Revue passieren lasse.

Heute ist der Todestag meines Vaters. 14 Jahre ist es nun her, dass er gestorben ist. 14 Jahre voller Trauer, Schmerz und Einsamkeit. Ich habe das Gefühl, dass mein Leben immer mehr über mir zusammenbricht. Das Geld reicht vorne und hinten nicht mehr. Wäre Brian nicht da, müsste ich wieder hinter der Pizzeria nach Resten im Müll suchen. Seit er mich das erste Mal dabei erwischt hat, sorgt er immer dafür, dass Mom und ich genug zu essen im Kühlschrank haben. Selbst den Vorratsschrank hat er randvoll gemacht. Ich will mir gar nicht ausmalen, wo ich jetzt wäre, wenn er nicht ein Teil meines Lebens wäre. Ich habe mich unzählige Male auf verschiedene Stellenangebote beworben, jedoch habe ich nie eine Zusage bekommen, außer von Rocco. Er hat mich heute Abend das erste Mal tanzen lassen und auch wenn ich alles daran geliebt habe, muss ich zugeben, hätte ich tiefer nicht sinken können. Ich muss mich vor fremden Männern ausziehen und das nur, weil es meiner Mutter wichtiger ist in Whiskey zu baden. Was mit mir passiert, ist ihr bereits seit einigen Jahren vollkommen egal.

In ihrer Nähe fühle ich mich unsichtbar, unwichtig, als wäre ich Abschaum. Immer wieder, wenn sie zu tief ins Glas schaut, zeigt sie mir aufs Neue, dass sie lieber einen Grabstein mit meinem Namen auf dem Friedhof sehen möchte, als den von meinem Vater. Wie oft sie mir bereits gesagt hat, dass ich ihr ihren Mann weggenommen habe, dass er nur noch mich sieht und ihr keine Aufmerksamkeit mehr schenkt. Ihre Blicke sind immer voller Hass und Ekel, obwohl ich ihr nie etwas getan habe. Ich habe sie immer geliebt und wollte dasselbe auch von ihr. Ich würde alles dafür geben, dass sie mich nur einmal in den Arm nimmt, mir nur einmal sagt, dass sie mich lieb hat und mich nur einmal liebevoll ansieht. Ich will doch nur die Wärme einer Mutter spüren, nur ein verdammtes Mal! Und was bekomme ich? Eine Frau, die betrunken auf dem Sofa in ihrer eigenen Kotze liegt. Es tut so weh, sie so zu sehen. Egal wie sie immer zu mir ist, egal wie sehr sie mich verspottet, nichts tut mehr weh als dieses Bild von ihr. Ich wende meinen Blick ab, gehe direkt an ihr vorbei nach oben ins Badezimmer. Ich kann das nicht mehr. Ich will das alles nicht mehr, dieses Gefühl nicht geliebt zu werden, all das wird mir zu viel. Ich befreie mich aus meiner Kleidung, lasse mich in das heiße Wasser sinken und löse die Kachel in der Wand, die seit Jahren kaputt ist. Dort befindet sich mein Versteck, mit all dem, was meinem Elend ein Ende setzen könnte. Tabletten und Klingen in verschiedenen Ausführungen. Ich fahre mit meinem Finger über die fast verblassten Narben, erinnere mich an das Gefühl, welches sie mir bereitet haben. Die Klinge scheint meine Rettung zu sein, so wie sonst, wenn sie meinen innerlichen Schmerz durch den äußeren verblassen ließ. Ich nehme sie heraus, führe sie an mein Handgelenk, welches bereits darauf wartet den süßen Schmerz zu empfangen. Mit einem tiefen Atemzug lege ich die Klinge an, spreche mir stumm Mut zu, es einfach zu tun und mein Leid, ein für alle Mal, zu beenden. Es muss passieren. Ein kleiner Schnitt und ich zucke zusammen. Doch dieser Schmerz ist nicht von Dauer und auch nichts im Vergleich zu dem, was hinter mir liegt. Der Schmerz ist wie Balsam für meine Seele, er befreit mich, lässt mich fühlen, all

240

das, was ich sonst nicht kann. Schmerz macht uns menschlich, er zeigt uns, dass wir noch leben, auch wenn es sich nicht so anfühlt. Ich drücke noch etwas fester zu. Ein bisschen noch. Nur noch einmal und dann ist alles vorbei. Wenn ich nur noch ein Stück weiter gehe, nur noch ein kleines, dann ist es so weit. Ich übertrete die Grenze und gehe diesen Schritt. Der Schmerz ist schlimmer als jeder zuvor, genau wie der Schnitt tiefer ist. Blut quillt langsam aus meiner Wunde. Ich drehe meinen Arm, verfolge mit meinen Augen die Spur, die das Blut auf mir hinterlässt, ehe es ins Wasser tropft und beginnt, es zu verfärben. Für einen kurzen Moment sehe ich etwas anderes im Wasser. Eine Spiegelung. Ich lege die Klinge aus der Hand und greife an meinen Hals. Meine Kette. Sobald meine Finger die filigrane Lilie berühren, höre ich wieder die Worte des Jungen in meinem Kopf. Ich kann sie nur vage wahrnehmen, denn langsam, aber sicher, überkommt mich der Schwindel, der durch den Blutverlust ausgelöst wird. Ich frage mich, ob ich sie wirklich hören kann, oder ob mir mein Verstand nur einen Streich spielt und ich jetzt endlich dem Himmel einen Schritt näherkomme.

»Hier, das ist für dich. Gib gut darauf Acht. Es soll dir in schweren Zeiten Glück bringen.« Damit hatte er Recht. Immer wenn ich dieses kostbare Schmuckstück trage, passiert etwas Gutes. Es ist, als wäre durch diese Kette all der Schmerz in mir verflogen und ich bereue wieder, was ich gerade getan habe…

»Alaia! Hey Amore, komm zurück zu mir!«, reißt mich plötzlich die Stimme von Santino aus der Vergangenheit zurück, ins Hier und Jetzt.

Ich sehe ihn vollkommen verwirrt an, sein Blick ist voller Angst, ja schon beinahe panisch.

»Was? Hast du etwas gesagt?«, frage ich leicht benommen von dem Flashback, den ich gerade durchlebt habe.

»Ob ich etwas gesagt habe? Du hast geweint, einfach so. Du hast dich an mich geklammert, hast dich dann wieder abgewendet und dich selbst verletzt. Ich...Fuck das hat mir Angst gemacht. Was war das?«

Ich habe was? Ich schaue zu meinem Arm und sehe, was er gemeint hat. Ich habe mir die Narbe, die ich seit diesem Tag trage, aufgekratzt. Und genau wie damals bahnt sich das Blut einen Weg über meine Handinnenfläche. Santino nimmt meine Hand, führt mich aus dem Fahrstuhl und steuert den Wagen an, mit dem wir hergekommen sind. Er öffnet die Beifahrertür, stößt mich leicht auf den Sitz und geht vor mir auf die Knie.

»Was war das?«, fragt er erneut und blickt mir wieder mit diesem Schmerz in den Augen entgegen.

»Ich hatte einen Flashback.« Es laut auszusprechen, fühlt sich seltsam an.

»Wodurch wurde er ausgelöst?«

»Ich habe mich gefragt, wieso ich das alles tue. Wieso ich mich nicht gegen dich wehre, wieso ich nicht versuche, einen Ausweg zu finden und mich vor dir verstecke. Ob mein Leben vorher so schlimm war, dass ich das alles so hinnehme. Und da kam mir die Erkenntnis. Es war schlimm, sehr sogar. Zwar wurde ich nicht geschlagen, aber der seelische Schmerz war schlimmer, als jede Ohrfeige, die sie mir hätte verpassen können. Ich habe an jenen Tag zurückgedacht, an dem ich meinem Leben fast ein Ende gesetzt habe.

Der Tag, an dem das letzte, was ich vor meiner Bewusstlosigkeit hörte, deine Stimme war, als du mir die Kette gegeben hast. Hätte Brian mich nicht aus der Wanne gezogen, dann wäre ich jetzt nicht mehr hier...«

Er unterbricht meinen Satz, in dem er mein Handgelenk packt, es zu sich zieht und meinen Ärmel nach oben schiebt. Seine Augen weiten sich, während er mit seinem Finger über die leicht verblassten Narben fährt.

Als er nach meinem anderen Handgelenk greift, versuche ich es ihm zu entziehen, doch sein Griff wird fester.

»Fang jetzt bloß nicht damit an, etwas vor mir zu verstecken.« Seine Stimme ist leise, jedoch kann ich den dominanten Ton deutlich hören. Er schiebt meinen Ärmel auch hier hoch und erstarrt. Fast wundert es mich, dass er diese Narben bisher noch nicht gesehen hat. Hier ist eine tiefer als die andere. Die einen sind mit den Jahren verblasst, die anderen jedoch sind immer noch sichtbar und zeigen, wie oft ich bereits dem Ende nah war.

Santino lässt meine Hand los, sieht mir mit einem tiefen Schmerz in die Augen, den ich beinahe selbst in meinem Inneren spüren kann.

»Wenn du jemals wieder auf die Idee kommst, auch nur ein einziges Mal, eine Klinge in die Nähe deiner Haut zu führen, werde ich sie dir entreißen und mir damit das verdammte Herz aus der Brust schneiden! Alaia, ich hatte gerade wirklich Angst um dich, okay? Ich wusste bereits von Ciro, dass du einige Male versucht hast, dir das Leben zu nehmen, aber ich dachte er übertreibt! Fuck!« Er steht auf, dreht sich von mir weg und läuft immer wieder auf und ab.

»Hast du das Bedürfnis es wieder zu tun? Ist das zwischen uns alles nur eine Farce? Sei ehrlich, denn bevor du das noch einmal machst, lasse ich dich gehen.«

Seine Worte fühlen sich an, wie ein Stich mitten ins Herz. Niemals hätte ich gedacht, dass der Gedanke, er würde mich frei lassen, so derart schmerzen würde.

Und da wird es mir klar. Ich bin auf dem besten Weg mich in ihn zu verlieben und das voll und ganz. Ich stehe auf, laufe zu ihm, strecke meine Hand nach ihm aus, doch er weicht zurück und verpasst mir damit eine der schlimmsten Ohrfeigen, ohne mich überhaupt zu berühren.

»Antworte mir!« Ich nähere mich erneut, dränge ihn gegen eine Wand und lege meinen Kopf auf seine Brust.

»Ich will nicht, dass du mich gehen lässt. Weder heute, noch in 100 Jahren. Santino, du hast mich aufgefangen. Jedes verdammte Mal, wenn die Klinge meine Haut durchdrungen hat. Jedes Mal, waren es deine Worte, die mich davon abhielten weiterzugehen.

Wäre ich dir nicht in die Arme gelaufen, wäre ich, aufgrund der Albträume oder durch das, was mit Axel passiert ist, mit hundertprozentiger Sicherheit, nicht mehr hier. Du bist seit Jahren mein Anker und wusstest es nicht, und du wirst es auch immer bleiben. Ich schwöre dir, dass zwischen uns ist keine Farce, wirklich.«

Er schiebt mich ein kleines Stück von sich, scannt meine Augen, auf der Suche nach dem kleinsten Hauch einer Lüge, jedoch wird er nicht fündig.

»Wenn ich es nicht besser wüsste, würde ich sagen, wir hatten gerade unsere erste Ehekrise und haben sie mit Bravour überstanden.« Seine Aussage bringt mich zum Lachen und nimmt mir die Angst, er könnte mich gehen lassen, von meinen Schultern.

»Können wir jetzt gehen? Ich würde gerne dein Geld in Lebensmittel und ganz viele Süßigkeiten investieren«, sage ich und greife nach seiner Hand.

»Unser Geld, Amore. Ja, lass uns gehen.« Er führt mich erneut zum Beifahrersitz, steigt ebenfalls ein und lässt den Motor aufheulen. Kaum haben wir die Tiefgarage verlassen, wandert seine Hand auf meinen Oberschenkel und ruht dort, als hätte er niemals etwas anderes getan. Es fühlt sich gut an, vertraut. Seltsam, oder?

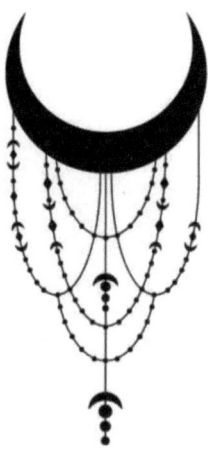

Man sagt, Liebe ist frei. Aber die Liebe die ich für sie emp-finde, ist allumfassend. Ohne dass sie es merkt, sperre ich sie in einen Käfig, zu dem nur ich den Schlüssel habe.

Kapitel 23

Santino

Die Narben auf ihren Handgelenken haben sich für immer in meinen Kopf eingebrannt. Ich kann mir nicht vorstellen, wie sehr sie ihr Leben, nach dem Tod ihres Vaters, belastet hat, dass sie so weit war, ihrem Leben ein Ende zu setzen. Wie viel Schmerz muss sie ertragen haben? Ich sehe sie vor mir, wie sie damals auf dem Stein saß und geweint hat. Ihr Wimmern war über den gesamten Friedhof zu hören. Fuck, ich will sie nie wieder so hören. Und sie nie wieder so sehen, wie ich sie eben im Fahrstuhl gesehen habe. Sie sah aus, als wäre sie dabei, innerlich zu sterben. Ihre Augen waren leer, ihr Blick starr ins Nichts blickend. Zu sehen, wie sie sich selbst verletzt hat, hat mir den Rest gegeben. Es hat mir das Herz zerrissen, genau wie der Ton, den sie dabei von sich gegeben hat. Alaia scheint das Chaos in mir zu spüren, denn plötzlich legt sie ihre Hand über meine, die bereits seit der Tiefgarage auf ihrem Schoß liegt.

»Hey, ich will nicht, dass du dir Gedanken machst, okay? Ich bin bei dir, weil ich es will. Wenn ich jemals wieder an dem Punkt ankommen sollte, an dem mich die Schmerzen innerlich zerreißen, werde ich es dir sagen. Ich werde dich um Hilfe bitten, aber ich werde dich nicht verlassen.« Sie nimmt meine Hand, führt sie an ihre Wange und schmiegt sich mit geschlossenen Augen daran. Auch wenn ich sie am liebsten weiter so spüren würde, entziehe ich ihr meine Hand und biege auf den Parkplatz des Supermarktes ein.

Obwohl es erst 18 Uhr ist, scheint kaum jemand hier zu sein. Außer uns befinden sich noch sechs weitere Autos auf den Parkplätzen, jedoch sind zwei von ihnen gerade dabei die Ausfahrt zu nehmen.

»Oh Mann, ähm, sollen wir vielleicht wo anders einkaufen gehen?«, fragt sie plötzlich und starrt wie gebannt eines der parkenden Autos an.

»Wieso? Wem gehört dieses Auto?«, will ich wissen und spüre bereits einen Funken Eifersucht in mir aufkeimen. Sie antwortet nicht, wird immer nervöser und beginnt sich umzuschauen.

»Alaia, ich habe dir eine Frage gestellt.« Ich versuche meine Stimme so ruhig wie möglich zu halten.

»Es gehört Brian.« Ihre Antwort fühlt sich an, wie ein Schlag in die Magengrube. Daran habe ich gar nicht mehr gedacht. Ich wollte ihr nicht mehr das Gefühl geben, eine Gefangene zu sein. Ich wollte, dass wir gleichgestellt sind, dass sie sich frei bewegen kann, doch jetzt bereue ich es. Was ist, wenn sie ihn sieht? Wenn sie merkt, dass sie ihn vermisst und mich dann verlassen will? Oder nur bleibt, weil sie es muss und in Gedanken bei ihm sein wird? Nein, das würde sie nicht tun. Ich habe Liebe in ihren Augen gesehen, ich bin ihr Halt, ihr Anker. Scheiß drauf, ich wäre nicht Santino Moreno, wenn ich kneifen würde. Ich löse den Gurt, steige aus und öffne meiner Frau die Tür.

»Lass uns einkaufen, Amore. Die anderen sind uns egal.« Ich hoffe sie sieht den Kampf nicht, den ich innerlich kämpfe. Auf ihrem wunderschönen Gesicht breitet sich ein Lächeln aus. Sie ergreift meine Hand und hakt sich bei mir unter. Je näher wir dem Supermarkt kommen, desto mehr beginnt sie zu zittern.

»Hast du Angst?«, frage ich, doch sie schüttelt sofort den Kopf.

»Nein, mir ist nur kalt.« Ich streife mein Hemd ab und lege es über ihre Schultern. Zum Glück habe ich ein T-Shirt darunter, wäre seltsam, wenn ich oben ohne in einem Supermarkt herumlaufen würde.

Wir scheinen beide nicht gemerkt zu haben, dass es bereits Winter geworden ist, denn wir tragen keine Jacken. Sie zieht den Stoff enger um sich und atmet meinen Duft ein. Diese Geste lässt meine Sorge von vorhin verfliegen. Ich besorge uns einen Einkaufswagen und laufe eng umschlungen mit meiner Frau zum ersten Einkauf unserer Ehe.

»Was möchtest du heute essen?«, fragt sie und zieht den Wagen hinter sich her.

»Worauf auch immer du Lust hast. Pack alles ein, was dein Herz begehrt. Egal was es ist, und ich will nicht, dass es dir unangenehm ist.« Sie nickt verlegen und wir laufen weiter durch jeden einzelnen Gang. Je mehr Sachen sie einpackt, desto weniger schämt sie sich. Das Strahlen in ihren Augen, jedes Mal, wenn sie den prall gefüllten Wagen sieht, lässt mein Herz höherschlagen. Es ist erschreckend, wie sehr ein Mensch, der, wie ich, alles hatte, einkaufen als lästig ansieht, während es für Alaia wie Weihnachten zu sein scheint. Gerade als wir bei den Getränken ankommen, bleibt sie wie angewurzelt stehen.

»Al?«, ertönt die Stimme eines Mannes, der unter seiner Kapuze seinen Blick fest auf Alaia richtet. Sie verspannt sich, beginnt zu zittern und sieht mich hilfesuchend an.

»Alaia! Was zum Fick soll das? Ich dachte du bist mit deiner Mutter in einer Klinik! Ich dachte, ihr seid dabei euch anzunähern und jetzt sehe ich dich hier, festumschlungen mit irgendeinem Wichser…«

»Es reicht Brian! Du brauchst nicht den besorgten Freund raushängen lassen, wenn du wirklich geglaubt hast, dass ich gemeinsam mit meiner Mutter in einer Klinik wäre. Du solltest am besten wissen, dass ich lieber allein bin, als mit ihr in einem Raum gefangen zu sein.« Er kommt auf uns zu, streckt seinen Arm nach ihr aus, doch weiter lasse ich ihn nicht kommen.

»Wenn du sie auch nur mit deiner Fingerkuppe berührst, werde ich dir jeden einzelnen Finger abschneiden.« Alaia berührt meine Schulter und stellt sich neben mich.

»Nicht, bitte. Lass mich nur zwei Minuten mit ihm reden, dann gehen wir an die Kasse und fahren nach Hause, okay, Baby?« Ich weiß genau, dass sie mit diesem Kosenamen bewirken will, dass ich mich entferne und fuck… sie schafft es. Ich drücke ihr einen Kuss auf die Stirn und verschwinde im Gang hinter ihnen. So kann ich sie zwar nicht sehen, jedoch hören.

»Was soll das? Wer ist der Typ? Und wieso tut er so, als wärst du sein Eigentum?! Wenn ich dich berühren will, dann wird mich keiner davon abhalten! Du bist meine beste Freundin…«

»Ach ja? Wieso hast du dann geglaubt, dass ich Ashley zu ihrem Entzug begleite?« Wut steigt in mir auf und ich muss mich wirklich beherrschen nicht einzugreifen.

»Mann, weiß ich doch nicht! Ich dachte eigentlich, dass du sie begleitest, weil du selbst Hilfe brauchst. Ich meine, erst das mit Axel, dann das im Park. Ich kenne dich, ich weiß genau, wie dir das zugesetzt hat.«

»Ich hätte dir die Wahrheit gesagt! Ich habe es dir versprochen, Brian! Ich habe dir gesagt, bevor ich wieder etwas tue, rufe ich dich!«

Ich höre die Enttäuschung in ihrer Stimme, jedoch muss ich zugeben, bin ich genauso enttäuscht. Sie erwähnt mich mit keiner Silbe.

»Wo warst du dann? Wieso bist du nicht mehr Zuhause? Und nochmal, wer ist dieser seltsame Freak?« Dieses kleine Wiesel…

»Dieser Freak, wie du ihn nennst, ist Santino. Er ist mein Mann.« Ihre Worte lassen mein Herz schneller schlagen und da wird es mir klar. Egal wie seltsam, egal wie unglaubwürdig es auch klingen mag. Ich glaube ich liebe sie. Gerade als ich zu ihr gehen will, beginnt Brian zu lachen.

»Bist du betrunken? Dein Mann? Al, was gibt er dir für Dogen? Ich dachte, du gehst nicht für Geld mit diesen Freaks mit.« Okay, jetzt reicht es, ich gehe zu ihnen, bleibe aber sofort wieder stehen.

»Er ist der Junge vom Friedhof… Wir haben uns nach all den Jahren wiedergetroffen. Unsere Verbindung bestand all die Jahre, Brian. Er hat mich gefragt, ob ich ihn heiraten will und ich habe auf mein Herz gehört und bin an seiner Seite geblieben. Auch wenn es für dich seltsam klingen mag, glaube ich, dass ich auf dem besten Wege bin, mich in ihn zu verlieben und…« Bevor sie weiterreden kann, packe ich sie, drehe sie zu mir und küsse sie. Ich glaube nicht, dass sie das gerade wirklich gesagt hat! Sie verliebt sich? In mich? Ich weiß, dass dieses Geständnis nicht für meine Ohren bestimmt war, doch ich konnte nicht anders. Ich musste ihre Lippen auf meinen spüren. Ich musste einfach.

»Wofür war der denn?«, flüstert sie an meinen Lippen.

»Das war das Zeichen, dass wir gehen sollten. Ich sterbe vor Hunger.« Um die Zweideutigkeit in meinem Satz zu unterstreichen, zwinkere ich ihr zu und schaue noch einmal zu Brian.

»Sie wird sich in Kürze bei dir melden. Wer weiß, vielleicht laden wir dich auch zu unserer kirchlichen Trauung ein. Jetzt entschuldige uns bitte, wir haben heute noch einiges vor.« Er will etwas sagen, schließt aber den Mund wieder, kommt auf uns zu und drückt meiner Frau einen Kuss auf den Hinterkopf.

»Ich liebe dich, Al, bis bald.« Seine Worte hören sich für mich wie eine Drohung an, auch Alaia sieht ihm verwirrt hinterher, fängt sich aber schnell wieder und führt mich zur Kasse. Wir beginnen den Inhalt des Einkaufswagens auf das Band zu legen. Alaia scheint nicht so seltsam, nach dem Wiedersehen mit ihrem besten Freund, zu sein, wie ich dachte.

»Was hast du alles gehört?«, fragt sie, während sie die bereits gescannten Artikel in den Wagen wirft.

»Nichts. Ich wollte dir deine Privatsphäre lassen und bin einmal im Kreis gelaufen«, lüge ich und hoffe sie kauft es mir ab. Ich will, dass sie mir von sich aus sagt, was sie fühlt und nicht, weil ich es durch Zufall gehört habe.

»Ich habe mich schon gewundert, dass du nicht wie ein Neandertaler um die Ecke gekommen bist und ihm die Seele aus dem Leib geprügelt hast«, gibt sie zu und grinst verlegen. Ich stelle mich hinter sie, schlinge meine Arme um sie und beuge mich zu ihr herunter.

»Ich habe dir etwas versprochen. Ich werde niemanden mehr vor deinen Augen umbringen«, sage ich so leise, dass es nur ihre Ohren wahrnehmen können.

»Das macht dann 369 Dollar. Zahlen Sie Bar, oder mit Karte?«, unterbricht die Kassiererin uns.

»Mit Karte.« Ich ziehe mein Portemonnaie aus der Hosentasche und lege die Karte auf das Gerät.

»Scheiße, es tut mir leid«, sagt Alaia plötzlich und verzieht das Gesicht.

»Hör auf damit, Amore.« Ich nehme den Kassenbon, schiebe den Wagen nach draußen und beginne die Tüten im Kofferraum zu verstauen.

»Das war so teuer... Es...«

»Es reicht jetzt! Du musst anfangen, dich daran zu gewöhnen, dass Geld in deinem Leben nie wieder eine Rolle spielen wird, Alaia. Du musst nicht mehr hungern, nie wieder!« Meine Stimme klingt härter als beabsichtigt, doch das scheint sie gar nicht zu merken. Sie umarmt mich und bettet ihren Kopf an meiner Brust.

»Danke«, murmelt sie. Ich drücke ihr einen Kuss auf den Kopf und begleite sie zur Beifahrerseite.

Die gesamte Heimfahrt über erzählt sie mir von der Freundschaft zwischen ihr und Brian. Eigentlich sollte ich spätestens da, wo sie erwähnt, dass die beiden etwas miteinander hatten, toben vor Wut. Doch die Tatsache, dass sie mich nicht verleugnet hat, lässt mich keinen Funken Eifersucht spüren. Auch wenn ich ihn nicht leiden kann, scheint er ihr wirklich eine große Hilfe gewesen zu sein und dafür werde ich mich irgendwann persönlich bei ihm bedanken. Wir fahren in die Tiefgarage unseres Zuhauses, und beginnen gemeinsam den Einkauf in den Fahrstuhl zu tragen. Seltsam, wie besonders sich so etwas Normales anfühlt.

»Wie wäre es mit Spaghetti Bolognese?«, fragt sie plötzlich, als die Fahrstuhltür sich in unserem Stockwerk öffnet.

»Sehr gerne, Amore.« Sie strahlt übers ganze Gesicht und trägt die ersten Tüten in die Küche. Alaia beginnt sich in der Küche zu bewegen, als wäre es schon immer ihre gewesen. Mit ein paar wenigen Handgriffen hat sie alle Utensilien, die sie braucht, zur Hand.

»Seit wann habe ich so viele unterschiedliche Töpfe?«, frage ich vollkommen verwirrt.

»Seit ich die Macht habe, dein Geld auszugeben. Mir war egal, was ich kaufe. Hauptsache, es könnte dich ärgern. Ich hatte bereits mit einem Züchter gesprochen, der mir ein Pony gebracht hätte.« Mir fallen fast die Augen aus dem Kopf. Meine Frau hat es faustdick hinter den Ohren, das muss ich ihr schon lassen.

»Du hättest uns einfach ein Pony ins Wohnzimmer gestellt, nur um mich zu ärgern? Du bist verrückt, ich hoffe, das weißt du«, sage ich und schlinge meine Arme von hinten um sie. Selbst wenn ich es wollte, könnte ich mich nicht von ihr fernhalten. Ich habe das Gefühl, sobald sie in der Nähe ist, muss ich sie einfach berühren. Da sie sich aber auch nicht wehrt, scheint es ihr genauso zu gehen.

»Wenn du mich nicht loslässt, kommen die anderen beiden und das Essen ist noch nicht mal am Köcheln.« Ich weiß, dass sie Recht hat, will sie aber dennoch nicht loslassen. Sie dreht sich in meiner Umklammerung zu mir und sieht mir in die Augen. Ihr Blick hat sich verändert, seit sie mir gesagt hat, dass sie sich tatsächlich fast umgebracht hat. Sie sieht ruhiger aus, schon fast friedlich.

»Willst du mir helfen? So sind wir schneller fertig und…« Sie bricht ihren Satz ab und neigt verlegen den Kopf zur Seite.

»Und was?«, hake ich nach, leise, schon fast flüsternd, und nehme ihr Gesicht in meine Hände.

»Und… und ich muss deine Nähe nicht missen«, gesteht sie ebenfalls leise. Fuck, ich konnte mir beim besten Willen nicht vorstellen, wie es sich anfühlt, solche Worte aus dem Mund einer Frau zu hören.

Vor allem nicht von einer, die man eigentlich entführt hat. Die Liebe, die sich in mir ausbreitet, kann ich mir nicht erklären. Bereits seit dem Abend, an dem sie wie eine Furie in meine Arme gerannt ist, kann ich sie nicht vergessen, kann die Gefühle, die allein ein Gedanke an sie auslöst, nicht abstellen. Ich bin besessen von ihr. Als ich gesagt habe, ich würde mich für sie in einen Kugelhagel werfen, war das mein absoluter Ernst. Ich würde zu einer Zielscheibe werden, wenn es darum ginge, ihr Leben zu schützen.

Ob das krank ist? Mit Sicherheit.

Ob es gefährlich werden könnte, mich so nach ihr zu verzehren? Ganz bestimmt.

Ob ich mehr davon will? Mehr von dem Gefühl, mehr von ihr? Hell, yes!

»Du musst mich nie wieder vermissen. Komm, lass uns kochen. Je schneller wir gegessen haben, desto eher sind wir wieder allein.« Sie drückt mir einen Kuss auf die Lippen und macht sich daran den Rest der Einkäufe zu verstauen und die ersten Zutaten auf der Arbeitsplatte zu verteilen. Alaia scheint voll in ihrem Element zu sein. Jede, auch noch so kleine, Frage von mir, macht ihr Lächeln noch ein wenig breiter. Wir sind so vertieft ins Schnippeln und Würzen, dass uns gar nicht aufgefallen ist, dass wir nicht mehr alleine sind.

»Halloooo!«, ertönt die Stimme meiner Mutter. Alaia zuckt zusammen und schneidet sich die Handfläche auf.

»Shit…« Das Blut quillt aus ihrer Hand, und sie sieht der roten Spur, die ihren Arm herunter läuft wie gebannt zu. Fuck, es kommt mir so vor, als würde sie das alles genießen. Scheiße, wenn ich mir das so anschaue, dann bin ich mir fast sicher, dass sie selbst die größte Gefahr für sich ist.

Ich schnappe mir schnell ein Küchentuch, aus der Schublade, und wickle ihre Hand ein.

»Sieh mich an, Amore. Hör auf, es zu genießen! Dein Leben ist kostbarer als alles andere…«

»Ist gut, es tut mir leid, ich… ich habe es nicht ge-merkt. Es… es hat sich für einen Moment so vertraut an-gefühlt.« Ihre Worte reißen mein Herz in zwei Hälften. Wie sehr muss sie es genossen haben, kurz vor dem Ende zu stehen? Wie kann jemand solch einen Schmerz genie-ßen? Fuck…

»Baby, es tut mir leid. Wirklich, das wird nicht wieder passieren.« Ihre Stimme klingt fest, jedoch glaube ich, dass sie damit nur versucht, sich selbst zu überzeugen. Ich lasse das alles erst mal so stehen. Ich will dieses Thema nicht vor anderen mit ihr bereden. Das ist eine Sache, die nur mich und meine Frau etwas angeht.

»Oh Gott, ich wollte dich nicht erschrecken. Wir haben euch begrüßt, nur wart ihr so vertieft, dass ihr uns nicht gehört habt. Ist der Schnitt sehr tief?«, fragt meine Mut-ter. Ihr steht die Sorge ins Gesicht geschrieben.

»Es ist alles gut, Mamma, fahr doch schonmal an den Tisch, das Essen dauert nicht mehr lange«, versuche ich sie zu beruhigen.

»Ich bring dir den Verbandskasten, Fra«, teilt mir Ciro mit und verschwindet in Richtung Badezimmer. Ich wende mich wieder Alaia zu, die mir, mit Tränen in den Augen, entgegen schaut.

»Tut es sehr weh?«

»Nein, darum geht es nicht. Der Blick deiner Mutter hat mir das Herz zerrissen. Ich habe in den Augen mei-ner Mutter niemals so einen Schmerz gesehen, zumin-dest nicht wegen mir.«

Gott, wieso war ihre Mutter nur so grausam zu ihr? Ich kann das nicht verstehen.

Ciro kommt mit dem Verbandszeug zu uns, nimmt Alaias Hand aus meiner und kümmert sich um ihre Ver-letzung, während ich mich um die Sauce kümmere. Bei dem Geruch, der sich in meinem Penthouse ausbreitet, läuft mir das Wasser im Mund zusammen. Ich nehme den Topf mit der Sauce, die Schüssel mit den Nudeln und stelle beides auf den bereits gedeckten Tisch. Ich nehme am Kopfende des Tisches Platz, meine Mutter gegenüber.

»Das riecht wahnsinnig gut!«, schwärmt sie. Alaias Augen strahlen vor Glück. Wer kann schon von sich behaupten, dass eine Italienerin das eigene Essen lobt?

»Danke, ich hoffe es schmeckt auch genauso.« Die Unsicherheit meiner Frau ist nicht zu überhören. Ich befülle meinen Teller, ebenso wie den von meiner Mutter und Ciro. Alaias Augen wandern nervös von mir zu den anderen. Wir nehmen alle gleichzeitig den ersten Bissen und fuck… das schmeckt unglaublich.

»Wow, Bro-Freundin! Das schmeckt fast besser als die Bolognese von Franka!«, schwärmt Ciro und schaufelt sich eine Gabel nach der anderen in den Mund.

»Also, ich muss zugeben, Ciro hat Recht. Das ist wirklich sehr, sehr lecker, meine Liebe.«

»Meiner Mutter hat es nie geschmeckt…«, flüstert sie zu sich selbst. Es wird der Tag kommen, an dem ich mir ihre Mutter packe und sie so sehr schüttle, dass ihr Gehirn sich einmal um 180 Grad dreht und sie wieder klar denken kann. Das restliche Essen verläuft vollkommen harmonisch.

»Wie bist du zu deiner Leidenschaft, dem Tanzen gekommen?«, beginnt meine Mutter das Gespräch.

»Durch meinen Vater. Immer wenn er von der Arbeit nach Hause kam, herrschte dicke Luft zwischen mir und meiner Mutter. Er beschloss eines Tages das Wohnzimmer auf den Kopf zu stellen. Er schob die Couch durch den halben Raum und so entstand eine Art Tanzfläche.

Immer wieder forderte er mich zum Tanz auf, denn er sagte immer, sobald Musik ertönt, kann er Sterne in meinen Augen funkeln sehen. Ich habe erst nie verstanden, was genau er damit meinte, doch irgendwann verstand ich es. Durch die Musik, und das Tanzen, verlor ich mich selbst in einer Welt, in der es keine Trauer gab. Es gab nur mich und die Melodien um mich herum. Als er dann starb, blieb mir nur noch das Tanzen. Es erinnerte mich an die schöne Zeit mit meinem Vater und ließ mich den Rest um mich herum vergessen.« In ihren Augen schimmern Tränen, doch ich kann genau sehen, wie sie versucht, die Maske aufrecht zu halten, die sie sich gebastelt hat.

»Meine Jungs erwähnten bereits, dass du dich wie eine Göttin bewegst. Santino meinte, selbst wenn ein tauber Mensch vor dir stehen würde, könnte er nur durch deine Bewegungen die Musik in seinen Adern spüren.«

Danke, Mamma, das war nicht für ihre Ohren bestimmt. Alaia sieht mich verlegen an, widmet sich dann aber wieder wortlos ihrem Teller. Auch der Rest des Abends verlief friedlich. Wir stellten uns gegenseitig Fragen, unterhielten uns über Gott und die Welt. Es tat gut, beim Essen mal nicht über Macht und Morde zu reden. Nachdem Alaia ihr Himbeereis gemacht hat, haben sich meine Mutter und Ciro verabschiedet und so bleibe ich allein mit der Frau zurück, bei der ich weiß, dass noch einiges auf mich zukommen wird. Egal ob gut oder schlecht, ich werde sie nie wieder gehen lassen. Vor allem nicht nach heute. Die Gefühle, die sie in mir auslöst, sind nicht von dieser Erde. Es scheint, als hätte sie mich in ihren zierlichen Händen. Als hätte sie die Macht, all meine Gedanken zu beeinflussen.

Sie ist mein Schicksal. Mein Herz, meine Seele und mein verdammtes Glück. Was wäre ich für ein Mann, wenn ich es zulassen würde, dass sie mir jemand wegnimmt? Nein, ich werde sie beschützen.

Mit allem was ich habe, mit all meiner Kraft und all den Waffen die ich tragen kann.

Kapitel 24

Alaia

Eine Woche ist es nun her, seit ich Brian das letzte Mal gesehen habe. Eine Woche voller Sex, Essen und Tanzen. Santino ist jeden Morgen wie gewohnt ins Büro gefahren und ich habe mich währenddessen die meiste Zeit im Fitnessraum aufgehalten. Ich habe mich einige Stunden in der Musik verloren, habe mir eigene Choreografien ausgedacht und habe mir vorgenommen, eine ganz bestimmte für meinen Mann aufzuführen. Ich muss zugeben, Santino ist genau wie seine Mutter ihn bei meiner Ankunft beschrieben hat. Er liest mir jeden Wunsch von den Augen ab. Er sieht mich nur an und scheint genau zu wissen, was ich denke. Noch nie wurde ich so behandelt, so… so wertvoll. Immer wieder, wenn er von Zuhause aus arbeitet, verlässt er sein Büro, holt sich ein oder zwei Küsse ab und verschwindet dann wortlos wieder. Jedes Mal, wenn er das tut, überzieht sich mein Körper mit Gänsehaut, schlägt mein Herz schneller und die Schmetterlinge in meinem Bauch beginnen wie irre umherzufliegen. Ist das etwa Liebe? Geht das nicht zu schnell? Ich meine, wir kennen uns wie lange? 2 Wochen? Kann man nach dieser kurzen Zeit schon sagen, dass man jemanden liebt? Ich weiß es nicht, woher denn auch? Ich war noch nie in einer solchen Situation. Jedoch muss ich schon sagen, dass ich mich jedes Mal, wenn er geht, bereits darauf freue, wenn er wieder nach Hause kommt.

Dass ich nicht unter Menschen komme, stört mich auch nicht mehr im Geringsten. Ich mag es, hier zu sein. Sicher, in meinen eigenen vier Wänden. Fühlt sich schon seltsam an, das zu sagen. Mein neues Zuhause. Eines, in dem ich nicht voller Hass angesehen werde, wenn ich mir ein Brot schmiere, oder mir ein Glas Milch einschenke. Eines, in dem ich endlich wieder schlafen kann. Eines, in dem ich keine Angst haben muss, dass wenn ich aufstehe, ich meine Mutter tot auf dem Sofa liegen sehe. Santino hat mir mit der Entführung einen Gefallen getan, denn so seltsam es sich auch anhören mag, war meine Mutter ein schlimmer Ballast für meine Psyche. Wegen ihr, ihrem Hass und den Sachen, die sie immer wieder gesagt hat, habe ich fast mein Leben beendet, ohne überhaupt richtig gelebt zu haben. Was meine beiden Freunde angeht… Wie soll ich sagen, zwischen Brian und mir war es immer irgendwie angespannt, seit wir das ein oder andere Mal miteinander geschlafen haben. Auch wenn wir uns immer bemüht haben, das alles hinter uns zu lassen, merke ich nun, dass es nicht funktioniert hat. Es passiert mir immer wieder, dass ich an unsere Zeit vor dem Sex denke. Es war lustig, harmonisch und ungezwungen. Ich denke, dass es zwischen uns mit der Zeit nur noch die Gewohnheit war, die uns zusammengehalten hat. Und was Pia betrifft, laut Santino kam nicht eine einzige Nachricht von ihr bei mir an. Diese Erkenntnis traf mich, um ehrlich zu sein, besonders. Sie war die erste weibliche Freundin, die ich hatte und doch scheint das alles nur meinerseits eine wahre Freundschaft gewesen zu sein. Traurig, aber wahr.

Nun sitze ich hier, über den Dächern Manhattans, eingekuschelt in einem dicken Pullover und einer Decke und schaue dem Schnee dabei zu, wie er sich über die Dächer der Stadt legt.

Es sieht schon fast friedlich aus, beruhigend. Ich mag die kalten Jahreszeiten mehr, als den Sommer. Ich habe mich bereits als Kind gerne vor den Kamin gesetzt, mit einer heißen Schokolade und habe mir Weihnachtslieder angehört, auch wenn es erst Ende Oktober war.

Mein Blick gleitet in den Himmel. Die Schneeflocken trüben meine Sicht, was mich dazu bringt, die Augen zu schließen und plötzlich sehe ich ihn. Meinen Vater. Er sitzt auf dem Sofa in unserem Wohnzimmer, lächelt und applaudiert, nachdem ich ihm meine neu kreierte Choreografie gezeigt habe. Ich kann sein Lachen hören, seine warme Stimme, die mir abends immer Geschichten vorgelesen hat. Es kommt mir alles so real vor, als würde ich wirklich, im Schnelldurchlauf, all die schönen Momente als Zuschauer miterleben.

»Ich vermisse dich, Dad. So sehr. Wie gerne würde ich dich noch einmal Lachen hören, dich in den Arm nehmen und einfach nur mit dir reden… Wie gerne würde ich dir meinen Mann, seine Mutter und seinen besten Freund vorstellen. Ich bin mir sicher, du würdest sie lieben. Sie sind dir ähnlich, sie sind liebevoll, warmherzig und geben mir den Halt, den ich das letzte Mal in deiner Gegenwart gespürt habe, …«, sprudelt es nur so aus mir heraus. Ich sollte wieder auf den Friedhof gehen, ihm eine Lilie auf sein Grab legen und mich um die Pflege kümmern. Das hat, außer mir, jahrelang keiner getan. Ein Knarzen reißt mich aus den Gedanken, lässt mich hochschrecken und entlockt mir einen lauten Schrei.

»Fuck!«

»Es tut mir leid, Amore. Ich wollte dich nicht erschrecken. Ich habe dich gerufen und da ich keine Antwort bekommen habe, bin ich hochgekommen. Hallo, meine Schöne«, sagt er, beugt sich zu mir und drückt mir einen liebevollen Kuss auf die Lippen.

»Hallo. Du bist heute früher dran als sonst. Ist alles okay?«, frage ich und rutsche auf der Bank ein wenig zurück, damit er sich zu mir setzen kann.

»Ehrlich gesagt, auch wenn du mich vielleicht für verrückt hältst, aber… ich habe dich vermisst.« Seine Worte sorgen dafür, dass mein Herz wie wild zu schlagen beginnt.

»Ich habe dich auch irgendwie vermisst«, gestehe ich und sehe ganz deutlich, wie ihn diese Erkenntnis schockiert. Zwischen uns gibt es noch einiges, worüber wir reden sollten und ich glaube, das ist der richtige Zeitpunkt, um den ersten Schritt zu gehen.

»Santino, ich glaube, wir sollten uns unterhalten.«

»Worüber? Was ist los?« Ich nehme seine Hand und führe ihn nach unten ins Penthouse.

»Alaia, was ist los? Du machst mir Angst.« Ich führe ihn bis vor den Konferenzraum und bleibe stehen.

»Ich bin gleich zurück, was willst du trinken?«, frage ich. Santino sieht mich leicht verwirrt an, antwortet jedoch.

»Ich nehme eine Cola.« Ich nicke und mache mich auf den Weg in die Küche. Ein wenig aufgeregt bin ich schon, denn wenn dieses Gespräch gut ausgeht, werde ich meinem Mann eine Vorstellung bieten, die er niemals wieder vergessen wird. Ich nehme eine Dose Cola, sowie eine Flasche Wasser für mich, aus dem Kühlschrank, und gehe zurück in den Konferenzraum, in dem Santino bereits nervös auf seinem Platz sitzt.

»Hier, bitte«, sage ich und stelle die Dose vor ihm ab. Er nickt mir wortlos zu und ich setze mich ihm gegenüber.

»Also, was ist los, Amore? « Egal, wie sehr er versucht seine Stimme ruhig klingen zu lassen, es gelingt ihm nicht.

Ich kann die Angst hören, sie in seinen Augen sehen. Nicht zu wissen, was ich mit ihm bereden will, scheint ihn durchdrehen zu lassen. Es ist erstaunlich, zu sehen, welche Wirkung ich auf ihn habe.

»Ich will wissen, was wir hier eigentlich tun. Ich meine, ja klar, wir sind verheiratet, jedoch sollten wir uns deswegen nicht verhalten, als wären wir ein Paar. Auch die Tatsache, dass du der bist, der mir vor Jahren auf dem Friedhof die Kette gegeben hat, ändert nichts an der Sache, dass ich ja eigentlich nicht freiwillig einen Ehevertrag unterschrieben habe…«

»Worauf willst du hinaus? Habe ich etwas getan, dass dich unwohl fühlen lässt?«, unterbricht er meinen Monolog, der etwas dramatischer war, als ich es beabsichtigt hatte. Ich will doch nur eine Sache wissen: Ob er dasselbe fühlt wie ich, oder ob es bei ihm nur eine Art Spiel ist. Wobei, wenn ich ehrlich zu mir selbst bin, dann weiß ich es eigentlich besser. Dennoch will ich es hören. Ich muss…

»Nein, auf keinen Fall! Ich will doch einfach nur wissen, was genau das zwischen uns ist. Spielen wir nur unsere Rollen, um es vor dem Gremium perfekt zu präsentieren, oder ist etwas zwischen uns?« Aus mir nicht erklärbaren Gründen, tritt die Ader auf seiner Stirn hervor und er sieht mit seinen aufgeblähten Nasenflügeln aus, wie ein wilder Stier. Oh, oh…

»Ist das dein Ernst? Du willst mich gerade nur ärgern, oder? Denn wenn du das wirklich ernst meinst, dann… dann zweifle ich stark an deinem Urteilsvermögen. A-laia, ich würde für dich töten, für dich sterben und fuck…

ich lebe für dich. Seit du in mein Leben gekommen bist, hast du alles auf den Kopf gestellt!«

»Wie kannst du das wissen? Du hast zuvor nie eine Frau an dich herangelassen, hast dich immer von ihnen abgewendet, sie nur für deine Lust benutzt. Woher willst du wissen, dass ich etwas Besonderes bin?«

»Ich weiß es einfach!«

»Woher?! Ich bin nichts weiter, als ein Mittel zum Zweck, mit dem Bonus, dass du mich ficken kannst!« Okay, ich hatte nicht vor, dieses Gespräch in diese Richtung gehen zu lassen, aber ich glaube, dass es gerade richtig ist, um das zu hören, was ich hören muss.

»DU BIST WAS?! SAG MAL, HAST DU IN MEINER ABWESENHEIT DEN VERSTAND VERLOREN?!«

»Ich weiß es, Santino… du musst es nicht leugnen und es ist okay. Ich bin dieses Gefühl gewohnt…« So, das scheint ihm den Rest gegeben zu haben. Er steht auf, schlägt mit voller Wucht auf den Tisch und sieht mich mit einem Blick an, der mehr Schmerz, als Wut zeigt.

»Du bist dieses Gefühl also gewohnt, ja? Ich dachte, du kennst es nicht, geliebt zu werden?« Er hat es gesagt…

»Was?«, frage ich und hoffe, er sagt es nochmal… nur noch einmal. Oder ein paarmal mehr.

»Du hast mich schon richtig verstanden.«

»Habe ich nicht.« Gott, er wird mich umbringen, wenn ich so weiter mache. Er wendet sich ab und geht in Richtung Tür. Gerade als ich denke, dass er geht, schlägt er so stark zu, dass er ein Loch durch die Tür bricht.

»ICH LIEBE DICH, ALAIA! FUCK!!«, brüllt er, kommt auf mich zu und zieht mich in den Stand. Unsere Lippen prallen aufeinander und sind der Beginn eines Kusses, den ich bisher noch nie erlebt habe. Er ist wild, hungrig, beinahe schon verzweifelt, und dennoch voller Liebe.

Ich musste diese Worte aus seinem Mund hören, um zu spüren, was sie mit mir machen. Und sie taten genau das, wovon ich mein Leben lang geträumt habe.

Sie geben mir alles. Kraft, Mut, den Sinn des Lebens. Sie nehmen mir all den vergangenen Schmerz, küssen jede meiner Narben und zeigen mir, was ich bin. Ich bin etwas Besonderes, jemand, der es verdient hat, geliebt zu werden. Ich löse mich von ihm, stoße ihn auf seinen Stuhl zurück und gehe wortlos zu seinem Laptop und öffne die Musik-App. Santino sieht mich verwirrt an, traut sich aber nicht etwas zu sagen. Ich tippe das Lied an, zu welchem ich gestern die ganze Zeit getanzt habe.

Kaum beginnt das Lied, klettere ich auf den Tisch und setze mich auf meine Beine. Durch die Fernbedienung, die vor mir auf dem Tisch liegt, dimme ich das Licht ein wenig, um es der Atmosphäre anzupassen.

Der Blick meines Mannes schwankt von *ich verstehe die Welt nicht mehr* zu *gib mir mehr davon.*

Ich schließe die Augen, konzentriere mich auf das Lied, warte bis ich die Melodie durch meine Adern fließen spüre und beginne damit, den Knoten, zu dem ich meine Haare zusammengebunden habe, zu öffnen. Ich schüttle meinen Kopf, werfe sie mir über die Schulter und stehe auf. Mein Körper beginnt sich wie von selbst zur Melodie zu bewegen. Leicht, sinnlich, und verführerisch.

Mit meinen Händen fahre ich meinen Körper entlang, vergrabe sie in meinen Haaren und wandere dann zum Bund meines Pullovers.

Langsam, fast schon zu langsam, ziehe ich ihn mir über den Kopf und stehe oben ohne vor Santino, dessen Augen ihm fast aus dem Kopf fallen. Wenn er nur wüsste, dass ich nicht nur auf meinen BH, sondern auch auf mein Höschen verzichtet habe…

Ich lasse meine Finger federleicht über meine nackte Haut wandern, und verursache mir damit selbst eine Gänsehaut. Ich sehe Santino in die Augen, kann die Gier in ihnen sehen, die Ungeduld, die darauf wartet, mich zu berühren. Meinen Blick immer noch auf seinen gerichtet, schiebe ich mir einen Finger in den Mund, spiele mit meiner Zunge damit und lasse ihn dann über meine bereits harten Nippel kreisen. Ich weiß nicht, was mich mehr anmacht. Der dunkle Ausdruck in Santinos Augen oder das Gefühl, das ich gerade empfinde. Mit wenigen Schritten nähere ich mich Santino, der, wie ich sehen kann, bereits hart ist. Vor ihm komme ich zum Stehen, drehe ihm den Rücken zu und beginne mir langsam die Hose auszuziehen. Um dem Ganzen noch etwas mehr Feuer zu verleihen, beuge ich mich nach vorn, sodass er von hinten einen freien Blick auf meinen Intimbereich hat. Ich höre seinen hektischen Atem hinter mir. Er ringt mit sich, aber ich muss sagen, mir geht es genauso. Ich streife mir die Hose von den Beinen, gehe auf alle Viere und schwinge meine Haare nach hinten. Ich kann bereits spüren, wie mir die Lust über die Innenschenkel läuft. Ich drehe mich in seine Richtung, seine Augen fast schwarz vor Lust. Er öffnet seinen Gürtel, befreit seine Erektion, umschließt sie mit seiner Faust und beginnt sie zu bearbeiten.

Santino legt den Kopf in den Nacken, schließt seine Augen, öffnet sie jedoch schnell wieder, nur um mich wieder anzusehen. Er bewegt seine Faust schneller, wirkt immer wilder.

Ich setze mich auf die Tischkante, spreize meine Beine und fahre mit einer Hand zu meiner Pussy. Dort beginne ich, mit einem Finger, meinen Kitzler zu umkreisen und schiebe ihn anschließend in mich.

»Fuck…«, entfährt es ihm und sorgt dafür, dass ich meinen Finger schneller in mir bewege. Auch mir entfährt ein Stöhnen. Sofort lässt er seinen Schwanz los, zieht sich sein Shirt vom Kopf und steigt aus seiner Hose.

»Nur ich sollte dich derart zum Stöhnen bringen, Amore«, flüstert er, vergräbt eine Hand in meinen Haaren und mit der anderen zieht er mich weiter an die Tischkante. Er drückt seine Lippen auf meine, und als seine Zunge um Einlass bittet, gleitet auch sein Schwanz in mich. Wir stöhnen beide gleichzeitig auf. Einerseits vor Erleichterung, andererseits vor Erregung. Jetzt ist der richtige Moment. Ich werde mich fallen lassen.

»Ich liebe dich auch. So sehr, das kannst du dir gar nicht vorstellen«, gestehe ich leise, will meine Lippen wieder auf seine drücken, doch er zieht den Kopf zurück.

»Fuck, was? Bitte, sag das nochmal und sieh mir dabei in die Augen.«

»Ich liebe dich, von ganzem Herzen, Santino. Mit Leib und Seele. Bis dass der Tod uns scheidet.« Er besiegelt meine Worte mit einem Kuss, der mehr zeigt, als er jemals hätte sagen können. Er hebt mich von der Tischkante, drückt mich mit dem Rücken an die Wand und beginnt mich hart zu ficken.

»Fuck, du liebst mich…«

»Oh Gott… ja, ja, ich liebe dich. Scheiße, bitte hör nicht auf, bitte«, flehe ich stöhnend.

Er rammt sich härter in mich, bis zum Anschlag und lässt mich aufschreien. Er ist so groß, so verdammt dick, und dennoch, so perfekt für mich.

Wir entfernen uns von der Wand, er lässt mich runter, nur um mich über den Tisch zu beugen und mich von hinten zu ficken. Seine Handfläche klatscht laut auf meinen Arsch. Nochmal und nochmal. Er zieht mich an den Haaren nach hinten, drückt mir leicht die Kehle zu und rammt sich immer schneller in mich. Unser Stöhnen füllt den Raum, genau wie unser hektischer Atem. Die klatschenden Geräusche unserer Haut werden immer lauter, immer schneller und ich frage mich, woher nimmt er die Ausdauer? Er vereint unsere Lippen, steckt so viel Liebe in diesen Kuss, dass mir die Tränen aus den Augen kullern. Niemals hätte ich gedacht, dass es sich so toll anfühlen muss, geliebt zu werden. Santino beginnt leicht in mir zu zucken, aber ich will nicht, dass es endet. Ich schiebe ihn von mir, gehe auf die Knie und ohne auf eine Reaktion zu warten, nehme ich seinen Schwanz in den Mund. Ich kann meine Lust auf ihm schmecken, der süßliche Geschmack gemischt mit seinen Lusttropfen lässt mich fast explodieren. Santino vergräbt seine Hände in meinen Haaren, ballt sie zu einer Faust und spießt mich förmlich auf seinen Schwanz auf. Die würgenden Geräusche, die aus meiner Kehle dringen, scheinen ihn noch weiter anzuheizen. Er wiederholt das immer und immer wieder, entzieht sich aus meinem Mund, setzt mich auf den Tisch und versinkt mit seiner Zunge in meiner Pussy. Jetzt bin ich es, die ihre Hände in seinen Haaren vergräbt. Meine Hüften bewegen sich wie von selbst rauf und runter.

»Ti farò godere come non mai…tu sei mia«, knurrt er, für mich unverständlich.

»Oh… was?«, stöhne ich. Er blickt zu mir und grinst, seine Lippen glänzend mit meiner Lust benetzt.

»Ich werde es dir besorgen, wie kein anderer. Du gehörst nur mir, Alaia, nur mir.« Mit diesen Worten steht er auf, zieht mich bis zum Rand des Tisches und dringt in mich ein. Fickt mich so brutal, dass es sich anfühlt, als würde mein Rücken an der Tischkante aufgeschürft werden. Unsere Blicke sind starr auf den anderen gerichtet, wir lassen uns nicht aus den Augen. Er beginnt in mir zu zucken, beißt sich auf die Unterlippe und drückt meine Kehle leicht zu.

»Komm für mich, Amore. Zeig mir, was nur dein Mann mit dir machen kann«, knurrt er und mein Körper reagiert auf seine Worte. Ich komme intensiv, schreiend und glücklich.

»Scheiße, ich liebe dich«, hauche ich. Mit nur zwei Stößen mehr, erlebt auch er seinen Höhepunkt und ergießt sich in mir. Seine Lippen prallen auf meine. Meine Nägel krallen sich in seinen Rücken, während er sich aus mir entzieht und mir anschließend grinsend entgegenblickt.

»Ich liebe dich auch, so unbeschreiblich stark. Und ich bin verdammt froh, dass du vorhin deine Grenzen getestet hast. Ohne dieses Gespräch wäre ich nicht dazu in der Lage gewesen, dir das zu sagen, und jetzt kann ich damit nicht mehr aufhören.« Ich schmiege mich an seine Brust, genieße die Wärme, die von ihm ausgeht, die Sicherheit, die mich umhüllt und bin das erste Mal seit Jahren wunschlos glücklich.

Kapitel 25

Alaia

Nach einer ausgiebigen Dusche, in der wir ebenfalls nicht die Finger voneinander lassen konnten, sitzen wir nun mit Ciro am Esstisch und genießen die Pizzen, mit denen er uns überrascht hat.

»Irgendwie ist etwas anders zwischen euch.« Er sieht uns an, versucht uns zu analysieren.

»Und was, denkst du, ist anders an uns?«, frage ich und grinse meinen Mann an, der ganz ungewohnt neben mir sitzt, statt an seinem Platz am Kopfende.

»Ihr sitzt nebeneinander, könnt die Finger nicht mehr voneinander lassen, seht euch an und grinst direkt. Ihr seid total in Love, oder?«, stellt er fest und sieht leicht angewidert aus.

»Solltest du auch versuchen, Bro. Ich meine, eine Frau zu lieben und sie nicht nur zu ficken, ist ein riesiger Unterschied.« Ciro sieht Santino mit aufgerissenen Augen an und lässt seinen Blick dann zu mir wandern.

»Ich schwöre, du bist eine Hexe! Habt ihr Lust euren Bunker heute ein wenig zu verlassen?«

»Wo willst du hin?«, fragt Santino und greift unter dem Tisch nach meiner Hand.

»Ich dachte, wir gehen ein wenig auf den Wintermarkt. Ihr solltet mal ein wenig an die frische Luft gehen, bevor ihr hier an Sauerstoffmangel sterbt.«

»Hast du Lust?«, fragt Santino und sieht mich neugierig an.

»Wäre das in Ordnung? Ich meine, du wolltest doch nicht, dass dich jemand sieht…«

»Du meinst, er will nicht an die Öffentlichkeit gehen? Keiner kennt sein Gesicht, Bro-Freundin. Ich würde mir eher Gedanken darüber machen, dass er dich nicht der Welt zeigen will, aus Angst, es könnte dich ihm jemand wegnehmen.« Santino lacht, kratzt sich den Bart und sieht leicht verlegen aus.

»Also gehen wir?«, fragt Ciro und klimpert mit den Wimpern.

»Ja, du Nervensäge, warte kurz, wir gehen uns anziehen.« Santino steht auf und zieht mich mit sich. Irgendwie bin ich aufgeregt. Klar, Zuhause so offen und verliebt mit ihm umzugehen ist das eine, aber wir waren, wenn man es genau betrachtet, noch nie unter Menschen. Auch wenn ich mich freue, habe ich dennoch Angst. Im Schlafzimmer angekommen, schnappt er sich eine schwarze Hose und einen schwarzen Pullover. Ich nehme mir ebenfalls eine schwarze Leggings aus dem Schrank, sowie einen grauen Rollkragenpullover. Die Stille, die sich um uns herum ausbreitet, kommt mir seltsam vor.

»Ist alles okay?«, fragen wir gleichzeitig und fangen an zu lachen. Santino zieht mich in eine Umarmung und schaut auf mich herab.

»Du wirkst nachdenklich, was ist los?«

»Ich weiß nicht, es ist seltsam, dass wir raus gehen. Außer bei unserem Einkauf und in deinem Büro haben wir nie etwas anderes gesehen, als unsere eigenen vier Wände. Ich habe nur etwas Angst.« Ich hoffe wirklich meine Ehrlichkeit macht ihn nicht sauer und er versteht es möglicherweise falsch.

»Gott sei Dank, denkst du dasselbe. Mir geht es genauso. Hier fühlen wir uns sicher, können sein, wer wir sind und wie wir sein wollen. Draußen ist es anders, aber wenn du es tun willst, dann tun wir es. Ich würde gerne auch normale Dinge mit dir machen. Lass uns gehen, Amore.« Es ist so verdammt gruselig, dass wir eigentlich immer dasselbe denken. Ich richte meine Haare, schnappe mir meine Stiefel und verlasse gemeinsam mit meinem Mann unser Schlafzimmer. Ciro steht bereits am Fahrstuhl und wartet. Santino reicht mir meinen Mantel, zieht sich seinen eigenen an und drückt den Knopf, der uns zurück in die Zivilisation bringt.

Nach einer relativ stummen Autofahrt kommen wir im Herzen Manhattans an. Hier spielt sich das reale Leben ab. Menschen, egal wohin man sich dreht. Die einen Lachen, die anderen sind in ihre Handys vertieft und wieder andere schauen einfach nur in der Gegend herum. Mir ist nie aufgefallen, wie viele Menschen eigentlich auf den Straßen herumlaufen. Ich war immer so gefangen in meiner eigenen Welt, dass ich alles, was um mich herum passierte, gar nicht so recht wahrgenommen habe. Santino lenkt den Wagen auf einen öffentlichen Parkplatz und stellt ihn in unmittelbarer Nähe des Wintermarktes ab.

»Wir sind da.« Die Unsicherheit in seiner Stimme ist deutlich rauszuhören und scheint auch Ciro nicht zu entgehen. Er klopft seinem besten Freund auf die Schulter und murmelt etwas, für mich Unverständliches, auf Italienisch. Santino nickt daraufhin und steigt aus, um mir die Tür zu öffnen.

»Lass uns Spaß haben, Amore.« Ich ergreife seine Hand, lasse mir von ihm aus dem Wagen helfen und drücke ihm einen Kuss auf die Lippen.

»Ich liebe dich.«

»Ich liebe dich auch, Amore.« Hand in Hand laufen wir, gefolgt von Ciro, zu dem großen, weihnachtlich geschmückten Bogen, der den Eingang des Marktes symbolisieren soll. Ciro bezahlt den Eintritt und somit betreten wir das Wunderland. Vor uns erstecken sich mehrere Meilen mit Zelten, Kinderkarussells und Ständen verschiedener Art. Alles ist wunderschön geschmückt und wird durch den leichten Schneefall zu einem perfekten Wintermarkt. Wir passieren einige Stände, an denen selbstgemachter Weihnachtsbaumschmuck verkauft wird, sowie Dekorationen oder sonstige Basteleien. Die Menschen um uns herum sind glücklich, lachen und geben Geld für Dinge aus, die sie wahrscheinlich, am Ende des Jahres, einfach in eine Kiste werfen und vergessen.

»Wollt ihr Schokofrüchte? Ich will nämlich welche, denn das ist das Allerbeste an Amerika«, schwärmt Ciro. Ich lehne meinen Kopf an Santinos Schulter, der zusammenzuckt, jedoch dann seinen Arm um mich legt.

»Nimm, was immer du willst, Fra. Ich habe alles, was ich brauche.« Er sieht zu mir runter, grinst und drückt mir einen Kuss auf den Kopf.

»Willst du? Ich schwöre, du wirst es lieben.« Ich spüre deutlich, wie sich in mir ein seltsames Gefühl anbahnt, eines, das mir sehr bekannt ist. Die Angst etwas Falsches zu antworten. Wenn ich sonst diese Frage von meiner Mutter gehört habe, und diese mit Ja beantwortete, hatte ich danach die Hölle auf Erden.

Alaia, wie kannst du nur immer so selbstsüchtig sein? Anhand deiner Antwort sehe ich wieder, dass du einfach nichts begriffen hast. Du willst immer nur, tust aber nichts dafür, um dir das auch leisten zu können. Hallen ihre Worte plötzlich in meinem Kopf wieder. Es passiert immer wieder, dass ich mich in verschiedenen Situationen an Aussagen erinnere, die ich versucht habe zu verdrängen.

»Hey, nicht abdriften! Du brauchst dir keine Gedanken, über weiß Gott was, machen. Du bist hier, mit uns, steinreich und in Sicherheit!«, reißt mich Ciros strenge Stimme aus den Gedanken.

»Sorry, ja, ich hätte auch gerne welche«, gebe ich schüchtern zu. Er lächelt mich freundlich an und stellt sich in die Schlange. Santino nimmt mein Kinn zwischen seine Finger und bringt mich dazu, ihn anzusehen.

»Ich will, dass du mir mit der Zeit alles erzählst. Ich will wissen, was dafür sorgt, dass du immer wieder diese Flashbacks bekommst. Manchmal wünsche ich mir, sie hätte dich einfach verprügelt, anstatt dir psychisch so zuzusetzen.« Wenn er nur wüsste wie sehr ich mir das auch wünsche. Körperlicher Schmerz vergeht mit der Zeit, seelischer nicht.

»Sie hat mich immerzu gefragt, ob ich etwas von dem möchte, was ich gerade sehe. Sei es in einem Kiosk, im Supermarkt oder an einem Essensstand. Wenn ich ihre Frage mit Ja beantwortete, hielt sie mir eine Predigt darüber, dass ich immer nur nehmen würde, sie arm machen und ausnutzen würde. Sie wollte, dass ich selbst dafür Sorge, dass ich das bekomme, was ich will. Und irgendwann tat ich das auch.« Die Worte sprudeln nur so aus mir heraus. Santino scheint ein wenig überrascht darüber zu sein, jedoch nickt er und zieht mich in seine Arme.

»Was auch immer es ist, was du haben willst, ich werde es dir geben. Egal wie teuer, egal wie groß und egal wie sinnlos es auch sein mag. Du verdienst alles und das wirst du auch bekommen.«

»Auch ein Pony?«, frage ich und klimpere mit den Wimpern. Er lacht und tippt mit seinem Finger meine Nase an.

»Solange es nicht in unserem Zuhause steht, sondern in einem Stall, der ebenfalls dir gehört. Ja, dann bekommst du von mir auch ein Pony.« Egal wie blöd seine Aussage klingen mag, ich weiß, dass er jedes Wort ernst meint.

Danke, Gott, dass dieser Mann mich entführt hat.

»Schokoerdbeeren für meine Bro-Freundin. Kandierter Apfel für meinen Bruder und ein Mix aus Früchten und Schokolade für mich. Kommt, lasst uns weitergehen.« Ciro übergibt uns die Süßigkeiten und freut sich wie ein kleines Kind über jeden noch so banalen Stand, an dem wir vorbei gehen. An einigen Ständen bleibt er stehen, kauft noch mehr Süßigkeiten oder Tassen und sogar Schmuck für seinen Weihnachtsbaum. Wenn mich nicht alles täuscht, haben wir hier einen echten Weihnachtsliebhaber. Während er die Stände abklappert und sicher tausende von Dollar bei ihnen liegen lässt, laufen Santino und ich weiter, bis die Stimme einer älteren Frau uns anhalten lässt.

»Verbundene Seelen. Zwei Menschen, zwei Herzen, eine unglaublich starke Liebe. So ein starkes Band habe ich zuvor noch nie gesehen«, sagt sie und zieht meine Aufmerksamkeit auf sich. Ich drehe mich in ihre Richtung und gehe automatisch auf ihr Zelt zu. Vor mir sitzt eine ältere Frau, mit weißen Haaren und einem Kopftuch, welches sie nur um ihren Oberkopf trägt.

Sie ist in eine Decke eingekuschelt und blickt auf die Tarotkarten, die vor ihr ausgebreitet auf dem Tisch liegen.

»Alaia, nicht. Das ist nur Geldmacherei, ich will nicht, dass sie etwas sagt, was dich triggern könnte.« Santino ist wirklich besorgt, jedoch hat sie mich mit ihrer Aussage überzeugt.

»Haben Sie damit uns gemeint?«, frage ich und setze mich auf den Stuhl, der ihr gegenübersteht. Sie hebt ihren Kopf. Sofort halte ich inne und suche Santinos Blick. Auch er scheint geschockt zu sein und nimmt ebenfalls Platz. Die Frau uns gegenüber ist blind.

»Ja, meine Schöne. Ich habe eure Verbindung gespürt. Die Macht eurer Liebe ist deutlich zu spüren. Euch beide verbindet nicht nur das Treffen in der Vergangenheit, nein, es ist mehr als das. Eure Seelen sind miteinander verbunden. Eure Liebe ist stark, für manch andere vielleicht sogar zu stark. Aber ihr könnt damit umgehen, ihr müsst. Du, mein Junge, gib Acht auf sie. Sie ist zerbrechlich, stand mehrmals an der Schwelle ins Jenseits, bereit diesen Schritt zu gehen. Du warst es, der ihr den Weg zurück gezeigt hat. Das wirst du auch weiterhin. Und bitte, egal zu welchen Mitteln du greifen musst, egal, wie brutal sie dir vorkommen, nutze sie.«

»Was meinen Sie damit?«, fragt Santino und greift nach meiner Hand.

»Lass dich nicht täuschen, mein Junge. Selbst dein eigenes Blut wird es versuchen und… und *sie* muss darunter leiden. Du musst, wenn es so weit ist, kämpfen! Nicht mit Waffen, nicht mit dem Tod, jedoch musst du versuchen, genau dies zu verhindern. Du musst an ihrer Seite sein, musst sie heilen und ihr den Weg zurück ins Leben zeigen. Und merke dir folgende Worte: Egal wie grausam und hart, egal wie viel Überwindung es dich kostet, tu es und hole sie zurück.« Ich verstehe kein Wort von dem, was sie sagt. Santino scheint es ähnlich zu gehen.

»Woher zurückholen?«, frage ich.

»Aus dir selbst. Mein Kind, denk bitte daran, dass ihr beide euch wieder habt, ist Schicksal. Ihr seid nicht nur

Seelenverwandte. Ich sage euch, dass ihr mehr seid als das. Ich kann die Besessenheit deines Mannes spüren, sie fließt ihm durch die Adern, fast noch mehr als dir selbst. Ihr seid Zwillingsseelen. Ihr wart bereits in früheren Leben zusammen, doch er hat dich immer wieder verloren. Nur ein Schnitt reicht und er leidet bis in sein nächstes Leben. Ihr braucht einander, ihr liebt einander. Das wird dir ein letztes Mal das Leben retten und der Kreislauf wird sich schließen. Denkt an meine Worte! Ihr werdet sie brauchen... zwei verbundene Seelen, zwei Körper und zwei Herzen. Sie können nur existieren, solange der andere lebt... ihr... ihr schafft das. Und jetzt geht, bevor euer Freund an einem Zuckerschock stirbt.« Ich folge ihrem leeren Blick und sehe Ciro, der bereits den zweiten Eimer Schokofrüchte verschlingt.

»Gebt aufeinander Acht, denn dann kann nicht mal der Tod euch scheiden, auch wenn er es versuchen wird.« Mit diesen Worten steht sie auf und lässt eine Karte auf den Tisch fallen. Ich strecke meine Hand nach ihr aus und...

»Der Tod...«

»Er muss nicht immer das Ende bedeuten, mein Kind. Neues Leben, eine neue Chance. Der Phönix, der aus der Asche aufsteigt. Das bist du, nur, bitte...«, sie kommt näher, so, dass nur ich sie hören kann.

»Bitte beende dein Leben nicht. Lass es nicht so weit kommen, dass er dich nicht findet. Das würde ihn ebenfalls töten. Eure Herzen schlagen im gleichen Takt, ohne dich würde seines damit aufhören. Du bist stark, meine Liebe. Stelle dich dem Monster, welches dich dazu gebracht hat, den Schmerz zu genießen, und schließe dieses Kapitel. Es gibt neue Monster und diese werden dich brechen. Sie werden es schaffen und du wirst die sein, die sich danach alles zurückholen wird.« Sie dreht sich um und lässt uns allein. Ihre Worte machen mir Angst, sehr sogar.

»Ich habe alles gehört, auch wenn sie denkt, dass es nicht so ist. Egal welche Monster es sein werden, wir werden sie töten. Wir beide, denn mit einem hatte sie Recht. Unsere Herzen schlagen im selben Takt und ich liebe dich mehr als mich selbst, Amore.«

Ich beuge mich zu ihm und drücke ihm einen Kuss auf die Lippen, denn uns steht etwas Böses bevor.

Es ist nicht der Besuch bei meiner Mutter, zu dem ich mich gerade entschlossen habe, nein. Es ist schlimmer, ich weiß es. Denn jetzt, wo mein Blick auf die Tarotkarten fällt, erkenne ich es: Das große Pech, das Leid, den Kummer und die zwei Seelen, die kämpfen müssen, um diesen Rückschlag zu verkraften. Werden wir das schaffen? Sind wir stark genug? Ich hoffe es…

»Was tut ihr denn hier? Ich habe euch gesucht! Kommt! Wir gehen einen Weihnachtsbaum kaufen!«, ruft Ciro und steht vollbepackt vor uns.

»Wofür?«, fragt Santino und scheint genauso abwesend zu sein, wie ich.

»Ihr beide seid so in eurer Blase der Liebe gefangen, dass ihr vergessen habt, dass in zwei Tagen Heiligabend ist. Gott, was würdet ihr nur ohne mich tun.«

Jetzt wo er es sagt… Es ist bald Weihnachten. Das erste ohne Brian, ohne meine Mom…

»Feierst du Weihnachten?«, fragt Santino vorsichtig, um keinen Trigger zu treffen.

»Naja, nicht so, wie ihr es kennt. Das habe ich das letzte Mal, als mein Vater noch da war.« Die beiden schauen sich grinsend an.

»Na dann, lasst uns einen Baum kaufen gehen. Meine Frau verdient ein richtiges Fest!«, verkündet Santino, nimmt meine Hand und führt uns zum Ausgang, direkt zu seinem Wagen.

Dort angekommen, beschließe ich, Santino in meinen Plan bezüglich meiner Mutter einzuweihen. Ich dränge mich vor Ciro und setze mich auf den Beifahrersitz.

»Ey! Blöde Kuh!«, meckert er und setzt sich widerwillig auf die Rückbank. Kaum haben wir die Sicherheitsgurte angelegt, startet Santino den Motor und fährt los.

»Glaubst du, dass an ihren Worten etwas Wahres dran ist, Amore?«, fragt er, während er den Blick starr auf die Straße hält.

»Ich bin mir nicht sicher, wenn ich ehrlich bin. Die meisten Dinge, die sie gesagt hat, haben gestimmt. Ich hoffe nur, dass sie sich bezüglich des Rests täuscht.« Er ergreift meine Hand und fährt mit seinem Daumen zärtlich über meinen Handrücken.

»Das hoffe ich auch, Amore. Das hoffe ich auch…«

»Was labert ihr? Ihr wollt mir jetzt aber nicht sagen, dass ihr euch die Karten habt legen lassen, oder? Ihr wisst schon, dass solche Zigeuner nur Müll reden?!« Wenn der nur wüsste… Weil ich nicht weiter auf ihre Vorhersagen eingehen möchte, nehme ich all meinen Mut zusammen und wende mich meinem Mann zu.

»Baby, darf ich dich um einen Gefallen bitten?«

»Alles, was du willst, Amore.«

»Können wir meine Mutter besuchen? Ich will mich dem Ganzen stellen. Und wer weiß, vielleicht ist sie durch den Entzug anders geworden. Vielleicht weiß sie, was sie falsch gemacht hat.«

Er dreht seinen Kopf zu mir, zieht seine Augenbraue nach oben, spart sich jedoch seinen Kommentar.

»Natürlich. Ciro, ruf in der Klinik an und sag ihnen, dass wir morgen kommen.« Ohne ihm zu antworten, tätigt er den Anruf und macht einen Termin für morgen aus. Ich weiß nicht, ob ich mich freuen soll, dass ich sie sehe oder ob es ein riesiger Fehler ist, jedoch tue ich das, was die Dame aus dem Zelt gesagt hat. Ich stelle mich dem ersten Monster, das mich dazu getrieben hat, mir selbst den Tod zu wünschen. Ich hoffe nur, dass dies auch wirklich die richtige Entscheidung ist.

»Ich werde die ganze Zeit nicht von deiner Seite weichen, Alaia. Wir stehen das zusammen durch. Das und noch viel mehr.« Santinos Worte geben mir Kraft. Es fühlt sich an, als würde ich, mit ihm an meiner Seite, alles schaffen. Egal wie schwer es auch sein mag, welche Entscheidungen ich in Zukunft treffen werde, ich weiß genau, dass er mich immer unterstützen wird, so wie ich ihn. Bei allem, für immer.

Kapitel 26

Santino

Wir haben beinahe zwei Stunden lang nach einem Baum gesucht, bis Ciro endlich den gefunden hat, der ihm am besten gefällt. Und anstatt ihn zu sich nach Hause zu bringen, steht er jetzt bei uns im Wohnzimmer. Die beiden haben, während ich mich nochmal ins Büro verkroch, das gesamte Penthouse weihnachtlich geschmückt. Ich komme mir vor, als wäre das Winterwunderland in mein Haus gezogen. Ich warte nur auf den Moment, in dem Santa aus irgendeiner Ecke springt. Auch wenn mir das alles nicht gefällt, toleriere ich es, für Alaia. Als Ciro die bunte Lichterkette an den Strom angeschlossen hat, erstrahlte das Gesicht meiner Frau, wie der hellste Stern am Himmel. Man konnte ihr deutlich ansehen, dass sie so etwas noch nie gesehen hat, beziehungsweise nicht in so einem Ausmaß. Ciro hat mit dem Besuch auf dem Wintermarkt alles richtig gemacht.

Jetzt steht sie hier, nackt vor mir, unter der Dusche, bereitet sich auf den Besuch bei ihrer Mutter vor, von dem ich allerdings nicht begeistert bin. Ich will nicht, dass es ihr danach schlecht geht. Wenn ich nur daran denke, wie sie diese Flashbacks ausknocken, will ich mir nicht vorstellen, wie es sein wird, wenn sie sich wiedersehen. Ich hoffe nur, dass sie das übersteht und es sie nicht wieder derart zurückwirft, dass sie seltsame Gedanken hegt.

»Anstatt so zu starren, kannst du auch einfach reinkommen, Baby«, sagt sie und grinst mich verführerisch an. Dieses kleine Luder.

»Wenn ich das wirklich tun soll, dann kommen wir zu spät zu unserem Termin. Wenn ich mich jetzt zu dir geselle, dann verlassen wir diese Dusche erst, wenn wir verschrumpelt sind.« Sie lacht, steigt aus der Dusche und wickelt ihren atemberaubenden Körper in ein Duschtuch.

»Bist du nervös?«, frage ich und hoffe, sie antwortet ehrlich…

»Ja, sehr sogar. Ich weiß nicht genau, wie sie darauf reagieren wird, wenn sie erfährt, dass sie wegen meinem Mann in dieser Klinik ist. Und noch weniger weiß ich, ob sie sich freuen wird, mich zu sehen. Ich bezweifle es nämlich.« Sie sieht mich durch den Spiegel an, während sie sich die Wimpern tuscht und hellen Lippenstift aufträgt. Da ich nicht weiß, was ich darauf sagen soll, schaue ich sie nur an. Sie ist so unendlich schön. Ihre einzigartigen Augen, ihre vollen Lippen. Ihre langen schwarzen Haare, die, durch die roten Highlights, ihre Schönheit noch perfekter machen. Sie ist der Hauptgewinn und sie gehört mir. Für immer meins.

»Ich liebe dich, Alaia. Wirklich, ich kann mir nicht vorstellen, jemals wieder ohne dich zu sein. Du bist für mich die Luft, die ich zum Atmen brauche, das Licht, das meine dunkle Welt erhellt. Du bist die Welt, meine Welt«, platzt es aus mir heraus, bevor ich es zurückhalten kann. Sie dreht sich mit Tränen in den Augen um, sieht mich an und schlingt ihre Arme um mich.

»Du weißt genau, wann ich es brauche so etwas zu hören, oder? Ich liebe dich auch, Baby.« Jedes Mal, wenn ich sie das sagen höre, habe ich das Gefühl, die Welt steht still.

Es gibt nur uns beide. Keine Feinde, keine Freunde, kein Leben außerhalb unseres Zuhauses. Ich danke dem Schicksal jeden Morgen, wenn ich neben ihr aufwache, dass ich solch ein Glück haben darf. Jetzt verstehe ich auch, wieso ich mein Leben lang keine Frau an mich ranlassen wollte. Wieso ich sie nur für Sex, statt für Liebe benutzt habe. Alaia ist in einer so kurzen Zeit der Sinn meines Lebens geworden. Dort wo zuvor nur Platz für das Geschäft und meine Rache war, ist jetzt sie. Überall. Nur sie.

»Los, zieh dich an und lass uns gehen. Wir sollten noch einkaufen, um Lebensmittel für morgen Abend zu holen. Mamma besteht drauf, dass wir beide kochen.« Wieder strahlen ihre Augen vor Glück. Ich hoffe, der Besuch bei ihrer Mutter lässt es nicht erlöschen. Alaia drückt mir einen Kuss auf die Brust und verschwindet im Schlafzimmer. Ich folge ihr durch den Flur und stelle fest, dass alles um mich herum so kalt und lieblos ist. Ich sollte Bilder anbringen, sollte sie fragen, wie es ihr gefallen würde. Sie soll ein Zuhause haben, in dem sie sich wohl fühlt. In dem sie gerne ist.

»Amore?«, rufe ich ihr nach.

»Ja?« Ich gehe zu ihr, beobachte sie dabei, wie sie ihre schwarze Leggings, einen weißen Pullover und ihre schwarzen Stiefel anzieht.

»Ähm… Was ich fragen wollte…«, ich kratze mich verlegen am Bart, unsicher wie ich das Gespräch anfangen soll.

»Ja? Was willst du mich fragen?« Sie dreht sich zu mir, schiebt mich aufs Bett und setzt sich auf meinen Schoß.

»Gefällt es dir hier?«

»Ja, wieso fragst du?«

»Würdest du etwas ändern wollen? Also, was die Innengestaltung angeht?«

Sie schaut mich leicht verwirrt an, lässt ihren Blick durch den Raum gleiten und sieht mich dann wieder an.

»Ja, vielleicht hier und da, wieso fragst du?«

»Dann schauen wir uns nach den Feiertagen um und besorgen alles, was dein Herz begehrt. Mir ist schon aufgefallen, dass es etwas kühl eingerichtet ist.«

»Aber es gefällt dir. Wieso sollten wir dann etwas ändern? Selbst wenn wir in einer Hütte im Wald wohnen würden, nur mit einem Tisch, einem Stuhl und einem Bett. Solange du bei mir bist, ist mein Zuhause vollkommen.« Fuck! Habe ich schon erwähnt, dass ich diese Frau über alles liebe?

»HALLOOOOOO!!! TINO, PACK DEN PIMMEL EIN, ICH BIN DA UM EUCH ZU BEGLEITEN!«, ertönt die Stimme meines besten Freundes und ich spiele mit dem Gedanken ihn zu töten.

»Wieso muss er immer dann kommen, wenn wir gerade romantisch sind?«, fragt sie und scheint dasselbe zu denken, wie ich.

»Ich habe gerade daran gedacht ihn umzubringen«, gebe ich zu und entlocke ihr damit ein lautes Lachen. Wir verlassen gemeinsam das Schlafzimmer und gehen zu meinem besten Freund.

»Hallo, Mr und Mrs Moreno. Ich hoffe, Sie hatten eine angenehme Nacht. Ich bin heute Ihr Fahrer und hoffe, Sie werden meine Dienste weiterhin in Anspruch nehmen.«

Idiot. Komplett verblödeter Idiot. Er trägt eine fucking Chauffeurmütze. Alaia bricht in schallendes Gelächter aus und nimmt ihn in den Arm.

»Ihre Frau scheint bereits zufrieden zu sein. Kommt, lasst uns fahren, wir haben einen wichtigen Termin.« Habe ich eigentlich schonmal erwähnt, dass er ein Idiot ist?

Wir folgen ihm in den Fahrstuhl und fahren direkt in die Tiefgarage, wo bereits der große, schwarze Range Rover bereitsteht. Ciro öffnet Alaia die Tür. Sie rutscht auf der Rückbank zur Seite und klopft neben sich.

»Kommst du?«, fragt sie zuckersüß. Ich nicke und steige zu ihr auf die Rückbank. Ciro gibt die Adresse der Klinik ein und fährt los. Auf geht's, in die Hölle der Ashley Jai.

Nach einer einstündigen Fahrt kommen wir endlich im Saint-Phillips an. Das ist eine der besten Entzugskliniken des Landes. Ich habe keine Kosten gescheut, als ich Ashley hier angemeldet habe. Eigentlich wollte die Institutsleitung sie nicht aufnehmen, weil sie weder krankenversichert war, noch freiwillig hergekommen ist. Schon seltsam, dass sich ihre Meinung nach einer 100.000 Dollar Spende geändert hat und sie Ashley auch betäubt aufgenommen haben. Mein Blick fällt auf Alaia, die wie gebannt aus dem Fenster starrt. Ich kann mir sehr gut vorstellen, wie sehr sie mit sich zu kämpfen hat.

»Soll ich hier warten?«, fragt Ciro und reißt sie aus ihrer Schockstarre.

»Ja, bitte, ich will, dass wir direkt gehen können, sollte etwas schiefgehen.« Er nickt, macht es sich bequem und zieht sein Handy aus der Hosentasche. Alaia und ich steigen aus und laufen Hand in Hand durch den Hof der Klinik. Ich kann die Nervosität, die durch ihre Adern fließt, deutlich in meinen spüren.

Sie ist aufgewühlt, voller Angst und trotzdem hat sie einen kleinen Funken Hoffnung, dass ihre Mutter sich nicht wie eine Bitch verhält.

Ich führe sie durch die Empfangshalle, direkt zu den Fahrstühlen und fahre in das Stockwerk, in das ich ihre Mutter einquartiert habe.

»Müssen wir uns nicht anmelden oder so?«, fragt sie und scheint immer noch nicht verstanden zu haben, mit wem sie verheiratet ist.

»Wir müssen nichts, mein Herz. Wir sind die Morenos, das solltest du nicht vergessen.«

»Ich dachte die Menschen kennen dich nicht«, merkt sie an. Sehr gut aufgepasst, denn hier wird es spannend.

»Die meisten Menschen kennen den CEO nicht. Stattdessen verbinden sie mein Gesicht mit dem eines Mafiosos. Doch kaum jemand ahnt, dass die Mehrheit von ihnen einen legalen Job ausübt – und dabei für mich arbeitet. Das ist aber auch meine Abmachung mit dem Gesetz: Solange ich ihnen die besten Informationen liefere, lasse ich mir nicht vorschreiben, was ich tun oder lassen soll.« Bevor sie etwas sagen kann, öffnen sich die Türen des Fahrstuhls und wir kommen dort an, wo wir hinwollen. Ich nehme ihre Hand, führe sie den hellen, mit Licht durchfluteten Gang entlang und bleibe direkt vor dem Zimmer ihrer Mutter stehen. Aus dem Inneren dringt eine Stimme, die mich zur Weißglut bringt.

»Sie hat es für dich getan, Ash. Und ich glaube, dass einer ihrer Stammkunden sie entführt hat. Sie sah seltsam aus, irgendwie, als wäre sie nicht sie selbst. Sie wollte mir weiß machen, dass sie verheiratet ist! Einfach so! Wir müssen etwas tun.« Dieser verfickte Brian! Alaia stößt die Tür auf, läuft auf ihn zu und verpasst ihm eine schallende Ohrfeige. Brian bleibt der Mund offenstehen und er schaut zwischen ihr und mir hin und her.

»Sag mal, hast du vollkommen den Verstand verloren?«, sagt ihre Mutter und setzt sich in ihrem Bett auf. Ihre schwarzen Haare fallen ihr ins Gesicht, ihre Stimme klingt kalt und distanziert.

In mir brodelt eine unbändige Wut und ich hoffe wirklich, dass ich sie unter Kontrolle halten kann.

»Du fragst mich, ob ich den Verstand verloren habe, Mom? ...«

»Al, du kannst mit uns reden, oder zumindest mit mir. Wir waren uns noch nie so fremd wie die letzten Wochen. Du bist von einem auf den anderen Tag verschwunden, das wäre dir im Traum nicht eingefallen. Und dann treffe ich dich und du redest davon verheiratet zu sein. Und das auch noch mit dem mysteriösen Typen vom Friedhof, den außer dir keiner zu Gesicht bekommen hat. Was ist nur los mit dir? Nimmst du etwas?«

»Sicher tut sie das! Wäre sie noch bei klarem Verstand, hätte sie es nicht zugelassen, dass man mich einsperrt. Ich meine, welche Tochter würde das tun?« Ich bin wirklich am überlegen, Alaia am Arm zu packen und sie hier wegzubringen, aber ich glaube, sie braucht das. Das wird das Ende eines Kapitels.

»Welche Mutter würde, anstatt für Essen zu sorgen, lieber saufen? Das ganze Erbe, welches unser Leben erleichtern sollte, sinnlos in Bars ausgeben?! Welche Mutter würde nicht merken, dass ihre Tochter die ganze Nacht weg ist, morgens nach Hause kommt und aussieht wie eine Nutte? Welche Mutter würde, verdammt nochmal, nicht merken, dass ihre Tochter unzählige Male versucht hat, sich das Leben zu nehmen?! Sag es mir, Mom!« Fuck, das muss gesessen haben. Ashley sieht ihre Tochter an, als wäre sie von einem anderen Stern. Auch Brian sieht aus, als würde er gleich anfangen zu kotzen.

»Du fragst dich, was für eine Tochter ihre Mutter einweisen lassen würde? Eine, die liebt, obwohl sie nie geliebt wurde. Eine, die will, dass ihre Mutter lebt, ohne sich Tag ein, Tag aus, die Sinne zu betäuben.«

Alaia setzt sich zu ihrer Mutter aufs Bett und tut etwas, womit ich nicht gerechnet habe. Sie befreit sich aus ihrer Jacke, schiebt die Ärmel ihres Pullovers hoch und entblößt ihre Narben.

»Das tut eine Tochter, welche nur Hass bekommt und trotzdem alles tut, um ihre Mutter am Leben zu erhalten. Wäre es dir aufgefallen, Mom? Wäre dir aufgefallen, dass ich tot bin? Ich glaube nicht. Denn als Brian mich auf den Armen aus dem Haus getragen hat, nachdem ich mir die Pulsadern aufgeschnitten habe, hast du geschlafen! Er hat dich um Hilfe gebeten und du hast ihm gesagt, er soll die Fresse halten! Du hast gesagt, dir sei egal, was mit mir ist, er soll nur dafür sorgen, dass der Whiskey kaltgestellt ist! Tut das eine Mutter ihrer Tochter an?! NEIN, VERDAMMT!« Alaias Stimme zittert vor Wut, doch ihre Mutter verzieht keine Miene.

»Einer von uns hätte wohl sterben sollen. Entweder ich durch den Alkohol oder du durch eine deiner Klingen. Es ist, wie es ist, Alaia. Ohne deinen Vater haben wir beide nichts, was uns verbindet«, sagt Ashley kühl, wendet sich von Alaia ab und starrt aus dem Fenster.

»Al, lass uns reden…«

»Du! Du bist der mieseste beste Freund, der jemals geboren wurde. Du weißt am besten, was sie mir alles angetan hat und was machst du? Du stattest ihr einen Besuch ab, um über mich zu reden! Wisst ihr was? Auch wenn ihr hier sitzt und atmet, seid ihr für mich gestorben. Brian, ich habe dich wirklich geliebt, sehr sogar und das weißt du, aber… aber das ist zu viel.

Ich nehme weder Drogen, noch ist Santino einer meiner Kunden gewesen. Das solltest du eigentlich am besten wissen. Ach, und Mom?« Alaia legt ihre Hand auf den Kopf ihrer Mutter und dreht ihn in meine Richtung. Mein Blick trifft den von Ashley und sie reißt die Augen auf.

»Darf ich vorstellen? Santino Moreno. Mein Mann. Er ist der, der mir gezeigt hat, wie es sich anfühlt, geliebt zu werden. Er hat mir gezeigt, dass man auch ohne Hunger sein kann, ohne Angst vor dem nächsten Tag. Er hat in wenigen Wochen das geschafft, was dir in all den Jahren nicht gelungen ist. Ich fange an, mich selbst zu lieben. Ich bin etwas Besonderes und ich bin, verfickt nochmal, besser ohne dich dran. Er hat unser Haus gekauft und es auf dich überschrieben, er bezahlt deinen Entzug. Also sei so lieb, bleib trocken. Und wenn nicht, dann bitte geh so, dass ich nicht für deine Beerdigung zahlen muss, denn das hast du nicht verdient.« Mit diesen Worten dreht sie sich zu mir, kommt auf mich zu, wird aber von Brian am Arm gepackt.

»Bist du bescheuert? Wie kannst du so etwas sagen? Al, bitte, ich erkenne dich nicht wieder. Wo ist das süße Mädchen hin, welches immer zu mir gekommen ist? Immer mit mir über alles geredet hat?« Sie versucht sich aus seinem Griff zu befreien, doch er drückt fester zu.

»ICH HABE DIR DAS LEBEN GERETTET! SO OFT! HABE ICH ES NICHT VERDIENT, DASS MEINE BESTE FREUNDIN MIT MIR SPRICHT?! MICH NICHT BELÜGT?!«

»Deine beste Freundin existiert nicht mehr. Und wenn du mich nicht gleich loslässt, du auch nicht mehr.« Das ist mein Stichwort. Ich ziehe meine Waffe aus meiner Hose, entsichere sie und ziele auf Brians Kopf.

»Lass.mich.los.«

»Nein! Fuck, Al, ich will dich nicht verlieren! Siehst du denn nicht, was für ein Mann dieser Typ ist? Er trägt eine Waffe!«

»Sie weiß genau, was für ein Typ ich bin, sie hat mich geheiratet. Und ich weiß auch, dass du zu wissen scheinst, wer ich bin. Also Brian, tu uns und dem Reinigungspersonal einen Gefallen und lass meine Frau los, ansonsten wird man dein Hirn von der Wand kratzen können.« Sein Griff wird immer noch nicht lockerer. Sag mal, ist der Typ vollkommen neben der Spur? Ich gehe einige Schritte auf ihn zu, doch nichts. ER LÄSST SIE NICHT LOS!

»Amore, es tut mir leid. Du weißt, ich bin ein Mann, der sein Wort hält, vor allem wenn es um das Versprechen geht, welches er seiner Frau gegeben hat, aber ich glaube, ich muss dieses jetzt brechen.« Sie weiß genau, was ich meine, jedoch ist in ihren Augen kein Funke Angst zu sehen, ganz im Gegenteil. Sie strahlt puren Kampfgeist aus. Ehe ich mich versehe, verpasst sie Brian eine Kopfnuss und trifft ihn an seiner Schläfe, was dazu führt, dass er wie ein nasser Sack umfällt.

»Wow! Das war der Hammer!«, ertönt die Stimme von Ciro hinter mir.

»Du bist nichts weiter als Abschaum, Alaia! Verschwinde!«, ruft ihre Mutter und zeigt auf die Tür.

»Der einzige Abschaum bist du. Ich bin Alaia Moreno und ich, Mom, habe gerade den Teufelskreis durchbrochen. Ich bin frei! Frei von dir! Und das war die beste Entscheidung, die ich treffen konnte.« Mit diesen Worten läuft Alaia an mir und Ciro vorbei und verlässt das Zimmer. Ich muss zugeben, ich war noch nie so stolz wie gerade in diesem Moment. *Alaia Moreno…* Ein Traum!

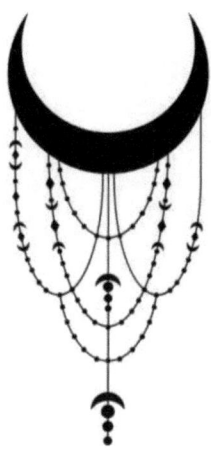

In deinem Blick fand ich den Abgrund, und obwohl ich sah, wie tief er war, ließ ich mich immer weiter fallen. Doch je tiefer ich fiel, desto mehr wollte ich. Mehr von dir-mehr von uns. Selbst wenn es mich zerreißen würde, selbst wenn ich verbluten würde- Jeder Tropfen gehört dir, denn wenn ich blute, dann für dich.

Kapitel 27

Alaia

Nachdem Ciro uns nach Hause gefahren hat, habe ich mich hingelegt und bin sofort eingeschlafen. Das Treffen mit meiner Mutter und Brian hat mich ausgelaugt. Ich weiß, eigentlich sollte ich traurig sein, sollte in mein Kissen heulen, doch ich kann nicht. Denn ich bin nicht traurig. Ich bin stolz auf mich. Nach all den Jahren, in denen ich mich hinter meiner Mauer versteckt habe, habe ich ihr endlich die Stirn geboten. Ich habe es geschafft, ihr all das zu sagen, was sich seit Jahren in mir angestaut hat. Auch wenn das ein oder andere, was ich gesagt habe, vielleicht ein wenig brutal wirkte, war es dennoch notwendig. Sie hat mich erdrückt. Sie wollte mich nie, das hat sie mir heute bewiesen und wieso sollte ich jemandem hinterhertrauern, der mich nicht will? Mich aus irgendwelchen Gründen nicht lieben kann? Es war das Richtige, diesen Schritt zu gehen, nicht nur was meine Mutter angeht, sondern auch Brian. Ihn dort zu sehen, zu hören wie er über mich redet, hat mich tief getroffen. Ist es denn so unglaubwürdig, dass ich jemanden finden könnte, den ich liebe? Der mich auch liebt? Brian und meine Mutter haben sich immer gehasst und plötzlich scheinen sie die besten Freunde zu sein. Er hat mich an sie verraten, nicht nur emotional, sondern auf jede andere erdenkliche Weise. Ich wollte nie, dass sie weiß, dass ich Geld verdiene, in dem ich mich ausziehe.

Brian hat das immer unterstützt, er wollte ebenfalls nicht, dass sie es weiß. Wieso also hat er ihr das gesagt? Ich kann es einfach nicht verstehen. Klar, er scheint sich wirklich Sorgen zu machen und wäre das heute nicht passiert, dann wären wir uns freundschaftlich wieder nähergekommen, aber dieser Zug ist abgefahren.

Ein für alle Mal. Und das liegt nicht an Santino, nein, wirklich nicht. Ich habe es einfach nur satt, ständig auf mir herumtrampeln zu lassen. Die Alaia, die alles mit sich machen lässt, existiert nicht mehr.

Ein leises Klopfen reißt mich aus den Gedanken und die Tür des Schlafzimmers wird geöffnet.

»Bro-Freundin? Bist du allein?«, fragt Ciro und steckt den Kopf durch den Türspalt.

»Ja, komm rein.« Er öffnet die Tür und setzt sich zu mir aufs Bett.

»Alles okay?«, fragt er mit einem Hauch Sorge in seiner Stimme.

»Ja mir geht es gut. Mach dir keine Sorgen. Hast du alles, worum ich dich gebeten habe?« Er nickt, steht auf und reicht mir seine Hand.

»Komm und schau selbst.« Leise schleichen wir an Santinos Büro vorbei und gehen ins Wohnzimmer. Dort angekommen, komme ich aus dem Staunen nicht mehr raus. Ciro hat alle möglichen Geschenke unter dem Baum platziert und die Lichterkette des Baumes eingeschaltet, die den Raum in ein wunderschönes, warmes Licht tränkt.

»Wow, das sieht mega aus!«

»Komm, lass uns hinters Sofa schlüpfen, für den Fall, dass dein Mann aus seinem Büro kommt und sieht, dass du einen anderen im Wohnzimmer beherbergst.« Er ist doch wirklich ein Idiot.

Wir klettern hinter die Couch. Auf dem Boden liegt alles, worum ich ihn gebeten habe. Da ich weiß, dass Santino nicht wollen würde, dass ich ihm etwas schenke, habe ich seinen Freund beauftragt. Ich habe ihm ein Lederarmband anfertigen lassen, das mit einer silbernen Metallschnalle geschmückt ist. Diese ist aber keine gewöhnliche. Wenn man sie öffnet, befindet sich darin ein kleines, blaues Lilienblatt, welches präpariert wurde, so, dass es niemals verwelkt. Für Franka habe ich ebenfalls etwas. Ich habe mich an Santinos Laptop geschlichen, während er arbeiten war und habe zusammen mit Ciro ein Kochbuch erstellt. Es ist voll mit allen Gerichten, die sie bisher von mir gegessen hat, und denen, die sie unbedingt noch probieren wollte. Für Ciro habe ich mir auch eine Kleinigkeit ausgedacht. Ich habe ihm einen Schlüsselanhänger machen lassen. Wenn die Sonne draufscheint, sieht man ein Bild von uns. Ich habe es im Laden bereits verpacken lassen, also weiß er nicht, was sich darin befindet. Wir packen die Geschenke ein und achten darauf, keinen Mucks von uns zu geben.

»Amore?«, höre ich Santino rufen und erstarre.

»Shit! Was machen wir denn jetzt?!«, frage ich Ciro, der nervös mit den Schultern zuckt.

»Wo zum Teufel ist sie…«, murmelt Santino und klingt fast verzweifelt.

»AMORE!« Scheiße, ich muss mich zu erkennen geben. Es scheint so, als würde er denken, ich sei verschwunden.

»Ich bin hier, mein Herz«, rufe ich und lehne mich auf die Couchlehne. Er kommt ins Wohnzimmer, sieht zum Weihnachtsbaum, dann zu mir und verschränkt die Arme vor der Brust.

»Warum, in Gottes Namen, sitzt du hinter der Couch, anstatt auf ihr? Und wo kommen die… Ciro! Wann war er hier?«

Ciro beginnt leise zu lachen und kitzelt mich am Fuß. Ich beginne laut zu lachen und verpasse ihm einen Tritt, ohne zu sehen, wohin ich treffe.

»Bist du in Ordnung? Scheint, als hätte dir der Schlaf nicht gutgetan.«

»Mir geht's gut, geh schon mal ins Bett. Ich komme gleich nach. Ich liebe dich.« Er bewegt sich keinen Millimeter und kommt auf mich zu. Scheiße! Bevor er es schafft, hinter die Couch zu blicken, klettere ich auf sie und küsse ihn.

»Was hast du angestellt?«, fragt er an meinen Lippen und greift hinter die Couch.

»Das gibt's nicht! Wieso ziehst du denn nicht gleich hier ein?!«, fragt er und zieht Ciro an den Haaren vom Boden hoch.

»Warum blutest du aus der Nase? Und wieso versteckt ihr beide euch?« Ich drehe mich zu Ciro und sehe, dass ich einen Volltreffer gelandet habe.

»Kommt davon, wenn man meint mich an den Füßen zu kitzeln.« Santino schüttelt den Kopf und lässt sich auf das weiche Polster fallen.

»Wieso sitzt ihr dort? Was heckt ihr aus?«, fragt er erneut. Ich klettere über die Lehne und setze mich zu ihm. Ciro geht in die Küche und kommt mit einem nassen Küchentuch zurück, mit dem er sich die Nase abputzt.

»Deine Frau ist an allem schuld!«, schimpft er und zeigt mit dem Finger auf mich.

»Das ist nicht wahr, du dummer Esel! Du hast gesagt, es wäre ein gutes Versteck!«, schimpfe ich zurück und zeige ebenfalls mit dem Finger auf ihn. Santino beginnt zu lachen und schlägt sich die Hände auf den Kopf.

»Ihr beide seid schlimmer als Kinder. Es ist mir egal wessen Idee es war. Ich will wissen wieso!« Auch wenn er versucht streng zu klingen, gelingt es ihm nicht.

»Deine Frau hat mich als Diener benutzt. Sie wollte, dass ich Geschenke für dich und Mamma hole und dann schlägt sie mir die Nase blutig.«

»Du hast… Alaia, du musst mir doch nichts schenken…«

»Das habe ich ihr auch gesagt!«

»CIRO, VERPISS DICH DOCH EINFACH BIS ZUM ADENDESSEN!«, rufe ich und entlocke meinem Mann ein Lachen.

»Du hast die Dame des Hauses gehört, Bro. Wir sehen uns zum Essen.« Ciro schüttelt den Kopf, kommt auf mich zu und schnappt sich das Päckchen mit seinem Geschenk.

»Das nehme ich mit! Ist eh für mich.« Er stampft mit gespielter Dramatik weg und drückt den Knopf des Fahrstuhls.

»Es war schön… ich werde jetzt nach Hause gehen. Alleine. In mein kaltes Bett. Ohne Liebe, ohne…«

»Verschwinde!«, rufen Santino und ich gleichzeitig und beginnen laut zu lachen. Sobald sich die Türen geschlossen haben, dreht Santino seinen Kopf zu mir. Jetzt erst fällt mir auf, wie müde er aussieht. Die dunklen Ringe unter seinen Augen sind ausgeprägter als sonst. Auch sein Bart ist länger geworden. Wieso ist mir nicht aufgefallen, wie fertig er aussieht? Ich lege meine Hand an seine Wange und fahre mit meinem Daumen über seinen Bart.

»Geht es dir gut, mein Herz?«, will ich wissen. Santino grinst mich müde an und nickt.

»Mir geht es gut, Amore. Ich bin einfach nur müde. Ich habe so viel Arbeit, du siehst doch selbst, ich schaffe die meisten Sachen im Büro nicht und arbeite Zuhause weiter.«

Er lügt. Ich kann es in seinen Augen sehen. Hat er denn immer noch nicht verstanden, dass wir eine zu starke Bindung haben? Ich klettere auf seinen Schoß und nehme sein Gesicht in meine Hände.

»Und jetzt sagst du mir vielleicht einfach die Wahrheit.« Er atmet tief durch, legt seine Hände an meinen Rücken und schließt die Augen.

»Wir haben noch knapp zwei Wochen, bis wir nach Italien abreisen. Ich habe Angst, dass die Hexe vom Wintermarkt Recht hatte. Was ist, wenn dort etwas passiert?« Er spricht genau das aus, woran ich immerzu denke.

»Den Gedanken hatte ich ebenfalls. Aber weißt du noch, was sie gesagt hat? Das wir zusammen stark sind. Also werden wir, egal was sie tun, ihnen den Arsch versohlen. So wie du an Ciros Nase bereits gesehen hast, sitzen meine Tritte 1A«, sage ich und versuche die Stimmung ein wenig zu lockern.

»Da hast du Recht. Aber jetzt kommen wir zu der Sache mit dem Geschenk. Du weißt genau, dass ich nichts brauche…«

»Weil ich bisher noch nie richtige Geschenke gemacht habe… Ich will euch einfach eine Freude machen, auch wenn es nur was Kleines ist.«

»Da wir in fünf Minuten Mitternacht haben, kannst du es mir auch jetzt schon geben.« Da es mir ohnehin unangenehm wäre, es ihm vor den anderen zu geben, stehe ich auf, klettere wieder hinters Sofa und hole das kleine Päckchen. Santino steht ebenfalls auf, öffnet den Schrank im Flur und kommt mit einem kleinen Geschenk zurück. Wir setzen uns vor den Weihnachtsbaum auf den Boden und tauschen die Geschenke aus. Als die Uhr Mitternacht schlägt, öffnet Santino sein Geschenk.

»Was…«, er öffnet den Verschluss der Metallschnalle und lächelt. Wow, dieser Moment ist wirklich mehr wert, als alles Geld der Welt.

»Danke, Amore. Ich glaube, ich habe noch nie so ein wertvolles Geschenk bekommen…«, er beugt sich vor und drückt mir einen Kuss auf die Lippen.

»Ich liebe dich, meine Schöne.«

»Ich liebe dich auch.« Er legt das Armband an und starrt wie gebannt darauf. Es scheint ihm wirklich viel zu bedeuten. Ich nehme mir sein Geschenk, öffne es und…

»Du hast die Kette repariert?«, frage ich erstaunt, während mir Tränen in die Augen schießen.

»Nicht nur das. Dreh sie um.« Ich drehe den Anhänger um und sehe, was er meint.

-Tu sei la mia felicità – AS-

Diese Worte wurden auf die Rückseite eingraviert.

»Was bedeutet das?«

»Dass du mein Glück bist, Amore. Genau wie die Kette dein Glücksbringer ist, bist du meiner.« Er steht auf, kniet sich hinter mich und legt mir die Kette um. Ich werde sie nie wieder ablegen. Ich will, dass das Glück, welches von ihr ausgeht, niemals endet. Genau wie Santino und ich niemals enden dürfen.

»Danke. Sie zu tragen, fühlt sich noch schöner an als beim ersten Mal«, gebe ich zu und lasse mich gegen ihn sinken. Und so sitzen wir hier. Glücklich, umgeben von gedimmten Lichtern, vollkommen zufrieden und zusammen. Ich glaube, es wird das schönste Weihnachten seit 16 Jahren für mich.

Nachdem wir eng umschlungen auf dem Boden eingeschlafen sind, muss Santino mich irgendwann ins Bett getragen haben. Denn, als ich die Augen öffne, liege ich in meinen weichen Kissen, und werde von blauen Augen begrüßt, die mir entgegenblicken.

»Buon Giorno, Amore mio«, sagt er und stupst mit seinem Finger meine Nasenspitze an.

»Guten Morgen, Baby.« Er drückt mir einen Kuss auf die Lippen und zieht mich auf sich.

»Mamma und Ciro kommen schon früher. Ciro muss nach London und meine Mutter will ihn dorthin begleiten. Sie denkt, wenn er sich alleine mit meinem Bruder trifft, dann könnte es sein, dass er ihn erschießt, und das will sie verhindern.« London? Da war doch Santino auch erst.

»Hast du dich dort auch mit deinem Bruder getroffen?«, frage ich vorsichtig, aus Angst einen wunden Punkt getroffen zu haben.

»Ja, habe ich, unter anderem. Amore, ich will keine Geheimnisse vor dir haben, deswegen will ich dir etwas zeigen. Komm mit.« Er steht auf, schlüpft in eine lockere Hose und reicht mir meinen Bademantel. Gemeinsam verlassen wir das Schlafzimmer und gehen in sein Büro. Nur diesmal ist es nicht das gewöhnliche, nein. Vor mir erstreckt sich ein Raum voller Technik, Bildschirme, irgendwelchen seltsamen Geräten und Festplatten.

»Ach du Scheiße…«, entfährt es mir. Das hier ist das Zuhause eines Hackers.

»Es sieht interessanter aus, als es ist, glaub mir. Komm, setz dich zu mir.«

Santino zieht einen zweiten Stuhl zu seinem Schreibtisch und klopft auf das Polster. Ich nehme Platz und bin gespannt, was genau mich jetzt erwartet. So stelle ich mir eine Zentrale der NSA vor. Santino fährt seinen Hightech Computer hoch und tippt blind auf der Tastatur herum. Es gehen neben dem Hauptmonitor, noch zwei weitere Bildschirme an, auf denen sich mehrere Fenster öffnen. Er tippt einen Ordner, mit der Beschriftung DARK ANGEL, an. Was hat das zu bedeuten?

»Ich habe ein sehr seltsames Gefühl bekommen, als ich die Nachrichten gesehen habe, die Rocco dir geschrieben hat. Wenn mir etwas komisch vorkommt, muss ich dem immer nachgehen, also habe ich mich mit einem Freund getroffen, der ihn ein wenig unter die Lupe genommen hat. Und was ich erfahren habe, brachte mich fast dazu ihn zu töten.« Er öffnet den Ordner und was ich da sehe, lässt mich eine Gänsehaut bekommen.

»Santino, was zum Teufel ist das?«

»Das sind alles Frauen, die im Dark Angel gearbeitet haben. Rocco ist ein Frauenhändler und das ist noch nicht mal das Schlimmste.« Santino öffnet eine Datei.

»Ich glaub mir wird schlecht«, sage ich leise und halte mir den Mund zu. Es ist ein Verkaufsangebot, doch nicht einfach irgendeins. Nein, es ist ein Angebot für mich.

»Er hat es nach wenigen Stunden wieder rausgenommen. Jedoch hat das einige Männer sehr sauer gemacht. Rocco hatte vor dich zu verkaufen. Warum er sich dagegen entschieden hat, weiß ich nicht. Ich denke, dass er sich ein wenig in dich verliebt hat, aber da hat er Pech gehabt«, sagt Santino, nimmt meine Hand und küsst meinen Ehering. Auch wenn die Situation wirklich schrecklich ist, bringt diese kleine Geste mein Herz zum Rasen. Ich verstehe das nicht. Was soll das alles, wieso sollte er sowas tun?

Ich dachte, wir sind Freunde. Und jetzt erfahre ich, dass alles nur gespielt war?! Was bitte, war noch alles gespielt in meinem Leben?

»Ich hätte es dir früher sagen sollen. Jedoch muss ich zugeben, dass ich es vergessen habe, bei allem, was los war.« Er sieht mich reuevoll an, obwohl er ja nichts dafür kann. Er ist es nicht, der mich belogen und betrogen hat. Es sind die Menschen in meinem Umfeld gewesen, die mich so behandelt haben.

»Du kannst nichts für das Verhalten der anderen, Santino. Du kannst mir nur zeigen, wie es ist, besser behandelt zu werden. Du bist mein Neuanfang, meine Gegenwart, meine Zukunft und mein Ende.«

»Das mit dem Ende hört sich übel an«, sagt er grinsend und zieht mich auf seinen Schoß.

»Ist es aber nicht, denn nach der Zukunft kommt der Tod…«, er unterbricht mich, indem er mir einen Finger auf die Lippen legt.

»Rede nicht darüber. Wir haben alle Zeit der Welt und diese sollten wir auch nutzen.« Das Grinsen, welches sich auf seinem Gesicht abbildet, zeigt mir genau, was als Nächstes kommt.

»Ach, ja?«, frage ich und ziehe mir das Shirt, das ich trage, über den Kopf. Santinos Blick fällt auf meine nackten Brüste und lässt ihn hart schlucken.

»Ich habe da so eine Idee, ja.« Ich fahre mit meinen Fingern durch seine Haare, nähere mich seinem Hals und beginne eine Spur aus Küssen darauf zu verteilen. »Lass mich an deiner Idee teilhaben, mein Herz«, hauche ich verführerisch und knabbere an seinem Ohrläppchen. Sein Atem beschleunigt sich und in seiner Hose, unter mir, spüre ich, wie er immer härter wird.

»Ich habe mich schon immer gefragt, wie es wäre, die Frau, die ich liebe, in diesem Raum, genau in diesem Zimmer, zu ficken, während wir uns über die Bildschirme dabei zuschauen können.« Ehe ich verstehe, was er meint, beugt er sich vor, drückt einen Knopf und an den Wänden erhellen sich plötzlich jede Menge Bildschirme. Wohin ich auch schaue, ich sehe uns. Aus jedem Winkel, aus jeder Entfernung.

»Dann sollten wir diese Frage wohl beantworten.« Er hebt mich hoch, steht auf und setzt mich auf den Tisch. Santino befreit sich aus seiner Jogginghose, streift seine Boxershorts ab und steht nackt vor mir. Ich erhasche einen Blick auf die Bildschirme um uns herum. Egal aus welchem Blickwinkel ich ihn betrachte. Er ist perfekt. Mein Mann öffnet die Schublade seines Tisches und nimmt ein Messer heraus. Mein Blick bleibt auf dem scharfen Objekt hängen. Mit schnellen Schnitten schneidet Santino den Stoff meines Höschens durch und verstaut es wieder dort, wo er es her hat. Kaum klickt der Mechanismus der Schublade, geht er auf die Knie, beseitigt den Rest des Stoffes und spreizt meine Beine.

»Mhhmmm, so bereit für mich. Ich kann dich riechen, Amore. Ich kann sehen, wie sehr du dich nach mir verzehrst, wie du genauso besessen von mir bist, wie ich von dir.« Er hinterlässt eine Spur aus Küssen, von meinen Knöcheln, bis hoch zu meinen Schenkeln. Seine zärtlichen Berührungen, seine hauchzarten Küsse, sorgen für eine Gänsehaut auf meinem ganzen Körper. An meinen Schenkeln angekommen, werden aus seinen Küssen, leichte Bisse. Meine Pussy ist bereits tropfend nass, bereit für mehr, bereit für ihn. Plötzlich steht er auf, klappt die Bildschirme zusammen und drückt meinen Oberkörper auf die kalte Tischplatte.

»Ich will, dass du dabei zusiehst, wie meine Zunge dich verwöhnt, dich schreien lässt. Sollte ich sehen, dass du die Augen schließt, darfst du nicht kommen, Amore.« Verdammter Sadist! Bevor ich dazu komme, zu schimpfen, senkt er seinen Kopf und taucht seine Zunge in mich.

»Oh mein Gott…«, stöhne ich, und schaffe es fast nicht, die Augen offen zu halten. Santino stöhnt ebenfalls genüsslich, als sei meine Lust der beste Geschmack seines Lebens. Ich drehe meinen Kopf zu einem der Bildschirme, auf dem die Nahaufnahme von uns zu sehen ist. Fuck! Das ist so verdammt heiß. Santino dringt, mit geschlossenen Augen, immer wieder, mit seiner Zunge, in mich. Zu sehen, wie er es genießt, mich zu schmecken, bringt mich noch mehr in Wallung. Ich drücke ihm meinen Körper entgegen und kann deutlich sehen, wie er grinst. Seine Bewegungen werden langsamer, sinnlicher, während er mit kreisenden Bewegungen über meinen Kitzler reibt. Niemals hätte ich gedacht, dass mein Empfinden dadurch, dass ich ihn genaustens beobachten kann, intensiver wird. Das Bild, welches sich mir bietet, ist so verdammt heiß, dass ich mich nicht länger halten kann. Santino beginnt an mir zu saugen und ich verliere komplett die Kontrolle und komme.

»Fuck! Das ist so verdammt gut!«, stöhne ich und kralle mich in seinen Haaren fest, nur um meine Pussy an seinem Gesicht zu reiben.

»Merda! Willst du, dass ich komme, ohne dich um meinen Schwanz zu spüren?«, knurrt er an meiner nassen Mitte. Er steht auf, greift mir um den Hals, zieht mich nach oben und drückt seine Lippen auf meine. Ohne, dass ich es kontrollieren kann, entfährt mir ein lautes Stöhnen.

»Es ist so verdammt heiß, wie du auf deinen eigenen Geschmack abgehst. Fuck, ich kann es kaum erwarten, bis du deine Lust von meinem Schwanz leckst. Aber nicht jetzt. Denn jetzt will ich dich ficken«. Scheiße, wo kommen diese dreckigen Worte her? Er drückt mich zurück auf die Tischplatte, zieht mich dennoch etwas näher zu sich und starrt neben uns. Ich folge seinem Blick und kann genau sehen, was ihn beinahe sabbern lässt. Sein Schwanz ist direkt vor meinem Eingang, doch das ist nicht das, was ihn fasziniert…

»Siehst du das? Siehst du, wie du für mich ausläufst? Gott, das ist der Wahnsinn!« Mit diesen Worten dringt er so hart und tief in mich, dass uns beiden Laute entweichen, die ich zuvor noch nie gehört habe. So verzweifelt, hilflos und dennoch besessen und voller Lust. Sein Tempo ist schnell, gierig und lässt mich fast kopfüber vom Tisch fallen. Er löst so intensive Gefühle in mir aus, dass sie kaum in Worte zu fassen sind. Ich stehe kurz davor, erneut einen Höhepunkt zu erreichen, als er abrupt abbricht, sich aus mir entzieht, und mich auf den Bauch dreht.

»Ich will, dass du genau hinsiehst, Alaia. Du sollst sehen, wem du gehörst. Wer dich den Rest deines Lebens in den Himmel ficken wird. Fuck, ich liebe dich so sehr.« Mit diesen Worten platziert er sich direkt hinter mir, zieht meinen Kopf leicht nach oben und zwingt mich in einen der Bildschirme zu blicken. Meine Wangen sind leicht erhitzt, Schweiß rinnt mir von meiner Stirn, genau wie bei Santino. Mein Blick ist dunkel, voller Verlangen und Liebe. Mich selbst so zu sehen, wie er es tut, ist unglaublich erregend. Man sieht mir an, dass ich das, was gleich geschehen wird, kaum erwarten kann. Mein Mann dreht meinen Kopf in eine andere Richtung.

Ich kann ihm genau dabei zusehen, wie er sich langsam, fast zu langsam, in mich drückt. Wie er mich ausfüllt, bis nichts mehr, außer unseren vereinten Körpern, zu sehen ist und ich laut stöhne.

»Ich liebe… ich liebe dich auch«, bringe ich hervor und drücke damit einen sensiblen Knopf. Santino vergräbt seine Finger in meiner Hüfte und rammt sich hart in mich. Wie sonst auch, wenn wir Sex haben, existieren nur wir, nur diesmal in mehrfacher Ausführung. Ich weiß gar nicht genau, wohin ich schauen soll. Uns aus so vielen Perspektiven zu sehen, verdoppelt meinen Hunger nach ihm. Ich bekomme nicht genug, will immer mehr von dem atemberaubenden Bild, das wir abgeben.

»Sieh dir an, wie ich dich mit jedem Stoß, aufs Neue, zu der Meinen mache.« Meine Blicke schweifen erneut über die Bildschirme, unfähig mich für einen zu entscheiden. Ich drehe meinen Kopf nach rechts und direkt treffen sich unsere Blicke. Santino sieht genauso lusterfüllt aus, wie ich selbst. Wir verschmelzen miteinander, während er immer und immer schneller wird. Mein Stöhnen erfüllt den Raum, gemischt mit seinem lauten Atem und seinen abgehackten Lauten. Er brauch nicht mehr lange, das kann ich, anhand seines Zuckens in mir, spüren. Jedoch will ich diesmal ein anderes Ende. Ich lasse mit einer Hand die Tischplatte los, führe sie an meinen Kitzler und beginne diesen, in Kombination mit Santinos Stößen, zu bearbeiten.

»Gott, ich will nie wieder einen… einen anderen Mann«, schreie ich meinen Orgasmus heraus. Bevor er sich wieder in mir ergießt, drücke ich ihn aus mir heraus, lasse mich vom Tisch gleiten, drehe mich in seine Richtung und gehe auf die Knie. Ich blicke zu ihm nach oben, nehme seinen Schwanz in die Hand und führe ihn an meine Lippen.

»Ich will dich schmecken, genau wie du mich«, hauche ich mit kratziger Stimme und bevor er etwas sagen kann, fahre ich mit meiner Zunge seine Erektion entlang, lecke meine Lust von ihr und schiebe sie anschließend in meinen Mund. Santino legt den Kopf in den Nacken, stöhnt laut und vergräbt seine Hände in meinen Haaren.

»Du bist für mich gemacht worden. Keine… keine andere Frau würde es schaffen… mich so fühlen zu lassen.« Seine Worte treiben mich an, lassen mich stärker an ihm saugen, ihn tiefer in mich aufnehmen, bis ich mein Würgen nicht mehr zurückhalten kann. Speichel tropft mir aus den Mundwinkeln, doch anstatt es eklig zu finden, scheint es ihm noch mehr zu gefallen. Seine Hände ballen sich zu Fäusten, haben meinen Kopf fest im Griff und bewegen sich immer schneller, bis er sich mit einem letzten Stoß in meinem Rachen ergießt. Sein Geschmack sammelt sich in meinem Mund und gleitet mir langsam die Kehle herunter.

»Scheiße, das ist perfekt«, knurrt er und sieht auf mich hinab. Das ist der Moment, auf den ich gewartet habe. Santino zieht seinen Schwanz aus meinem Mund. Ich sehe ihm in die Augen und schlucke seinen Saft, ohne mit der Wimper zu zucken, runter.

»Das war mit Abstand der schönste Weihnachtsmorgen in meinem Leben«, sagt er und zieht mich zu sich nach oben. Ich schlinge meine Arme um ihn und schmiege meinen Kopf an seine Brust.

»Das war der Wahnsinn«, gebe ich zu und küsse seine tätowierte Brust.

»Das war es wirklich. Komm, lass uns duschen, dann beginnen wir mit dem Kochen.« Ich nehme noch einen tiefen Atemzug von seinem Duft und löse mich dann von ihm. Wir verlassen die Hackerzentrale und machen uns auf den Weg ins Badezimmer.

Dort angekommen, stellen wir uns gemeinsam unter die Dusche und waschen uns gegenseitig. Alles an unserer Ehe scheint perfekt zu sein. Niemals hätte ich gedacht, dass mein Leben einmal so werden wird. Das schlechte Gefühl, welches mich tagtäglich begleitet hat, ist weg. Vollkommen in Luft aufgelöst. Santino gibt mir jede Sekunde das Gefühl, besonders zu sein. Niemals würde ich an seiner Liebe zu mir zweifeln. Es ist offensichtlich, dass wir uns zu schnell dafür entschieden haben, unsere Ehe Wirklichkeit werden zu lassen. Uns gegenseitig unsere Liebe zu gestehen, war ebenfalls schnell, jedoch hat es sich zu keiner Sekunde falsch angefühlt. Er ist das, worauf ich mein Leben lang gewartet habe, all das, auf das ich mein Leben lang gehofft habe.

Erlösung.

»Woran denkst du?«, fragt er und beginnt mir den Rücken zu waschen.

»Daran, dass du all das bist, wonach ich mich die letzten Jahre gesehnt habe.« Er dreht mich zu sich und sieht mich voller Hoffnung an.

»So geht es mir auch. Ich danke dem Schicksal, dass ich an diesem Tag auf dem Friedhof war…«

»Wieso warst du dort?«, unterbreche ich seinen Satz, denn soweit ich weiß, ist er noch gar nicht so lange in Amerika.

»Ich war mit meinem Vater auf einer Mission in den Staaten. Er wollte, dass ich mit der Vollendung meines 14ten Lebensjahres den ersten Mann erschieße. Wir trafen uns mit ihm auf einem verlassenen Fabrikgelände und naja… Mein Vater zwang den Mann auf die Knie und ich musste es tun. Ich habe geweint, habe mich geweigert, doch dann tat er etwas, was mich Rot sehen ließ.

Er richtete seine Waffe auf Ciro. Ich hatte die Wahl, entweder ich sehe dabei zu, wie mein bester Freund erschossen wird oder ich folge seiner Anweisung.«

Auch wenn sein Blick auf mich gerichtet ist, sehe ich ganz deutlich, dass er mit den Gedanken nicht bei mir ist.

»Da er noch lebt, weißt du ja, was ich getan habe. Ich hatte nie vor in dieses Leben einzutreten. Ich wollte Kind sein, wollte mit Ciro um die Wette rennen, wollte wie jeder Junge in diesem Alter, mit anderen den Nachmittag auf dem Fußballplatz verbringen. Doch mein Vater duldete das alles nicht. Mein Bruder war sogar noch jünger, als er seinen ersten Auftrag hatte. Emilio ist für dieses Leben gemacht. Seit ich denken kann, sieht er zu meinem Vater auf...« Santino schaltet das Wasser aus, steigt aus der Dusche und streckt mir seine Hand hin. Ich ergreife sie und lasse mir von ihm aus der Dusche helfen. In Gedanken versunken, trocknet er sich ab und führt mich ins Schlafzimmer. Dort angekommen, ziehen wir uns schweigend an. Bevor ich den Raum verlasse, hält er mich am Arm zurück.

»Setz dich bitte einen Moment.« Die Art und Weise wie er mit mir spricht, lässt mich ins Schwitzen kommen. Er klingt immer noch abwesend, schon fast kalt. Kaum sitze ich auf dem Bett, geht er auf die Knie und nimmt meine Hände in seine.

»Amore, ich habe mehr Menschen auf dem Gewissen, als ich zählen kann. Ich habe mich mit der Zeit an das Leben der Mafia gewöhnt und um ehrlich zu sein, will ich diese Macht, die ich besitze, nicht verlieren. Ich wurde als Kind immer runtergemacht. Hatte kein Recht auf meine eigene Meinung und jetzt bin ich jemand. Die Menschen zittern, sobald sie meinen Namen hören. Wenn du aber willst, dass ich all das hinter mir lasse...«

Er atmet tief durch, fährt sich mit einer Hand durch die Haare und sieht mich dann direkt an.

»..., wenn du willst, dass ich es lasse, dann werde ich es tun. Ich würde alles, wirklich alles, für dich tun, A-laia.«

Seine Worte bedeuten mir mehr, als alles andere auf der Welt. Und dennoch will ich es nicht. Er soll sich nicht wegen mir verbiegen. Klar ist es scheiße, dass er Menschen tötet, mit Drogen und Waffen handelt, jedoch kenne ich das Gefühl, welches er in seiner Kindheit ertragen musste.

»Ich will nicht, dass du dich änderst, denn genauso wie du bist -der eiskalte Mafioso, der im Verborgenen ein CEO ist- habe ich mich in dich verliebt. Das gehört zu dir, genau wie die Narben auf meiner Haut zu mir gehören. Auch wenn sie dir nicht gefallen, akzeptierst du sie und dasselbe tue ich auch bei dir. Solange ich nicht unbedingt danebenstehe, ist es mir egal, ob du noch tausend Menschen tötest.« Egal wie grausam meine Worte auch klingen mögen, ich meine jedes einzelne davon ernst.

»Du bist ein Hauptgewinn, Frau. Ich hoffe das weißt du«, sagt er und grinst mich sichtlich erleichtert an.

»Ich weiß, das höre ich öfter«, gebe ich zurück. Er steht auf, zieht mich hoch und schlägt mir mit voller Wucht auf den Hintern.

»Treib es nicht zu weit, Amore. Dein Mann ist ein Killer, vergiss das nicht.«

»Ein Killer, der mir niemals auch nur ein Haar krümmen würde«, sage ich und zwinkere ihm zu. Er schüttelt lachend den Kopf und verlässt das Schlafzimmer, um sich auf den Weg in die Küche zu machen. Dort angekommen, bereiten wir gemeinsam das Mittagessen vor. Während er einen Fisch ausnimmt, und sich dabei fast übergibt, kümmere ich mich um das Dessert.

Ich habe mich für ein klassisches Tiramisu entschieden, das ich, auf Santinos Wunsch hin, ohne Alkohol zubereite.

»Ich kann es wirklich kaum erwarten, bis ich dir mein wirkliches Zuhause zeigen kann, ich glaube…«

Das gewohnte Ping ertönt und der Fahrstuhl öffnet sich. Ich drehe mich um, doch statt meiner Schwiegermutter und Ciro, kommt jemand anderes zu Besuch. Jemand, von dem ich nicht weiß, ob ich ihn hier haben will…

Kapitel 28

Alaia

»Legen Sie sofort das Messer weg und knien Sie sich auf den Boden, Mr. Moreno!«, ruft ein Polizist und kommt mit erhobener Waffe auf uns zu.

»Was zum Teufel soll das werden, meine Herren?«, fragt Santino und scheint die Ruhe selbst zu sein.

»SIE SOLLEN SICH AUF DEN BODEN KNIEN!«, brüllt derselbe Polizist, der gerade schon mit seiner Waffe vor unserer Nase gefuchtelt hat.

»Mr. Moreno, bitte seien Sie vernünftig. Wir haben einen Hinweis bekommen, dass Sie eine Frau entführt und sie dazu gezwungen haben, Ihre Frau zu werden.« Santino beginnt laut zu lachen, umkreist die Kücheninsel und geht mit dem Messer, welches er nicht abgelegt hat, auf die Beamten zu.

»Ach ja? Und woher kommen diese Anschuldigungen? Von Brian? Von der alkoholabhängigen Mutter meiner Frau, deren Entzug ich bezahle? Von Rocco Salibra, der vorhatte meine Frau zu verkaufen?« Der Polizist mit der Waffe geht immer weiter auf Santino zu, bis sie nur noch ein paar Zentimeter voneinander getrennt sind.

»Was ist los, Officer Smith? Willst du mir an den Karren pissen, weil jemand deinen Geliebten getötet hat? Tu dir keinen Zwang an, überprüf all meine Angaben und lass sie dir von meiner Frau bestätigen. Wenn du das aber nicht willst, würde ich dir raten, mein Penthouse sofort zu verlassen.«

Die Stimme meines Mannes ist ruhig, fest und klingt schon fast freundlich, auch wenn ich anhand seiner Körpersprache erkennen kann, dass er kurz davor ist zu explodieren.

»Mr. Moreno, bitte legen Sie das Messer weg. Wir wollen doch nicht, dass sich jemand versehentlich verletzt. Wir haben eine Anzeige bekommen und müssen dieser nachgehen. Sie wissen doch, wie es ist«, sagt die Beamtin und grinst mich freundlich an.

»Officer Smith, sehen Sie sich die Frau an. Finden Sie, sie sieht aus wie eine Frau, die entführt wurde?«, fragt sie ihren Kollegen und fasst ihm an die Schulter. Das Ping ertönt wieder und ich schwöre, ich war noch nie so glücklich darüber, Ciros Stimme zu hören.

»Alaia! Meine aller beste Bro-Freundin! Ich weiß, ihr wolltet mich heute Nacht loswerden und ich war sauer, weil, weiß Gott wieso, aaaaber! Ich liebe dein Geschenk, du bist... Was zum Fick wollt ihr Fische hier?«, fragt er und zieht sofort seine Waffe. Franka rollt an ihm vorbei, und steuert in meine Richtung.

»Was ist hier los?«, fragt sie ebenfalls, als sie neben mir zum Stehen kommt.

»Meine Mutter und Brian scheinen Santino angezeigt zu haben. Er soll mich entführt haben und hätte mich gezwungen, ihn zu heiraten«, antworte ich meiner Schwiegermutter und lege meine Hand auf ihre Schulter.

»Miss Jai, ihr Chef...«, fängt die Polizistin an, doch ich schneide ihr sofort das Wort ab.

»Mrs. Moreno, wenn überhaupt. Und mein Chef ist, wie sie selbst sicher wissen, ein Menschenhändler. Sie glauben also ihm, einer Suchtkranken und ihrem neuen besten Freund?«, sage ich mit fester Stimme, lasse von Franka ab und stelle mich neben meinen Mann.

»Sieht so ein Entführungsopfer aus, Officers? Glücklich, an Heiligabend, beim Zubereiten des Mittagessens? Ich bitte Sie. Sie verschwenden Ihre Zeit, genau wie unsere. Gehen Sie zu ihren Familien und lassen Sie meine in Ruhe.« Die beiden Beamten schauen sich gegenseitig an, nicken und treten den Rückzug an.

»Alter, Fra! Deine Frau ist die geborene Mafia-Braut«, bemerkt Ciro und grinst übers ganze Gesicht.

Ich schmiege mich an Santino, der, wie gewohnt, seinen Arm um mich legt.

»Ja, da könntest du Recht haben, Bro. Los, lasst uns essen«, sagt Santino und führt mich zurück in die Küche. Ciro geht ebenfalls in die Küche und beginnt den Tisch zu decken, während ich und Santino das Essen auf den Tisch stellen. Franka, stellt ihren Rollstuhl auf den Platz, an dem, wie immer, für sie, der Stuhl fehlt.

»Ihr habt euch selbst übertroffen. Das sieht wahnsinnig lecker aus«, schwärmt sie und beginnt sich einen Teller zu füllen. Santino nimmt neben mir Platz und Ciro setzt sich ans Kopfende.

»Wow, von hier sieht alles viel besser aus«, scherzt er und schaufelt sich ebenfalls den Teller voll. Während des Essens sprechen wir kein Wort miteinander. Wir scheinen wirklich grandios gekocht zuhaben.

»Wenn ich noch ein einziges Stück esse, dann platze ich«, beschwert sich Ciro und weiß noch nicht, dass es noch Nachtisch gibt.

»Perfekt, dann gibt es mehr Tiramisu für uns«, sagt Santino und zwinkert ihm zu.

Ciro schlägt sich die Hände auf den Bauch, grinst und sagt: »Ich glaube, ich bin doch noch am Verhungern.« Franka lacht, schüttelt den Kopf und rollt in die Küche.

»Warte, ich helfe dir«, rufe ich und laufe ihr nach.

»Danke, meine Süße, aber ich will, nachdem ihr so viel gearbeitet habt, auch etwas tun.« Sie öffnet den Kühlschrank und nimmt das Tiramisu auf den Schoß, während ich das dazugehörige Besteck aus dem Schrank hole und ins Esszimmer trage. Santino ist derweil dabei den Tisch abzuräumen. Als wir dann alle wieder am Tisch sitzen, ergreift Franka das Wort.

»Also, wie zum Teufel kommt es, dass die Polizei hier war? Wieso sollte Ashley so etwas tun? Was habt ihr drei wieder angestellt?« Ihre Augenbraue schießt in die Höhe und sie schaut abwechselnd zwischen uns Dreien hin und her.

»Ich wollte sie sehen. Ich musste mich ihr stellen, nach allem, was passiert ist. Zu meiner Überraschung war Brian, mein bester Freund, bei ihr und tischte ihr seine Version der Geschichte auf. Ich habe sie beide zum Teufel gejagt, nachdem ich meinen ehemaligen besten Freund ausgeknockt habe und dann sind wir gegangen. Das war alles, ich schwöre.« Sie nickt und faltet die Hände auf dem Schoß.

»Na dann, wenn du das sagst. Dennoch will ich, dass ihr beide etwas dagegen unternehmt. Kurz vor der kirchlichen Trauung können wir so etwas nicht gebrauchen. Santino, du kennst deinen Vater. Er wird bestimmt schon wissen, dass sie hier waren und warum. Ihr müsst euch am Riemen reißen. Alle drei! Und jetzt kommen die Geschenke!« Ihre Anweisungen sind klar und deutlich. Santino steht auf, geht zum Baum, holt die Geschenke zu uns und verteilt sie auf dem Tisch.

»Hier, Fra«, sagt Santino und reicht Ciro eine kleine Schachtel. Dieser öffnet sie gierig und reißt geschockt die Augen auf.

»EINE ROLEX?!«, brüllt er und strahlt übers ganze Gesicht.

»Die ist der Wahnsinn! Danke, Bruder!« Er steht auf, geht auf Santino zu und zieht ihn in eine Umarmung. Jetzt ist mein Mann der, der ein Geschenk von seinem besten Freund bekommt. Er öffnet es und verdreht die Augen.

»Du bist bekloppt, Ciro, wirklich. Danke«, sagt er und dreht sein Geschenk zu mir. Es ist ein Bild von mir, wie ich im Dark Angel an der Stange tanze.

»Du bist pervers. Aber dennoch muss ich sagen, hast du mich wirklich gut getroffen«, gebe ich zu und nehme das Geschenk entgegen, welches er mir reicht.

»Danke, das…«, er unterbricht mich, mit einem Handzeichen.

»Halt die Klappe und mach es auf!«, schimpft er.

»Okay, okay. Ich bin ja schon ruhig.« Ich löse die Schleife und öffne das Geschenkpapier. Augenblicklich schießen mir Tränen in die Augen. Es ist eine Schneekugel. In ihr befindet sich eine Miniaturversion des Wintermarktes.

»Wow, danke. Sie ist wunderschön«, sage ich, stehe auf und nehme ihn in die Arme.

»Ich habe gesehen, wie du es genossen hast, dort zu sein. Deswegen wollte ich, dass du auf ewig daran zurückdenken kannst, Bro-Freundin. Hab dich lieb.«

»Ich dich auch, Ciro.« Jetzt ist es Franka, die gleich drei Geschenke vor sich stehen hat. Zuerst öffnet sie das von Ciro. Er hat ein Bild bearbeiten lassen, welches ihn, Santino und Franka selbst, auf dem Deck der Titanic zeigt. Als sie erkennt, was er da getan hat, fängt sie lauthals an zu lachen.

»Tu sei stupido! Wie konntest du meinen Lieblingsfilm nur so verschandeln?«, fragt sie und lacht noch lauter.

»Ich wollte dir einmal das Gefühl geben dort gewesen zu sein, Mamma. Scheint mir gelungen zu sein.«

Voller Stolz lässt er sich auf seinen Stuhl fallen und genehmigt sich noch ein Stück von meinem Tiramisu. Jetzt nimmt sie mein Geschenk in die Hand. Die Angst darüber, ihr könnte nicht gefallen, was ich für sie gemacht habe, steigt auf und lässt mich unsicher von einem Fuß auf den anderen wippen.

»Sie wird es lieben, Amore. Mach dir keine Gedanken«, versichert mir Santino, der gemerkt haben muss, was ich denke. Ich hoffe so sehr, er hat Recht. Franka befreit das Buch aus dem Geschenkpapier und bekommt für einen Moment große Augen.

»Madonna…«, entfährt es ihr und sie beginnt darin herumzublättern.

»Alaia, das ist wunderschön. Sind das… Hast du das selbst gemacht?« Ich nicke verlegen und merke, wie meine Wangen erröten.

»Sie hat alles selbst geschrieben, hat mir die Datei mitgegeben und ich habe es dir als Buch drucken lassen«, erklärt Ciro, als er merkt, dass ich keinen Ton herausbekomme.

»Danke, das ist wirklich ein unbezahlbares Geschenk, meine Liebe. Komm her.« Ich folge ihren Worten und lasse mich von ihr in den Arm nehmen. Es tut so unheimlich gut, die Umarmung einer liebenden Mutter zu bekommen, auch wenn es nicht die eigene ist. Sofort beginne ich zu zittern, während mir unaufhaltsam die Tränen aus den Augen kullern.

»Jungs, lasst uns bitte einen Moment allein«, sagt sie. Ohne Widerworte höre ich Schritte, die sich immer weiter entfernen und eine Tür, die ins Schloss fällt.

»Hey, meine Liebe, sieh mich bitte an«, sagt sie und nimmt mein Gesicht in ihre Hände.

Franka, die ebenfalls schimmernde Augen hat, wischt mir mit dem Daumen eine Träne aus dem Augenwinkel.

»Ich will, dass du weißt, dass du jetzt nicht nur einen Mann und einen… naja, Ciro hast. Nein, du hast ebenfalls eine Mutter. Eine, die jedes ihrer Kinder bedingungslos liebt. Mir ist egal, welches Blut durch deine Adern fließt. Für mich zählt nur die Reinheit deines Herzens.« Sie drückt mir einen Kuss auf die Stirn und legt ihre Hand an meine Wange. Die Wärme, sowie die Liebe, die von ihr ausgeht, zerreißt mir vor Freude fast das Herz.

»Wann immer dir nach einer Umarmung ist, oder nach einer Unterhaltung, ruf Anthony an und er wird dich zu mir bringen, oder du…«

»Oder du nutzt einfach das Auto, welches dein Mann dir zu Weihnachten schenkt«, ertönt Ciros Stimme hinter uns.

»Mir hätte klar sein müssen, dass ihr lauschen werdet! Was habe ich nur in eurer Erziehung falsch gemacht?«, scherzt Franka. Ich stehe auf und starre meinen Mann an.

»Jetzt schau nicht so. Ich weiß genau, dass du lieber den Bus nehmen würdest, als eines meiner Autos, also hast du jetzt eben dein eigenes. Buon Natale, Amore mio. Ich liebe dich.« Santino kommt auf mich zu, überreicht mir den Schlüssel zu meinem neuen Auto und zieht mich in seine Arme.

»Ich liebe dich auch, mein Herz. So sehr…«, sage ich an seine Brust gekuschelt und lassen den Tränen freien Lauf.

»Ein Geschenk wartet aber noch«, sagt Franka. Verwirrt löse ich mich von Santino, als sie auf mich zurollt und mir ein kleines Kästchen überreicht.

»Das, meine Liebe, ist für dich. Ich wollte, dass du etwas Altes, etwas Blaues, etwas Neues und naja, geliehen ist es nicht. Wie auch immer, ich hoffe es gefällt dir.« Verwirrt über ihre Worte, öffne ich das Kästchen.

»Oh mein Gott…«, flüstere ich, als ich sehe, was sich im Inneren befindet. Es ist ein blauer Diamantring, der in der Farbe meiner Kette schimmert.

»Das ist der Stein gewesen, aus dem der Ring meiner Mutter bestand. Ihn und die Kette, die du trägst, hat sie von meinem Vater zur Hochzeit bekommen. Er nannte es „Das blaue Glück". Ich habe ihn neu schleifen und verzieren lassen und zwar mit dem Material der Kette, welche Santino zur Taufe bekommen hat…«, diesmal ist es Franka, die zu weinen beginnt.

»…ich habe mir immer gewünscht, irgendwann diesen Ring meiner Schwiegertochter zu schenken. Danke, dass du mir diesen Wunsch erfüllt hast, mein Kind.« Santino nimmt den Ring aus der Verpackung und streift ihn direkt über meinen Ehering.

»Franka, das ist… vielen Dank. Ich liebe es«, sage ich und gehe vor ihr auf die Knie.

»Mir ist nach einer Umarmung«, nuschle ich, was sie wieder zum Lachen bringt.

»Na dann, worauf wartest du?«, sagt sie und zieht mich an sich. Das ist das beste Weihnachten, seit dem Tod meines Vaters. Ich bin umgeben von Menschen, die mich lieben, die mich bei sich haben wollen und mir jeden Tag aufs Neue zeigen, wie schön das Leben ist. Egal wieso das Schicksal so entschieden hat, ich bin ihm so dankbar. Der restliche Nachmittag verläuft vollkommen harmonisch. Wir lachen, unterhalten uns über Gott und die Welt und spielen traditionell italienische Spiele. Ich muss zugeben, so viel Spaß hatte ich schon lange nicht mehr.

Um kurz vor fünf machen sich Franka und Ciro auf den Weg zum Flughafen und Santino und ich beginnen damit, die Küche und das Esszimmer aufzuräumen.

Nachdem auch der letzte Teller wieder im Schrank steht, öffnet Santino eine Flasche Wein und gesellt sich damit, und zwei Gläsern, zu mir auf die Couch.

»Ich dachte du trinkst keinen anderen Alkohol, außer Whiskey«, merke ich an und kuschle mich tiefer in die Decke.

»Seit ich weiß, was du wegen diesem Zeug alles erleiden musstest, habe ich jeden Tropfen davon weggekippt.« Ungläubig drehe ich meinen Kopf zu ihm und nehme das Weinglas, welches er mir hinhält, entgegen.

»Du hast damit aufgehört, wegen… wegen mir?«

»Natürlich, das ist doch selbstverständlich«, sagt er und weiß nicht, wie viel diese Worte mit mir anstellen. Jahrelang habe ich versucht meine Mutter darum zu bitten, es zu lassen, doch nie hat sie es geschafft. Weder für sich selbst, geschweige denn für mich.

»Würdest du kurz mit mir mitkommen, Amore? Ich will dir etwas zeigen.« Santino steht auf, reicht mir seine Hand und führt mich auf den Balkon. Die kühle Abendluft weht uns entgegen und umhüllt uns. Santino stellt sich ans Geländer und schlingt einen Arm um mich.

»Schau mal.« Er zeigt in die Ferne. Lichter in verschiedenen Farben erhellen die anbrechende Nacht, als der große Weihnachtsbaum, der mitten in der Stadt steht, eingeschaltet wird. Selbst die Strommasten sind mit Lichterketten verziert und funkeln in bunten Farben. Es ist wunderschön.

»Wow…«, staune ich leise.

»Dieser Ausblick bietet sich mir jedes Jahr, nur hatte ich noch nie die Gelegenheit, ihn mit jemandem zu genießen.

Danke, Alaia. Danke, dass du bei mir bist und mich liebst.« Er vergräbt den Kopf in meinen Haaren, während ich unfähig bin, mich zu bewegen.

Ich kann es kaum erwarten, die nächsten Jahre ebenfalls diesen Ausblick mit ihm zu genießen.

»Ich liebe dich, Amore. Bis dass der Tod uns scheidet«, flüstert er in meinen Haaren und drückt mir einen Kuss auf den Kopf.

»Ich liebe dich, mein Herz. Bis dass der Tod uns scheidet«, antworte ich und genieße weiterhin die Aussicht. Alles hieran ist perfekt. Der Ausblick. Wir beide.

Ich hoffe wirklich, dass es so bleibt. Bitte, lieber Gott, lass uns weiterhin in Frieden leben.

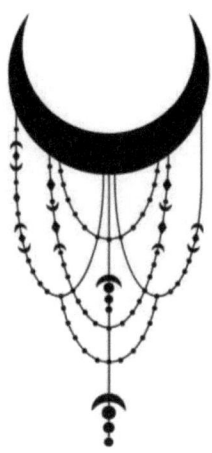

Rache ist kein Akt der Gerechtigkeit, sondern ein Feuer, das in mir lodert, unaufhaltsam und allumfassend. Es mag mich verbrennen, aber solange du darin untergehst, ist es das Wert. Denn in meiner Dunkelheit gibt es keine Vergebung – nur Vergeltung

Kapitel 29

Währenddessen in Neapel- Konferenzraum der Elite.

Mein kleiner Stern. So weit entfernt und doch zum Greifen nah. Sie ahnt nichts. Sie versteht nicht, was ihr bevorsteht – was ich mit ihr vorhabe. Sie weiß nicht, was sie in mir entfesselt hat. Wenn sie es nur wüsste, wenn sie nur begreifen würde, welche Macht sie über mich hat. Wie gern würde ich ihr alles geben. Alles. Ihr die Welt für die Füße legen, und all das, wovon sie jemals geträumt hat.

Aber, nein – das hat sie sich nicht verdient. Ich werde sie zu meiner Schöpfung machen, zu meinem Werk. Ich werde sie formen, genau so wie ich sie haben will. Einst hätte ich ihr alles geschenkt. Ich habe es ihr angeboten, sie hätte es nur annehmen müssen. Ich habe ihr gezeigt, wer ich bin, wer ich hätte für sie sein können. Und was tut sie? Dieses kleine, verfluchte Miststück, hat mich verraten! Sie hat mich in eine Falle gelockt, hat mir ins Gesicht gelächelt, während sie den Dolch in meine Brust stieß. Naja, wohl eher in ein anderes Körperteil.

Moreno. Dieser Wurm. Dieser elendige Puppenspieler zieht an ihren Fäden, und sie tanzt, genau wie er es will. Aber nicht mehr lange.

Ich werde ihre Fäden durchtrennen. Ich werde ihm die Macht über sie, entreißen, ihm alles nehmen, was er glaubt, kontrollieren zu können. Glaubt er wirklich, dass ich mir meinen Stern nehmen lasse? Dass ich es zulasse, dass er sie so missbraucht, sie zu seiner Marionette macht?

Nein!

Ich habe so lange gewartet, so viel investiert, nur um sie einen einzigen Augenblick für mich zu gewinnen. Sie ist Mein. Mein Stern, mein Besitz. Ich werde sie zerbrechen, Stück für Stück. Jeden einzelnen ihrer Zacken werde ich abbrechen, jede ihrer glitzernden Kanten zerstören. Und dann, wenn nichts mehr von ihr übrig ist, werde ich sie wieder zusammenfügen. Sie wird perfekt sein – perfekt für mich. Es ist fast schon eine Schande. Sie könnte ein Leben in Luxus führen, könnte von meinem Erfolg profitieren, von meiner Stärke. Stattdessen vergeudet sie ihre Zeit mit Moreno, diesem armseligen Idioten. Aber das wird sich bald ändern, dafür werde ich sorgen. Sie hat mich zurückgewiesen, mich verspottet, aber ich bin nicht irgendjemand. Ich bin der, der ihr Schicksal schreibt. Und ihr Schicksal gehört mir. Ihr verdammtes Wesen ist meines. Weder der Möchtegern- Mafioso, noch ein Stripclubbetreiber, wird in der Lage sein mich an meinem Vorhaben zu hindern. Was denkt ihr, würde Moreno sagen, wenn er wüsste das sein eigen Blut auf meiner Seite steht? Wenn er wüsste, dass selbst Menschen aus seinen Reihen auf meiner Seite sind. Versteht mich nicht falsch, ich handle nicht aus Liebe. Liebe ist für mich ein Fremdwort, ein Gefühl, welches ich nur für einen Menschen empfinde.

Den Menschen, den ich selbst erschaffen habe. Vitali. Mein Nachfolger, mein Blut. Alles was ich habe, wird an ihn übergehen. Er ist der Einzige, der mir immer zur Seite stehen wird.

Der Einzige dem ich mehr vertraue als mir selbst. Er, ist nicht wie Santinos Blut, Vitali ist rein, er weiß, wie es ist, für seine Familie zu kämpfen. Auch wenn er erst 12 Jahre alt ist, weiß er was Loyalität bedeutet. Aber darüber braucht ihr noch nicht zu viel zu wissen. Alles zu seiner Zeit. Jetzt muss ich erstmal, meine Geheimwaffe befreien, denn mein Plan, muss perfekt sein. Ich darf nicht zulassen, dass ich auch nur das kleinste Schlupfloch übersehe. Mir darf kein Fehler unterlaufen, denn sonst bezahle ich mit meinem Leben. Und das dieses Szenario nicht eintreten darf, versteht sich von selbst, oder? Seit gespannt, denn ich werde euch eine Show liefern. Ich werde euch zeigen, wie ein Mann Rache nimmt und sich dazu gleich das holt, was ihm zusteht.

Kapitel 30

Santino

Die Tage nach Heiligabend verbrachten Alaia und ich viel draußen. Wir spazierten durch den Central Park, gingen außerhalb essen, und genossen die Zweisamkeit. Wir haben die viele Zeit, die wir ohne Ciro hatten, genutzt und haben geredet. Alaia erzählte mir von ihrem Dad. Naja, soweit sie sich an ihn erinnern konnte. Sie beschrieb ihn als den besten Vater, den sich ein Kind vorstellen konnte. Er übernahm ebenso die Rolle ihrer Mutter. Er flechtete ihr die Haare, feierte mit ihr und ihren Puppen Tee-Partys und las ihr Gute-Nacht-Geschichten vor. Das genaue Gegenteil meines Vaters, wie man merkt. Wir lernten einander viel besser kennen, tauschten uns über die verschiedensten Dinge aus und merkten, dass wir wirklich wie füreinander geschaffen sind. Wir lieben beide den Winter, hören die gleiche Musik und schauen dieselben Filme. Selbst die seltsame Angewohnheit, sich auf einen Friedhof zurückzuziehen, teilen wir. Ist das nicht verrückt? Von wegen, es gibt keine Seelenverwandtschaft. Alaia und ich ergänzen uns perfekt und ich kann den Rest unseres gemeinsamen Lebens kaum erwarten. Nur dass dieser Rest leider noch warten muss, denn heute ist Silvester. Das bedeutet, Ciro und meine Mutter kommen wieder. Alaia hat darauf bestanden, den beiden etwas zu kochen, also bin ich ins Büro gefahren, um noch einen Auftrag abzuschließen.

Seitdem ich meine Frau habe, bin ich nie so lange dort wie sonst.

Ich bin es gewohnt, morgens um 7:30 Uhr bereits an meinem Schreibtisch zu sitzen. Es gab Tage, da habe ich die Firma vor Mitternacht nicht verlassen. So schnell kann sich das Leben, als verheirateter Mann, ändern. Gerade als ich dabei bin, den Auftrag zu überprüfen, erscheint ein Anruf auf meinem PC-Bildschirm.

Giovanni Moreno. Wie gerne würde ich seinen Anruf ablehnen, seine Nummer blockieren und dieses Monster aus meinem Gedächtnis löschen… Bevor ich diesen Fehler aber begehe, nehme ich den Anruf an.

»Ciao Santino«, begrüßt er mich und grinst mir falsch ins Gesicht.

»Was gibt es, Giovanni?«, frage ich und lehne mich lässig in meinem Stuhl zurück. Er nimmt einen Schluck von seinem Wein, stützt seine Ellbogen auf dem Tisch ab und verschränkt seine Finger ineinander.

»Wie ich gehört habe, bist du verheiratet. Glückwunsch. Naja, obwohl das eigentlich nicht angebracht ist, oder? Ich meine, Stella? Jeder erkennt, dass das der Name einer billigen Stripperin ist«, sagt er und zwinkert mir zu. Woher, zum Teufel, weiß er das? Keiner außer mir, Ciro und meiner Mutter, kennt ihre Vergangenheit. Fuck… Axel… dieser…

»Schau nicht so, mein Sohn. Ich kann dich verstehen. So eine Frau kann einem den Kopf verdrehen, jedoch ist es in deinem Fall Täuschung. Das Gremium hat beschlossen, euch beide anzuhören. Du solltest am besten sofort in das Loch gehen, in dem sie arbeitet, und sie holen. Dann solltest du deine Mutter und deinen Freund einpacken und herkommen. Entweder wird geheiratet oder eben getötet. Es kommt, wie es kommen muss.« Mit diesen Worten beendet er den Anruf und hinterlässt in mir eine unaufhaltsame Flutwelle von Wut. Wieso jetzt? Wieso muss ich gerade jetzt vor diesen Ausschuss treten?

»FUUUUUCK!«, brülle ich und schlage, mit voller Wucht, mit der Faust auf den Tisch. Das ist zu früh! Ich hatte noch nicht ausreichend Zeit mit ihr, ohne dieses Mafia-Leben! Wieso musste ich auch so dumm sein, und es meinem Bruder erzählen? Wieso konnte ich nicht die Fresse halten und es genießen? Werden wir es schaffen, das Gremium zu überzeugen? Wird unsere Ehe diese Tortur überstehen, oder werden wir daran zerbrechen?

Halt die Klappe, Santino! Ihr liebt euch, ihr gehört zusammen! Selbst die Hexe auf dem Weihnachtsmarkt hat es uns vorhergesagt, wir müssen zusammen kämpfen, denn nur so können wir gewinnen.

Schnell überprüfe ich den offenen Auftrag, bestätige es dem Kunden und hefte die Dokumente in meinem Ordner ab. Ich schicke all meinen Mitarbeitern eine Sammel-Mail, in denen ich ihnen mitteile, dass ich eine Weile nicht da sein werde, sie mich jedoch immer erreichen können und schalte meine ganzen Computer aus. Nachdem ich die Tür hinter mir geschlossen und den Alarm eingeschaltet habe, gehe ich zum Fahrstuhl und fahre in die Tiefgarage.

Nachdem ich jede rote Ampel überfahren, gegen jede Geschwindigkeitsvorgabe verstoßen und beinahe drei Unfälle gebaut habe, komme ich endlich Zuhause an.

Alaia steht, wie vermutet, in der Küche, während Ciro und meine Mutter ihr von ihrem Ausflug erzählen. Ich bleibe etwas entfernt von ihnen stehen und beobachte das Ganze. Dieses Bild will ich nie wieder vergessen. All die Menschen, die ich jemals geliebt habe, sind gemeinsam auf einem Fleck, lachen, reden und genießen die Zeit zusammen.

Es gibt nichts Schöneres, als nach Hause zu kommen und Zeuge dessen zu werden, was ich immer wollte. Ein Gefühl von Frieden. Sie sind so vertieft in dem, was sie tun, dass sie mich erst bemerken, als ich direkt vor ihnen stehe.

»Hallo«, begrüße ich zuerst meine Mutter, mit einem Kuss auf den Kopf. Umarme meinen besten Freund und gehe zu meiner über alles geliebten Frau.

»Hallo, mein Herz«, begrüßt sie mich, mit einem glücklichen Lächeln.

»Ciao Amore Mio«, sage ich und drücke ihr einen Kuss auf die Lippen.

»Das Essen ist gleich fertig. Deine Mamma hat vorgeschlagen, dass wir…«, beginnt sie, aber ich unterbreche sie direkt.

»Wir essen, packen unsere Sachen und fahren zum Flughafen. Giovanni hat mich angerufen. Jemand hat geredet und es fiel der Name Stella.« Die Gesichter der Drei werden kreidebleich.

»Dein Vater hat dich angerufen? Scheiße, das bedeutet nichts Gutes«, spricht meine Mutter meine Gedanken aus.

»Das denke ich auch, vor allem, weil er Bro-Freundins Tänzernamen kennt. Was denkst du… Ach, wieso frage ich?! Axel, der kleine Vogel, hat gezwitschert«, sagt Ciro und fährt sich nervös übers Gesicht. Ich schaue zu meiner Frau, der die Angst deutlich ins Gesicht geschrieben steht. Beruhigend nehme ich ihre Hände in meine und schaue sie voller Hoffnung an.

»Wir schaffen das, Amore. Du weißt doch, wir beide sind eins. Zwillingsseelen. Unsere Liebe ist stärker als das Gremium, stärker als mein Vater. Wenn es jemand zustande bringen wird, diese Menschen zu überzeugen, dann wir«, spreche ich ihr Mut zu.

Eigentlich brauche ich keine Angst haben. Ich meine, jeder, der mich und Alaia sieht, kann unsere Liebe, unsere Verbundenheit, spüren. Ich glaube an uns. Ganz fest.

»Du hast Recht, wir schaffen das. Kommt, lasst uns Essen und dann werden wir ihnen in den Arsch treten!«, sagt Alaia, während sie die Spaghetti mit der Carbonara vermischt. Auch wenn es vielleicht den Anschein macht, dass sie das alles locker nimmt, weiß ich es besser. Ich kann die Angst, die von ihr ausgeht durch meine Adern fließen spüren. Sie versucht, wie immer, stark zu sein, so wie sie es mehr als die Hälfte ihres Lebens sein musste, jedoch darf sie nicht vergessen, dass ich genau spüre, was sie denkt. Ich schlinge meine Arme um sie und drücke mich von hinten fest an sie. Sie muss meinen Halt spüren, muss wissen, dass ich da bin, egal was ist. Sie kann sich auf mich verlassen, was auch immer geschehen wird.

»Ich liebe dich über alles, Alaia«, flüstere ich und drehe sie in meiner Umklammerung zu mir.

»Ich… ich liebe dich auch, das weißt du. Doch trotzdem habe ich ein mulmiges Gefühl im Bauch. Was ist, wenn Axel sie davon überzeugt, dass…«

»Daran denken wir nicht, Bro-Freundin! Wir sind eine Familie, wir schaffen alles! Ich glaube an uns und noch mehr glaube ich an eure Liebe«, sagt Ciro, nimmt das Essen vom Herd und stellt es auf den Tisch. Meine Mutter schaut ausdruckslos aus dem Fenster. Sie trifft es am Schlimmsten von uns. All die Jahre über hat sie keinen Kontakt zu meinem Vater gehabt, ihn jetzt wiederzusehen, wird sie innerlich auffressen.

»Mamma«, sage ich und knie mich vor sie.

»Es ist okay, mein Sohn. Ich war nur nicht darauf vorbereitet ihn so schnell wieder zu sehen, das ist alles.«

Auch ihr glaube ich kein Wort, belasse es jedoch dabei, weil ich genau weiß, was passiert, wenn ich es wage ihr zu widersprechen oder ihre Worte anzuzweifeln.

»Babe, komm, lass uns essen. Und dann, Mamma, werden wir nach Hause gehen. Wer weiß, vielleicht bekommst du dein Elternhaus endlich wieder…« Ein kleines Grinsen huscht auf ihre Lippen. Ziel erreicht. Ich wende mich an Ciro und rede weiter:

»… und da mein bester Freund für dich arbeitet, wird es ihm ein Vergnügen sein, deine Villa zu putzen. Habe ich Recht, Bro?«, frage ich und zeige ihm mit Blicken, dass es keinen Platz für Widerworte gibt.

»Für meine Mamma tue ich alles. Vor allem, weil ich eine tolle Assistentin habe. Bro-Freundin, was sagst du?« Er versteht genau, was ich denke. Mit seiner Hilfe, beginnen beide Frauen zu lachen und begeben sich an den Tisch.

»Aber natürlich. Laute Musik, putzen und singen. Das ist die beste Kombination, die man sich nur vorstellen kann«, sagt sie mit etwas zittriger Stimme.

Während des Essens fallen wir in angenehmes Schweigen. Jeder scheint mit seinen Gedanken woanders zu sein und doch weiß ich, dass wir alle an die gleichen Orte gewandert sind. Meine Mutter stellt sich sicher vor, wie es ist, den Mann wiederzusehen, der ihr Leben zerstört hat. Ciro sieht Köpfe rollen. Ich sehe meinen Vater, Axel und den Rest des Gremiums, tot auf dem Boden. Und Alaia, die malt sich alles auf einmal aus und ich hoffe, ihre Psyche schafft das. Ich nehme unter dem Tisch ihre Hand, streiche mit dem Finger über ihren Handrücken und hoffe, sie dadurch etwas beruhigen zu können.

Nachdem wir gegessen, den Tisch abgeräumt und den Abwasch erledigt haben, machen sich Ciro und meine Mutter auf den Weg, die Koffer, die sie ausgepackt haben, wieder zusammenzupacken. Wir verabreden uns mit ihnen am Flughafen und machen uns dann auf den Weg ins Schlafzimmer. Die Unruhe, die von Alaia ausgeht, ist erdrückend. Bevor sie nach dem Koffer unter dem Bett greifen kann, ziehe ich sie am Arm zurück und werfe sie aufs Bett.

»Hör auf damit! Ich werde nicht zulassen, dass sich irgendein Mensch auf dieser Welt zwischen uns stellt! Wenn es sein muss, dann werde ich alles hinschmeißen. Wir kehren hierher zurück und ich arbeite nur noch als CEO.« Tränen schimmern in ihren Augen. Sie denkt doch nicht…

»Alaia… hey, sieh mich an…«, sage ich leise und nehme ihr Gesicht in meine Hände.

»Du darfst niemals auch nur mit dem Gedanken spielen, ich würde dich für die Mafia verlassen, hast du das verstanden? Du bist der Stern, der mein dunkles Leben erhellt, der Mittelpunkt meiner Galaxie. Denkst du wirklich, ich würde das alles, wegen der Mafia, hinschmeißen? Niemals!«

»Ich habe niemanden ohne euch… Natürlich habe ich Angst, dass die Tradition deiner Familie wichtiger sein könnte, auch wenn du es nicht wollen würdest. Es ist dein Blut, Santino…«, sagt sie und beginnt damit, mich langsam sauer zu machen. War ich denn nicht deutlich genug?

»Du bist vielleicht nicht mein Blut, dennoch bist du meine Frau und damit stehst du bei mir an oberster Stelle!« Um meine Worte zu verdeutlichen, drücke ich ihr einen Kuss auf die Lippen, in den ich jeden Funken Gefühl stecke, den ich aufbringen kann.

»Danke, ich glaube, das habe ich gebraucht…«, flüstert sie an meinen Lippen und beginnt eine Spur aus Küssen auf meinem Gesicht zu verteilen. So zärtlich, gefühlvoll und intensiv, wie nie zuvor. Jetzt scheinen wir wieder gemeinsam an einem Strang zu ziehen.

»Bist du bereit, Amore?«, frage ich und löse mich leicht von ihr.

»Ja! Lass uns den Pennern den Arsch aufreißen und dann… dann will ich in jeden Designerladen, den es in Sizilien gibt! Ihr Italiener habt ein Auge für Mode. Und „wir" haben genug Geld um es dort zu lassen!«, ihr plötzlicher Sinneswandel überrascht mich, ich wende aber nichts dagegen ein. Es ist besser für uns, wenn sie guter Dinge ist.

»Das werden wir. Und wenn du willst, kaufe ich dir auch noch alle Läden, die dir gefallen, dazu. Nur jetzt sollten wir packen. Der Flieger geht in drei Stunden.« Sie nickt, steht auf und beginnt, das Nötigste, zu packen. Es ist ihr deutlich anzusehen, dass es ihr schwerfällt, das Penthouse hinter sich zu lassen. Sie hat hier all das, was ihr sonst gefehlt hat. Oh Gott, wenn ich nur daran zurückdenke, wie sie gestaunt hat, als sie die Türschwelle das erste Mal übertreten hat. Was wird sie erst sagen, wenn sie mein eigentliches Zuhause sieht? Bei all dem Scheiß, der uns erwartet, ist das etwas, was ich kaum erwarten kann, ihr zu zeigen. Schweigend schnappen wir uns unsere Koffer und begeben uns zum Fahrstuhl. Ich drehe mich noch einmal um und lasse die Ruhe meines Zuhauses auf mich wirken. Irgendwie habe ich das Gefühl, dass ich es nicht so schnell wieder sehen werde.

20 Minuten später erreichen wir den Flughafen, wo bereits ein Flugzeug auf uns wartet. Meine Mutter, Ciro und Anthony, stehen mit ihren Koffern vor der Maschine und schauen in unsere Richtung.

»Ciao Santino! Lange nicht mehr gesehen!«, begrüßt mich der Assistent meiner Mutter und nimmt mich in den Arm.

»Hey Anthony. Ja, das stimmt, was soll ich sagen? So ist es, wenn man verheiratet ist«, sage ich zwinkernd und schnappe mir die Koffer meiner Frau.

»Hallo, du musst Alaia sein. Ich bin Anthony und habe bereits viel von dir gehört«, stellt er sich meiner Frau vor und reicht ihr die Hand.

»Hallo! Freut mich dich kennenzulernen. Ich habe ebenfalls viel über dich gehört«, antwortet sie und stellt sich neben Ciro. Schon seltsam, wie unsicher sie in der Gegenwart anderer Männer wirkt, wenn man bedenkt, dass sie eigentlich Stripperin ist.

»Bist du bereit?«, reißt mich die Stimme meiner Mutter aus den Gedanken. Ich nicke ihr zu, verstaue das Gepäck, schicke ein Gebet in den Himmel, dass unser Flug reibungslos verläuft und helfe meiner Mutter in die Maschine. Kaum nehmen wir unsere Plätze ein, gibt Ciro unserem Piloten Bescheid und wir heben ab. Alaia neben mir, krallt sich in meinen Oberarm und reißt mir beinahe die Haut auf.

»Amore, kann es sein, dass du ein klein wenig Flugangst hast?«, frage ich und versuche ihre Krallen aus meinem Arm zu befreien.

»Ich bin noch nie geflogen. Also ja, ein bisschen vielleicht.« Wenn sie wüsste, dass wir fast 10 Stunden fliegen, würde sie mit Sicherheit aus dem fliegenden Flugzeug springen.

»Ciro, kannst du mir bitte Kaugummis für meine Frau bringen?«, frage ich meinen besten Freund und hoffe, er versteht direkt, was ich meine. Er nickt, steht auf und verschwindet im Bad.

»Kaugummis?«, fragt sie verwirrt, als Ciro wiederkommt und ihr einen reicht.

»Das wird deine Angst etwas mildern. Davon wirst du müde, jedoch dich danach nicht fühlen, als hätte dich ein Traktor überfahren«, erklärt er und hält ihr zu dem Kaugummi noch ein Glas Wasser hin.

»Trink und dann fleißig kauen. Wir wecken dich, wenn wir angekommen sind.« Sie nickt, nimmt einen Schluck Wasser und steckt sich zögerlich das kleine Wundermittel in den Mund.

»Ciro, bitte setz dich, es ist gleich Mitternacht«, ertönt die Stimme des Piloten. Wow, toller Jahresbeginn. In einem Flugzeug, auf dem Weg in die Hölle.

»Was ist, wenn uns eine Rakete trifft? Santino, wir sterben!« Alaia wird hysterisch. Ich kann nicht anders, als sie auf meinen Schoß zu ziehen und mit ihr aus dem Fenster zu blicken.

»Uns wird nichts passieren. Wir sind zu weit oben, Amore.« Sie schaut gebannt aus dem Fenster und dann…

»FROHES NEUES JAHR!«, brüllen Anthony und Ciro und fallen sich in die Arme. Buntes Feuerwerk erstreckt sich über den ganzen Himmel.

»Happy New Year, Amore«, sage ich, dicht an Alaias Ohr und drücke ihr einen Kuss auf ihr Haar.

»Wow, das ist wunderschön«, schwärmt sie vor sich hin. Ich blicke zu meiner Mutter, die mir zunickt und mir einen Kuss entgegenwirft.

»Ti amo, Mamma«, flüstere ich. Sofort schimmern Tränen in ihren Augen.

»Ti amo«, flüstert auch sie und sieht dann ebenfalls aus dem Fenster. Alaia, die es schafft, aus ihrem Staunen herauszukommen, sieht mich an und drückt mir einen Kuss auf die Nasenspitze.

»Frohes neues Jahr. Ich freue mich auf die nächsten Jahre mit dir«, sagt sie und fixiert mich, mit ihren wunderschönen Augen.

»Ich liebe dich«, sage ich und überbrücke die Distanz zwischen unseren Lippen. Das sind Momente, die mich immer wieder daran erinnern, wofür ich kämpfe. Frieden und Glück. Ich werde diesen Krieg gewinnen, für meine Mutter, für Alaia, für mich. Ich werde mich aus den Ketten meines Vaters befreien, werde ihn all das spüren lassen, was ich erleiden musste und dann… dann leben wir glücklich, bis ans Ende unserer Tage. Hoffe ich zumindest.

Kapitel 31

Alaia

Kühle Luft weckt mich und lässt mich langsam die Augen öffnen. Ich werde aus dem Flugzeug, in einen Wagen getragen und habe vollkommen die Orientierung verloren.

»Wo... wo sind wir?«, frage ich benommen.

»Wir sind in Sizilien, Amore. Der Flieger ist gerade gelandet. Ich wollte dich noch etwas schlafen lassen«, sagt Santino und setzt mich auf der Rückbank ab. Nachdem auch die anderen ihre Plätze gefunden haben, machen wir uns auf den Weg ins Ungewisse. Benommen schaue ich aus dem Fenster und... Wow... Alles um uns herum ist wunderschön. Fröhliche Menschen und alte Gebäude, mit atemberaubender Architektur, zumindest soweit ich das beurteilen kann. Jeder Meter, jedes Haus, jede Straße, scheint eine eigene Geschichte zu erzählen. Ich glaube, ich habe mein neues Paradies gefunden.

»Santino?«, murmle ich leise, immer noch aus dem Fenster starrend.

»Ja?«, antwortet er und legt seinen Kopf auf meiner Schulter ab.

»Scheiß auf Paris. Ich will eine Rundreise durch dein Land. Es sieht wunderschön aus, egal wo man hinsieht. Können wir vielleicht... ich meine, hast du...«

»Wir bleiben, solange du willst, besuchen jede Stadt, die du sehen möchtest.

Selbst wenn wir in drei Jahren immer noch hier sind«, sagt er und zeigt mir damit nur wieder, wie sehr er mich liebt.

Ich kuschle mich an ihn und genieße die restliche Fahrt stumm. Es vergeht eine Weile, bis der Wagen, der vor uns fährt, genau wie unserer, in eine Einfahrt abbiegt.

»Heilige Scheiße«, entfährt es mir, als ich die riesige Villa vor mir sehe.

»Ist das… ist das dein Haus?«, frage ich Santino, der leise zu lachen beginnt.

»Das Haus meiner Großeltern. Meine Mutter ist hier großgeworden, genau wie ich und mein Bruder. Kurz vor unserer Abreise damals, hat sie meinen Vater rausgeworfen, Wachen davor positioniert, für den Fall, dass er zurückkommt und naja… Seitdem steht es leer und wartet darauf, seine rechtmäßigen Besitzer wieder in Empfang zu nehmen.« Santino steigt aus, hält mir seine Hand hin und führt mich durch den verschneiten Hof. Ciro steht bereits mit Franka an der Veranda. Sie scheint es nicht zu realisieren, dass sie wieder hier ist. Franka wirkt verwirrt, irgendwie verloren, so wie sie auf ihr Zuhause hinaufsieht.

»Was ist los?«, frage ich sie und gehe neben ihr auf die Knie. Sie ergreift meine Hand und sieht mir mit schimmernden Augen entgegen.

»Das hier ist mein Zuhause. Meine Kindheit, genau wie die meiner Kinder, und ich kann es nicht betreten! Ich bin ein verdammter Krüppel.« Franka bricht zusammen und beginnt bitterlich zu weinen. Sofort ist Santino zur Stelle und geht vor seiner Mutter ebenfalls in die Knie.

»Das will ich nie wieder, und ich betone *nie wieder*, aus deinem Mund hören!

Denkst du wirklich, ich verdiene Millionen und kümmere mich nicht darum, meiner Mutter ihr Haus zugänglich zu machen?«, fragt er. Die Haustür wird geöffnet und ein Mann mittleren Alters kommt zu uns raus.

»Ciao! Es ist so schön, euch endlich wieder Zuhause zu sehen! Ciro, Santino! Meine Jungs!«, begrüßt er die beiden und nimmt sie in die Arme.

»Lorenzo?«, fragt Franka und schaut ihm verwirrt entgegen. Er nickt, geht vor ihr auf die Knie und nimmt ihre Hände in seine.

»Denkst du wirklich, ich würde dich jemals verraten? Mich auf seine Seite stellen? Für kein Geld der Welt, Donna Franka! Ich habe mich um dein Haus gekümmert, habe jeden Winkel des Hauses Rollstuhlgerecht gemacht, sodass du dich vollkommen frei bewegen kannst.« Franka vergräbt ihr Gesicht in den Händen und schluchzt herzzerreißend. Santino drückt am Geländer einen Knopf, der die halbe Treppe einfährt und diese durch eine Rampe ersetzt.

»Willkommen Zuhause, Mamma«, sagt er und stellt sich hinter sie, um sie ins Haus zu schieben.

»Hallo Alaia, ich bin Lorenzo. Ich bin ein Freund, und Mitarbeiter, deines Mannes. Freut mich, dich kennenzulernen.«

»Die Freude ist ganz meinerseits. Ich freue mich sehr darauf, die Menschen zu treffen, die meinem Mann am Herzen liegen.« Ich habe keine Ahnung, woher der Mut kommt, so viel zu reden, jedoch scheint von ihm keine Gefahr auszugehen. Gemeinsam steigen wir die Treppe nach oben und betreten die gigantische Villa.

»Santino, willst du mich umbringen?«, entfährt es mir. Er dreht sich um und beginnt lauthals zu lachen.

»Ich wusste, dass es dir gefallen wird. Willkommen Zuhause, Amore.« Er schlingt seine Arme um mich und gibt mir einen Kuss auf die Stirn. Wir befinden uns mitten in einem Flur, der endlos lang zu sein scheint. Alles ist in Weiß und Beige gehalten. Der Boden, die Wände, genau wie die Kommoden, die sich hier befinden. Auf dem Boden wurde ein weißer Läufer ausgelegt, der über die Treppe nach oben führt. Santino führt mich in den ersten offenen Raum, der sich als Wohnzimmer herausstellt. Auch hier, weiße Fliesen, cremefarbene Wände und die dazu passenden Möbel. Alles scheint zu teuer zu sein, um es überhaupt zu berühren. Ein Kamin erstreckt sich länglich an der Wand, der genau gegenüber von einer großen Couch und zwei Sesseln steht. Auf der anderen Seite steht ein langes Bücherregal, welches die Hälfte des Raumes einnimmt. Stumm folge ich Santino zurück in den Flur, weiter, bis wir in einer Küche ankommen, die edler nicht aussehen könnte. Ein Essbereich, sowie eine Bar sind auf der einen Seite der Küche zu sehen. Wie es wohl sein würde, hier zu kochen? Ich fahre gedankenverloren mit dem Finger über die kalte Marmorarbeitsplatte, bis ich Santinos Präsenz neben mir wahrnehme.

»Ich kann es kaum erwarten, dich auf dieser Arbeitsplatte zu ficken…«, raunt er, direkt an meinem Ohr und verursacht mir damit eine Gänsehaut.

»Jemand könnte uns dabei erwischen«, flüstere ich und schlinge meine Arme um ihn.

»Wie praktisch, dass wir, in unserer Etage, die gleiche Küche haben«, sagt er und zwinkert mir zu. Scheiße! Mir ist auf einmal so warm!

»Alles gut? Du bist plötzlich so rot im Gesicht, Amore«, sagt er mit einem frechen Grinsen. Ich schlage ihm auf die Brust und ziehe ihn aus der Küche.

»Zeig mir den Rest des Hauses, du Perversling!«, sage ich und stemme die Hände in die Hüften. Santino lacht, nimmt mich an der Hand und zeigt mir den Rest des Untergeschosses. Hier unten befinden sich noch ein Konferenzraum, eine Bar, ein Pokerraum und ein verdammtes Heimkino!

Hinter der gigantischen Treppe wurde ein kleiner Lift verbaut, mit dem Franka ohne Probleme ihre Etage erreichen kann. Er führt mich durch das Stockwerk seiner Mutter. Auch hier ist alles wunderschön. In denselben Farben, wie auch bereits im Untergeschoss. Hier befindet sich das Schlafzimmer meiner Schwiegermutter, ein Büro, ein Badezimmer und 3 weitere Schlafräume, die ebenfalls ihre eigenen sanitären Anlagen besitzen.

»Das sind die Schlafzimmer von Ciro, Anthony und Lorenzo. Die drei sollen, für den Fall der Fälle, in der Nähe meiner Mutter sein«, sagt Santino, als hätte er meine Gedanken gehört. Er führt mich vorbei an den Schlafzimmern, in einen weiteren Flur, in dem ein weißes Klavier steht. Sofort erinnere ich mich daran, dass mein Dad ebenfalls ein begabter Klavierspieler war.

»Wem gehört der?«, frage ich und streiche über das glatte Holz des Flügels.

»Das ist meiner«, gibt Santino zu und sieht mich etwas verlegen an.

»Du spielst?« Er nickt, zieht die Bank zurück und nimmt Platz. Seine Finger fliegen wie von selbst über die Tasten. Die Stille um uns herum, wird durch die traurige Melodie durchbrochen, die Santino zu spielen beginnt. Er scheint es sehr zu genießen. Seine Augen sind geschlossen, sein Kopf in den Nacken gelegt und seine Hände bewegen sich federleicht über die Tasten. Als hätte er Angst, sie zu zerstören.

»Wow… kannst du mir das beibringen?«, frage ich und stelle mich hinter ihn.

»Selbstverständlich, Amore. Alles, was du willst.« Mit diesen Worten steht er auf und führt mich die Treppe nach oben, die hinter dem Klavier zum Vorschein kommt. Kaum erreichen wir das obere Stockwerk, könnte ich schwören, von dem Duft meines Mannes umhüllt zu werden. Alles ist dunkel, sowohl der Boden, als auch die Möbel, die ich von hier aus erkennen kann.

Er führt mich den Flur entlang, öffnet eine Tür nach der anderen und lässt mich hineinblicken. Wer hätte es gedacht, hinter der ersten Tür, befindet sich ein Büro. Dann folgt ein Fitnessraum und ein Zimmer in dem nur eine Couch, ein Fernseher und verschiedene Konsolen stehen, die daran angeschlossen sind.

»Bist du bereit, dein neues Schlafzimmer zu sehen?«, fragt er und öffnet die größte Tür, die ich im ganzen Haus gesehen habe. Ich nicke und trete ein. Das kann doch nur ein Traum sein, oder? Sobald ich den Raum betrete, habe ich einen perfekten Blick über den Garten, genau wie den Wald, der sich jenseits des Grundstücks erstreckt. Die komplette Wand des Zimmers besteht aus Fenstern. Ich beachte den Rest überhaupt nicht mehr, steuere direkt auf die Fensterfront zu und schiebe sie auf, um auf den dazugehörigen Balkon hinauszutreten.

»Santino, das ist der Wahnsinn!«, staune ich, und versuche mir jedes, noch so kleine Detail, jeden Baum, einzuprägen. Mein Mann schlingt seine Arme von hinten um mich und atmet, wie immer, meinen Duft ein.

»Das alles gehört genauso dir, wie mir, Amore. All das, was du siehst, bis zum letzten Baum, gehört uns.« Das kann er nicht ernst meinen? Ich meine, das hat bestimmt die Größe von 15 Fußballfeldern!

»Alles? Bist du sicher?«, hake ich nach, denn er muss sich irren. Ganz sicher. Santino fängt an zu lachen und dreht mich zu sich.

»Ja, ganz sicher. Komm, lass uns reingehen, es uns bequem machen und einen Film schauen.« Er nimmt mich an der Hand, stellt mich im Schlafzimmer ab und verschwindet durch eine Tür. Ich schaue mich um und könnte mich nicht wohler fühlen.

Anders, als im Rest der Villa, ist hier alles genau so dunkel und kuschelig, wie in Manhattan. Es erinnert an unser Schlafzimmer, nur ist dieses hier viel größer.

»Amore? Kommst du?«, fragt Santino und steckt den Kopf durch die Tür. Ich schaue ihn verwirrt an und hebe eine Augenbraue.

»Ich dachte, du wolltest einen Film schauen?«

»Ja, aber nicht hier. Komm«, sagt er und verschwindet wieder durch die Tür. Ich folge ihm und… der will mich doch verarschen.

»Santino? Wie reich bist du eigentlich?«, frage ich, als ich das gigantische Wohnzimmer betrete. Ein riesiger Kamin, ein überdimensionaler Fernseher und die größte Couch, die ich jemals gesehen habe, befinden sich darin. Ich habe noch nie einen gemütlicheren Raum gesehen, als diesen. Die Couch scheint einen zu verschlingen, so weich wie sie ist. Santino streift seine Schuhe ab und wirft sich auf das Sofa.

»Komm her zu mir.« Ich folge seiner Anweisung und lasse mich neben ihn, in das weiche Polster fallen. Sofort fühle ich mich wie auf Wolken. Santino greift nach der Fernbedienung, schaltet den Fernseher ein und breitet eine Decke über uns aus.

Also, wenn ich dachte, dass ich mich im Penthouse Zuhause gefühlt habe, dann habe ich mich getäuscht. Das hier ist das absolute Paradies.

Alles um mich herum trägt den Duft meines Mannes, umhüllt mich damit und lässt mich fühlen, als wäre ich am sichersten Ort der Welt.

»Gefällt es dir hier, Amore?«, fragt er, doch ich merke sofort, dass das nicht seine eigentliche Frage ist.

»Du willst wissen, ob ich bereit wäre, Amerika hinter mir zu lassen und mit dir hier zu leben?«, platze ich mit der Tür ins Haus. Santino sieht mich mit großen Augen an, fährt sich mit der Hand über den Bart und lässt den Kopf auf die Lehne fallen.

»Ich habe auch hier einen Firmensitz, den Lorenzo bisher geführt hat, solange ich weg war, das bedeutet ich würde nichts zurücklassen. Aber…«

»Was würde ich zurücklassen? Eine Mutter, die mich nie geliebt hat? Einen besten Freund, der meinen Mann angezeigt hat und mich als drogensüchtig dargestellt? Einen Chef, der mich verkaufen wollte und eine beste Freundin, die mein Verschwinden bis heute nicht bemerkt hat? Santino, ich habe dir gesagt, ich habe nur noch euch. Was will ich in einem Land ohne euch?«, sage ich hysterisch und fuchtle wie immer, wenn ich kurz vorm Weinen bin, mit den Händen in der Luft herum.

»Hey, hey, beruhige dich bitte, Amore. Ich wollte dich nicht direkt fragen, wollte dich nicht bedrängen…«

»Es ist mir egal, ob wir in einer Villa, einem Penthouse oder einem Schweinestall leben. Ich… ich will nur mit dir zusammen sein.«

Der Druck in meinem Inneren droht mich zu zerreißen. All das, was sich die letzten Jahre angestaut hat, bahnt sich an die Oberfläche. So weit weg von allem zu sein, von meiner Mutter, von Brian… Eine tonnenschwere Last fällt von meinen Schultern und ich kann endlich wieder frei atmen. All der Frust, die Trauer, scheint sich auf einmal in Luft aufzulösen, jedoch zerreißt es mich innerlich.

Ich kenne das Gefühl von Frieden nicht, weiß nicht wie es ist, nicht mehr zurückzuschauen. Doch hier fühlt es sich so an, als müsste ich es auch nicht mehr. Ich brauche nicht darüber nachzudenken, die Entscheidung ist gefallen.

»Wir bleiben hier, mein Herz. Wenn du auch von hier aus deine Firma leiten kannst, dann bleiben wir.« Er reißt die Augen auf, sieht mich ungläubig an und schüttelt verwirrt den Kopf.

»Bist du sicher? Wir können immer wieder zurück. Das Gebäude, das Penthouse, gehört ohnehin mir.«

Natürlich tut es das, hätte mich auch gewundert, wenn es nicht so wäre.

»Ich bin mir sicher!«, sage ich mit fester Stimme, um ihm die Angst zu nehmen, die ich deutlich in seinen Augen sehen kann.

»Dann müssen wir nur das Gremium von der Echtheit unserer Ehe überzeugen und... dann steht uns nichts mehr im Weg.« Ich drücke ihm einen Kuss auf die Lippen und kuschle mich anschließend eng an ihn.

Er zappt durch die Programme, bis ein Klopfen uns beinahe zu Tode erschreckt. Die Tür öffnet sich. Ciro steht im Türrahmen und hat die Arme vor der Brust verschränkt.

»Wir haben nicht mehr viel Zeit, bis ihr vor den Altar treten müsst. Einen Tag danach ist das große Treffen des Gremiums, an dem nur du teilnehmen darfst, Fra. Da ich deine rechte Hand bin, werde ich dich begleiten dürfen. Mamma und Alaia werden mit Lore hierbleiben. Sie sind also sicher«, verkündet er und gesellt sich zu uns.

Santino greift nach meiner Hand und drückt sie leicht.

»Wir schaffen das. Gemeinsam«, spreche ich mehr mir den Mut zu, als ihm. Ciro sieht mich grinsend an, kommt näher und drückt mir unerwartet einen Kuss auf den Kopf.

»Du bist das Beste, was uns passieren konnte, Bro-Freundin«, sagt er und verlässt den Raum. Santino und ich sehen uns nur fragend an.

»Ich glaube, wir sollten schlafen. Morgen werden wir, zusammen mit Mamma, und den anderen beiden Chaoten, essen. Und danach will ich dir die Stadt zeigen.« Ich nicke, bin aber nicht in der Lage aufzustehen. Wenn es nach mir ginge, würde ich für immer auf dieser Couch bleiben.

»Alaia?«, fragt er und hebt meinen Kopf an.

»Ja?«

»Da, wie ich merke, du mit der Couch verschmolzen bist, würde ich dich gerne über die Türschwelle unseres Schlafzimmers tragen«, gibt er schüchtern zu und... er wird rot! Santino Moreno, der Mafioso, wird tatsächlich rot! Als er das Grinsen auf meinen Lippen bemerkt, verdreht er die Augen, steht auf und nimmt mich wie eine Prinzessin auf die Arme.

»Wenn du das jemandem erzählst, werde ich dich eine ganze Weile nicht kommen lassen, hast du verstanden?«, fragt er und bringt mich damit laut zum Lachen. Mit mir auf den Armen, verlässt er das Wohnzimmer und betritt das Schlafzimmer.

»Jetzt kann ich dich also wirklich in deinem neuen Zu-hause willkommen heißen, Amore.« Er lässt mich auf dem Bett ab, zieht sich das Hemd aus, befreit sich aus seiner Jeans und legt sich zu mir.

»Ich habe keinen Pyjama«, sage ich leise und kuschle mich an ihn.

»Die Koffer sind unten. Ciro wird zu faul sein und ich bin halb nackt. Vielleicht solltest du dich mir anpassen. Gleiches Recht für alle«, antwortet er und setzt sich auf, um mich auszuziehen.

Nur in Unterwäsche lege ich mich zu ihm unter die Decke und schlafe binnen Sekunden ein.

Kapitel 32

Laute Musik, Gesang und Gelächter, lassen mich aus dem Schlaf hochschrecken. Ich taste im Bett nach Santino, als ich diesen aber nicht finde, reiße ich erschrocken die Augen auf. Das ist das erste Mal, dass er aufgestanden ist, ohne mich zu wecken. Ich schaue an mir herunter und da fällt mir wieder ein, dass ich nur Unterwäsche trage. Fuck! Müde steige ich aus dem Bett und blinzle verwirrt, denn, wie ich sehe, sind unsere Koffer da. Ich öffne meinen und als dieser leer ist, bin ich noch verwirrter. Wo zum Teufel ist der Kleiderschrank? Verwirrt drehe ich mich um meine eigene Achse und entdecke noch eine Tür. Ich öffne diese und auch wenn es mich nicht überraschen sollte, tut es das dennoch. Vor mir befindet sich ein Ankleidezimmer. Auf der einen Seite hängen meine und auf der anderen, Santinos Klamotten. In der Mitte steht ein… ein verdammter Schminktisch! Ich werde diesen sowas von auffüllen! Seit ich denken kann, will ich so einen Tisch, vor allem mit den Lichtern am Spiegel.

Ich fahre mit den Fingern über die Stoffe meiner Kleidung und kann mein Glück kaum fassen. Mein neues Leben gefällt mir von Tag zu Tag besser. Blind greife ich nach einer Jogginghose, gehe auf die andere Seite und nehme mir eines der Shirts meines Mannes. Zurück im Schlafzimmer, sehe ich an der Tür flauschige Hausschuhe, schlüpfe in diese und mache mich auf den Weg nach unten. Kaum erreiche ich die Treppe, werden die Stimmen lauter und mich empfängt der Geruch von frischem Gebäck. Jetzt erst merke ich, wie leer mein Magen ist. In langsamen Schritten gehe ich die Treppe herunter und bleibe stehen, um das Bild, welches sich mir zeigt, zu genießen. Ciro, Santino und Franka tanzen durch die Küche, singen und lachen. Etwas schöneres habe ich zuvor noch nie gesehen. Das Haus ist voller Freude, Harmonie und Liebe. Wie gerne würde ich diesen Moment einfrieren, ihn einfangen und ihn immer, und immer wieder, erleben. Santino auf Italienisch singen zu hören, bereitet mir eine Gänsehaut.

» Voglio solo poter vivere. Anche sotto queste nuvole un sorriso basta e il sole tornerà. Per il mondo resto spento poi domani si vedrà«, ertönt seine Stimme. Es hört sich völlig fremd an, ihn so ausgelassen singen zu hören.

»Ungewohnt, oder?«, ertönt eine Stimme hinter mir und lässt mich zusammenzucken. Ich drehe mich um und schaue einem grinsenden Lorenzo ins Gesicht.

»Ja, sehr sogar. Ich habe ihn noch nie so ausgelassen gesehen. Vor allem, wusste ich nicht, dass er so verdammt gut singen kann«, gebe ich verlegen zu und drehe mich wieder zu den anderen. Ciro rappt, bewegt seine Hand auf und ab, während Franka in den Refrain einsteigt. Die drei sind ein absolutes Dreamteam. Das Lied endet und Lorenzo beginnt zu klatschen.

»Bravi! Ihr hört euch immer noch super an«, sagt er und geht auf sie zu. Ich folge ihm und werde von meinem Mann hochgehoben und im Kreis gedreht.

»Guten Morgen, Amore!«, begrüßt er mich, lässt mich runter und küsst mich ausgehungert. Wow, es scheint ihm wirklich gut zu tun, wieder in seinem Heimatland zu sein.

»Guten Morgen, ihr Superstars«, begrüße ich sie alle, halte aber meinen Blick auf Santino gerichtet. Es ist das erste Mal, dass ich ihn ohne die schwarzen Ränder unter seinen Augen sehe. Er wirkt ausgeruht, gelassen und angekommen. Genau wie ich.

»Hast du gut geschlafen?«, fragt er und kitzelt meine Nase mit seiner.

»Sehr gut sogar, und du auch, wie mir scheint. Es freut mich, dich so ausgelassen zu sehen, mein Herz«, sage ich leise und klaue mir einen Kuss, bevor ich zu den anderen in die Küche gehe und mir anschaue, was sie da Leckeres zaubern.

»Guten Morgen, meine Süße, ich hoffe du hast Hunger. Die Jungs haben mich aus dem Bett geholt und wollten unbedingt ihr Lieblings-Frühstück«, Franka rollt zu mir und streichelt mir den Rücken und nähert sich dann dem bereits gedeckten Tisch.

»In Amerika konnten wir das nicht essen, Mamma. Es hat sich nicht richtig angefühlt. Aber jetzt, da wir Zuhause sind, und auch noch Alaia bei uns ist, passt alles!«, sagt Ciro, kommt auf mich zu und wirbelt mich ebenfalls durch die Luft. Fuck, ich bekomme noch ein Schleudertrauma. Auf dem Tisch, an dem ich endlich ebenfalls ankomme, stehen zwei dampfende Kannen, Teller mit verschiedenen Keksen und…

»Sind das Croissants?«, frage ich verwirrt, denn soweit ich weiß, kommen diese aus Frankreich.

»Nein, Amore. Das sind Cornetti. Diese sind ohne Füllung, die mit Himbeermarmelade und die anderen mit Schokolade«, erklärt Santino. Ich nicke ihm zu und setze mich neben ihn. Ohne, dass ich überhaupt die Gelegenheit dazu hätte, mir etwas zu nehmen, stellt Ciro mir bereits einen prallgefüllten Teller vor die Nase.

»Es ist von allem etwas dabei. Da ich weiß, dass du keinen Kaffee trinkst, habe ich dir Orangensaft gepresst.« Ein wenig überfordert, mit dieser ganzen Situation, beiße ich in das erste Hörnchen.

»Oh mein Gott! Das schmeckt unglaublich!«, staune ich und beiße direkt ins zweite. Die Schokolade ist flüssig, warm und unglaublich lecker. Ich kann es kaum in Worte fassen.

»Eigentlich befüllt man sie mit Erdbeermarmelade. Da wir aber wissen, wie sehr du Himbeeren magst, dachten wir, wir ändern das Rezept«, erklärt meine Schwiegermutter.

»Das hättet ihr nicht extra für mich machen müssen…warte! Du hast diese göttlichen Teile selber gemacht?«, frage ich erstaunt und alle Anwesenden beginnen zu lachen.

»Ja, meine Süße. In diesem Haus wird alles selbst gemacht. In meiner Küche wirst du nichts aus der Kühltruhe zu essen bekommen.« Ihre Worte klingen wie ein Gesetz und ich kann es kaum erwarten, etwas von ihr zu lernen.

»Also, jetzt zum Geschäft«, beginnt Lorenzo und reicht uns allen ein Blatt.

»Das ist euer Ehevertrag. Meiner Meinung nach, erfüllt ihr jeden Punkt, ohne auch nur den kleinsten Fehler, jedoch könnten die anderen das anders sehen.

Axel ist seit neuestem einer der Obersten und ihn zu überzeugen wird hart. Er ist auf Rache aus und versucht alles, auch wenn es nur ein Furz ist, gegen uns zu verwenden.«

Dieser verfluchte Axel! Wieso habe ich ihn in dieser Nacht nicht umgebracht? *Wow… was sind das für Gedanken, Alaia?*

»Wie dem auch sei, ich habe euch einige Punkte aufgeschrieben, die euch zugutekommen könnten«, fährt Lorenzo fort und wir drehen gemeinsam das Papier um.

»Auftreten in der Öffentlichkeit. Essen in Restaurants, Kinobesuch und gegebenenfalls Verstoß gegen das Gesetz „Erregung öffentlichen Ärgernisses"«, liest Santino die Punkte vor.

»Auf keinen Fall werde ich meine Frau irgendwo, außer in unseren vier Wänden, ficken! Vergiss es! Die anderen Dinge gehen klar, damit fangen wir direkt an, sobald es dämmert, jedoch nicht das!« Die Wut in seiner Stimme ist nicht zu überhören.

»Ist gut, dann eben nicht«, hebt Lorenzo kapitulierend die Hände.

»Und wieso bist du dir so sicher, dass es etwas helfen soll, wenn man uns zusammen sieht?«, frage ich.

»Es ist durchgesickert, dass ihr beobachtet werdet. Beziehungsweise wurde jemand beauftragt euch zu folgen, sobald ihr das Haus verlasst. Ciro und ich werden immer in eurer Nähe sein, für den Fall, dass etwas passiert, jedoch so, dass uns keiner sehen wird«, erklärt Lorenzo zögerlich. Er will mir keine Angst machen, das kann ich in seinen Augen sehen.

»Das sollte kein Problem sein. Ciro hat uns des Öfteren ermahnt, dass wir die Finger nicht voneinander lassen können«, merke ich an und greife unter dem Tisch nach Santinos Hand.

»Das stimmt!«, sagt Ciro und zeigt mit dem Finger auf uns.

»Ihr habt keine Ahnung, wie es ist, das fünfte Rad am Wagen zu sein! Die beiden…«

»Halt die Klappe, Fra. Das hier ist wichtig. Alaia und ich haben vor hierzubleiben, wenn alles klappen sollte, also darf nichts schief gehen«, unterbricht ihn Santino. Franka fällt die Tasse aus der Hand und sie sieht uns mit großen Augen an.

»Ihr wollt hierbleiben?«, fragt sie.

»Ja, Mamma, wir wollen hierbleiben. Das ist unser Zuhause und ich kann mir nichts Schöneres vorstellen, als mit meiner Familie endlich wieder da zu sein, wo ich hingehöre«, antwortet Santino.

»Das… Ich freue mich so sehr, über diese Entscheidung!«, sagt sie und strahlt heller als die Sonne. Es ist erstaunlich, wie glücklich sie alle sind wieder hier zu sein.

»Alaia, mein Kind. Willst du das wirklich, oder tust du das nur, weil du es musst?«, will sie wissen und schaut mich prüfend an.

»Ich will es wirklich, Franka. Ich will endlich leben und wo kann ich das besser als bei dem Mann, den ich mehr liebe, als mich selbst?« Meine Antwort scheint nicht nur sie, sondern auch Santino zu rühren. Er dreht meinen Kopf zu sich, sieht mir tief in die Augen und küsst mich.

»Es ist so wundervoll, von dir geliebt zu werden…«, flüstert er, direkt an meinen Lippen, bevor er sie wieder mit seinen vereint.

»Schluss mit Knutschen, wir müssen uns konzentrieren. Also, wenn wir das mit dem öffentlichen Scheiß geklärt haben, kommen wir jetzt zu etwas, was nicht auf dem Papier steht…«, Lorenzo sieht uns beide an, steht auf und beginnt auf und ab zu laufen. Irgendwie habe ich das Gefühl, dass er damit rechnet, dass es schief laufen wird.

»… wisst ihr, ich finde euch beide wirklich super zusammen. Santino, du hast dich sehr ins Positive entwickelt, seit du die Liebe zu einer Frau kennengelernt hast. Aber…aber ihr müsst mir versichern, dass ihr keinen Angriff auf Axel geplant hattet, in dieser einen Nacht. Rocco, der kleine Schwanzlutscher, äußert sich nicht dazu. Er sagt, er will weder jemanden in Schwierigkeiten bringen, noch möchte er jemanden beschützen. Also, sagt mir die Wahrheit.« Ohne zu überlegen, ergreife ich das Wort.

»Es war kein Angriff, zumindest kein geplanter. Ich habe Santino an diesem Abend das erste Mal nach 16 Jahren wieder gesehen, ihn aber nicht erkannt. Axel war einer der Kunden, bei dem wir Tänzerinnen uns am meisten Mühe gegeben haben, denn es war kein Geheimnis, dass er sehr gut zahlt. Ich habe während meiner Showeinlage ein wenig mit ihm geflirtet, ihm signalisiert, dass dieser Tanz nur für ihn ist…«, ich greife nach meinem Glas und trinke einen Schluck. Es fällt mir sichtlich schwer, an diesen Abend zurückzudenken.

»… jedenfalls, wollte er mich bereits während des Auftrittes anfassen, jedoch habe ich das nicht zugelassen. Als das Lied endete, zerrte Rocco mich von der Bühne, warnte mich vor Axel, doch da war es zu spät. Er war bereits bei uns. Ihr könnt es euch so vorstellen -nach Roccos Warnungen blinkte nicht mehr das Geld über Axel, sondern ein rotes Ausrufezeichen. Ich ignorierte es und gewährte ihm seine Privatshow. Er wollte mehr, begann mich anzufassen und ich konnte nicht anders, als ihn zu verletzen…«

»In dieser Nacht beobachtete Alaia wie wir den Richter enthaupteten und verlor dabei ihr Handy, so schließt sich der Kreis«, sagt Ciro genervt und schaut Lorenzo böse an.

»Ich weiß genau, dass du deine Freunde schützen willst, mein Junge. Dennoch muss ich es wissen. Ihr wisst genau, dass meine Stimme ebenfalls zählt, ich aber keinen Hinterhalt dulde. Auch wenn dieser von euch kommt.« Seine scharfen Worte könnten selbst Metall zerschneiden. Er scheint wirklich ein loyaler Mann zu sein, fragt sich jedoch wem gegenüber.

»Gut, da alles geklärt ist, werden meine Frau und ich uns auf den Weg unter die Dusche machen. Wir haben noch einiges vor«, sagt Santino, schiebt seinen Stuhl zurück und hält mir seine Hand hin. Ich ergreife sie und lasse mich von ihm nach oben ins Badezimmer führen. Wortlos zieht er sich aus, zieht mich zu sich und befreit mich ebenfalls aus meiner Kleidung. Santino dreht das Wasser auf und betrachtet jeden Millimeter meines nackten Körpers.

»Habe ich dir schonmal gesagt, wie verdammt schön du bist? So perfekt…«, staunt er heiser und fährt mit seinen Fingern über meine Haut. Sofort überzieht sich mein Körper mit Gänsehaut. Mit jeder seiner Berührungen scheine ich ein weiteres Stück meines Herzens an ihn zu verlieren und das, obwohl ich nicht dachte, dass dies noch möglich ist.

»Ich liebe es, zu sehen, was meine Berührungen mit dir anstellen. Die Gänsehaut, die sich jedes Mal über deinen Körper zieht. Dein unkontrolliertes Zittern, dein abgehackter Atem, fuck… Ich werde nie genug von diesem Anblick bekommen«, raunt er, dicht an meinem Ohr und küsst meinen Hals.

»Ich weiß genau, was du tust… Du willst Sex, um den Druck, der auf uns liegt, abzulassen, aber das hat Zeit…«, flüstere ich, und versuche so gelassen wie möglich zu klingen.

Santino sieht mich verwundert an und weicht einige Schritte zurück, doch ich ziehe ihn wieder zu mir, bis wir schlussendlich unter der Dusche stehen.

»Lass das alles nicht zu sehr an dich heran, mein Herz. Wir werden es ihnen zeigen, jedem einzelnen von ihnen. Und danach… danach erwarte ich sogar, dass du mich durch das gesamte Haus fickst.« Ich meine jedes Wort ernst. Wir werden sie davon überzeugen, dass Axel im Unrecht ist. Es ist bereits fast ein Monat, seit der Nacht im Dark Angel, vergangen, und ich muss zugeben, ich vermisse es nicht. Nichts davon. Weder meinen Job, noch meine Mutter oder Brian. Sie haben mich nicht verdient und das konnte ich durch Santino erkennen. Er hat mir in der kurzen Zeit unserer Ehe beigebracht, mich wieder besonders zu fühlen, mir gezeigt, wie es ist, mit ganzem Herzen zu lieben und das, obwohl wir beide unsere Lasten zu tragen haben. Wir stützen uns gegenseitig, fangen uns gegenseitig auf, und würden einander nie im Stich lassen und das werden wir diesen Wichsern beweisen!

»Woran denkst du denn so intensiv?«, fragt Santino mich plötzlich. Mit einem Duschgel bewaffnet, drehe ich mich zu ihm und beginne meine Brust einzuseifen.

»Daran, dass wir uns keine Sorgen machen müssen, ich verspreche es dir. Wir werden das alles gemeinsam schaffen. Du, unsere Familie und ich.« Meine Worte scheinen etwas in ihm zu treffen, denn plötzlich sind seine Augen voller Glück.

»Danke. Du weißt immer genau, was du sagen musst, damit ich mich besser fühle. Als ich heute Morgen die Augen geöffnet habe, dich in meinem Zuhause gesehen habe, schien alles für einen Moment perfekt zu sein. Ich habe das, was uns bevorsteht versucht zu verdrängen, bis Lorenzo mit dem Scheiß um die Ecke kam...«, er stoppt seinen Satz, greift nach meinem Shampoo und beginnt, wie immer, meine Haare zu waschen. Ich liebe es, wenn er das tut. Santino beginnt mit einer Kopfmassage, bei der ich direkt im Stehen einschlafen könnte, wäscht den Schaum aus und wiederholt den Vorgang.

»Du hast Recht, Amore. Wir werden das schaffen und dann beginnen wir erst richtig mit unserem neuen Leben.« Im Gegensatz zu vorhin, ist seine Stimme fest und entschlossen. Er weiß genau, dass uns nichts anderes übrig bleibt, als diesen Idioten die Stirn zu bieten.

Nachdem wir stumm fertig geduscht haben, und sich jeder seiner restlichen Hygiene gewidmet hat, habe ich mir die Haare geföhnt und Santino hat seinen Bart etwas in Form gebracht. Den restlichen Mittag verbrachten wir gemeinsam mit Ciro, Lorenzo und Franka im Wohnzimmer, gingen noch einige Einzelheiten durch und waren uns nach einer hitzigen Diskussion endlich einig, dass es keinen Grund zur Sorge gibt. Jetzt stehe ich in meinem neuen Ankleidezimmer und habe keine Ahnung, was ich anziehen soll. Ich will neben Santino nicht aussehen, als wäre ich seiner nicht würdig.

»Amore... wieso schimmern deine wunderschönen Augen?«, fragt er, als er hinter mich tritt und die Tränen in meinen Augen bemerkt, bevor ich sie bemerke.

»Ich weiß nicht, was ich anziehen soll! Wie soll ich mich an deiner Seite zeigen, wenn ich so aussehe?«, ich zeige an meinem Körper entlang, doch statt etwas zu sagen, beginnt er zu lachen.

»Wenn du so aussiehst? Amore, du bist perfekt. Selbst wenn du in einem Kartoffelsack auf die Straße gehen würdest, würde man dich anhimmeln!«, schwört er.

»Ach, das sagst du nur so…«, schmolle ich und stöbere wieder in meinen Sachen herum. Santino greift an mir vorbei, nimmt eine schwarze Jeans, eine ebenfalls schwarze Bluse und eine Jacke, aus dem Schrank und reicht mir diese.

»Zieh das an, Amore. Wenn es dir dann besser geht, werden wir nach unserem Besuch im Restaurant shoppen gehen.« Ich nicke, nehme die Sachen entgegen und ziehe mich an. Schnell tusche ich mir die Wimpern, lasse meine Wellen über die Schultern fallen und schlüpfe in meine Stiefel. Ich schließe die Augen, atme tief ein und aus und verlasse das Ankleidezimmer.

»Du siehst wahnsinnig gut aus, Amore«, sagt Santino und steht vom Bett auf. Er kommt auf mich zu, drückt mir einen Kuss auf den Kopf und führt mich aus dem Zimmer. Ich werde immer nervöser und beginne zu zittern, je näher wir der Haustür kommen.

»Bro-Freundin! Du siehst zu schön aus, um auf die Welt losgelassen zu werden!«, schwärmt Ciro, kommt auf mich zu und zieht mich in eine Umarmung.

»Lore, bitte sag mir, dass mein Wagen noch in einem Stück ist«, fragt Santino und entlockt Lorenzo ein Lachen.

»Was denkst du denn? Er steht in der Garage und kann es kaum erwarten, gefahren zu werden. Die Schlüssel sind in der Kommode neben der Haustür. Wie immer«, antwortet dieser. Santino befreit mich aus Ciros Umklammerung und führt mich an der Hand raus.

»Wir sehen uns heute Abend. Ciao!«, ruft mein Mann und hebt mich plötzlich hoch.

»AAAA! SANTINO! LASS MICH RUNTER!«, schreie ich, doch mein Mann lacht nur und trägt mich die Veranda runter und führt mich in eine Garage. Als er mich wieder runter lässt, grinst er von einem Ohr zum anderen.

»Warum hast du mich aus dem Haus getragen?«

»Das soll Glück bringen. Wenn ich dich das erste Mal auf den Händen durch die Tür unseres Zuhauses trage, ist das ein Zeichen ans Universum. So sieht es, dass ich dich mein Leben lang auf Händen tragen werde.« Seine Worte treffen mich direkt bis ins Mark. Wie schafft er es, immer und immer wieder, Dinge zu sagen, die dazu führen, ihn noch mehr zu lieben? Das kann nicht gesund sein…

»Alaia, darf ich vorstellen? Das ist mein aller wertvollster Besitz, nach dir, versteht sich.« Ich drehe mich um und Blicke in die Scheinwerfer eines schwarzen Maserati.

»Heilige Scheiße! Dieses Auto ist ein wahr gewordener Traum!« Santino lacht, öffnet mir die Beifahrertür, steigt selbst ein und lässt den Motor aufheulen. Selbst am anderen Ende der Welt, würde man uns mit diesem Wagen kommen hören, so laut brummt der Motor. Die Augen meines Mannes funkeln vor lauter Vorfreude. Er drückt aufs Gas und ich werde in den Sitz gedrückt.

»Bitte sag mir, dass du mich so sehr liebst, dass ich auch mal fahren darf?«, lasse ich meine Aussage nach einer Frage klingen, obwohl ich sicher weiß, dass, auch wenn er nein sagt, ich es dennoch tun würde.

»Alles, was mir gehört, gehört auch dir. Schon vergessen?« Ohne etwas darauf zu erwidern, schaue ich aus dem Fenster und genieße die Aussicht. Die Stadt wird von einem leichten Schneemantel bedeckt. Die Menschen auf den Straßen unterhalten sich, scheinen überglücklich und zufrieden zu sein. Santino fährt eine enge Gasse entlang und kommt nach nur wenigen Minuten vor einem kleinen Restaurant zum Stehen.

»Wir sind da. Ich schwöre dir, du wirst gleich die beste Pizza deines Lebens essen, Amore«, sagt er, steigt aus und öffnet mir die Tür.

Hand in Hand betreten wir den kleinen Laden. Kaum ertönt die Türklingel, liegen alle Blicke auf uns. Unsicher klammere ich mich an Santino, der mir einen beruhigenden Blick zuwirft.

»Buona Serata… Madonna mia! Santino!«, ertönt die Stimme eines Mannes, der auf uns zu gehumpelt kommt und meinen Mann in die Arme schließt.

»Roberto, das ist Alaia. Meine Frau. Amore, das ist Roberto, der beste Pizzabäcker und Ersatzonkel des Universums«, stellt uns Santino vor. Roberto schaut mich verwirrt an.

» Sei sposato?«, sagt er an Santino gerichtet und dieser greift nach meiner Hand und hält ihm meinen Ring unter die Nase.

» Sì, sono sposato«, antwortet dieser und zieht mich enger an sich.

»Herzlichen Glückwunsch, euch beiden.« Ich kann deutlich sehen, dass Roberto uns nicht ein Wort glaubt. Santino scheint dies auch nicht zu entgehen und er greift nach meiner Jacke, öffnet sie so weit, dass meine Kette zum Vorschein kommt.

»Dio mio… du hast sie gefunden«, flüstert Roberto und zieht mich plötzlich in die Arme.

»Sein Glück ist zu ihm zurückgekehrt. Herzlich Willkommen, meine Liebe!«

»Ja, das ist sie, und jetzt lass sie los und zeige ihr, wer die beste Pizza des Universums macht!« Roberto löst sich von mir, drückt mir einen Kuss auf die Stirn und zeigt uns unseren Tisch. Kaum haben wir Platz genommen, lasse ich meinen Blick durch den kleinen Laden schweifen. Es ist alles ziemlich altmodisch und schlicht, dennoch sehr gemütlich. Der dunkle Boden, die hellen Wände und das gedimmte Licht verleihen ihm eine gemütliche Atmosphäre.

»Wieso kennt er meine Kette?«, frage ich und kann es kaum erwarten die Antwort darauf zu bekommen.

»Er war für mich immer eine Art Ersatz-Onkel. Jedes Mal, wenn ich nicht mehr konnte, wenn ich überfordert war, kam ich her. Roberto hat mich und Ciro immer herzlich aufgenommen. Wir haben ihm immer alles erzählt und irgendwann verbrachten wir jeden Tag hier, nur um das Gefühl zu haben, eine männliche Person in unserem Leben zu haben, der wir nichts beweisen müssen. Wir konnten einfach nur wir sein. Kinder«, erklärt er. Ich kann sofort nachvollziehen, was er sagt. Wie gern hätte ich ebenfalls so einen Menschen gehabt. Jemanden, bei dem ich die kleine Alaia sein kann, jemanden, der meine Tränen trocknet, statt sie verursacht...

»Wie isst du deine Pizza am liebsten?«, ertönt plötzlich Robertos Stimme neben mir und reißt mich aus den Gedanken.

»Ähm... mit Salami«, gebe ich etwas abwesend zurück. Er nickt und verschwindet in der Küche. Während wir auf unser Essen warten, unterhalten Santino und ich uns über belanglose Dinge. Er will wissen, welches Auto ich als Kind immer fahren wollte.

Welchen Film ich überhaupt nicht mochte und welches Lied ich immer und immer wieder hören könnte. Ich erzähle ihm von der Schulzeit, aus der Zeit, in der ich Rocco kennengelernt habe und erzähle ihm von dem ersten Streit zwischen ihm und Brian. Santino hört mir so aufmerksam zu, als hätte er Angst meine Stimme das letzte Mal gehört zu haben.

»Bitte schön, euer Essen. Ach und, Santino, das geht aufs Haus!«, sagt Roberto und stellt die Pizzen vor uns ab. Mir läuft das Wasser im Mund zusammen.

»Das riecht köstlich«, sage ich. Die beiden schauen mich ganz gespannt an, also nehme ich das erste Stück, beiße rein und…

»Oh mein Gott!«, schwärme ich mit vollem Mund und schließe genüsslich die Augen.

»Deine Frau hat den besten Geschmack, wie man sieht. Sehr gute Wahl, mein Junge. Ich wünsch euch einen guten Appetit.«, Mit diesen Worten geht Roberto zurück an die Bar und Santino und ich widmen uns stumm unserem Essen. Er hatte Recht. Noch nie in meinem Leben habe ich eine Pizza gegessen, die so unglaublich gut war, wie diese. Kaum haben wir unsere Teller geleert, verlassen wir den Laden und steigen wieder in den Maserati.

»Ich will dir etwas zeigen«, sagt Santino und fährt direkt los.

»Wir werden verfolgt«, stelle ich fest und deute mit den Augen auf den Rückspiegel. Santino folgt meinem Blick und drückt noch mehr aufs Gas. Der Wagen hinter uns beschleunigt ebenfalls.

»Im Handschuhfach muss eine Waffe sein, gib sie mir«, weist er mich an. Ohne zu zögern tue ich, was er sagt und gebe ihm die Waffe.

Er legt sie auf seinen Schoß, greift nach meiner Hand und fährt seelenruhig mit hoher Geschwindigkeit weiter.

»Denkst du, das ist einer von denen, die Lorenzo erwähnt hat?«, frage ich.

»Da bin ich mir sogar ziemlich sicher. Mir ist bereits bei Roberto aufgefallen, dass wir beobachtet werden.«

Schweigend schaue ich aus dem Fenster. Was auch immer noch passiert, ich bin froh, dass Santino an meiner Seite ist. In seiner Gegenwart fühle ich mich sicher und geborgen.

»Wir sind gleich da, Amore«, sagt Santino und durchbricht die Stille, die sich zwischen uns ausgebreitet hat. Einige Meter weiter parkt er, steigt aus, umrundet den Wagen und öffnet mir die Tür.

»Darf ich dir den schönsten Fleck Siziliens zeigen, Amore?«, fragt er und hilft mir aus dem Wagen.

»Ich bitte darum«, antworte ich. Er stellt sich hinter mich und hält mir die Augen zu.

»Geh ganz langsam, es könnte an einigen Stellen rutschig werden.« Ich folge seiner Anweisung und lasse mich in langsamen Schritten blind von ihm führen. Die Luft, um uns herum, scheint immer kälter zu werden, schon beinahe eisig, was mich sofort zum Zittern bringt.

»Glaub mir, die Kälte wird sich lohnen«, flüstert er an meinem Ohr, bleibt stehen und öffnet mir die Augen.

»Oh mein Gott…« Das sind die einzigen Worte, die ich herausbringe. Wir befinden uns inmitten einer Schlucht, von der wir einen perfekten Blick aufs Meer haben. Die Wellen schlagen unruhig gegen das Gestein und dennoch breitet sich eine unglaubliche Ruhe in mir aus, welche verstärkt wird, als Santino seine Arme um mich schlingt.

»Was sagst du?«, fragt er leise und drückt mir einen Kuss auf den Kopf.

»Es ist wunderschön. Danke, dass du mich hergebracht hast, Baby.« Er dreht uns um und ich beginne noch mehr zu staunen. Wir befinden uns in einem Teil der Stadt, der noch aus dem Mittelalter zu stammen scheint. Kunstvolle, antike Häuser erscheinen vor mir. Durch den Schnee, der sich über ihre Dächer legt, wirken sie gleich noch schöner. Jedes Haus scheint eine eigene Geschichte zu haben, die nur darauf wartet erzählt zu werden.

»Ich will, dass du mich öfter herbringst. Es wäre schön noch mehr über die Gebäude und deren Geschichte zu erfahren«, sage ich, an meinen Mann gerichtet, als mir in einem der Häuser etwas auffällt.

»Unser Verfolger scheint uns gefunden zu haben. Viertes Haus links« von dir, erstes Fenster, Erdgeschoss«, flüstere ich und schlinge meine Arme um ihn und drehe mich mit ihm so, dass er unauffällig nachschauen kann.

»Also entweder hast du sehr viele Filme geschaut und weißt, wie man sich in solchen Situationen verhält oder du bist einfach dafür geboren worden, meine Frau zu sein.« Ich hoffe es ist die zweite Option, doch das sage ich ihm natürlich nicht.

»Ich liebe dich«, sage ich, löse mich von ihm und küsse ihn mit all der Liebe, die ich für ihn empfinde. Das tue ich aber nicht, weil wir beobachtet werden. Nein, ich hatte das Bedürfnis ihm ohne Worte zu zeigen, wie viel er mir bedeutet. Und bei der Intensität, die er in den Kuss legt, erwidert er meine Liebe um das tausendfache.

Das ist der Beweis, den wir und unsere Zuschauer gebraucht haben.

»Du bist für mich die Luft, die ich zum Atmen brauche, Alaia. Ich werde kämpfen, solange es nötig ist, bis sie an der Macht unserer Liebe sterben. Du bist alles für mich, alles und noch mehr«, sagt er, dicht an meinen Lippen. Tränen steigen mir in die Augen. Alles an diesem Moment ist perfekt. Die Umgebung. Wir. Ich würde alles geben, dass dieser Moment nicht endet. Wirklich alles.

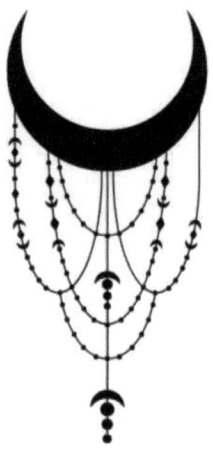

Dein Kuss war Gift – bitter, brennend, tödlich. Und doch habe ich danach gelechzt, als wäre er meine einzige Luft zum Atmen, mein letzter Halt in einem Abgrund, aus dem es kein Entkommen gibt. Selbst wenn er mich zerstört, werde ich immer wieder danach verlangen

Kapitel 33

Santino

Es vergingen Stunden, in denen Alaia und ich nicht mehr aufhören konnten, uns zu küssen. Alles an diesem Moment war perfekt. Den Ort, den ich ihr gezeigt habe, habe ich bisher immer nur alleine besucht. Als mir damals alles über den Kopf gewachsen ist, bin ich hilfesuchend zu meinem Großvater gerannt und er brachte mich dorthin. Die Worte, die er an mich gerichtet hatte, hallen immer noch in meinem Kopf wider.

»Das, mein Junge, soll der Platz sein, an dem du atmen kannst. Hier bist du allein, kannst du selbst sein und wirst dabei nicht gestört. Ich will, dass du die Augen schließt, den Wellen lauschst und dir vorstellst, wie es wäre, über ihnen zu gleiten. Frei wie ein Vogel, abseits von allem, was dich belastet. Halte diesen Ort in Ehren, Tonino, für mich. Und vor allem für deinen Seelenfrieden.«

Eine Woche nach diesen Worten starb er und ich verlor mit seinem Tod einen Teil von mir. Obwohl er der Don der Familie war, war er immer mein Held. Er ließ mich ein Kind sein, ließ mich immer mit Ciro spielen, egal was mein Vater sagte.

Wie gerne würde ich ihm Alaia vorstellen. Er würde sie lieben, da bin ich mir sicher.

Ich kann ihn vor mir sehen, wie er uns mit Stolz ansieht, unsere Stärke, die Stärke unserer Verbindung bewundernd.

»Der heutige Tag ist nicht nur für uns. Nein, Nonno, er ist auch für dich. Wie gerne hätte ich dich heute dabeigehabt, dich mit Alaia tanzen sehen. Zu sehen, wie du meine Frau genauso respektierst, wie ich es tue. Danke, dass du mir wenigstens für einen kleinen Moment, die schönste Zeit meines Lebens beschert hast. Ich liebe dich, Nonno, das werde ich immer«, sage ich leise und streiche über seinen Grabstein.

Da heute der Tag unserer offiziellen Trauung ist, darf ich Alaia, bis zum späten Nachmittag, nicht sehen. Nach dem Abend an der Schlucht, hatte ich kaum Zeit mit ihr. Wir sind durch einige Läden geschlendert, haben einige Sachen für sie gekauft und sind wieder nach Hause gefahren. Wir waren beide so erledigt, dass wir direkt schlafen gegangen sind. Kaum waren wir wach, wurde sie mir praktisch aus den Armen gerissen. Ciro kam wie ein Oberkommandant in unser Zimmer, riss uns unsanft aus dem Schlaf und entführte sie auf eine Shoppingtour. Selbst als sie wieder da war, durfte ich sie nicht sehen. Scheiß Traditionen!

Genervt mache ich mich auf den Weg zu meinem Wagen und fahre nach Hause, voller Hoffnung darauf, ihr auch nur einen kurzen Kuss zu geben, obwohl ich es besser weiß. In Gedanken versunken, fahre ich durch die Stadt, genieße den Anblick und kann es kaum erwarten, Alaia jeden Winkel zu zeigen.

Nach ungefähr 20 Minuten, komme ich wieder zu Hause an und werde bereits von Lorenzo in Empfang genommen. Genervt, von dieser Überwachung, steige ich aus und gehe auf ihn zu.

»Dein Ernst?«, frage ich ihn angepisst.

»Si. Scusa, aber du weißt, wie viel Wert deine Mutter auf diese Sachen legt. Ciro und Alaia sind bereits in die Kirche gefahren und ich kann dir sagen, deine Frau sieht aus wie eine Göttin«, sagt er und zwinkert mir zu.

»Wichser!«, motze ich und stampfe an ihm vorbei ins Haus. Kaum betrete ich das Haus, sitzt schon meine Mutter im Wohnzimmer.

»Hallo mein Sohn, bist du bereit für den heutigen Tag?«, fragt sie und rollt zu mir. Sie greift nach meiner Hand und drückt sie liebevoll.

»Ich war noch nie bereiter«, antworte ich wahrheitsgemäß. Sie deutet mit dem Kopf auf die Couch. Sofort begreife ich, was ich vor mir sehe.

»Bist du sicher?«, frage ich meine Mutter, die mit Tränen in den Augen nickt.

»Es ist Tradition und ich bin mir sicher, er hätte es gewollt. Nonno wäre unglaublich stolz auf dich, Santino.« Ich fahre mit dem Finger über den Stoff und werde sofort in die Vergangenheit geschmissen. Ich sehe meinen Opa, an seiner goldenen Hochzeit, mit meiner Oma. Er trug dieses Outfit.

»Er wird dir von oben die Schulter streifen, genau wie er es als Don und dein Großvater getan hätte.« Auch so eine Tradition der Mafia. Der Don, also der Kopf des Clans, muss dem Bräutigam mit einem Streichen der Schulter seinen Segen geben.

Laut den Legenden hält jede Ehe bis ans Ende, nur durch diese Geste. Ich hoffe, das ist ein Mythos…

»Zieh dich an und lass uns gehen. Deine Frau wartet bestimmt schon sehnsüchtig auf dich«, reißt die Stimme meiner Mutter mich aus den Gedanken. Ich nicke, nehme die Kleidung meines Großvaters und gehe in mein

Schlafzimmer. Dort angekommen, befreie ich mich aus meinen Klamotten und steige in mein Outfit. Ein kurzärmliges weißes Hemd, ein Sakko, und eine schwarze Hose, gepaart mit einer Kette, die seit Generationen in Besitz unserer Familie ist.

Ich weiß noch genau, wie meine Großmutter die passenden Ohrringe zu dieser Kette trug. Sie hat den halben Erdball nach dem Schmied abgesucht und fand ein altes Familienunternehmen in Deutschland, die belegen konnten, die Kette angefertigt zu haben. Beinahe ein halbes Jahr dauerte es, bis sie mit dem Ergebnis zufrieden war. Wie gerne hätte ich diese auch für Alaia, jedoch fehlte von ihnen jede Spur. Ich bin mir bis heute sicher, dass mein Vater sie verkauft hat und damit seine Villa finanziert hat.

Mit einigen Handgriffen bringe ich meine Haare in Ordnung und mache mich auf den Weg zu meiner Mutter. Als sie meine Schritte hinter sich hört, dreht sie sich um und lässt ihren Tränen freien Lauf.

»Du siehst ihm so unglaublich ähnlich. Dio, er wäre so unendlich stolz auf dich, mein Sohn«, sagt sie, als ich vor ihr auf die Knie gehe.

»Ich trage seine Kleidung mit Stolz, genau wie ich mit Stolz dein Sohn bin. Danke, für alles, Mamma. Ti amo«, sage ich und lege meinen Kopf auf ihre Knie.

»Ich liebe dich auch, mein Sohn. Komm, lass uns Alaia offiziell zu meiner Tochter machen.« Ihre Worte dringen direkt in mein Herz. Nichts könnte mich stolzer machen, als dass meine Mutter die Frau, die ich liebe, als ihr eigenes Kind ansieht. Ich schiebe meine Mutter aus dem Haus, helfe ihr gemeinsam mit Lorenzo ins Auto und fahre los. Zu meiner Frau, die bereits in der Vorhölle auf mich wartet. Auch wenn man über ein Gotteshaus so etwas nicht sagen sollte, ist es genau das.

Wir müssen vor hunderten Menschen erneut heiraten, müssen hoffen, dass sie uns glauben, dass wir uns lieben und dürfen nach ihrer Entscheidung auch noch mit ihnen zusammen feiern. Wundervoll, oder?

Nach einer halbstündigen Fahrt kommen wir endlich vor der großen Kathedrale an. Draußen wimmelt es bereits von hochrangingen Mitgliedern des Gremiums, sowie kleinen Mafiosi, die alles dafür tun würden, ebenfalls aufzusteigen. Sie würden nicht nur über Leichen gehen. Nein, sie würden sich selbst Körperteile abschneiden, nur um in den inneren Kreis aufgenommen zu werden. Ich werde das niemals verstehen.

Ich fahre zum Hintereingang, in der Hoffnung, weder meinen Vater, noch sonst jemanden zu sehen, der mir den Moment mit meiner Frau vermiesen könnte. Kaum habe ich eine Parklücke gefunden, steige ich aus und eile auf die Kathedrale zu. Je näher ich komme, desto nervöser werde ich. Doch dieses Gefühl vergeht, als ich Ciro neben meinem Vater und Emilio sehe.

»Endlich! Wenn ihr nicht in den nächsten zwei Minuten aufgetaucht wärt, dann hätte ich diese Wichser umgebracht«, sagt mein bester Freund und nimmt mich in den Arm.

»Sie haben sie noch nicht gesehen, keine Sorge. Sie ist mit Anthony im Pfarrzimmer eingeschlossen. Hier nimm«, flüstert er mir zu und reicht mir den Schlüssel.

»Ach, mein Sohn, komm, umarme deinen Vater«, sagt der Mann, der nie ein Vater für mich war. Ich ignoriere ihn und drehe mich zu meiner Mutter, die gemeinsam mit Lorenzo auf uns zukommt.

»Was soll das werden, Lorenzo?«, fragt mein Vater in einem sehr strengen Ton. Gut, er wittert den Verrat.

»Nach was sieht es denn deiner Meinung nach aus, Giovanni? Ich schiebe meine Donna zu der Hochzeit ihres Sohnes«, antwortet Lorenzo und beweist mir damit, dass er weiterhin immer auf meiner Seite stehen wird. Er hat sich öffentlich zu seinem Verrat bekannt und das zeugt von Stärke.

»Ich wusste es! Was denkst du, wieso du diese Treppe hinuntergefallen bist, Franka?! Du hast mich seit Beginn unserer Ehe mit diesem Stück Scheiße betrogen!«

»Es reicht. Noch ein Wort und ich schneide dir die Kehle durch«, knurrt Ciro und stellt sich schützend vor meine Mutter.

»Danke, mein Junge, aber ich schaffe das alleine. Giovanni, vergiss eines nicht. Nur durch meinen Namen, kennen dich die Menschen, nur durch meine Liebe, die ich dir gegenüber hegte. Du und dein unkontrollierter Schwanz haben dafür gesorgt, dass du für alle Zeiten dein Gesicht verloren hast. Also bitte ich dich, rede nicht in meine Richtung. Atme nicht dieselbe Luft wie ich und geh mir aus dem Weg, ansonsten fahre ich dich versehentlich über den Haufen«, sagt meine Mutter, erhobenen Hauptes. Selbst mein Bruder fängt an zu lachen, kassiert aber direkt einen Schlag meines Vaters. Lächerlich die beiden.

Gemeinsam mit meiner Mutter, Lorenzo und Ciro lasse ich sie hinter mir und mache mich, voller Vorfreude, auf den Weg zu meiner Frau. Ciro zeigt uns den Weg zum Pfarrzimmer und ich bleibe direkt davor stehen. Fuck… hinter dieser Tür befindet sich mein Glück. Mit zittrigen Fingern stecke ich den Schlüssel ins Schloss, drehe ihn und öffne die Tür.

Sofort erscheint Anthony mit gezogener Waffe, die er aber direkt runternimmt, als er mich sieht.

»Alaia, komm raus. Es ist Santino«, ruft er und es öffnet sich eine Tür. Mir bleibt fast das Herz stehen, als sie in ihrem weißen Kleid herauskommt.

»Fuck…«, entfährt es mir und ich kann nicht anders, als auf sie zuzugehen und sie für einen Kuss in meine Arme zu ziehen.

»Ich habe dich vermisst«, flüstert sie, nur für meine Ohren hörbar.

»Ich habe dich auch vermisst. Amore, du…«, ich schiebe sie von mir und versuche mir jeden Millimeter von ihr einzuprägen.

»…du siehst zum Niederknien aus«, spreche ich meine Gedanken laut aus und kann nicht aufhören sie anzustarren.

»Dreh dich für mich, Bro-Freundin, denn ich glaube, dein Mann hat gerade einen Schlaganfall«, ruft Ciro. Alaia lacht, dreht sich einmal im Kreis und fuck…

»Mamma? Sind das?« Ich nähere mich meiner Frau, schiebe ihre Haare hinters Ohr und beantworte mir die Frage selbst.

»Das sind Nonnas Ohrringe! Ich dachte…«

»Das dachte ich auch, jedoch habe ich sie unter einer losen Diele in meinem Schlafzimmer gefunden und sie sofort Ciro gegeben. Wenn sie jemand tragen sollte, dann sie.« Das muss ein Zeichen sein! Es kann nicht anders sein. Alaia sieht mich, mit Tränen in den Augen, an und streckt ihre Hand nach mir aus.

»Lass uns nochmal heiraten, Baby«, sagt sie und führt meine Hand an die Stelle, unter der ihr Herz schlägt.

»Ich liebe dich, Santino. Und ich kann es kaum erwarten, es der ganzen Welt zu zeigen«, sagt sie und jetzt bin ich es, der Tränen in den Augen hat. Sie lächelt mich überglücklich an, kommt auf mich zu und küsst mich.

»Ich liebe dich auch«, flüstere ich und führe sie aus dem Raum. Ciro gibt den anderen Bescheid, kommt wieder zu uns und nimmt mir meine Braut ab.

»Ich werde sie zum Altar führen.« Die Ehre steht ihm ins Gesicht geschrieben. Ich nicke ihm nur zu und warte bis sie vorne ankommen. Alle Blicke sind auf sie gerichtet. Köpfe schießen zusammen, beginnen zu tuscheln und auch wenn es ihr auffällt, wirkt sie überhaupt nicht verunsichert.

Sie ist so verdammt stark, weiß sie das überhaupt? Der Pfarrer nickt mir zu und gemeinsam mit Lorenzo schreite ich den Mittelgang entlang. Vorbei an all denen, die heute hier sind, um uns fallen zu sehen. Vorbei an meinem Vater, der, mit rotem Kopf in der ersten Reihe, mit Axel und meinem Bruder zusammensitzt.

»Mr Moreno, ich freue mich, Sie heute hier zu sehen«, sagt der Pfarrer und reicht mir die Hand.

»Auf Wunsch der Obersten, wollen wir, da Sie ja bereits verheiratet sind, Ihre Ehegelübde hören«, informiert er uns und lässt uns beide erstarren. Das ist eine Falle. Noch nie wurde eine Zeremonie so abgehalten. Ich schaue zu Alaia, die mich liebevoll angrinst und nach meiner Hand greift.

»Sag mir, was ich für dich bin. Sag mir, wieso du mich liebst, Baby, und wie sehr«, flüstert sie so leise, dass nur ich es hören kann. Ihr Glaube an uns, färbt auf mich ab. Mit dieser Falle haben sie uns zu Gewinnern gemacht, ohne es zu wissen. Ich nicke dem Pfarrer zu, um ihm zu signalisieren, dass wir so weit sind und blende somit alles um uns herum aus.

»Wir haben uns heute hier versammelt, um die Glaubwürdigkeit dieser Ehe zu überprüfen. Ich bitte nun um absolute Ruhe und um volle Aufmerksamkeit. Sollte diese Zeremonie einmal gestört, oder unterbrochen werden, wird derjenige meiner Kathedrale verwiesen. Irgendwelche Einwände?« Er blickt in die Runde, doch keiner traut sich auch nur zu laut zu atmen. Er wendet sich wieder an uns.

»Mrs Moreno, würden Sie uns die Ehre erweisen und mit Ihrem Gelübde anfangen?«, fragt er, an Alaia gewandt. Kluger Schachzug. Ich kann bereits in den Augen meiner Schönheit erkennen, dass sie mehr als bereit dafür ist.

»Santino, jedes Wort, auf jeder Sprache der Welt, würde nicht ausreichen, um dir zu sagen, wie sehr ich dich liebe. Du hast es geschafft, mich aus meinem Leid zu befreien, immer und immer wieder. Ohne es überhaupt zu wissen, warst du, über 16 Jahre hinweg, mein Halt. Mein stiller Begleiter, der mich in Gedanken beschützt hat. Vor der Außenwelt, und am meisten vor mir selbst. Du hast mir ein Zuhause gegeben, einen besten Freund und eine liebende Mutter. Nicht nur das, sondern auch deine Liebe und diese bedeutet mir mehr, als mein eigenes Leben. Santino, danke für alles. Danke, dass du mich liebst, mich beschützt, mich glücklich machst und mir endlich zeigst, was es bedeutet, etwas Besonderes zu sein. Ich liebe dich so unglaublich sehr…«

Fuck, sie bricht vollkommen in Tränen aus, genau wie meine Mutter, Ciro und… ich. Im Augenwinkel kann ich sehen, dass Ciro und meine Mutter auf uns zukommen. Alaia sieht mich an, schlingt ihre Arme um mich, genau wie Ciro und meine Mutter.

»Gruppenkuscheln!«, sagt mein bester Freund. Einige Minuten stehen wir eng umschlungen da.

»Lassen Sie uns fortfahren«, unterbricht uns der Pfarrer und sorgt dafür, dass wir uns voneinander lösen.

»Santino, jetzt bist du an der Reihe, obwohl ich nicht weiß, ob wir deines überhaupt hören müssen. Die Worte deiner Frau haben fast kein Auge trocken gelassen«, sagt er.

»Ich denke nicht daran, der Tradition zu trotzen und außerdem, habe ich meiner Frau ebenfalls einige Worte zu sagen.« Ciro schiebt meine Mutter wieder zurück auf ihren Platz. Ich drehe meine Frau zu mir, wische ihr die Tränen aus dem Gesicht und küsse sie auf die Nase.

»Amore, eigentlich sind Worte überflüssig, um anderen zu beweisen, wie sehr ich dich liebe. Kein anderer wird jemals verstehen, was wir haben. Keiner wird diese Verbindung spüren, keiner fühlen, was in uns vor sich geht, wenn wir uns ansehen. Du hast Licht in meine dunkle Welt gebracht, hast mich in wenigen Sekunden, mit deinen Augen, meine Prinzipien vergessen lassen. Du hast mir so viel gegeben, hast mir so viele Lasten genommen und bist nach 16 Jahren, genau wie du es versprochen hast, zu mir zurückgekommen. Mit dir kam Liebe, Glück und das Gefühl endlich angekommen zu sein. Dank dir, kann ich wieder atmen. Du hast mich von den Toten auferstehen lassen, hast es mit nur einem Kuss geschafft, mich alles, um mich herum, vergessen zu lassen. Ich kann mir nicht vorstellen, jemals wieder, auch nur eine Nacht, ohne dich zu sein. Fuck, wenn es nach mir ginge, nicht eine Sekunde. Ich liebe dich, Alaia, mehr als alles andere auf der Welt.«

Applaus ertönt hinter uns. Ich halte es nicht länger aus, ich muss sie spüren.

»Komm her und küss mich endlich. Scheiß auf diese Wichser«, sage ich und ohne ihr auch nur die Möglichkeit zu geben auszuweichen, ziehe ich sie an mich. Meine Lippen prallen auf ihre und wie immer ist die Welt um uns herum wie weggeblasen. Es existieren nur noch wir beide, unser Moment und unsere, im gleichen Takt schlagenden, Herzen. Alaia klammert sich an mich, als hätte sie Angst, mich jeden Moment zu verlieren. Immer enger drücke ich sie an mich, als ein Räuspern uns dazu bringt, uns voneinander zu lösen.

»Die Obersten werden sich jetzt beraten. Wie es die Tradition verlangt, werdet ihr im Hause deines Vaters auf die Entscheidung und die offizielle Zeremonie warten. Falls diese stattfinden wird, natürlich«, teilt uns Lorenzo mit und lässt meine Angst wieder an die Oberfläche kommen. Ich nicke ihm zu, nehme meine Frau an der Hand und führe sie aus der Kirche, direkt in den Wagen auf der anderen Straßenseite. Wir drehen uns nicht um, schauen nicht zurück. Nur noch ein Schritt, der entscheidet, wie es weitergehen soll. Wenn wir bestehen, geht all das rechtmäßige Eigentum meiner Mutter, wieder zurück in ihren Besitz. Und wenn nicht… dann wird das letzte, das ich fühlen werde, das Blei einer Kugel sein, die meinen Schädel durchdringt.

»Wir fahren extra! Nehmt euch einen kurzen Moment für euch!«, ruft Ciro mir nach und genau das werde ich auch tun. Wer weiß, ob das nicht das letzte Mal sein wird, meine Frau in meiner Nähe zu haben. Kaum sind wir eingestiegen prallen ihre Lippen gegen meine. In diesem Kuss liegen so viele Emotionen, so viele unausgesprochene Worte. Alaia löst sich von mir und sieht mir mit einem Blick entgegen, den ich beim besten Willen nicht verstehe. Er ist voller Wut.

»Anthony hat mir erzählt, was passiert, wenn sich das Gremium gegen uns entscheidet. Es kostet dich dein Leben! Du hast mir gesagt, wir müssten nur zurück nach Manhattan, verlieren alles, bis auf deinen Platz als CEO. Santino, wieso… wieso, verdammt nochmal, hast du mir nicht die Wahrheit gesagt?« Scheiße!

»Amore, bitte sei nicht sauer. Ich musste es tun. Das war das erste und letzte Mal, dass ich dich belogen habe.

Das schwöre ich!«, versichere ich ihr und meine jedes Wort ernst.

»Wenn wir ihre Prüfung nicht bestehen sollten, und auch nur einer eine geladene Waffe in deine Richtung hält... Dann werde ich mich ebenfalls opfern.« Ihre Stimme klingt fest, gibt keinen Platz für Widerworte. Womit habe ich ihre bedingungslose Liebe nur verdient? Womit habe ich verdient, dass sie für mich sterben würde?

»Lass uns unseren Sieg abholen, Amore. Denn sobald die Tür unseres Stockwerkes hinter uns ins Schloss fällt, bist du fällig. Fuck, ich kanns kaum erwarten, mich in dir zu verlieren«, hauche ich, dicht an ihren Lippen. Sofort beginnt sich ihre Atmung zu beschleunigen. Ohne auf die Straße zu achten, starte ich den Motor und fahre los, während meine Lippen noch für einen Moment auf ihren liegen.

»Achte auf die Straße, du Verrückter«, sagt sie und stößt mich von sich. Lachend konzentriere ich mich auf die Straße und fahre die kurze Strecke zum Haus meines Vaters. Je näher ich seiner Straße komme, desto nervöser werde ich. Meine Fäuste krallen sich so fest um das Lenkrad, dass meine Knöchel bereits weiß hervortreten. Dies bleibt meiner Frau natürlich nicht verborgen. Sie greift nach meiner Hand und legt ihre darüber.

»Wir schaffen das, Santino. Ich weiß es«, versucht sie mich zu beruhigen, und schafft es tatsächlich ein kleines bisschen. Ihre Haut auf meiner zu spüren, sorgt dafür, dass der innere Sturm, der in mir tobt, durch hellen Sonnenschein ersetzt wird. Wir kommen an der gigantischen Villa meines Vaters an, parken direkt davor und steigen aus. Außer uns scheinen nur einige wenige Mitglieder des Gremiums anwesend zu sein, also nutze ich diese

Gelegenheit, öffne Alaia die Tür und ziehe sie in eine verzweifelte Umarmung.

»Für den Fall, dass wir volle Kanne verkackt haben, will ich, dass du weißt, dass ich in meinem Leben niemanden so sehr geliebt habe, wie ich dich liebe. Noch nie wollte ich neben einer Frau einschlafen, in der Hoffnung, dass sie am nächsten Morgen noch da ist. Danke, dass du mich zu diesem Mann gemacht hast, Ti amo per sempre Vita mia.« Meine Worte sind nur für sie bestimmt, nur für uns.

»Ich liebe dich auch, Amore. Per tutta la Vita«, sagt sie ebenfalls leise. Ich löse mich geschockt von ihr und entlocke ihr durch meinen Blick ein lautes Lachen.

»Was denn? Ich lerne schnell, und deine Mutter hat sich bereit erklärt mir italienisch beizubringen«, rechtfertigt sie die schönsten Worte, die ich jemals aus ihrem Mund gehört habe.

Gerade als ich etwas sagen will, ertönen laute Motorgeräusche und die Menschen, die zuvor in der Kirche waren, gesellen sich zu uns. Der Hof meines Vaters, ist, wie ich sehe, bereits für die Zeremonie geschmückt. Überall sind rote und weiße Rosenblätter verteilt, es gibt Sitzgelegenheiten und ein Buffet. Natürlich muss er die ganz großen Geschütze auffahren, um vor den Anwesenden den liebenden Vater zu spielen. Wenn er nur wüsste, dass ich direkt nach dem Urteil verschwinde, oder sterben werde, würde er mir sicher die Rechnung zukommen lassen. Denn wie immer hat er keine Kosten gescheut.

»Hallo. In fünf Minuten wird das Urteil verkündet. Da ich ein Verräter bin, habe ich meinen Platz im Obersten Rat verloren und bleibe bei euch«, sagt Lorenzo, der sich gerade eine Zigarette angezündet hat und sich zu uns gesellt. Gefolgt von meiner Mutter, Ciro und Anthony. Ich nicke ihm zu, ziehe Alaia an meine Seite und schicke ein Gebet nach dem anderen in den Himmel, in der Hoffnung, dass wenigstens eines erhört wird. Die Minuten ziehen sich unendlich in die Länge. Es kommt mir vor, als würden wir bereits seit Stunden hier stehen. Alaia beginnt, vor Kälte, zu zittern, und als ich gerade dabei bin, mein Sakko auszuziehen, um es ihr umzulegen, kommt ein wütender Axel auf uns zu.

»Das ist noch nicht vorbei, Moreno! Und du, Stella, du wirst dir noch wünschen, an diesem Abend, mit mir mitgekommen zu sein.« Mit diesen Worten verschwindet er.

Fragend schaue ich in die Runde, als auch mein Vater und die anderen Gremiumsmitglieder herauskommen.

»Mein Sohn, herzlichen Glückwunsch! Ihr habt uns überzeugt. Eure Liebe, eure Verbindung, und eure Worte, haben dir das Leben gerettet. Lasst uns die Zeremonie beenden.« Seine Worte klingen freundlicher, als gewohnt. Die obersten und ältesten Mitglieder des Gremiums, und somit die letzten der ersten Mafiafamilien, stellen sich um den großen Metall-Kessel, der an den, einer Hexe erinnert, und gießen Benzin hinein.

»Was passiert hier?«, flüstert Alaia in meine Richtung und klammert sich ängstlich an meinen Arm.

»Wir haben gewonnen, Amore. Mein Vater verliert alles, weiß es aber scheinbar noch nicht. Das ist die letzte Tradition der Mafia, und dann… dann gehen wir endlich nach Hause«, sage ich, und versuche ihr mit einem Grinsen die Angst zu nehmen.

»Ciro di Pasquale, Franka Moreno. Ihr beide werdet die Liebeszeugen«, sagt einer der ältesten und reicht sowohl Ciro, als auch meiner Mutter, ein großes Messer.

»Und das Brautpaar tritt bitte einmal vor«, sagt der andere. Kaum haben wir uns zu ihm gestellt, lodern auch schon die Flammen, wie durch Geisterhand, immer höher.

»Santino, du wirst bitte beginnen. Alaia, sprich ihm nach«, erklärt meine Mutter, während sie nach dem Saum von Alaias Kleid greift. Ciro stellt sich neben mich, zückt sein Messer und zwinkert mir zu.

»Es kann losgehen, Bro. Nur fürs Protokoll, ich bin verdammt stolz auf euch beide und es ist mir eine Ehre, euch bei diesem Schritt zu begleiten.« Ich verstehe den Hintergrund seiner Worte als Einziger, denn das, was er tut, müsste eigentlich mein Vater oder ein anderer männlicher Verwandter tun.

»Alaia…«, beginne ich und nehme ihre Hände in meine. »…ich gelobe dich zu lieben, dich zu Ehren und zu respektieren. Mit allem, was ich besitze, werde ich dich glücklich machen. Die Kraft des Feuers, wird unser Band stärken, wird unsere Liebe unsterblich machen. Du, ich und die Flammen, vereint bis ans Ende unserer Tage…« Ciro beginnt die Ärmel meines Sakkos abzutrennen und hält sie anschließend in die Höhe. Ich beuge mich zu Alaia vor und flüstere ihr unseren eigenen Schwur ins Ohr: »Bis dass der Tod uns scheidet.«

Lorenzo nickt ihr zu und gibt ihr damit das Zeichen, meine Worte zu wiederholen.

»Santino, ich gelobe dich zu lieben, dich zu Ehren und zu respektieren. Mit allem, was ich besitze, werde ich weiterhin dein Glück sein. Die Kraft des Feuers, wird unser Band stärken, wird unsere Liebe unsterblich machen. Du, ich und die Flammen, vereint bis ans Ende unserer Tage…« Sie sieht mir, mit Tränen in den Augen, entgegen.

»Bis dass der Tod uns scheidet.« Meine Mutter hat in der Zeit ein Stück ihres Saumes abgeschnitten. Sie, genauso wie Ciro, geben die Stofffetzen den Ältesten, diese knoten sie zusammen und werfen sie in die Flammen. Applaus ertönt, die Menge ruft uns Glückwünsche entgegen, doch wir ignorieren es, nehmen uns an den Händen und entfernen uns von dem brennenden Kessel.

»Seid mir nicht böse, aber ich werde diese Feier mit meiner Frau verlassen. Eine unvergessliche Nacht wartet auf uns, wisst ihr.« Ich zwinkere in die Menge, drücke meiner Mutter einen Kuss auf den Kopf und winke dem Rest des Abschaumes, der sich im Vorgarten meines Vaters versammelt hat, zu und ziehe Alaia zum Wagen.

»Santino, wir können doch nicht einfach verschwinden!«, ruft sie lachend, während ich sie mir über die Schulter werfe.

»Wir können und wir werden! Denn ab heute sind wir beide, gemeinsam mit meiner Mutter, die verdammten Bosse des Moreno- Clans!«

Ich kann nicht in Worte fassen, wie verdammt glücklich ich bin, Alaia an meiner Seite zu wissen. Das gesamte Eigentum meiner Mutter geht wieder zurück in ihre Hände. Was könnte uns jetzt noch aufhalten?

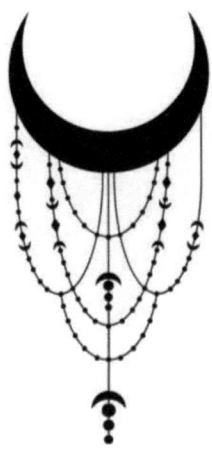

Bis dass der Tod uns scheidet? Nein, selbst der Tod wird keine Grenze für mich sein. Meine Liebe zu dir ist stärker als das Ende – sie wird dich finden, immer und überall.

Kapitel 34

Alaia

Wir haben es geschafft! Wir haben gesiegt! Die Wahrheit war auf unserer Seite und hat dafür gesorgt, dass jeder das bekommt, was ihm zusteht. Santino hat mich in den Wagen getragen und ist sofort nach Hause gefahren. Nach Hause... das klingt zu schön, um wahr zu sein. Nach all dem, was ich erdulden musste, nach all dem, was Santino erdulden musste, sind wir endlich dort, wo wir hingehören. Kaum waren wir Zuhause, hat Santino mich ins Schlafzimmer gebracht und dort warte ich jetzt auf ihn. Es kommt mir vor, als wäre ich bereits seit Stunden hier. Als ich gerade aufstehen und nach ihm sehen will, kommt er rein und steht oberkörperfrei vor mir.

»Ich habe etwas für dich vorbereitet. Ich bin zwar kein Romantiker, aber einen Versuch war es wert.« Er streckt seine Hand nach mir aus, zieht mich mit sich und führt mich ins Wohnzimmer. Dort angekommen, traue ich meinen Augen kaum. Er hat überall Kerzen verteilt, hat den Kamin angemacht, sowie mehrere Sträuße mit blauen Lilien aufgestellt.

»Oh mein Gott...«

»Da unsere erste Hochzeitsnacht... naja, nicht unbedingt besonders war, dachte ich, ich bereite eine Kleinigkeit für dich vor.« Er zieht mich auf das aus Decken gebastelte Bett, welches direkt vor dem Kamin liegt und nimmt vor mir Platz.

»Ich habe dir gesagt, dass du fällig bist, sobald wir hier sind. Und wie du weißt, Ehefrau, halte ich meine Versprechen.« Mit diesen Worten verschwindet er unter dem Saum meines Kleides. Er zieht mir mit den Zähnen das Höschen herunter, hebt mein Bein, zieht es herunter und wirft es in den Kamin. Santino verschwindet erneut unter dem Saum meines Kleides. Seine Zunge führt an meinen Innenschenkeln hinauf, nur um dann, in meiner Pussy zu versinken.

»Mhhmmm…«, knurrt er und beginnt an mir zu saugen. Er wird immer gieriger, immer hungriger, lässt nicht mehr von mir ab. Mein Geschmack scheint ihn zu berauschen, ihn einzunehmen. Ich beginne am ganzen Körper zu zittern, kann mich kaum noch auf den Beinen halten. Santino spürt das sofort, kommt unter meinem Kleid hervor und stellt sich vor mich. Er schiebt seine Hände in meine Haare, fährt mit seiner Nase über meinen Hals, atmet meinen Duft ein, und verteilt eine Spur aus Küssen, die bis zu meiner Schulter geht. Er gleitet mit seinen Fingern federleicht an meinen Armen hinauf, streift mir die Träger des Kleides ab und schiebt es mir vom Körper. Nur noch mit einem trägerlosen BH bekleidet, stehe ich vor ihm, während er mich umrundet, als wäre ich seine Beute. Mit einer kurzen Bewegung befreit er mich aus dem letzten Stück Stoff, welches ich am Körper trage, und bewundert meinen nackten Körper.

»Das alles gehört mir, ganz allein mir. Und auch wenn ich ein ganzes Leben Zeit habe, kann ich mich einfach nicht an dir sattsehen…«, haucht er verführerisch. Seine Finger streifen meinen Körper immer wieder, hinterlassen eine Gänsehaut und sorgen dafür, dass ich immer mehr zu zittern beginne.

»…Jeder Winkel, jeder fucking Zentimeter deines Daseins, gehört mir. Und es kann mir keiner nehmen. Nicht einmal du. Keiner.«

Seine dominanten Worte machen mich derart an, dass ich merke, wie mir die Lust die Beine herunterläuft. Santino stoppt seine Erkundungstour und bleibt direkt vor mir stehen. Mit der einen Hand umfasst er meine Brust, mit der anderen wandert er zwischen meine Beine. Er reizt meinen bereits harten Nippel und schiebt einen Finger in mich. Mein Stöhnen wird mit einem breiten Grinsen von ihm belohnt. Er genießt diese süße Folter offensichtlich mehr als ich.

»Santino, bitte…«, flüstere ich verzweifelt.

»Bitte was? Sag mir, was du willst, Amore und du bekommst es.« Er bewegt seinen Finger weiter in mir, wird schneller, weswegen mir das Antworten extrem schwerfällt.

»Ich will, dass du… ich will… fick mich… bitte«, kommt es mir leise über die Lippen.

»Dein Wunsch ist mir Befehl«, sagt er, sinkt auf den Boden und zieht mich mit sich. Der Blick, mit dem er mich ansieht, geht mir tief unter die Haut. Die Liebe, die Lust und das Verlangen, welches von ihm ausgeht, ist einnehmend, fesselt mich und lässt mich nicht mehr los. Santino streift sich die Hose samt Boxershorts herunter, wirft sie hinter sich und positioniert sich vor mir.

»Öffne deine Beine für mich, Amore«, befiehlt er in einem Ton, der keine Widerrede duldet. Auch wenn ich es nicht sollte, schäme ich mich vor ihm. Er hat mich bereits öfter nackt gesehen, jedoch nicht so.

»Alaia, ich will, dass du deine Beine für mich spreizt. Ich will sehen, wie deine Lust im Licht der Flammen glitzert und das, obwohl ich noch nicht mal in dir bin.«

Langsam, ganz langsam, komme ich seiner Aufforderung nach, öffne meine Beine und entblöße mich vor ihm.

»Fuck…« Ohne zu zögern, senkt er sich zu mir, fährt mit seiner Zunge über meine nassen Innenschenkel und stoppt direkt an meiner Mitte. Sein Blick ist auf den meinen gerichtet, während er gefährlich weiter zu mir nach oben kommt. Hungrig und voller Gier prallen unsere Lippen aufeinander. Wieder kann ich meine Lust in seinem Kuss schmecken und wie auch beim ersten Mal, überkommt mich eine derartige Lustwelle, dass ich nicht anders kann, als ihm meinen Körper entgegenzustrecken. Ich kann seine Erektion direkt an meinem Eingang spüren. Nur noch ein kleines Stück dränge ich mich näher an ihn und er gleitet wie von selbst in mich.

»Oh Gott!... endlich«, stöhne ich laut.

»Fuck, ich liebe deine nasse, enge Pussy um meinen Schwanz…«, stöhnt auch er, zieht sich aus mir heraus, nur um sich mit einem kräftigen Ruck in mich zu rammen.

»FUCK!«, brülle ich voller Lust. Seine Stöße sind hart, beinahe brutal, doch es stört mich nicht im Geringsten. Er zeigt mir mit jedem Stoß, mit jedem Kuss, dass ich ihm gehöre, dass er mich niemals freigeben wird, selbst wenn ich es wollen würde. Und auch wenn es falsch ist, liebe ich alles daran. Santino entzieht sich mir und dreht mich mit einer Bewegung auf den Bauch. Mein Hintern wird in die Höhe gezogen, mein Oberkörper nach unten gedrückt und ein Schmerz breitet sich auf meinem Arsch aus, als seine Handfläche mit voller Kraft auf meine Haut klatscht. Ein Schrei entfährt meiner Kehle, doch das scheint meinen Mann nur noch wilder zu machen, denn ich bekomme den gleichen Schlag auch auf der anderen Seite.

Tränen schießen mir in die Augen, doch der Schmerz verwandelt sich in Lust, als Santino sich in mir versenkt.

Die Laute, die aus seiner Kehle dringen, sind so erotisch, dass meine Hand wie von selbst an meinen Kitzler gleitet und ihn zusätzlich zu Santinos Stößen stimuliert. Unsere Körper verschmelzen miteinander, genau wie es unsere Seelen getan haben.

Die Hand, die gerade noch an meiner empfindlichen Mitte war, lasse ich weiter gleiten und beginne Santinos Hoden zu massieren. Er bewegt sich langsamer, genießt was ich tue, beginnt zu zucken, doch anscheinend scheint ein Ende für ihn nicht in Frage zu kommen. Er zieht meinen Oberkörper zu sich nach oben, küsst, leckt und beißt meinen Hals, während er sich für einige Sekunden nicht mehr bewegt. Unser beider Atem kommt abgehackt, unsere Herzen rasen und unsere Körper schwitzen. Die Luft um uns herum ist voller Sex, voller Lust und Liebe und droht uns abhängig zu machen.

»Ich liebe dich… und jetzt will ich, dass du für mich kommst, so wie du es zuvor noch nie getan hast. Zeig mir… zeig mir, was nur ich mit deinem Körper tun kann«, haucht er an meinem Ohr und lässt seine Hand von meinen Brüsten bis zu meinem Kitzler gleiten. Ich habe da so eine kleine Ahnung, was er von mir verlangt.

»Santino… ich… oh Gott«, stöhne ich, als er hauchzart in meine Klit zwickt.

»Es ist egal, ob du das noch nie getan hast, jetzt wirst du es…« Seine Stimme ist leise, dominant, beinahe dämonisch. Bevor ich etwas sagen kann, entzieht er sich mir und rammt sich mit voller Kraft in mich. Seine Stöße, und seine Bewegungen um meinen hoch empfindlichen Kitzler, machen mich beinahe verrückt. Ich stöhne, schreie und weine vor Lust.

Plötzlich merke ich, wie sich meine Muskeln zusammenziehen, wie sich etwas in mir anbahnt, was ich so nicht kenne. Santino scheint es ebenfalls zu merken.

»Lass los, Amore«, flüstert er direkt an meinem Ohr und ich folge seiner Aufforderung. Ich komme so stark, dass ich ihn beinahe zerquetsche und alles vor uns nass mache.

»Gott, das ist so verdammt geil«, stöhnt Santino, während er mich in schnellen Stößen durch den Orgasmus fickt, dass ich beinahe das Bewusstsein verliere. Nur einige tiefe Stöße und er ergießt sich in mir. Gemeinsam lassen wir uns schwer atmend in die weichen Decken fallen. Eine Stille legt sich wie eine schützende Decke über uns, beschützt und schirmt uns ab. Es gibt nur noch uns beide. Ich kuschle mich an ihn, lausche seinem Herzschlag und falle in einen tiefen Schlaf. Glücklich, befriedigt und geschützt, in den Armen meines Mannes.

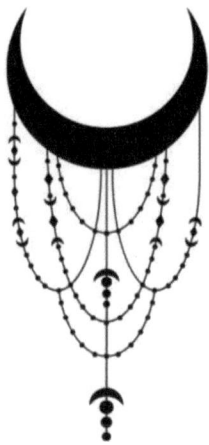

Achtung: Die Worte, die auf den nächsten Seiten folgen, könnten dich tiefer treffen, als du es erwartest. Sie könnten dein Herz brechen und dich an deine Grenzen führen. Es ist in Ordnung, innezuhalten, eine Pause zu machen und durchzuatmen. Du bist wichtiger als jede Geschichte, also höre auf dein Herz – denn dein Wohl ist und bleibt das Kostbarste.

Kapitel 35

Alaia

Seit unserer Hochzeitsnacht vor dem Kamin sind zwei Tage vergangen. Eigentlich sollte Santino längst beim Gremium gewesen sein, doch bis jetzt hat sich keiner von ihnen gemeldet. Lorenzo hat gehört, dass Giovanni sich weigert, Franka ihren Besitz zurückzugeben. Er hat sogar denjenigen erschossen, der ihm diese Neuigkeiten übermittelt hat. Hätte er gewusst, dass *seine* Stimme die entscheidende ist, die dieses Schicksal besiegelt, hätte er sich sicherlich gegen uns gestellt. Blöd gelaufen, würde ich sagen.

Santino und ich verlassen das Bett nur, um mit den anderen zu Essen, obwohl wir selbst eine Küche haben, dennoch will Franka mir jedes ihrer selbstgekochten Gerichte zeigen. Die Angst, die sich vor unserer Trauung über uns allen ausgebreitet hat, ist wie weggeblasen. Ciro und Anthony gehen ab und an in verschiedene Bars, reißen sich Weiber auf und naja… sie teilen brüderlich. Lorenzo verbringt seine Zeit damit, alle Besitztümer von Franka zu überprüfen, lässt ihr jeden Cent, den Giovanni von ihrem Geld ausgegeben hat, zurückkommen. Ich kann mir kaum vorstellen, wie sehr er toben muss. Wie sehr er sich dafür hassen muss, dass er einmal so gehandelt hat, wie es ein Vater getan hätte.

Nachdem Santino und ich uns erneut intensiv darüber unterhalten haben, Manhattan zu verlassen, sind wir zu dem Entschluss gekommen, dass wir es wirklich durchziehen werden.

Er hat in seiner Firma Bescheid gegeben, hat die Leitung einem der wenigen überlassen, der sein Gesicht kennt und ist bereits seit heute Morgen in seiner hier ansässigen Firma. Diese wurde von Lorenzo geleitet, als Santino in Manhattan war. Da er sich hier nicht versteckt, wurde für morgen Abend eine große Willkommen-zurück-Party geplant. Seine Mitarbeiter können es kaum fassen, dass er wieder da ist und das mit einer Frau an seiner Seite.

Franka und ich haben uns bereits Kleider für diesen Anlass ausgesucht und kümmern uns gemeinsam um die Snacks, die verteilt werden sollen. Solange der Kuchen im Ofen ist, habe ich mich nach oben verzogen und stehe auf unserem Balkon. Mit geschlossenen Augen atme ich die Winterluft ein und kann es immer noch nicht so ganz glauben, dass ich wirklich hier bin. Santino und ich sind ein perfektes Team. In der kurzen Zeit mussten wir einiges überstehen, und wurden dadurch nur noch enger aneinander gekettet. Bei dem Gedanken an meinen Mann, beginne ich sofort, ihn zu vermissen. Ist es normal, dass wir so besessen voneinander sind? Ist es gesund? Ich glaube kaum, und trotzdem ist es mir egal. Ich habe nur dieses eine Leben und das will ich in vollen Zügen genießen. Plötzlich höre ich Schritte hinter mir und frage mich direkt, ob er wieder gespürt hat was ich fühle? Konnte er es merken, wie sehr ich ihn vermisse? Seine Arme schlingen sich um mich und er drückt mir einen Kuss auf die Schulter.

»Ciao, Amore mio«, sagt er leise und dreht mich zu sich.

»Hallo, mein Herz. Ich habe gerade an dich gedacht«, gebe ich zu und bekomme als Antwort einen Kuss auf die Lippen.

»Ich gehe gleich wieder, aber es wird nicht lange dauern, dann bin ich wieder da. Die Ältesten haben angerufen, sie wollen mich sprechen. Es geht um meinen Vater und meinen Bruder. Sie müssen gemeinsam mit ihren Anhängern Sizilien verlassen und dürfen nie wieder zurückkehren. Wir haben die Lawine ins Rollen gebracht, doch die absolute Katastrophe hat er sich selbst zugefügt. Karma existiert, Amore…«

»Jeder wird das bekommen, was er verdient. Auch wenn es Jahre dauern wird«, beende ich seinen Satz. Er nickt mir zu, grinst und küsst mich erneut.

»Meine Mutter hat gefragt, ob du Lust hättest einen Film mit ihr zu schauen, bis wir wieder da sind. Lorenzo und Anthony werden vor der Tür bleiben, um für eure Sicherheit zu sorgen.« Seine Worte machen mir ein wenig Angst, jedoch lasse ich mir das nicht anmerken.

»Klar, sehr gerne. Ich liebe es, Zeit mit deiner Mutter zu verbringen«, antworte ich und meine jedes dieser Worte ernst. Er nimmt meine Hand, führt mich zurück ins Schlafzimmer, nur um mich dort wieder an sich zu ziehen.

»Ich liebe dich so sehr…«

»Ich liebe dich auch, Santino. Mehr als alles andere«, erwidere ich und kuschle mich an ihn. Aus einem mir nicht erklärlichen Grund, fühle ich mich plötzlich stark, als könnte ich alles schaffen.

Als könnte ich jeden unserer übrig gebliebenen Feinde töten. *Wo kommen diese Gedanken auf einmal her? Irgendetwas stimmt nicht…*

»Lass uns runtergehen. Je schneller ich dort bin, desto weniger Zeit bin ich von dir getrennt«, sagt er und führt mich aus dem Raum, direkt zu seiner Mutter ins Wohnzimmer. Franka sitzt neben dem Sofa, in eine Decke eingekuschelt und hält eine dampfende Tasse in ihrer Hand.

»Oh, Alaia! Es freut mich, dass du Lust hast, den Abend mit mir zu verbringen. Setz dich, ich habe dir auch eine heiße Schokolade gemacht«, sagt sie und klopft auf die Couch neben sich. Schnell drücke ich Santino einen Kuss auf die Lippen, lasse mich auf die weichen Polster sinken und kuschle mich in die Decke, welche er über mir ausbreitet.

»Wir beeilen uns. Ich denke, es dauert nicht länger als eine Stunde und falls doch, wird Ciro zurückkommen.« Er scheint beunruhigt zu sein, das kann ich anhand seiner Haltung erkennen. Er spürt etwas, genau wie ich eben, als diese Gedanken sich in meinen Kopf geschlichen haben. Ich hoffe nur, dass es nichts ist und unsere Gedanken uns nur einen Streich spielen. Er drückt mir noch einen letzten Kuss auf den Kopf und verschwindet gemeinsam mit seinem besten Freund durch die Tür.

»Was hat er denn?«, fragt Franka.

»Ich weiß es nicht, aber ich muss zugeben, ich habe ebenfalls ein seltsames Gefühl.« Sie sieht mich an und streckt ihre Hand nach mir aus.

»Ich bewundere eure Verbindung, Alaia. Nur solltet ihr aufpassen, dass die Gedanken, die ihr manchmal habt, euch nicht auf die falsche Fährte locken.«

Sie hat Recht. Immer wieder lassen wir uns davon verrückt machen, spinnen uns zusammen, dass die Worte der Wahrsagerin eintreffen, jedoch war das bisher nie der Fall. Ich hoffe es ist heute genauso…

Franka widmet sich dem Fernseher, sucht uns einen Film aus und wir verfallen in Schweigen.

Fixiert auf den Bildschirm, versinke ich in Gedanken und habe nicht mal den Hauch einer Ahnung, was wir uns eigentlich ansehen. Meine Gedanken schweifen zu meiner Mutter, zu Brian. Haben sie gemerkt, dass ich nicht mehr da bin?

Wissen sie, dass ich nun in Europa lebe, oder denken sie Santino hätte mich getötet und verscharrt? Was ist aus Pia geworden? Aus Rocco? Bevor ich einen weiteren Gedanken fassen kann, ertönt ein lauter Knall. Franka und ich zucken erschrocken zusammen.

»Was zum Teufel war das?«, frage ich und schaue zu ihr. Ihr Blick sagt mir etwas, was mir ganz und gar nicht gefällt. Gefahr.

»Schnell, greif neben dich und nimm mein Handy. Ruf Santino an!«, flüstert sie. Ich beuge mich über die Lehne der Couch, ziehe ihr Handy vom Ladekabel und entsperre es. Wäre es eine andere Situation, hätte ich sie auf das Hintergrundbild angesprochen, welches ihren Bildschirm ziert, jedoch schiebe ich den Gedanken beiseite. Das Bild brennt sich in mein Gehirn, schenkt mir Kraft. Es zeigt Santino und mich, bei unserer Zeremonie, küssend. Mit zittrigen Fingern öffne ich den Bildschirm und suche in Frankas Kontakten nach meinem Mann. Es ertönt wieder ein Knall. Schnell drücke ich auf seinen Namen, schalte auf Lautsprecher und lege das Handy auf den Tisch.

»Mamma, was ist los?«, meldet sich mein Mann nach dem dritten Klingeln.

»Santino, kommt sofort zurück. Wir sind in Gefahr. Jemand hat geschossen und ich bin mir fast sicher, dass Anthony und Lorenzo…« Ihr Satz wird durch einen lauteren Knall unterbrochen.

»Sie kommen näher…«, murmle ich und bekomme Panik. Es passiert. Das, was uns die Wahrsagerin vorausgesagt hat, tritt ein. Jetzt, heute. Genau dann, wenn er nicht da ist…

»Mamma, wir brauchen mindestens eine halbe Stunde… FUCK!!!!«, brüllt er.

Ich kann deutlich hören, wie er auf sein Lenkrad einschlägt.

»ALAIA! NIMM MEINE WAFFE, SIE IST…« Diesmal ist es sein Satz, der von einem lauten Knall durchbrochen wird. Die Tür wird aufgerissen und drei maskierte Männer treten ein. Ihre Waffen gezogen, ihre Schritte schwer und bestimmt. Sie müssen sich hier auskennen, das ist sicher. Schnell versuche ich zu Franka zu kommen, doch es ist zu spät. Ich werde gestoßen, lande direkt inmitten des Glastisches, welcher unter mir zerbricht. Der Schmerz, der sich durch meinen Körper zieht, ist schlimmer als alles, was ich bisher gespürt habe, jedoch ist der Schrei, der aus der Kehle meiner Schwiegermutter dringt, noch schlimmer.

»AHHHH!«, brüllt sie schmerzerfüllt. Ich versuche trotz der Schmerzen, einen Blick auf sie zu werfen und sehe sie auf dem Boden liegen, während einer der Maskierten einen Fuß auf ihrer Stirn abstellt.

»Lass… lass sie in Ruhe…«, stöhne ich leise, doch werde direkt von allen drei ausgelacht.

»Na, wenn das nicht herzallerliebst ist. Wie sehr sie sich um das Wohl einer Frau sorgt, die nicht einmal ihre Mutter ist. Sag mir, Alaia, wärst du auch so mutig, wenn es Ashley wäre, die am Boden liegt?«, sagt der, der mich auf den Tisch gestoßen hat. Er kommt mir mit seinem Gesicht so nahe, dass ich trotz der Sturmhaube seinen nach Alkohol riechenden Atem wahrnehmen kann. Bevor ich auch nur die Chance habe, etwas zu sagen, werde ich an den Haaren hochgerissen und auf den Boden geschleudert. Tränen laufen mir stumm über die Wangen. Das ist das Ende. Mein Ende. Ich weiß genau, wer sich hinter einer der Masken versteckt. Seine Augen würde ich überall erkennen. Axel. Er scheint in meinen Augen gesehen zu haben, dass ich weiß, dass er hier ist.

»Dachtest du wirklich, ich werde dich ungeschoren davonkommen lassen, kleine Stella? Du hast einen großen Fehler gemacht, als du mich verletzt hast. Aber der noch größere war, dass du diesen Wichser geheiratet hast. Egal was ich versucht habe, egal was ich gesagt habe, keiner der Ältesten wollte mich anhören. Durch dein Gesülze…«, er beginnt laut zu lachen und kommt in langsamen Schritten auf mich zu.

»… durch dein Gesülze habe ich an Glaubwürdigkeit verloren. Was bin ich denn nun für ein Mann, ha? Du hast mich fast kastriert und jetzt willst du mir auch noch meine Glaubwürdigkeit nehmen. Das kann ich nicht einfach so stehen lassen, kleine Stella. Ich werde ein Statement setzen. Eines, das euch niemals wieder vergessen lässt, wer ich bin! Ich bin verdammt nochmal ein Don! Ein Boss! Verdammt, ich bin ein Gott, und wie wir alle wissen, darf dieser tun und lassen, was er will. Er lässt die, die gesündigt haben, für ihre Taten bluten. Und mit dir fange ich an…«

Axel geht auf einen seiner Männer zu, zeigt mit dem Finger auf mich, und zieht sich die Maske ab.

»Sie ist deine Eintrittskarte in eine Gesellschaft, die größer ist, als das Gremium. Sagt dir die Elite etwas?«, fragt er, an den einen gerichtet, der unsicher hin und her läuft.

»Ich… ich werde das nicht tun…«, sagt er. Ich schaue zu Franka, versuche die Unterhaltung der beiden auszunutzen und mache mich auf den Weg zu ihr. Leise, ohne auch nur einen Mucks von mir zu geben, krabble ich auf den Kamin zu, greife mir ein brennendes Holzstück, das an einem Ende noch kalt ist. Ich nehme meinen Mut zusammen, stehe auf und gehe auf den Mann los, der seinen verdammten Fuß immer noch auf ihrem Kopf hat, als wäre sie ein Fußabtreter.

Ich hebe seine Maske an, schiebe das brennende Stück Holz darunter und schubse ihn weg. Er beginnt laut zu brüllen und unterbricht somit die Unterhaltung zwischen Axel und dem anderen. Ich sinke zu Franka auf die Knie.

»Das neben Axel… Es ist Emilio…«, sagt sie leise, doch bevor ich etwas sagen kann, wird mir ins Gesicht getreten und ich fliege erneut in die Scherben. Ein verzweifeltes Schreien dringt mir aus der Kehle.

»Was denkst du, was du da tust, du billige Hure?«, fragt Axel mit einer Ruhe in der Stimme, die mich erzittern lässt. Er ist ein Monster. Mein Monster, welches mich in Stücke reißen wird. Ich weiß es…

»TU ES!«, brüllt er meinen Schwager an, doch dieser schüttelt den Kopf. Emilio schnappt sich den anderen Kerl, der schreiend am Boden liegt und zieht ihn raus.

»Na, wer hätte das gedacht? Jetzt sind nur noch wir übrig, Stella. Nur wir beide, genauso, wie es immer sein sollte.« Axel zieht sein Handy aus der Hosentasche und tätigt einen Anruf.

»Komm rein. Die anderen beiden sind weg.« Er beendet den Anruf und kniet sich zu mir.

»Jetzt wirst du bluten… noch mehr, als du es bereits tust, kleine Stella.« Mit diesen Worten erscheint ein Kerl, den ich ebenfalls immer und überall erkennen würde, selbst wenn er eine Maske trägt.

»Rocco…«, flüstere ich. Auch er zieht seine Maske vom Kopf und grinst mich breit an.

»Du hast mich abserviert, immer und immer wieder. Alaia, ich habe tagelang von deinen Lippen geträumt, habe mir vorgestellt, wie es wäre dich zu ficken, dich schreien zu hören... heute werde ich es endlich erfahren.«

Er kommt auf mich zu, schiebt Axel zur Seite und zieht mich an den Haaren in den Stand. Ein schmerzerfüllter Schrei dringt aus meiner Kehle, doch das entlockt ihm nur ein noch breiteres Grinsen.

»Ich habe dich vermisst, meine Schöne«, flüstert er leise, direkt vor mir und leckt sich über die Lippen. Eine noch nie zuvor dagewesene Angst kriecht in meine Adern. Mein Körper beginnt unkontrolliert zu zittern. Axel zieht mich aus Roccos Griff, schleift mich zur Couch zurück, damit Franka einen perfekten Blick auf uns hat.

»Lass sie verdammt nochmal in Ruhe! Damit kommt ihr nicht durch! Wir werden euch jagen, bis in die letzte Ecke der Welt und dann... dann werdet ihr einen qualvollen Tod sterben...«, sagt sie unter Tränen, doch sie wird ignoriert. Axel zieht ein Messer und schneidet mir den Pullover auf, während Rocco mich festhält. Ich versuche mich mit aller Kraft zu befreien. Zwecklos.

Ich bin zu schwach... Ich verfalle in eine Starre, unfähig mich zu bewegen. Die beiden grinsen sich triumphierend an.

»Ist es nicht schön, wie sie ihr Schicksal akzeptiert, Rocco? Ist ja nicht so, als hättest du sie nicht gewarnt, nicht wahr? Aber wie heißt es so schön? Wer nicht hören will, muss fühlen. Und das wird sie ganz sicher.« Mit diesen Worten reißt er mir die Hose vom Leib, genau wie mein Höschen. Ich stehe nackt vor ihnen, gelähmt von meiner Angst, meiner Panik, die sich wie eine Schlinge um meinen Hals legt. Axel geht einige Schritte zurück, inhaliert meinen Anblick und greift sich in den Schritt.

»Dieser Santino... ein verfickter Glückspilz. Naja, bis jetzt. Denn sein Diamant wird jetzt geschliffen und an

Wert verlieren…« Axel zieht sich die Hose, samt seiner Boxerhorts runter und beginnt sich selbst zu befriedigen.

»Er wird uns zuschauen, Alaia. Das war der Deal. Ich bekomme das, worauf ich so lange gewartet habe. Und er… naja, er darf vielleicht auch einmal«, flüstert Rocco und wirft mich grob zu Boden. Ein Blick in Frankas Richtung reicht, um mich aus meiner Starre zu befreien. Ihr Blick ist leer, sie wirkt nur noch wie die Hülle ihrer Selbst. Sie leidet mit mir, mit jeder Sekunde, die vergeht. Wie es eine Mutter tun würde. Ich krabble zurück, versuche nach einer der Scherben zu greifen, doch bevor ich diese erreiche, landet Axels Fuß auf meiner Hand.

»AHHHHHHHH!!!!«, brülle ich, als ich das knackende Geräusch meiner Finger höre. Franka beginnt zu schreien und bricht mir damit das Herz.

»Das wirst du nicht tun, nicht noch einmal«, sagt Axel, während auch Rocco seinen Schwanz befreit. Jetzt erst fällt mir auf, wie gefährlich er aussieht. Seine Augen strahlen das pure Böse aus. Wenn ich zurückdenke, erkenne ich es… Er war immer der, vor dem Brian mich beschützt hat, mich gewarnt hatte… Und er hatte Recht. Er geht vor mir auf die Knie, drückt mit Gewalt meine Beine auseinander.

»Nicht, Rocco, bitte. Tu das nicht…«, flehe ich, doch das lässt seine Erektion erstrecht zucken. Er genießt das alles. Er will es und fuck… ich kann nichts tun. Ich versuche mich zu wehren, winde mich, versuche nach ihm zu treten, jedoch vergeblich. Er fixiert meine Beine mit seinen Armen und ehe ich mich versehe, dringt er grob in mich ein. Ein lauter gequälter Schrei dringt aus meiner Kehle, doch dieser macht ihn nur noch wilder. Axel kniet sich zu uns, bearbeitet sich weiterhin selbst, während sich Rocco wie ein wilder in mich rammt. Die Versuche mich zu befreien, scheitern immer und immer wieder.

Mit meiner gesunden Hand versuche ich Rocco zu verletzen, jedoch verpasst dieser mir grinsend einen Fausthieb ins Gesicht.

»Fuck, es ist so geil, dass sie denkt, sie könne mir etwas anhaben...«, stöhnt dieser lusterfüllt und beginnt in mir zu zucken. Ich erstarre und schließe die Augen. *Es ist gleich vorbei, Alaia,* spreche ich mir selbst in Gedanken zu. Das Wimmern meiner Schwiegermutter wird immer lauter, während meines immer leiser wird.

»Niemals fand ich etwas besser, als euch beiden dabei zuzusehen. Fuck, ich komm gleich«, stöhnt Axel. In dem Moment, in dem sich Rocco schweratmend aus mir entzieht, die beiden gleichzeitig ihrem Höhepunkt entgegensteuern, stirbt etwas in mir. Das Licht, welches seit kurzer Zeit mein Leben erleuchtet, erlischt und taucht mich und meine Seele in ein tiefes Schwarz.

Mit geschlossenen Augen sehe ich das Mädchen, welches ich vor 16 Jahren war. Ich stehe wie damals an einem Grabstein, nur diesmal ist es nicht der Name meines Vaters, der darauf eingraviert ist, nein. Es ist meiner.

»Ich habe versagt, ich habe es nicht geschafft gegen sie anzukämpfen. Es tut mir leid, kleine Alaia, es tut mir so leid, dass ich es nicht geschafft habe uns zu retten. Ich habe geschrien, habe gekämpft, jedoch... jedoch war ich nicht stark genug...«, sage ich innerlich zu meinem eigenen Grabstein und streiche darüber. Ich presse die Augen weiterhin zusammen und ignoriere das animalische Stöhnen der beiden, die ihren Saft auf mich tropfen lassen. Plötzlich höre ich einen Motor, quietschende Reifen und das Fluchen von Rocco und Axel.

»Wir müssen weg. Hast du alles aufgenommen? Ich will, dass er es sich immer und immer wieder anschaut«, sagt Axel und verschwindet neben mir.

»Aber sicher doch, habe es ihm gerade geschickt. Lass uns gehen.« Auch Rocco verschwindet und als die Vordertür aufgeht, schließt sich die Hintertür.

»ALAIA!!!«, ertönt das Brüllen von Santino. Ich bin nicht in der Lage etwas zu sagen. Liege immer noch besudelt von ihnen auf dem Boden und weine. Weine stumme Tränen, die nicht mehr aufhören zu fließen. Ich spüre ihn, weiß dass er da ist, jedoch bin ich immer noch nicht in der Lage meine Augen zu öffnen. Ich will nicht, denn dann bricht die Realität über mir ein.

»Fuck… Tino… du solltest das nicht sehen…«, höre ich die gebrochene Stimme von Ciro und spüre ihn direkt neben mir.

»Bro-Freundin… ich bin hier. Ich bin bei dir…«, flüstert er.

»WO IST SIE?!«, brüllt Santino und lässt mich zusammenzucken.

»Hör auf zu brüllen, hilf deiner Mutter und ruf Gennaro an.« Ciros bestimmende Worte scheinen etwas zu bewirken, denn Santino gibt keinen Ton mehr von sich.

»Darf ich dich berühren?«, fragt Ciro, doch zu mehr wie einem Kopfschütteln bin ich nicht in der Lage.

»Tino, ich rufe den Arzt.« Er entfernt sich von mir.

»Ciro…«, wimmert Franka. Ihre restlichen Worte kann ich nicht verstehen, denn sie werden von einem bitterlichen Weinen begleitet, wodurch sie keine zusammenhängenden Worte hervorbringen kann. An meiner Seite erscheint eine Wärme, eine die mich eigentlich beruhigen sollte, jedoch bekomme ich keine Luft mehr. Ich reiße die Augen auf, sehe direkt in das gebrochene Gesicht meines Mannes und versuche mich von ihm zu entfernen.

»Nicht… Amore, bitte, bitte tu das nicht. Ich werde dir nicht wehtun. Niemals, hörst du?«

Der Schmerz in seiner Stimme wird durch eine Träne, die aus seinem Auge läuft, unterstrichen.

»Er liebt dich, Alaia. Es ist Santino. Niemals würde er dir schaden. Eher schneidet er sich selbst das Herz aus der Brust«, ertönt eine fremde Stimme in meinem Kopf. Ich schließe für einen Moment die Augen, versuche die Warnungen, die mein Körper mir schickt, zu ignorieren und öffne sie dann wieder. Santinos Gesicht ist mit Tränen bedeckt.

»Santino…«, wimmere ich leise. Er kommt langsam auf mich zu, nimmt mich vorsichtig auf die Arme, als die Tür erneut aufgeht. Sofort zucke ich wieder zusammen.

»Nicht, Amore. Alles ist gut, das sind unsere Ärzte. Gennaro und seine Frau Loredana. Sie sind hier, um zu helfen…« Seine Stimme ist dunkel, voller Trauer und… und Hoffnungslosigkeit.

»Mamma«, flüstere ich und Santino bleibt sofort stehen.

»Ich bin hier Gioia. Ich werde dich nicht alleine lassen. Es tut mir alles so leid…« Franka wird von Ciro in unsere Richtung geschoben.

»Ciro, ich will, dass du die Männer zusammentrommelst und dich auf die Suche nach Emilio machst. Er wird uns zu ihnen führen. Er war ebenfalls hier.«

Frankas zuvor gebrochene Stimme trägt plötzlich eine Kälte in sich, die ich von ihr bisher noch nie gehört habe.

»Wird gemacht, Donna. Santino, wenn du mich brauchst, ruf mich an und ich komme«, sagt er und geht auf direktem Weg durch die Tür.

»Bring sie in mein Schlafzimmer. Sie will, dass ich dabei bin, also werde ich ihr nicht von der Seite weichen. Mit diesem Teil komme ich nicht zu euch hoch«, sagt Franka und Santino setzt sich sofort in Bewegung. Sein bekannter Duft dringt in meine Nase, beruhigt mich, wie

412

eine Droge. Und lässt mich für einen Moment die Schmerzen in meinem Körper vergessen.

»Ich glaube, sie sollte mit uns in die Klinik kommen...«, sagt die Ärztin, deren Name ich vergessen habe.

»Sie bleibt hier. Wir bezahlen euch genug, also werdet ihr dafür sorgen, dass ihre äußeren Verletzungen behandelt werden. Hier, in ihrem Zuhause«, sagt Santino, während er mich auf weichen Stoff sinken lässt. Sofort schrecke ich auf und setze mich hin. Meinen Rücken scheint es schlimmer getroffen zu haben, als ich dachte. Eine Nadel durchbohrt meinen Arm und das letzte, was ich wahrnehme, ist die Hand meines Mannes auf meiner Wange.

»Ich liebe dich, mehr als alles andere«, sage ich leise, und schaue dabei zu, wie eine Träne aus seinem Auge kullert.

»Ich liebe dich, mehr als mich selbst... es tut mir leid, Amore. Ich werde dir ihre Köpfe bringen und dann...«, ist das letzte, was ich höre, als ich in die Dunkelheit falle, nach der ich mich so sehr sehne...

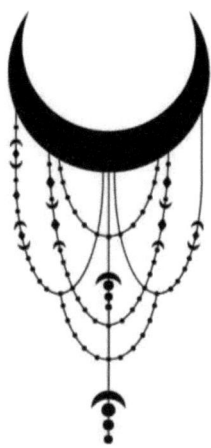

Sie haben mich gebrochen, mich in tausend Stücke gerissen. Nun existiere ich nur noch in der Stille zwischen den Scherben, verloren und unerreichbar – ein Schatten meines Selbst.

Kapitel 36

Santino

Fünf Tage. 120 Stunden. So lange hat Alaia unser Schlafzimmer nicht mehr verlassen. Immer und immer wieder habe ich mir das Video angeschaut, welches Axel mir geschickt hat. Immer wieder, habe ich mir seine Nachrichten durchgelesen. Und immer, wenn ich diesen Wichser blockiere, ertönt eine neue Nachricht. Und das jedes Mal, von derselben Nummer. Wie ist das möglich? Wie schafft er das? Ich kann mir nicht vorstellen, dass dieser Trottel ein Genie ist. Geradeeben habe ich ihn blockiert und was passiert? Genau! Wieder eine Nachricht.

00 39 3xx xxxx xxx:

> Du kannst mich blockieren, so oft du willst. Du wirst mich nicht los, du kleiner Hurensohn. Ich werde mir meinen Stern holen und du wirst mich nicht davon abhalten!

Genau wie bei den letzten Nachrichten, schwöre ich auch jetzt, dass ich ihn töten werde. Ich werde ihm bei lebendigem Leib die Haut von seinem Körper ziehen und werde Rocco damit das Maul stopfen, ehe ich ihn mit Benzin übergieße und anzünde. Noch nie in meinem Leben habe ich solche brutalen Mordgelüste empfunden. Alaia so zu sehen tötet mich innerlich.

Die Schnittverletzungen, die sie sich durch die Scherben des Tisches zugezogen hat, waren nicht allzu tief, mussten also nicht genäht werden.

Auch die Verletzungen in ihrem Gesicht sahen schlimmer aus, als sie waren. Ihre Nase wurde nicht gebrochen, jedoch ihre Finger. Gott sei Dank, waren Loredana und ihr Mann Gennaro rechtzeitig da und konnten, mit Hilfe eines Gipses, die Finger ohne Operation in die richtige Position bringen. Das letzte, was Alaia gesprochen hat, war, dass sie mich liebt, seitdem ist sie in Schweigen verfallen. Ciro, meine Mutter und ich sitzen nun wie Idioten in der Küche und wissen beim besten Willen nicht, was wir tun sollen. Mein Bruder, sowie mein Vater, Axel und Rocco sind wie vom Erdboden verschluckt. Mein bester Freund hat jeden verdammten Stein umgedreht, jedoch fehlt von ihnen jede Spur. Ebenso von Lorenzo und Anthony. Und genau deswegen zerbrechen wir uns seit Tagen die Köpfe.

»Ich verstehe nicht, wieso sie die beiden erschießen und dann auch noch ihre Leichen mitnehmen sollten. Das ergibt für mich keinen Sinn«, reißt Ciros Stimme mich aus den Gedanken und lenkt meine Aufmerksamkeit wieder auf ihn.

»Mamma, bist du sicher, dass ihr Schüsse gehört habt? Könnte es nicht ein Motor gewesen sein? Ich meine, wir wissen doch alle, wie sehr Lorenzo schnelle und laute Autos liebt«, bringe ich mich ins Gespräch ein.

»Santino, ich bitte dich, bei allem Respekt. Ich bin eine Frau, die inmitten der Mafia aufgewachsen ist. Denkst du nicht auch, ich kann die Geräusche von Schusswaffen, von denen eines Motors unterscheiden? Und außerdem, wieso sollten die beiden uns unserem Schicksal überlassen? Denkst du…«, stockt sie und sieht an mir vorbei.

»Alaia…«, murmelt sie leise. Sofort schießt mein Kopf in die Richtung, welche meine Mutter fixiert und ich blicke auf meine Frau. Oder viel mehr auf das, was von ihr übrig ist. Sie ist eine leere Hülle und ich weiß, beim besten Willen, nicht, wie ich sie heilen kann.

»Hallo«, sagt sie leise und fixiert mich mit ihrem Blick. Ich stehe auf, gehe langsam auf sie zu und bleibe etwas weiter von ihr entfernt stehen, als ich es sonst tun würde.

»Amore… darf ich… darf ich näherkommen?«, frage ich zögerlich und hoffe so sehr, dass sie ja sagt.

»Santino, lass…« Ciros Worte werden unterbrochen, durch die leise Stimme meiner Frau.

»Bitte… bitte halt mich fest, Santino… mach, dass es aufhört…«, sie bricht zusammen und sinkt zu Boden. Ich bin sofort bei ihr und nehme sie in die Arme. Wie ein kleines Kind wiege ich sie, während sie bitterlich weint. Hilfesuchend schaue ich zu meiner Mutter, jedoch sieht sie mich mit dem gleichen, leeren Blick an, der in den Augen meiner Frau zu sehen ist.

»Ich bin da, Amore. Ich werde nicht zulassen, dass dir noch einmal etwas passiert. Ich werde dich nicht eine Sekunde mehr alleine lassen. Ich werde für dich da sein, für dich kämpfen und werde erst damit aufhören, wenn sie alle tot sind«, flüstere ich, während ich ihr behutsam die Haare aus dem Gesicht streiche.

»Es tut mir leid… ich… ich war nicht stark genug. Ich… ich konnte weder mich, noch deine Mutter beschützen… sie waren einfach zu stark«, wimmert sie und sieht mich mit einem Ausdruck in den Augen an, der mir das Herz in tausend Stücke zerreißt.

»Ich kann verstehen… ich kann verstehen, wenn du mich nun nicht mehr an deiner Seite haben willst. Sie… oh Gott… sie haben mich beschmutzt, Santino.«
Das kann sie doch nicht ernst meinen, oder?

»Alaia! Jetzt hörst du mir zu und ich will, dass du dir diese Worte ein für alle Mal merkst! Du bist, verdammt noch mal, die Liebe meines Lebens. Niemals, und ich wiederhole, niemals wird es jemand schaffen das zu ändern. Verstehst du das? Ich liebe dich, fucking mehr als mich selbst!« Jetzt bin ich es, der seine Tränen nicht mehr aufhalten kann.

»Aber… aber sie haben…«

»Ich weiß, was sie getan haben! Ich schaue es mir jeden verdammten Tag an! Ich weiß, dass ich niemals den Schmerz empfinden werde, den du dabei empfunden hast, jedoch kommt es dem nahe. Ich will nicht, dass du leidest, nicht allein. Und wenn ich es mir noch eine Million Mal anschauen muss, bis ich dieselben Qualen erleide wie du. Dann werde ich es tun! Alaia, wenn wir innerlich sterben, dann tun wir es zusammen, nur um uns danach wieder gegenseitig zum Leben zu erwecken. Wir können das, ich weiß es!«

Sie sieht mich an, mit einem kleinen Funken Hoffnung in den Augen.

»Ich werde jetzt kommen und euch umarmen. Wenn das nicht okay sein sollte, dann verprügle mich, Bro-Freundin«, ertönt Ciros Stimme hinter mir. Mit einem kurzen Nicken erteilt sie ihr Okay und ich winke meinen besten Freund zu uns. Seine Arme schließen sich um uns und ich kann spüren, wie Alaia zu zittern beginnt.

»Danke…«, wimmert sie und krallt sich an uns fest.

»Wir werden dich rächen, kleine Hexe. Ich werde ihre verdammten Körper in den Metallkessel werfen, in dem eure Stofffetzen verbrannt sind, …«, sagt Ciro mit brüchiger Stimme. Das ist das erste Mal, seit unserer Kindheit, dass ich die Tränen meines besten Freundes sehe.

»Ich glaube… ich glaube, ich weiß, was passiert ist… mit Lorenzo und Anthony, meine ich«, sagt Alaia und löst sich aus unserer Umarmung. Ciro und ich helfen ihr in den Stand und begleiten sie zum Tisch.

»Ciro, ich will, dass du Alaia das Mittagessen warm machst. Richte ihr die Medikamente her und bring eine Flasche Wasser und dazu noch eine Dose Cola mit«, weist meine Mutter ihn an und nimmt die Hand meiner Frau in ihre.

»Ich bin so unglaublich stolz auf dich, mein Kind. Du hast an diesem Abend gekämpft wie eine Löwin. Du hast diesem Wichser, der mich als seinen Teppich benutzt hat, einfach ein brennendes Stück Holz unter seine Maske gesteckt! Ich will nie wieder hören, dass du schwach bist! Du hast mehr Stärke bewiesen, als ich es jemals könnte…« Meine Mutter legt ihre Hand an Alaias Wange und sofort schmiegt sie sich an sie.

»Du hast mir gezeigt, dass eine Frau alles schaffen kann. Selbst in einer Situation wie dieser. Du wusstest, dass du das nicht ohne Konsequenzen machen kannst, hast es aber trotzdem getan, nur um mich zu retten. Ich danke dir dafür, für die Liebe einer Tochter… danke, mein Kind.« Alaia schlingt ihre Arme um meine Mutter und weint mit ihr zusammen. Auch wenn es die falsche Situation ist, bedeutet mir dieser Anblick mehr als alles auf der Welt. Die beiden Frauen, die ich über alles liebe, geben sich gegenseitig Kraft.

»Essen ist fertig«, sagt Ciro und stellt den dampfenden Teller mit Spaghetti Carbonara, sowie die Getränke und Medikamente, vor Alaia ab.

»Also, Amore, was meintest du damit, du wüsstest, was mit den beiden passiert ist?«, will ich wissen und lege meine Hand auf ihre.

»Dein Bruder. Er muss sie mitgenommen haben, als er gegangen ist. Ich kann mich vage an das Aufheulen eines

Motors erinnern. Er wird sie gerettet haben, da bin ich mir sicher. Ich habe es in seinen Augen gesehen. Emilio wollte das alles nicht. Axel wollte, dass er es tut… mich… Er sprach davon, dass ich die Eintrittskarte sei, die ihn in die Elite bringen würde.«

Ihre Stimme ist brüchig, auch wenn sie versucht, so gleichgültig wie möglich zu klingen. Wird sie es denn nie lernen, dass sie sich vor mir nicht verstecken kann? Ich höre all ihre Gedanken, immer. Genau wie ich ihre Albträume höre, die sie seit der Nacht hat. Sie denkt ich würde sie auf ihren Wunsch hin alleine lassen, jedoch würde mir das niemals einfallen. Sobald sie einschläft, lege ich mich auf den Boden neben das Bett und bleibe dort, bis sie schreit. Diese Träume scheinen so extrem zu sein, dass sie nicht mehr weiß, dass sie jede Nacht in meinen Armen liegt und nach dem Tod bettelt…

»Was ist die Elite?«, fragt Ciro und reißt mich aus den Gedanken.

»Es scheint etwas Neues zu sein. Etwas Größeres und Grausameres als das Gremium. Ich glaube kaum, dass man, um ins Gremium aufgenommen zu werden, jemandem solche Grausamkeiten antun muss«, sagt meine Mutter. Alaia stochert in ihrem Essen herum, bis ich ihr die Gabel aus der Hand nehme und sie zu ihrem Mund führe.

»Du musst essen, Amore«, sage ich fürsorglich und bekomme ein leichtes Grinsen als Antwort. Sie öffnet den Mund und lässt sich von mir füttern.

»Wie geht es deinen Fingern?«, fragt Ciro während auch er wieder etwas isst. Ist dieser Mann eigentlich immer hungrig? Wundert mich, dass er noch nicht kugelrund ist.

»Der Schmerz ist besser geworden, genau wie der in meinem Gesicht und meinem Rücken.« Er nickt und widmet sich seinem Teller. Wir verfallen in Schweigen, während ich meine Frau füttere, meine Mutter an ihrem Handy sitzt und Ciro so aussieht, als würde er bereits den nächsten Schachzug gegen die Welt planen. Das kann so nicht weitergehen, das alles muss endlich ein Ende haben. Die Qualen meiner Frau, das schuldbewusste Gesicht meiner Mutter und die Vorwürfe, die mein bester Freund und ich uns machen. Wir werden daran zerbrechen und das ist etwas, was ich nicht will. Ich will unser Glück nicht verlieren, also muss ich kämpfen. Für mich, für meine Ehe, für meine Familie, für die Seele von Alaia.

»Amore, darf… darf ich heute Nacht neben dir schlafen? Der Boden ist langsam wirklich das Todesurteil für meinen Rücken«, sage ich und erwähne mit Absicht, dass ich sie nicht eine Nacht allein gelassen habe.

Sie soll wissen, dass ich immer an ihrer Seite bin. Selbst wenn sie mich von sich stößt. Ich werde sie nicht im Stich lassen, werde unsere Liebe nicht aufgeben. Nein, niemals. Ich habe mein halbes Leben auf sie gewartet, was wäre ich für ein Mann, wenn ich alles so zerbrechen lassen würde?

»Du… ich habe es also nicht geträumt? Du hast mich jede Nacht gehalten… du… danke, ich… ich liebe dich so sehr«, sagt sie, während ihr eine Träne aus dem Auge kullert. Ich lege die Gabel auf den Tisch, ziehe sie von ihrem Stuhl auf meinen Schoß und nehme zärtlich ihr Gesicht in meine Hände.

»Ich werde dich immer halten, Amore. Egal wie oft du mich bitten solltest zu gehen. Ich werde bleiben. Bis dass der Tod uns scheidet und darüber hinaus.« Sie tut etwas, womit ich niemals gerechnet hätte. Sie küsst mich. Kurz und dennoch kann ich die Liebe spüren, die von ihr ausgeht. Das beweist es, wir schaffen alles gemeinsam. Sie und ich. Zwei Seelen, die dafür geboren wurden zusammen zu sein.

»Dann sollten wir uns hinlegen, Amore. Wenn du willst, nehme ich dich morgen mit ins Büro, damit du etwas rauskommst. Was sagst du dazu?«, frage ich vorsichtig.

»Wir können es versuchen, ja«, sagt sie und grinst mich an. Ich nehme sie an ihrer gesunden Hand und helfe ihr beim Aufstehen.

»Gute Nacht, euch zwei«, ruft meine Mutter, während Ciro winkt. Hand in Hand gehe ich mit Alaia nach oben und hoffe, dass diese Nacht besser für sie wird, als die letzten. Oben angekommen, schlüpfe ich in eine Jogginghose, ziehe mir ein frisches Shirt über und lege mich ins Bett. Alaia sieht mich ängstlich an, sagt jedoch nichts und legt sich zu mir.

»Danke, dass du so für mich kämpfst«, sagt sie, bettet ihren Kopf auf meiner Brust und versucht ihr eigenes Zittern zu ignorieren.

»Das ist nichts, wofür du dich bedanken brauchst…« Mein Satz wird durch ihren unterbrochen.

»Es wird der Tag kommen, an dem ich wieder die sein werde, die du kennengelernt hast.«

»Bloß nicht! Denkst du, ich will, dass du wieder anfängst, mich Arschloch zu nennen?«, sage ich und mein Versuch, sie zum Lachen zu bringen, geht auf. Dieser Klang ist das Schönste, was ich jemals gehört habe. Egal was es mich kosten wird, ich werde dafür sorgen, dass sie nur noch lachend durchs Leben gehen wird. Für immer.

»Dann werde ich eben diesen Spitznamen in meiner Heilung auslassen«, sagt sie und lässt mich zusammenzucken. Ich war so in Gedanken versunken, dass ich gar nicht mit einer Antwort gerechnet habe.

»Ich liebe dich, Santino. Für immer.«

»Ich liebe dich auch, Amore. Für immer und darüber hinaus«, antworte ich und lausche ihrem immer gleichmäßiger werdenden Atem. Wie sehr es mir gefehlt hat, dabei zuzusehen, wie sie in meinen Armen einschläft. Ich hoffe so sehr, dass alles wieder so wird, wie vor diesem Abend. Ich hoffe, sie bekommt ihre Stärke wieder, ihren Mut. Und das Leben in ihren Augen.

Kapitel 37

Santino

»NEIN! BITTE NICHT! LASS MICH LOS!!«, reißt A-laias Brüllen mich aus dem Schlaf. Ich schrecke hoch, ziehe sie an mich, doch sie stößt mich mit solch einer Kraft von sich, dass ich vom Bett falle.

»FASS MICH NICHT AN, BITTE TU MIR DAS NICHT AN! ICH WILL DAS NICHT!«, brüllt sie wieder. Ciro kommt ins Zimmer gestürmt und sieht mich erschrocken an.

»Fuck, was ist los mit ihr?«, fragt er, als er Alaia mit geschlossenen Augen auf dem Bett sitzen sieht.

»Ich weiß es nicht, verdammt!«, antworte ich ihm verzweifelt. Er läuft an mir vorbei, setzt sich aufs Bett und verpasst ihr eine schallende Ohrfeige.

»Was…«, sagt sie und sieht ihn schockiert an.

»Irgendwie musste ich dich zurückholen, nachdem du meinen besten Freund vom Bett befördert hast.« Sie sieht mich mit großen Augen an.

»Oh mein Gott, es tut mir so leid, Baby«, flüstert sie und fängt an zu weinen. Sofort stehe ich auf und setze mich zu ihr.

»Hey, es ist alles gut, du hattest Angst, ich habe dich bedrängt. Es tut mir leid«, sage ich und nehme sie auf meinen Schoß.

»Ich habe dich verletzt, Santino. Wie weit soll das noch gehen? Ich…«

»Denk nicht mal daran, diesen Satz auszusprechen! Wir werden auch deine Albträume überstehen.«

Ich habe zwar keine Ahnung wie ich es schaffen soll, ihre Träume zu kontrollieren, jedoch werde ich es versuchen. Ich lege mich mit ihr gemeinsam auf meinem Arm wieder hin und gebe Ciro ein stummes Zeichen, vor der Tür auf mich zu warten. Er nickt mir zu und verlässt das Zimmer.

»Es tut mir so leid… ich wollte dich nicht verletzen, wirklich… ich habe sie wieder gesehen, ihre Hände auf mir gespürt und sie lachen gehört. Santino, sie suchen mich Heim. Jede Nacht, in jeder Sekunde… ich kann und will das nicht mehr«, wimmert sie. Ihre Tränen durchnässen mein Shirt, brechen mir das Herz und lassen die Wut in mir immer tödlicher werden.

»Wir schaffen das alles, Alaia. Ich verspreche es dir, ich lasse dich nicht im Stich. Ich werde dich auf dem Weg deiner Heilung begleiten, egal wie oft du mich noch vom Bett werfen musst«, rede ich beruhigend auf sie ein, während ich merke, wie sie wieder einschläft.

»Amore?«, frage ich, um sicher zu gehen, dass sie schläft. Als ich keinerlei Reaktion von ihr bekomme, schiebe ich sie vorsichtig von mir und verlasse das Zimmer. Wie erwartet, steht Ciro, mit verschränkten Armen, gegen die Wand gelehnt, vor der Tür.

»Bring mich nicht um, weil ich ihr eine verpasst habe, aber ich musste sie aus diesem Traum reißen«, verteidigt er sich direkt. Ich schüttle den Kopf, klopfe ihm auf die Schulter und führe ihn ins Pokerzimmer, da dies der einzige Raum ist, der keine Geräusche nach außen lässt. Kaum fällt die Tür ins Schloss, setze ich mich an die Bar und schenke mir einen Whiskey ein.

»Willst du auch einen?«, frage ich, woraufhin er nickt und sich zu mir setzt. Wir leeren unsere Gläser in einem Zug und Ciro schenkt direkt nach.

»Was soll ich nur tun, Bro? Wie soll ich ihr diese Dämonen austreiben? Sie wird mir entgleiten, immer und immer mehr und dann verliere ich sie… Du weißt genau, was sie in der Vergangenheit alles getan hat. Ich kann und will nicht zulassen, dass es sich wiederholt.« Er schluckt schwer, vergräbt sein Gesicht in seinen Händen und atmet laut aus.

»Fuck, wieso habe ich das Gefühl, dass dieses Treffen eine Falle war? Ich meine, woher wussten sie, dass wir nicht da sein würden? Das kann kein Zufall sein. Und ich glaube, der Strippenzieher ist niemand anderes als dein Vater.« Jetzt wo er es sagt… Wir haben den Treffpunkt, der ausgemacht war, nie erreicht, denn wie der Zufall es wollte, musste ich vorher tanken. Wir waren ganze 45 Minuten unterwegs. Und bis jetzt kam kein Anruf des Gremiums, wieso ich nicht erschienen bin.

»Warte mal…«, sage ich, mehr zu mir selbst als zu ihm, und ziehe mein Handy aus der Jogginghose, wähle die Nummer von einem der Ältesten und hoffe, dass er zu dieser frühen Stunde schon wach ist. Nach dem vierten Klingeln nimmt er ab.

»Moreno, ich hoffe dein Anruf hat einen guten Grund«, meldet er sich verschlafen.

»Don Piero. Es tut mir leid, dass ich Sie so früh am Morgen stören muss, ich muss mich entschuldigen«, sage ich und hoffe so sehr, dass er weiß, wovon ich rede.

»Was meinst du?«, antwortet er nach einer kurzen Pause und bestätigt Ciros Gedanken.

»Ich wurde zu einem Treffen gerufen, vor fünf Tagen im Haupthaus, von Don Cornello, konnte jedoch nicht erscheinen, da meine Frau und meine Mutter angegriffen wurden«, erkläre ich und bekomme nichts als Stille.

Ich kann das Klappern einer Tastatur am Ende der Leitung hören und bedeute Ciro, mit dem Kopf, meinen Laptop her zu holen. Gott sei Dank, gehöre ich zu der Sorte Hacker, die in jedem Raum des Hauses einen davon hat. Man kann ja nie wissen, wann man jemanden hacken muss. Sobald er den Laptop vor mir abgestellt hat, stelle ich den Anruf auf Lautsprecher, lege das Handy auf die Bar und verbinde es mit meinem Server. Sofort fliegen unendlich viele Daten von Pieros Handy, sowie von seinem Computer, auf meinen und ich kann sehen, wie er Cornello schreibt.

»Warte bitte eine Sekunde, Santino«, sagt er und legt mich zur Seite. Ich schaue meinen besten Freund an, der vor Wut bereits einen roten Kopf bekommt. Piero scheint sich in einen gesicherten Server einzuloggen, denn auf meinem Bildschirm beginnen rote Lichter zu flacken, was bedeutet, dass meine Software erkennt, dass es sich hierbei um eine illegale Sache handelt. Es dauert einen Moment, bis ich den Zugang bestätigen kann, sich der Server neu verbindet und langsam, für meinen Geschmack sogar zu langsam, ein seltsamer Chatroom öffnet. Ich vermute stark, dass es der sein muss, auf den nur die Ältesten Zugriff haben. Diese Wichser, sie trauen also nicht mal den anderen Mitgliedern des Gremiums und benutzen diese Art der Kommunikation. Klar, ihre Spuren kann keiner nachverfolgen, falls es jemals zu einer Razzia oder dergleichen kommen sollte. Die Ältesten wären fein raus, während die anderen von ihnen in einer Zelle verrotten würden. Und da endlich, ein verschlüsselter Chat öffnet sich auf meinem Display und ich kann die Nachrichten live mitlesen.

DON P:

Hast du ein Treffen mit Santino Moreno veranlasst?

DON C:

Nein, wieso denn auch? Nach der Zeremonie gab es nichts mehr zu bereden. Wieso fragst du?

DON P:

Weil er eine Einladung in dein Haus bekommen hat! Seine Frau und seine Mutter wurden angegriffen!

DON C:

ICH WAR DAS NICHT! Finde raus, was passiert ist und dann werden wir den Schuldigen dafür bluten lassen.

DON P:

Wir werden Franka und ihre Schwiegertochter rächen. Gewalt gegen Frauen ist ein Vergehen, welches mit dem Tod bestraft wird...

Das gibt es nicht… ungläubig schaue ich zu Ciro, der genauso schockiert aussieht, wie ich es bin.

»Santino, ich musste das erst einmal überprüfen. Ich werde heute Abend mit den anderen Ältesten zu dir kommen. Wir werden den Schuldigen für diesen Boykott finden und dann, das verspreche ich dir, werden Köpfe rollen« redet Piero plötzlich drauflos. Zu wissen, dass wir die Ältesten auf unserer Seite haben, erleichtert mich ehrlich gesagt ein wenig. Ich hätte es niemals geschafft die ganze Organisation zu töten.

»Danke, Don Piero. Das bedeutet mir sehr viel«, antworte ich ihm.

»Auch wenn es schwer ist, würdest du mir bitte erzählen, was passiert ist?« Davor hatte ich Angst. Wird Alaia das schaffen? Ich denke nicht…

»Ich schicke es dir. Du wirst es dir nur einmal ansehen können, denn es geht um die Privatsphäre meiner Frau und ich weiß genau, dass sie das nicht wollen würde.«

»Alles klar. Danke für dein Vertrauen. Wir sehen uns heute Abend.« Er beendet den Anruf und ich hacke mich in seine Webcam, um seine Reaktion auf das Video zu sehen. Dort sitzt er nun in seinem Pyjama und starrt fassungslos auf den Bildschirm. Je länger der Film läuft, desto mehr verliert er an Farbe in seinem Gesicht. Eine Träne kullert ihm aus dem Auge und am Ende… am Ende übergibt er sich.

»Er weiß also wirklich nichts«, bemerkt mein bester Freund. Ich nicke ihm stumm zu und widme mich in Gedanken wieder Alaia. Wie kann ich ihr helfen, diese verdammten Träume loszuwerden? Fuck, ja! Gott, wieso bin ich nicht eher darauf gekommen?

»Bro, wann macht der Hexenladen in der Stadt auf?«, will ich wissen und werde verwirrt angeschaut.

»Was redest du?«

»Ich will für Alaia einen Traumfänger kaufen. Du weißt doch, wie sie bei der Dame auf dem Wintermarkt drauf war. Auch wenn ich nicht unbedingt daran glaube, dass es hilft, will ich es versuchen.« Er nimmt sein Handy aus der Hosentasche, öffnet Google, als plötzlich die Tür aufgeht. Wir zucken beide erschrocken zusammen und drehen uns gleichzeitig um.

»Ich habe dich gesucht…«, murmelt Alaia verschlafen und sieht mich mit verquollenen Augen an.

»Was ist los, Amore, wieso schläfst du nicht mehr?«, frage ich, während sie auf mich zukommt und sich an mich schmiegt.

»Als du gegangen bist, bin ich wach geworden und habe auf dich gewartet. Als du nach einer Stunde immer noch nicht zurück warst, bin ich dich suchen gegangen«, gibt sie zu und atmet meinen Duft ein.

»Es tut mir leid, ich wusste nicht, dass ich dich wecken würde. Ciro und ich wollten nur etwas zusammen trinken, nachdem er dir ordentlich eine verpasst hat, wie ich gerade sehe.« Ich nehme ihr Gesicht in meine Hände und drehe es zu meinem besten Freund. Als er den roten Abdruck darauf sieht, werden seine Augen groß.

»Fuck! Bro- Freundin, das war nicht meine Absicht, ich schwöre! Ich wollte dich nur wecken…«

»Du hast mich nicht nur geweckt, du hast mich aus dieser Hölle gerettet«, sagt Alaia, löst sich von mir und nimmt ihn kurz in den Arm.

»WENN IHR SCHON ALLE WACH SEID, DANN KOMMT ESSEN!«, ertönt die Stimme meiner Mutter. Ein Blick auf die Uhr zeigt mir, dass es bereits 9.00 Uhr morgens ist.

Alaia hat also fast die ganze Nacht ohne Albträume geschlafen, das ist doch mal ein Fortschritt!

Die letzten Nächte ist sie immer nach einer Stunde schreiend aufgewacht.

»Tino, der Laden öffnet in einer Stunde.« Ich gebe meinem besten Freund mit einem Blick zu verstehen, dass er die Klappe halten soll und ziehe mir langsam Alaia auf den Schoß.

»Ciro und ich verschwinden kurz, sind aber schnell wieder da. Dann gehen wir beide ins Büro. Ist das okay für dich, Amore, oder willst du gleich mit?« Sie schüttelt den Kopf und grinst mich an.

»Ich bleibe bei deiner Mamma. Ich habe sie in den letzten Tagen vernachlässigt.« Irgendwie kommt mir all das sehr seltsam vor, jedoch habe ich Angst, dass wenn ich sie darauf anspreche, sie sich wieder verkriecht. Also lasse ich es unkommentiert.

»Na dann, ich hoffe das Frühstück steht noch auf dem Tisch, wenn wir zurück sind«, sagt Ciro und zwinkert Alaia zu.

»Das wird es. Ciro würdest du uns kurz allein lassen, bitte?«, fragt Alaia. Er nickt und lässt uns allein.

»Santino, ich will mich noch mal bei dir entschuldigen. Ich wollte dich nicht verletzen, weder mit dem Stoß aus dem Bett, noch mit meinem eigenen Schmerz. Ich will keine Last für dich sein, nicht mehr. Es wird besser, ich verspreche es dir. Ich liebe dich unendlich«, sagt sie und hat deutlich mit den Tränen zu kämpfen.

»Amore, du musst dich nicht entschuldigen, für nichts. Du bist auch keine Last für mich, ganz im Gegenteil, du machst mein Leben vollständig. Und egal wie lange es dauern mag, wir werden kämpfen, wir werden dir die Dämonen austreiben, ich verspreche es dir.

Ich liebe dich auch, Alaia, so sehr, dass ich es nicht in Worte fassen kann«, erwidere ich und hoffe sie begreift endlich, dass sie nicht alleine ist. Sie kommt näher, beugt sich nach vorn, nimmt mein Gesicht in ihre Hände und küsst mich.

Der Kuss bringt so viel Schmerz mit sich, so viel Kummer, und unausgesprochene Worte, die mir das Herz brechen. Ich habe das seltsame Gefühl, dass sie mir mit diesem Kuss mehr sagen will, irgendetwas, was ich nicht erkenne, nicht verstehe…

»Danke, für deine Liebe«, flüstert sie an meinen Lippen und löst sich von mir. Hand in Hand und vollkommen verwirrt, gehen wir ins Schlafzimmer, ziehen uns um und gehen nach unten. Dort angekommen, strahlt uns meine Mutter bereits an.

»Hallo ihr zwei! Alaia, hast du Lust, mir ein wenig Gesellschaft zu leisten, während die beiden einkaufen gehen?«, fragt meine Mutter vorsichtig, doch Alaia nickt eifrig. Sie dreht sich zu mir, gibt mir einen Kuss auf die Lippen und stellt sich zu meiner Mutter. Diese scheint auch zu merken, dass etwas seltsam ist, sagt aber genauso wenig etwas. Vielleicht liegt es an den Medikamenten, die sie nimmt. Ciro und ich verlassen das Haus, doch das mulmige Gefühl bleibt.

»Fahr du, bitte«, sage ich und werfe ihm den Schlüssel für meinem Maserati zu. Er sieht mich mit großen Augen an, steigt aber wortlos ein. Stumm fahren wir durch die leeren Straßen, bis wir im Armenviertel ankommen. Hier wimmelt es nur so vor Drogenabhängigen, Pennern und Bettlern. Das Gremium versucht seit Jahren dieses Viertel auszulöschen, jedoch vermehren die Einwohner sich schneller als man mit den Wimpern klimpern kann. Wir fahren vorbei an einem Paar, das auf offener Straße dabei ist zu ficken, an Kindern, die mit Spritzen Doktor spielen und erreichen den einzigen Laden, der mir jetzt noch helfen kann. Ich schließe die Augen, bete dass ich Hilfe bekomme und steige gemeinsam mit meinem besten Freund aus.

»Schon unheimlich hier...«, murmelt er.

»Du bist ein Mafioso, Ciro, und du fürchtest dich vor einem Hexenladen?«, frage ich und lache ihn ein wenig aus. Gemeinsam und wortlos betreten wir den Laden. Der Geruch von Weihrauch, Rosmarin und Lavendel empfängt uns und hüllt uns in eine Blase der Magie. Hört sich seltsam an, ich weiß, jedoch kann ich es nicht besser beschreiben. Man fühlt sich wie in einer anderen Dimension, in der man geschützt ist, in der man vor dem Bösen keine Angst haben muss. Um uns herum stehen mehrere Reihen mit Regalen, auf denen die unterschiedlichsten Sachen präsentiert werden. Räucherstäbchen, dazu passende Behälter, verschiedene Kräuter und Bücher sind hier zu finden. Für einen Hobby-Magier das wahre Paradies.

»Ich habe dich bereits erwartet«, ertönt plötzlich eine Stimme, die mir sehr bekannt vorkommt. Der Vorhang, der sich hinter der Kasse befindet, wird aufgezogen und... das kann nicht sein, das ist unmöglich!

»Schau nicht so, mein Junge. Ich wusste, dass der Tag kommen wird, an dem du Hilfe brauchen wirst und siehe da, hier sind wir nun«, sagt die Frau, die hinter dem Vorhang hervorgekommen ist. Sie trägt, genau wie auf dem Wintermarkt in Manhattan, ein Kopftuch, nur diesmal hat sie auch ihre Augen verbunden.

»Wie ist das möglich?«, frage ich verwirrt und schaue Ciro an, der genau so fassungslos aussieht.

»Wie gesagt, du brauchst Hilfe und ich bin hier, um sie dir zu geben. Und noch mehr, ich werde dir sagen, wie du Alaia wieder zurückbekommst.«

Ihre Worte lassen mich hellhörig werden. Also entweder ist sie wirklich eine Betrügerin, oder sie ist gut. Verdammt gut sogar.

»Folgt mir. Du auch, Ciro«, sagt sie und verschwindet wieder hinter ihrem Vorhang.

»Fra, ich habe gerade ganz kleine Eier, okay, ganz klein. Das ist nicht möglich, sie kann nicht hier sein. Sie kann das nicht alles wissen…«, flüstert er. Doch ich schenke ihm keine weitere Beachtung und folge ihr. Sie sitzt an einem Tisch, um sie herum hängen verschiedene Sorten Traumfänger. Überall stehen Kerzen, in allen möglichen Formen und Farben.

»Setz dich, bitte.« Ich folge ihrer Bitte und setze mich ihr gegenüber. Sie nimmt ihre Augenbinde ab, mischt ihre Karten und legt sie vor sich auf den Tisch, ohne überhaupt zu sehen, was sie tut. Nicht nur weil sie Blind ist, nein, sondern weil sie mich förmlich anstarrt.

»Eure Freunde leben. Sie wurden von einem jungen Mann gerettet. Dieser leidet sehr, wegen seiner Feigheit …«, beginnt sie zu erzählen und ich weiß direkt, dass sie meinen kleinen Bruder meint.

»Alaia ist dabei innerlich zu zerbrechen. Sie kämpft, braucht aber deine Hilfe. Egal wie schlimm es auch sein mag, du wirst es schaffen… du musst… du musst aber zu verwerflichen Mitteln greifen. Du wirst dich selbst dafür hassen, wirst dir wünschen, mit ihr zu sterben, doch am Ende… am Ende werdet ihr beide aus der Asche aufsteigen und mit eurer Liebe alles niederbrennen, ihr… nein…«, stoppt sie, und blutet plötzlich aus der Nase.

»Fuck, geht es ihnen gut?«, frage ich und strecke meine Hand nach ihr aus, die sie sofort ergreift.

»Geh sofort zu ihr! Überfahre alle Ampeln, die dich daran hindern zu deiner Frau zu kommen! Geh, bevor es zu spät ist und dann... dann wirst du mich wieder aufsuchen.« Ich ahne, was sie mir sagen will, will es aber nicht glauben. Ich kann nicht. Sie steht auf, greift über sich und nimmt einen der schönsten Traumfänger herunter und reicht ihn mir.

»Den habe ich für sie gemacht. Sie wird keinen einzigen Albtraum mehr haben, das verspreche ich, aber jetzt, geh! Sieh es als Geschenk, dafür, dass du sie retten wirst. Und wenn du mich brauchst, findest du mich. GEH!«, brüllt sie. Sofort verlassen Ciro und ich den Laden und rennen zu unserem Wagen.

Lieber Gott, bitte, lass es nicht zu spät sein. Bitte, lass diesen Hurensohn seine Drohung nicht wahrgemacht haben. Wenn ich jetzt nach Hause komme und sie nicht mehr da ist, wenn er sie sich geholt hat, vergesse ich mich. Ich werde das gesamte Universum in Schutt und Asche legen, bis ich sie wieder habe. Es werden Köpfe rollen, es wird Literweise Blut fließen und ich werde erst ruhen, wenn ich meine Frau wieder an meiner Seite habe.

Ich fahre wie ein Verrückter durch die engsten Gassen der Stadt, überfahre jede rote Ampel die mir in die Quere kommt.

»Fra! Langsam! Es bringt ihr nichts, wenn wir sterben bevor wie sie retten können!«, reißt mich Ciro aus meinen Mordgedanken.

»Ich werde nicht sterben! Genau so wenig wie du. Wenn ich nicht rechtzeitig da bin, dann ist sie weg. Ich traue ihm alles zu!«, sage ich und versuche meine zitternden Hände ruhig zuhalten.

»Loso, Fra, loso. Wir schaffen das, wir werden ihm den Arsch aufreißen«, versucht er mir Mut zu machen, aber ich muss ihn enttäuschen. Es bringt nichts.

Meine Wut ist allumfassend.

»Was machen wir, wenn wir sie nicht retten können?«, frage ich etwas abwesend.

»Hör auf so eine Scheiße zu denken! Wir sind Brüder, wir schaffen alles. Hast du das schon vergessen?« Er hat Recht. Ich blicke dankend zu ihm und fahre immer schneller.

Ich komme, Amore. Ich werde dich retten, komme was wolle.

Die Seele zerbricht oft so leise, dass selbst das Herz die Risse nicht spürt – doch die Stille des Schmerzes bleibt für immer. Die Lilie um meinem Hals, trägt keine Hoffnung, sondern die Erinnerung an etwas, das ich nie bewahren konnte. Das Glück, welches ich nach diesem Schicksalhaften Tag nie wieder zu spüren bekam. Die Nacht hüllt mich ein wie ein schweigender Verbündeter, das Wasser nimmt meine unausgesprochenen Beichten entgegen – und die Lilie bleibt der letzte Zeuge eines Lebens, das längst verblasst ist.

Kapitel 38

Alaia

Kaum haben Ciro und Santino das Haus verlassen, konnte ich wieder ruhig atmen. Das schlechte Gewissen von heute Morgen, hat mich nicht mehr losgelassen. Ich habe den Mann, den ich liebe, von mir gestoßen, da ich in seinen Berührungen, die von Rocco und Axel gespürt habe. Ich sehe sie immer, jede Sekunde, den ganzen Tag. Immer wenn ich denke, es wird besser, höre ich sie lachen, stöhnen… Egal wie sehr ich versuche, sie aus meinem Kopf zu verbannen, egal wie sehr ich gegen ihre Geister kämpfe, ich schaffe es nicht. Das müssen die Monster sein, von denen die Wahrsagerin gesprochen hat. Sie hatte Recht, aber nicht damit, dass ich es schaffen werde sie zu überleben… Ich kann und will nicht mehr…

»Alaia? Hörst du mir zu, mein Kind?«, reißt mich Franka aus den Gedanken und sieht mich fragend an.

»Sorry, Mamma. Ich war in Gedanken versunken. Ähm, was ich dich fragen wollte, im Poolhaus, ähm... ist das Wasser warm? Also könnte ich eine Runde schwimmen gehen? Ich bin von den Krämpfen, die ich nachts während meiner Träume habe, ganz verspannt«, frage ich und hoffe, sie sagt ja.

»Klar! Das wird dir bestimmt guttun. Ich schicke Santino zu dir, wenn er wieder da ist.« Ich nicke ihr zu, stehe auf und gehe auf sie zu, um sie in den Arm zu nehmen.

»Danke, dass du die Mutter für mich bist, die ich niemals hatte. Ich liebe dich, Franka, wirklich«, sage ich und kämpfe mit den Tränen.

Ohne ihre Antwort abzuwarten, renne ich die Treppen hinauf ins Badezimmer, schnappe mir was ich brauche und gehe in Santinos Büro. Ich setze mich an seinen Tisch, streiche über das kalte Holz der Tischplatte, schließe die Augen und lasse all unsere schönen Momente, wie einen Film, vor meinem inneren Auge abspielen. Der Tag an dem wir uns nach all den Jahren zufällig in die Arme gerannt sind, unsere Hochzeit… Der erste Kuss, die erste Berührung. Die wunderschöne Nacht auf dem Balkon, als er mir all die Lichter zeigte, die über Manhattan zu leuchten begannen. Die Liebe und Wärme, die er mir gegeben hat, jedes Mal, wenn er mich nur angesehen hat. Ich verfluche mich selbst dafür, dass ich nicht stark genug bin, für all das zu kämpfen. Für uns…

Ich nehme mir Stift und Papier und schreibe… bringe Tinte und Tränen auf das Papier und hoffe, dass er mir verzeihen wird. Er muss. Ich weiß genau, dass es ihm das Herz brechen wird… nur, ich kann nicht mehr. Ich schaffe es nicht länger in seinen Augen die, der beiden zu sehen, die mich gebrochen haben. Auch wenn ich versuche es auszublenden, schaffe ich es nicht. Wird er mich verstehen? Wird er mich so sehr lieben, dass er mich gehen lassen kann? Er wird mich rächen, davon bin ich überzeugt, und ich bin ihm auch dankbar, aber das ist etwas, was ich nicht mehr erleben werde. Nicht an seiner Seite. Die Zeit ist gekommen, ich werde ihn verlassen und bei Gott, auch wenn es mir das Herz in Milliarden kleine Teile zerbrechen wird, weiß ich, dass es das Richtige ist. Für mich, für uns und unsere Familie…

»Ich liebe dich, mehr als mich selbst, und deswegen werde ich dich von mir befreien«, sage ich leise und beginne den Brief noch einmal zu lesen.

Mein Herz,

ich weiß nicht, wo ich anfangen soll, denn die Worte in meinem Kopf sind wie ein Sturm, den ich kaum bändigen kann. Jeder Satz, den ich zu Papier bringe, fühlt sich unvollständig an. Nicht genug, um die Schwere in meiner Brust zu erklären. Ich liebe dich, mit jeder Faser meines Seins. Doch diese Liebe, so groß sie auch sein mag, kann den Schmerz in mir nicht lindern. Es fühlt sich an, als würde die Last auf meinen Schultern mich erdrücken. Ich ertrage es nicht länger, sie zu sehen, ihre Hände auf mir zu spüren, ihre Stimmen und ihr Lachen zu hören. Egal wie viel Mühe ich mir gebe, sie zu ignorieren, es gelingt mir nicht. Ich habe immer versucht stark zu sein, für dich, für mich, für uns. Doch die Wahrheit ist, dass ich an ihnen zerbrochen bin. Sie haben mich in die hinterste Ecke einer Finsternis gedrückt, aus der ich nicht mehr herauskomme. Ich kann diesen Kampf nicht mehr gewinnen. Ich wollte nicht aufgeben. Ich wollte es schaffen, für uns. Aber die Erschöpfung hat mich längst übermannt, und ich kann diesen Schmerz, der mein Leben durchzieht, nicht länger ertragen. Vergib mir, dass ich nicht die Stärke hatte, die du verdienst. Vergib mir, dass ich jetzt loslassen muss, obwohl ich dich doch so sehr liebe. Vielleicht, irgendwann, wirst du mir vergeben können, wirst wieder glücklich werden. Ich will, dass du dich nicht dagegen wehrst. Verschließe dich nicht vor der Liebe, Santino. Ich hoffe, dass du irgendwann das Glück findest, welches ich für dich nicht sein konnte. Eines, das dein Leben bereichert und dir nicht noch

443

mehr Lasten auferlegt. Meine Mutter scheint Recht gehabt zu haben. Immer... Auch wenn ich weiß, dass du das nicht hören willst.

Sie hat mir vorausgesagt, wie es enden wird. Sie hat mich immer und immer wieder in diese Richtung getrieben und jetzt bin ich es, die diesen Weg beenden wird. Ich werde meinem Vater von dir erzählen. Ich werde ihm sagen, was für einen wundervollen Mann ich geheiratet habe. Einen Mann, der mir alles gegeben hat, was mir mein halbes Leben gefehlt hat.

Danke, für alles, mein Herz! Danke für die Liebe, die Wärme und die Hoffnung. Danke, dass du mir ein Zuhause und eine liebende Familie gegeben hast. All das wird mich auf meinem Weg begleiten. Es tut mir so leid, dass ich dir das antun muss... bitte hasse mich nicht und erinnere dich an meine Liebe. Erinnere dich an die Momente, in denen wir sorgenfrei waren, in denen wir gelacht haben und so glücklich waren, dass nichts uns hätte trennen können. Naja, nun ist es so weit, Amore, unser Schwur wird zur Realität.

Bis dass der Tod uns scheidet, und ich werde dich weit darüber hinaus lieben...

Leb wohl, mein Herz.

Ich liebe dich, Alaia.

Tränen laufen mir unaufhaltsam aus den Augen, während ich meine eigenen Worte lese. Es ist die richtige Entscheidung. Ich weiß es. Schnell schiebe ich den Brief in den Umschlag. Nehme ihn, genau wie die Sachen, die ich zuvor geholt habe und mache mich auf den Weg nach unten. Den Umschlag lege ich auf die Kommode, auf der Santino immer seinen Schlüssel ablegt, und drehe mich noch einmal um. Auch wenn ich nicht lange hier war, habe ich es geliebt hier zu wohnen. Bevor mich Franka erwischt, laufe ich mit schnellen Schritten ins Poolhaus.

Dort angekommen, merke ich, wie mir das Atmen leichter fällt. Ich bin mir sicher, das warme Wasser wird mir helfen. Es wird mir die Last endgültig nehmen, die meine Entscheidung mit sich bringt.

Als wenn dieser Ort dafür gemacht wurde, steht in der Ecke des Poolhauses eine Musikanlage, die an ein Tablet angeschlossen ist. Ich lege meine Sachen auf eine der Liegen, zünde die Kerzen an und tippe das Lied ein, welches ich nie wieder hören wollte, …

Ich schäle mich aus meinen Klamotten, lege sie auf die Liege und nehme in die Hand, was mir helfen wird, all das zu beenden. Ich lasse mich, nur in meinem Nachthemd bekleidet, ins Wasser gleiten, schließe die Augen und es geht wieder los… Der Film, der mich seit jenem Abend begleitet. Langsam sinke ich unter Wasser und lasse das Chlor meine Lungen füllen. Es tut weh. Alles tut weh. Jeder Atemzug brennt, jede Sekunde fühlt sich an, wie ein Stich. Dieser Schmerz hört nie auf, nicht für einen Moment. Ich habe alles versucht, wirklich alles, aber es gibt keinen Ort, keinen Gedanken, der mich davor schützt. Es gibt keine Flucht. Keinen Frieden. Es muss passieren. Es muss enden. Ich tauche auf, schaue auf meine Hand und betrachte die Klinge, wie sie im Kerzenlicht schimmert. Einladend. Bereit, mir endlich

Erlösung zu geben. Mit zittrigen Fingern setze ich sie an, während mir stumm die Tränen aus den Augen kullern und sich mit dem Poolwasser vermischen.

Wieder schließe ich die Augen. Ich werde verschlungen von einer dunkeln Leere, die sich mein Leben nennt und sehe sie. Die kleine Alaia, die ihre Hand nach mir ausstreckt. Mich zu sich holen will, damit ich endlich frei sein kann. Ich bin nur noch ein Schatten meiner Selbst, einer der von keinem mehr wahrgenommen wird…

Die Welt dreht sich weiter, das Leben geht weiter, und ich bin nur noch ein Zuschauer, unfähig diesen Schmerz loszulassen oder zu erklären. Ich bin müde, so unendlich müde. Vielleicht… vielleicht gibt es nur diesen einen Ausweg. Nur eine Möglichkeit, den Schmerz endlich zu beenden, endlich Stille zu finden. Ich habe Angst davor, aber gleichzeitig sehne ich mich danach. Alles in mir will, dass der Schmerz aufhört, dass es aufhört, jetzt und für immer. Es ist der einzige Gedanke, der mir noch bleibt, die letzte Kontrolle, die ich habe. Erneut blicke ich auf das scharfe Ende meiner Klinge – es ist das Einzige, was mir noch wahrhaftig erscheint, was mir sicher ist. Der letzte Schritt. Die letzte Entscheidung. Vielleicht ist das der Frieden, nach dem ich immer gesucht habe. Quietschende Reifen reißen mich aus meinen Gedanken. Ich muss mich beeilen… ich muss ihn verlassen. Jetzt und für immer.

»Es tut mir leid, dass ich nicht dein Glück war, so wie ich es dir versprochen habe. Bitte verzeih mir, mein Herz«, flüstere ich und spüre den erlösenden Schmerz. So sehr habe ich mich danach gesehnt, so sehr habe ich vermisst, wie das scharfe Metall mir hilft… Das Blut quillt aus meinem Handgelenk und vermischt sich mit dem Wasser. Mit zittrigen Fingern verlängere ich den Schnitt, wechsle die Klinge in die andere Hand und genieße auch diesen Schmerz, unendlich. So muss sich Frieden anfühlen.

Langsam merke ich, wie die Ohnmacht mich einnimmt, mich in sich gefangen nimmt und mich in einen schützenden Kokon hüllt. Ich kenne dieses Gefühl. Nicht mehr lange und ich habe es endlich geschafft.

»Hab keine Angst, Alaia. Daddy wartet bereits auf dich«, höre ich mein inneres Kind zu mir sagen und gehe noch ein Stück tiefer. Der Schmerz ist allumfassend… Die Dunkelheit wird durch ein Licht ersetzt und ich lasse los… lasse den Schmerz los und sinke immer tiefer unter Wasser, bis ich ihn sehen kann… meinen Dad. Ich habe es geschafft… es wird dunkel… ich bin endlich frei…

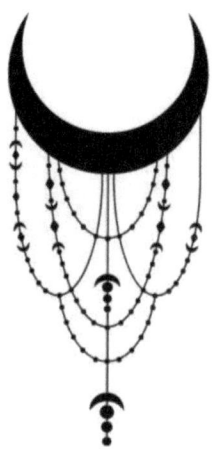

Auch wenn sich das Leben gut anfühlt, wartet das Schicksal oft im Verborgenen, um dich auf die Probe zu stellen. Es zwingt dich, Prüfungen zu ertragen, die dich weinen, bluten und zerbrechen lassen. Und vielleicht, nur vielleicht, wendet sich alles eines Tages zum Guten – wenn es das überhaupt tut.

Epilog

Die Dunkelheit umhüllt mich, nimmt mich in sich auf und bringt mich genau dorthin, wo ich hin will. An den Ort an dem alles begann. Der Friedhof.

Dort fand ich einst einen Jungen, der mir Glück schenkte, der mir versprochen hatte, dass ich durch seine Kette, nur Glück haben werde. Und das hatte ich. Naja, zumindest nachdem ihn wiederbekommen habe. Doch auch jetzt verspüre ich Glück. Nur eine andere Art davon.

»Hallo mein kleiner Sonnenschein«, höre ich seine Stimme hinter mir. Ich drehe mich zu ihm und sehe direkt das Grinsen in seinen Augen.

»Daddy!« Ich renne mit offenen Armen auf ihn zu, ziehe ihn an mich und atme seinen bekannten Geruch ein.

»Ich bin so unglaublich stolz auf dich, mein Kind.« Das sind die Worte, auf die ich so lange gehofft habe, nach denen ich mich so lange gesehnt habe. Er schiebt mich ein wenig von sich und sieht mir direkt in die Augen.

»Alaia. Wieso bist du hier?«, will er wissen und schaut dann auf meine Handgelenke.

»Ich habe den Schmerz nicht mehr ausgehalten, Daddy. Es ist nicht zu ertragen. All die Qualen, all das Leid. Es ging nicht mehr.«

»Ich habe dich zu einer Kämpferin erzogen, auch wenn ich lange Teil deines Lebens war. Ich will, dass du die, die dir Schmerzen zugefügt haben, zur Rechenschaft ziehst. Geh. Geh und mach mich noch stolzer, mein kleiner Sonnenschein. Strahle, so wie ich es dir immer beigebracht habe«, sagt er und verschwindet im Nebel.

»Daddy! Daddy, warte!« Doch er scheint mich nicht mehr zu hören. Er ist weg. Schon wieder. Ich will nicht zurückgehen. Ich will mich nicht mit den Schmerzen auseinander setzen. Ich kann einfach nicht. Auch wenn ich es für ihn tun möchte, schaffe ich es nicht. Ich laufe orientierungslos über den Friedhof und komme an seinem Grabstein an. Etwas weiter entfernt, nehme ich eine Bewegung war. Leise nähere ich mich dem Geschehen und da sehe ich es. Ich sehe mich, wie ich weinend auf dem Grabstein sitze und Santino, der mich aus der Ferne beobachtet.

»Es tut mir so leid, mein Herz«, sage ich leise, auch wenn ich weiß, dass er mich nicht hören kann. Ich wende mich von dem Szenario ab und starre ins Leere. Was soll ich tun? Soll ich zurückgehen und kämpfen? Oder soll ich hier warten, bis ich abgeholt und ins Licht geführt werde?

Ende Band 1

Danksagung:

Ein ganz großes Dankeschön, geht an meine Testleser.

Claudia, Pia, Sonja, Nadine, Kathi, Jacky und Gio. Euer Engagement, eure Rückmeldung und eure Verbesserungsvorschläge, haben dieses Buch zu dem gemacht, was es ist.

Claudi- Was soll ich sagen? Du bist nicht nur die, die all meine Werke zuerst in den Händen hält, sondern du bist auch die, die jede Seite mit mir durchgeht. Danke für alles. Aber am meisten, danke für deine Freundschaft.

Pia- Danke, dass du bereits das vierte Buch testliest. Danke, dass du auch außerhalb meiner Bücher da bist. Danke für unseren Telefonate und unser gegenseitiges Helfen.

Sonja- Danke für deine Mühe. Du gehst jedes Kapitel durch, schreibst jeden deiner Gedanken dazu nieder, genau wie Verbesserungsvorschläge. Ich schätze deine Arbeit unglaublich sehr und bin gespannt, was du zu den nächsten Werken zu sagen hast.

Nadine- Meine Süße, danke. Danke für deine unglaubliche Liebe zu meinen Protas. Im nächsten Leben, werde ich dich zur Hauptrolle eines Buches machen. (Neben dir Saverio und Santino).

Kathi- Danke für deine ständige Hilfe. Ich kann dich immer anrufen, kann immer darauf zählen, dass du mir deine ehrliche Meinung sagst. Du bist vom ersten Werk an dabei, und ich hoffe, du bleibst es auch weiterhin.

Jacky- Ach mein Schatz, auch dir danke ich für alles. Danke, dass du mich nie im Stich lässt. Du hast dir Nächte um die Ohren gehauen, weil du mich nicht hängen lassen wolltest. Ich bin dir unglaublich dankbar und freue mich schon auf die nächsten Werke.

Gio- Mein Herz. Danke für alles. Danke für deine Unterstützung und das seit Tag eins. Du warst meine Inspiration, meine Muse und mein Anker. Du hast mich ermutigt weiter zu machen, wenn ich kurz vor dem Aufgeben war. Ich bin so dankbar, dass ich dich zu meinen engsten Freunden dazuzählen darf. Ti Amo.

Dana- Ach Bro, lolim! Du bist nicht nur eine unglaubliche Autorin, Mentorin und Hilfe, sondern bist nur durch ein Cover zu meiner besten Freundin geworden. Danke für all deine Hilfe, all die Stunden an denen wir uns angeschwiegen haben. Du bist das beste Beispiel, dass egal wie weit man voneinander entfernt lebt, Freundschaft dennoch bestehen kann. Unsere Freundschaft ist anders und genau deswegen bedeutet sie mir mehr als alles andere. Pizda Nanina 🖤

Und zu guter Letzt: Danke an meine ganzen Blogger-Queens. Ohne eure ganze Unterstützung wäre ich nicht da wo ich jetzt bin. Ohne euch wäre kein einziges Buch möglich. Ohne eure ganzen Videos, euer ganzes Feedback und eure ganze Liebe, wäre es mir nicht möglich weiterzumachen. Ich bin jeder von euch unglaublich dankbar! Fühlt euch bitte gedrückt.

Xoxo Malia.